译文纪实

メルトダウン

ドキュメント福島第一原発事故

大鹿靖明

[日]大鹿靖明 著
熊芳 译

堆芯熔毁

福岛第一核电站事故实录

上海译文出版社

目 录

——本书讲述的是一群蠢人的故事。

第 1 部　噩梦般的一周

第1章　3月11日下午2点46分

里氏9.0级

福岛县①临太平洋一侧被称为“浜通”，气温为6摄氏度，东南风轻拂。

东京电力福岛第一核电站坐落于这个浜通地区面向太平洋一带，横跨双叶郡②的大熊町③和双叶町。

2011年3月11日星期五下午2点46分，在核电站的遥远海域，太平洋板块沉入陆地一侧的北美板块之下。两大板块的边界遭受大面积破坏，由此产生的剧烈震动袭击了东日本，引发了大地震。震源位于宫城县牡鹿半岛海域东南偏东130公里、深24公里处，规模为里氏震级（M）9.0。这意味着，继1960年智利地震（M9.5）、2004年印度尼西亚苏门答腊岛近海地震（M9.1）等之后，人类观测史上排名第4的世界最强地震袭击了东日本。

在福岛第一核电站2号机组工作的一位45岁男性分包商员工，当时碰巧在途经的办公室里遭遇了剧烈摇晃。他形容当时的感觉：“自己简直就像被装进了箱子里面，任由巨人摇晃。”架子倒了，储物柜也翻了，无法正常行走。短短几分钟时间却让人感觉特别漫长。摇晃一停息，便听到有人叫喊道："大家没事吧？集合！"[*1]

地震发生时，在5号机组工作的一名53岁清洁公司职员正在对现场进行清扫巡查工作。据其证实，在剧烈摇晃之下，建筑物虽然还算安然无恙，但随后便响起了尖锐刺耳的警报声。这是在向大家发出避难的指令。[*2]

警笛一响，众人便开始往外逃。"不会要爆炸吧？""也许会发生核泄漏！"他们异口同声地吐露出诸如此类的担忧。电力公司职员、分包商员工一齐蜂拥而出，试图躲避到远离核反应堆厂房的办公主楼。就连一直在试图阻止这般场面，提醒大家"请保持冷静"的保安也不知何时开始跑了起来。"要不要离开，自己看着办吧！"——这样大声叫喊着的职员比谁都更想要先逃出去。[*3]

福岛第一核电站办公主楼玻璃破裂，桌椅也都翻了个身。吊顶掉落，室内一片狼藉，陷入了完全无法使用的状态。

虽然依照所谓的"老化管理措施"，一直在对核反应堆等核心结构进行维护和修复工作，但是除此以外，在40年前建成的设施当中，有不少东西自开始运作之后就几乎没有进行过保养。在核电站内，道路塌陷引发地裂，坠落物横在地上。甚至连操控核反应堆的中央控制室也不断传出通知，说电气系统等发生异常。

---

① 福岛县：日本东北地区南部的一个省（日本的"县"相当于我国的"省"），东临太平洋，东西横跨奥羽山脉，由东至西依次分浜通、中通和会津三大区域。[本书脚注皆为译注]

② 郡：1878年开始为日本府县下的行政区划名称，1923年废止。现在只是地理区划名称，包括第一级行政区划（都道府县）的区、市以外的町、村。町、村虽隶属于郡，但郡几乎没有行政权力。

③ 町：日本行政区划名称，行政等级同市、村，是第一级区划（都道府县）的次分区。町的面积小于市、略大于村。

尽管工作人员在保养维修的过程中，更新了核设施及周边器械的零部件，但是厂房却依然是建成时的样子。无论从核电站本身的耐用年数来看，还是对厂房、设施整体构造而言，40 年时间都太过漫长。*4

由于地震，为福岛第一核电站供电的“夜之森线 27 号铁塔”侧面填土坍塌，受其冲击，铁塔从底部倒塌。与第一核电站相连的新福岛变电站的变压器、断路器等破损，支撑输电线的铁塔也发生倾斜。第一核电站内部也因直流断路器、其他断路器、电缆受损而无法从外部获得电力供给。*5 此时，福岛第一核电站瞬间失去了所有的外部电源。由此可见，东京电力福岛第一核电站从一开始就因地震摇晃遭受了毁灭性损害。

回想起来，其实此前有过令人毛骨悚然的预兆。当年，周边地区 1 月 1 日、1 月 12 日、2 月 10 日都曾持续发生地震，核电站在最近的 3 月 9 日上午和 10 日早晨也遭遇了 3 级地震。尽管福岛第一核电站每次都在新闻发布会上简要披露“厂房设备检查状况：无异常”“对外辐射影响：无”，然而实际上，此时海底已经开始发生异常变化了。

大约一周前，核电站内部刚进行了避难演习。地震发生时，办公主楼的工作人员前往避难场地停车场躲避。点名确认人员后，被选中的抗灾人员则转移到八个月前刚投入使用的抗震关键楼，此时办公主楼的功能已丧失。这栋抗震关键楼汲取了新潟县中越海域地震的教训，建于高台之上，抗震强度设计为 7 级。倘若没有事先准备这栋楼，福岛第一核电站里将连个指挥的地方都没有，或许这座核电站会成为以人类智慧无计可施的失控装置，给地球带来毁灭性的灾难。

当时，幸好赶上正在对福岛第一核电站 4 号机组进行例行检查，在场人员比平时多，有超过 5 000 名的分包商员工和作业员。

加上东电职员，共有 6 400 人。他们当中有许多人在地震后离开了核电站，去往住处、老家等地。这些人的离开无法阻止，因此最后留下的大部分是东电职员，约 850 人。

1、2 号机组处，操作员一边等待晃动平息，一边开始核反应堆紧急停堆（Scram）后的确认工作。

福岛第一核电站使用的是沸水反应堆（Boiling Water Reactor，BWR）。这类反应堆通过铀燃料核裂变产生热能，使水升温变为蒸汽，从而驱动涡轮机来发电。反应堆即便在紧急停堆后，其核裂变产物等仍会继续衰变并持续释放热量。因此，如若不将其冷却，反应堆干烧将致使核燃料熔化。

福岛第一核电站 1～5 号机组使用的是美国通用电气公司（GE）制造的“Mark Ⅰ型”反应堆。其中，只有 1971 年最早开始运转的 1 号机组的应急堆芯冷却系统不同于其他机组。而在下午 2 点 52 分，只有 1 号机组才有的应急冷却装置“隔离冷凝器”（IC）开始自动启动。

然而，IC 在工作仅 11 分钟后的下午 3 点 03 分，被 1 号机组操作员手动关停。据东京电力后来解释，当时 1 号机组反应堆压力下降速度过快，无法维持在《保安规定》所制定的冷却温度下降速率“55℃/h 以下”。换句话说，操作员做出冷却过快的判断，因而手动关停了 IC。

当时负责 1 号机组运作的值班人员中，没有任何一位有过实际运转 IC 的经验。

仅有极少数员工听前辈说过“IC 一旦运转，蒸汽就会猛烈喷发，致使机器发出轰鸣声”。

应急冷却水注入装置好不容易运作起来，却在仅十几分钟之后被人为关停。

这一情况并未有人通报站长吉田昌郎。

1 号机组的一位操作员当时从其他员工口中得知“核反应堆压力大幅下降”。于是，他向值班长请示：“堆压下降过快，这样下去将无法保证压力容器的安全。此外，我想让机器停一下，以便确认还有无其他泄漏，是否可以这样操作？”据东电此后的说法，比起冷却温度下降速率，这位操作员更在意的是有无泄漏。他当时的判断是：IC 系统的管线恐怕已因地震破损。[*6]

2008 年，《抗震设计审查指南》修订后，核电站抗震设计参数“基准地震动”设为 600 伽（Gal），而于昭和四十年代[①]申请设置许可的福岛第一核电站 1～3 号机组抗震设计最大加速度仅 265 伽。随着《抗震设计审查指南》的修订，东电虽然感觉到有必要对各号机组进行加强抗震施工，但是直至 3 月 11 日核电站事故发生也未采取任何相关措施。[*7] 据经济产业省（经产省）原子能安全保安院的解析，我们可以获知，核电站再循环系统管线泄漏面积哪怕只有 0.3 平方厘米，每小时损失的冷却材料（水）也将多达 7.2 吨。即使只是开了一个这么大小的孔洞，10 小时也会损失 72 吨水，可能造成燃料损伤而引发重大事故。于是，“在海啸到来之前，核电站是否已因地震受损？”这一疑念很快在核电站技术人员及研究者当中产生，并一直萦绕着他们。

由于 4 号机组涡轮机房的冷却水箱发出了水位下降的警报，负责现场的值班长指示第一运转管理部的小久保和彦（当时 24 岁）和寺岛祥希（当时 21 岁）检查是否存在漏水现象。于是，两人拿着手电筒，前往有冷却水箱管线的 4 号机组涡轮机房地下。

---

① 1965 年至 1974 年。

下午 3 点左右，寺岛给青森县陆奥①市老家打电话，对电话那头的母亲惦念道："家里那边没事吧？"[*8] 随后，两人应该便进入 4 号机组地下了。

地震约 40 分钟后的下午 3 点 27 分，4 米高的第一波海啸袭击了福岛第一核电站。作业员开始慌慌张张地跑上高台。8 分钟之后，即下午 3 点 35 分，高达 15 米的第二波海啸袭来。海啸来袭的情景并不是朝陆地轻轻拍打波浪那般程度，而是"以超快速度在水平方向移动的水流"[*9]。混凝土筑成的 10 米高防波堤由于海啸的猛烈冲击而瞬间被吞噬得不见踪影。

当海啸猛烈冲击约 30 米高的悬崖时，溅起的水花将高达 50 米左右，远远超过悬崖高度。尽管第一核电站的假想海啸高度只不过 5.7 米，但它却遭遇了约为其假想值 3 倍高度的海啸袭击。

正在对 4 号机组进行例行检查的工作人员违规将平时为防止放射性物质泄露而只开一侧的双门全部打开，然后逃了出去。"第二波海啸也来了！第三波也……！""快逃到高台去！""要被吞没了！"大家的脚步开始变得急促，不久便跑了起来。这位工作人员用手中的相机拍下了海啸来袭时的情形。白浪从近海涌出，轻松地越过堤坝，浑水侵入核电站厂区内。工作人员接受电视台采访时说："当时的情景真的就像是在看电影似的，我都惊呆了，说不出话来。"[*10]

当时，在管控核电站各号机组的中央控制室里（福岛第一核电站有三个中央控制室，依次控制着 1、2 号机组，3、4 号机组，5、6 号机组），除 6 号机组外，电源指示灯都开始闪烁，而后又一齐熄灭。随即，连警报声都听不到了，应急电源也停止了工作，室内面板上的灯也逐渐熄灭，只剩下昏暗的应急灯。直到此时为止，中央

---

① 陆奥市：日本青森县东北部，下北地区的一个市。日语中一般不写汉字，用假名"むつ"标记，罗马字为"mutsu"。

控制室的负责人都一直以为核反应堆会稳定地紧急停止运行，这样就“可以逃过一劫”。然而，对该负责人来说，这是一个连究竟发生了什么都还不清楚的突发事件。

直到操作员一边大喊“海水流进来了！”一边冲进来时，他才对事态有所了解，开始意识到巨大海啸的来袭意味着什么。

下到 4 号机组涡轮机房地下的两人被浊流吞没，再也没有回来。

在巨大海啸来袭之后的下午 3 点半至 4 点，福岛第一核电站所在大熊町的町议会议员木幡仁恰巧碰见了核电站及其分包商员工络绎不绝地逃出来的场面。好像是由于道路四处塌陷，木幡无法乘坐专车上下班。双方彼此擦肩而过时，逃出来的人们对木幡说：“危险！快逃！”“核电站已经不行了！”“只能逃难了！”逃离核电站的队伍绵延不绝。

住在有着 300 年历史的老房子里，而且拥有 30 公顷山林的地主木幡一家，从这一天开始被迫过上颠沛流离的避难生活。然而，住在核电站附近公司宿舍的东电职工家属似乎立刻收到了避难的通知。木幡后来才得知，东电职员在向当地居民发出通知之前已让自己家人撤离到遥远的东京、新潟等地。这个消息让他大吃一惊。[*11]

作为最后救命稻草的应急柴油发电机，除 6 号机组的一台以外，要么整机被淹，要么相关设备浸水，纷纷失去了作用。而福岛第一核电站也因此失去了冷却核反应堆的办法。

在抗震关键楼里，吉田等核电站对策总部的干部们，面对如此难以想象的事态，全都说不出话来。因为事态发展已远远超出他们对一切可能发生的严重事故所做的设想。

吉田一时间想不出该如何是好。

身在中国的会长[①]

当时，东京电力会长胜俣恒久正在远离日本的中华人民共和国首都北京。

胜俣作为爱华访华团的团长策划了此次行程，安排 23 名成员从 3 月 6 日至 12 日考察北京、上海、南京。然而，繁忙的他此次访华实际上是为了其他事情。他真正加入爱华访华团是从 3 月 10 日开始。原定出任副团长的是笹森清，当时担任劳动界顶级的工会总联合会会长，历任东京电力工会委员长、产业工会全国电力相关产业工会总联合会会长等职务。但由于他患病在身缺席此次访华之旅，所以由东电常务副社长[②]鼓纪男以团长代理的身份来管理行程安排。

令人感到不可思议的是，胜俣、鼓、笹森这样的东京电力劳资双方的巨头齐聚访华团，而团员净是与电力商务并无多大关系的媒体相关人员。团员名单上列有《中日新闻》顾问大林主一、《西日本新闻》原东京分社社长土山昭则，还有在曾是三大报纸之一的《每日新闻》担任过中部总社编辑局长的加藤顺一和原专务董事主笔平野裕。

揭开东电要职率媒体成员组团来华这一奇特考察之旅谜底的关键，在于访华团的创立者石原萠记。石原当时 86 岁，担任月刊杂

① 会长：在日本用于公司职务时，代表最高位阶的董事长，是社长之上设置的职位。

② 常务副社长：日语写作“筆頭副社長”，是日本公司位于社长之下，但比一般副社长高的职位。

志《自由》主编，同时，也是广为人知的社会党右派、民社党等的理论家。

石原于1956年创办了汇集反共知识分子的日本文化论坛，1959年创办月刊杂志《自由》。*1 他所向往的社会民主思想很容易被东电管理层接受。因为在战后一段时期内，东电管理层曾处于与日本共产党影响下的工会“日本电气产业工会”（电产）发生劳资对抗的窘境。其思想尤其容易被称为东电“复兴之祖”的木川田一隆接受。正因为木川自身负责劳务相关工作，且在与电产交涉过程中曾成为众矢之的，所以他非常珍惜石原。而且，他还委托其心腹，时任总务科科长的平岩外四，负责关照石原。自那以后，平岩在直至去世为止长达53年之久的时间里，一直庇护着石原。

据说访华团的开展也有赖于后来爬上经团联①会长一职的平岩的建议。平岩把媒体界、劳动界人士拉到一起，建议他们共同举办日中文化交流活动。这番建议此后还关系到了爱华访华团。*2

爱华访华团一行二十余人，考察旅行费用约为400万到500万日元，由中日双方均摊。其中，日方所负担的费用的一半，即全部费用的四分之一，由东京、关西、中部的三家电力公司出资。对于电力行业之所以成为中日文化交流这一不同领域赞助商的问题，石原说：“这跟我有很大关系，因为我非常强烈地想培养平岩的亲信。”*3 由于获得了资助，所以团员各自负担的金额仅为5万日元。

在核电站事故发生不久后，《周刊文春》抓住媒体大腕们只花5万日元就能去中国旅游这一点，刊登了一篇题为“组团中国游‘大型媒体招待名单’到手！”的报道。文中嘲讽地写道：“一看便知这呈现出了东电餐费、交通费全包组团游的样子。”*4 虽然文章中隐

① 经团联：全称“日本经济团体联合会”，与日本商工会议所、经济同友会并称日本“经济三团体”。

去了姓名，但《周刊文春》曾经的招牌主编花田纪凯也被列其中。从《文艺春秋》辞职后去到将批判中国作为卖点之一的月刊杂志《WiLL》担任主编的花田，接受了中国及电力公司提供的全套招待。或许是感觉到事情的糟糕程度，花田说道："我们的参团费是5万日元。但我从不认为这些够支付全部花销。石原先生筹集了资金，包括东电在内。或许是彼此之间配合默契吧，我从未问过石原先生是如何筹集到这笔资金的。"[*5]

在当时的电话采访中，花田结束与我的对话之后，还特意打电话给当时在公司（朝日新闻出版《AERA》编辑部）工作的我，说："《朝日新闻》的大人物也曾经参加过这个活动。"他说这句话或许是因为觉得透露这点便能牵制住新闻报道。不过，我还是在《AERA》上实名报道了花田。[*6] 顺便提一下，曾经参加过的《朝日新闻》大人物是原社论主管田中丰藏。

3月10日中午前后，胜俣在北京的日本驻华大使馆与团员会合，傍晚出席了国务院政要举办的欢迎会。由于他此前刚结束与团员不同的行程安排，所以入住的酒店也不一样。

第二天11日上午，胜俣参观了凸版印刷在中国故宫博物院开展的文化资产数字化相关业务，下午3点左右（日本时间下午4点左右）乘坐巴士前往与中国外交部官员会面的地点。

就是在这个时候，胜俣得知了地震的消息。

时任《周刊现代》主编的元木昌彦在车上用手头的iPad浏览《朝日新闻》网页新闻时，注意到上面正在第一时间播报"东北地区发生的大地震"。元木大吃一惊，喊道："好大的地震啊！"随即便把iPad递给后座的东京电力副社长鼓纪男。鼓大概是和旁座的胜俣一起，紧盯着画面。[*7]

与中国外交部官员的会晤，仅限于二十多名团员中的几名人员，包括胜俣、石原等人。原定会晤时长为一小时左右，但开始约三十分钟之后对方便中途离席。不久后一回来就告诉胜俣他们，日本地震灾害造成的损失远远超出预想。“胜俣先生，您必须马上回日本。福岛第一核电站发生事故了。”——被外交部官员这么一说，胜俣似乎极为不安。[*8]

中方提出要帮他们准备回国的飞机，但得到消息，成田国际机场因地震被封锁，飞机无法降落。然而，即便选择降落在关西国际机场，东海道新干线当时也已经停运。因为东名高速也被关闭了，所以不能通过陆路前往东京。估计此时的胜俣内心焦急万分，但再急也回不去。

最终，3 月 11 日晚上 9 点在当地举行解散仪式后，胜俣于 12 日早上 7 点 35 分坐上从北京首都国际机场出发的飞机，前往已解除封锁的日本成田机场。由于中方的关照，胜俣、鼓、胜俣的秘书元田宏辉三人，得以搭乘比其他团员早两个小时的航班。他们三人抵达成田机场的时间是中午 12 点左右。

可是，遇上大堵车，加上换乘电车，费尽周折到达东电总公司时已是下午 4 点以后。然而，在抵达成田机场之后的大约 4 个小时当中，胜俣一次也没有与总公司联系。

胜俣听到福岛第一核电站 1 号机组爆炸的消息，是在他坐上东电备好的专车，从东京站前往内幸町总公司的路上。[*9]

身在奈良的社长

3 月 9 日，地震发生两天前，东京电力的社长清水正孝在四国地区的高松市。与其说他此行是为了公司业务，不如说是为了金融界活动。此时，他已任社长近4年，还担任日本经团联副会长、电气事业联合会会长，热衷于金融界的活动。3月9日星期三这一天，经团联和四国经济联合会的例行聚会，即四国地区经济恳谈会，在香川县高松市举办。副会长清水与任会长的米仓弘昌住友化学会长、同为副会长的渡文明JX控股公司顾问等12名经团联干部一起离开东京，前往四国的高松出差。

地区经济恳谈会这个名头有点夸张，但对从东京出发前往高松的一行人而言，这无疑是一次可以稍事歇息的两天一夜之旅。因为此行并不要求他们做出严肃的商业判断，与四国金融界之间也并无紧要课题，主要是为了满足一年一次的会面需求。

对清水来说应该也是如此。他想远离东京，尽情舒展自己的羽翼。清水与前往机场搭乘羽田方向航班的其他成员分开之后，便开始了自由行动。陪同他前往四国的经团联事务局工作人员透露，清水没有和其他团员一起回东京，而是采取了单独行动，并推测“他应该是在关西地区有什么商业上的会晤吧”[*1]。

然而，他虽然远赴四国，但却毫无迹象表明他与四国电力的高层领导有过商业会晤，抑或是他在恳谈会结束后在关西地区与关西电力的高层领导进行过商业洽谈。[*2]

东京电力一直声称清水“此次出差的目的是与关西地区金融界人士进行会晤”（宣传部长铃木和史），并以“由于关联到会晤方，会给对方添麻烦”（同前）为由，坚决拒绝公开相关信息，但真相却大相径庭。

揭开这个隐匿事实的是《每日新闻》的一则独家报道。

报道称，在高松与经团联一行人分开之后，清水于3月10日下午带着夫人和秘书三人一起入住奈良宾馆，并预订了两晚住宿。[*3] 奈良宾馆建于明治四十二年，是有着“关西迎宾馆”之称的日式高级宾馆，位于奈良公园一角，地理位置绝佳。尽管是周四、周五这样的工作日，他却想着带妻子享受观光旅游的乐趣。

历任社长中也有人毫不隐讳地说，“由于忙于公司业务，我根本没时间去国外出差”[*4]，业务范围仅限于关东地区的东电高层领导几乎没有在国内外来回飞的必要性。尽管如此，清水却非常喜欢去国外出差，他甚至还在瑞士的达沃斯论坛上露过面。

清水的愚蠢之处在于，其部下宣传部长铃木一直对外宣称“他出差是为了与金融界人士会面”，以袒护高层领导，而他自己作为当事人，在坐满了人的新闻发布会上被问到“为什么待在奈良？”时，却回答说“个人隐私无法奉告”[*5]。明明公司已经解释称他是在奈良会见关西财界人士，而他本人却承认工作日里因“私事”待在奈良。

在奈良，因卡通形象“迁都君”的奇异设计而一度成为热门话题的“平城迁都1 300周年庆”一直举办到了2010年12月末。活动本身虽已结束，但游客仍然可以免费进入平城宫遗址。

清水等三人10日下午4点多乘车抵达奈良宾馆，于11日上午在奈良市内观光，下午参观了平城宫遗址。清水借自己担任会长的电气事业联合会支援了“平城迁都1 300周年庆”的名义，来了一次近乎观光旅游的出差。他受到了几近VIP待遇的接待，由参与平城宫复原工作的奈良县政府负责人及研究机构工作人员陪同参观介绍。

之后，清水原本打算带夫人一同参观东大寺的取水“修二会”①仪式。下午2点46分，东日本大地震发生的那一刻，东电大

---

① 修二会：日本佛教寺院每年举行的传统法事，是“修二月会”的缩写（因在农历二月举行而得名），又名取水节。奈良东大寺每年3月1日至15日举行，由东大寺僧人在二月堂的十一面观音像前代表世人忏悔罪孽，祈求国家安泰，万民丰乐。

领导清水却在工作日，为了和夫人一起游览古都而来到了奈良。

因地震的发生而惊慌失措的清水取消了参加“修二会”的计划，于下午 3 点 40 分左右回到宾馆。他赶忙收拾行李后，便乘坐宾馆安排的出租车离开了奈良。[*6] 推测清水离开奈良宾馆的时间是下午 4 点左右。

当时，史无前例的大海啸席卷了东电的福岛第一核电站，所有电力供给即将中断。

一场人数历史上空前的核电站灾难即将来临之际，社长清水偕夫人尽享奈良风光，而作为东电巨头一直掌握着巨大权力的胜俣会长与常务副社长鼓则远在中国。

这意味着，东京电力排名前三的高层领导是一路人，为了观光或是不必要不紧急的考察离开了东京。

千“菅”一发①

当时，首相②菅直人正在出席参议院结算委员会会议。第一大在野党自民党的参议院议员冈田广意识到 NHK 正在进行国会转播，便拿出自制展示板，开始提问，说：“那么接下来请看这个展示板。”[*1] “首先，我想请问一下政府参考人③，请确认是不是这张表？”

① 千“菅”一发：“千钧一发”的谐音。日文原标题“‘菅’一髪”与“間一髪”（千钧一发）同音。

② 日本首相的正式名称为内阁总理大臣，因此也称首相为总理大臣。

③ 日本国会的委员会对行政相关的详细问题或技术问题进行审查或调查时，应委员会要求而出席作说明的公务员。

冈田正说着的时候，NHK 的国会转播画面上突然出现了紧急地震速报。报道称，宫城、岩手、福岛等东北五个县发生了强烈地震。一张便条被递到菅直人面前，他一脸郁闷地朝纸片看去。此时，传来了报道地震情况的新闻快讯。正在答辩的政府参考人——厚生劳动省（厚劳省）雇佣均等及儿童家庭局局长高井康行刚说完“请允许我来解释一下”，东京也受到了强震的袭击。面对如此长时间的左右摇动，高井发出“哇”的一声大叫，答辩无法进行下去。骚动蔓延开来。结算委员长鹤保庸介高声喊道：“请各位确保人身安全！”震动仍在继续。“这可有点糟糕啊！”“请躲到桌子底下！”“哇——”麦克风接收到议员们骚动不安的声音。枝形吊灯像起伏的浪花那样剧烈摇晃，眼看就要掉落地板似的。

晃动终于平息，鹤保似乎恢复了平静，他宣布道：“让我们稍事休息一下。”下午 2 点 50 分休息。但是，当天的委员会会议并未重新召开。

此时的菅直人，在千钧一发之际得以摆脱困境。

3 月 11 日星期五，《朝日新闻》早报刊登了一则菅不想看到的可恶报道。“在日韩国人涉嫌向首相提供非法捐款 104 万日元 首相方面未作回答”。该报道在序言中简洁地概括了指控内容：“据《朝日新闻》调查，首相菅直人的资金管理集团于 2006 年与 2009 年接受了在日韩国人金融机构原理事的捐款，共计 104 万日元。原理事的亲属及多位相关人士解释说，原理事为在日韩国人。而《政治资金规正法》禁止接受外国人捐款。”*2

就在 5 天前的 3 月 6 日晚，菅政府的重要阁僚、被认为最有可能成为“菅的继位人”的前原诚司，因收受在日韩国人共计 25 万日元的政治捐款，辞去了外相一职。为了不让国政被外国人、外国势力等左右，《政治资金规正法》禁止拥有外国国籍者、外国资本占比50%以上的企业等提供政治捐款。外相仅因25万日元便辞职的事件刚发生不久，势必会有人提出收受了104万日元的总理大臣的去留问题。这是一则让所有人联想到"辞职多米诺骨牌"的独家新闻。菅政府进退两难。大地震正是在这种时候发生的。

最先获取菅涉嫌接受捐款消息的，其实是《周刊朝日》编辑部的记者铃木毅，他以在调查报道方面极具毅力而著称。铃木掌握到，在菅的资金管理集团"草志会"2006年与2009年的《政治资金收支报告》中，有疑似在日韩国人公司董事共计104万日元的捐款记录。平常《周刊朝日》编辑部都是周六完成校对工作，但这次比平常早两天校完，因此铃木在3月9日星期三晚上，向首相官邸的宣传负责人发出询问信，以确认该公司董事是否为在日韩国人。

首相官邸收到《周刊朝日》突然发来的询问信，大吃一惊。其他宣传负责人都已回家，留下来的只有内阁审议官下村健一。下村对询问信的内容表示"这个我自己无法处理"，急忙带上传真的询问信去找一直待在公馆的菅。他向菅请示："我们收到了这个……"菅先瞥了一眼，顿时露出一副吃惊的样子问道："这是什么？"然后他说："这个让我来保管吧。"并接过传真。*3

不过，《周刊朝日》编辑部并未收到菅的答复。到了10日，代理人律师给编辑部打去电话回复说："事实一经确认，我们将会采取适当的应对措施。"但截至校对完毕，并未收到对方的进一步说明。

这么一来，《周刊朝日》便在2011年3月18日发行的这一期上，以独家新闻的名义报道称"菅首相也收受'在日捐款'"。前原仅因25万日元便辞去外相一职，而收受104万日元的菅被问及首相的去留问题也就不足为奇了。就是这么一篇富有挑战性的特别报道。

只是铃木等《周刊朝日》的记者们失算的是，与《周刊朝日》编辑部不同，《朝日新闻》社会组调查报道班的记者们几乎在同一时期也在进行同样的采访。他们在得知《周刊朝日》将刊登这一消息后，匆忙赶在其发售前的3月11日，将相关报道刊登在《朝日新闻》早报上了。[*4] 就这样，首次报道的荣誉被报纸抢走了。

媒体爆料正好给一直想要夺回政权的第一大在野党自民党带来了攻击民主党政权的好材料。自民党的野上浩太郎在《朝日新闻》报料的3月11日上午进行的参议院结算委员会会议上，当即就提到了这个问题。他以“今天的早报里出现了极其重大的报道”开头，追问菅是否接受了外籍人士的104万日元捐款。

站在答辩席上的菅的行为，简直就是斧头劈水，白费力气。菅解释说，自己与对方是通过熟人介绍认识的，对方是那位熟人从中学到高中的同学，和对方的交情也就是一起出去钓过鱼、参加过聚餐而已。此外，首相断言道：“因为对方是日本名字，所以我一直以为他是日本国籍。正如报道所说，我根本不知道对方是外国国籍。”[*5]

野上即使想要攻击，也没有除新闻报道之外的攻击材料，因此无法射出第二箭、第三箭。在隔靴搔痒的过程中，提问者更迭，不久便发生了大地震，委员会会议进入了休息时间。下午2点56分，菅回到了首相官邸。

当时的菅直人，在千钧一发之际得以摆脱了困境。

第 2 章　电力供给尽失

无“主”的总公司

在 3 月 11 日星期五下午 2 点 46 分的大地震发生后不久，东京电力总公司接到了位于震中附近福岛县“浜通”地区的两个核电站据点报告，称涡轮机和核反应堆等已自动停运。

“浜通”地区有一个大型核电站基地，即东电自半个世纪之前便开始修建并不断扩张形成的福岛第一核电站和福岛第二核电站。取福岛（Fukushima）罗马字表记的首字母“F”，通称“1F”的福岛第一核电站内有 1～6 号机组，被称作“2F”的第二核电站内有 1～4 号机组，共 10 座核反应堆集中选址于此。当时，除正在进行例行检查的机器以外，福岛第一的 1～3 号机组和第二的 1～4 号机组均在运行。这 7 座核反应堆内均自动采取了瞬间插入控制棒以实现紧急停堆（scram）的措施。当时，这个总输出功率达 900 多万千瓦、占东电总供电 15％的基地瞬间陷入了瘫痪状态。

然而，停止的不仅仅是核电站。同样位于“浜通”地区的广野火力发电站的 2 号机组、4 号机组，以及常陆那珂、鹿岛、千叶等东电的 12 座火力发电站也都停了下来。水力发电站也以福岛县内的15处为首，共计22座发电站停止运转。由于东电在短时间内同时失去了大量可供给的电力，所以下午3点半，整个关东地区有405万户家庭停电。

受地震影响，东电公司内部发布了最高级别的“第三紧急状态”命令，相关员工纷纷接到紧急呼叫。在总公司二楼常设的一个500平方米左右的大型危机应对室里，陆续挤满了工作人员。下午3点06分，在这里设立了“紧急灾害对策总部”。

在总公司二楼设置的对策总部里，为方便召开视频会议，摆放着一张椭圆形的桌子，面对大屏幕可以坐二十人以上。此外，还配备了紧急情况下可使用的热线电话、传真机、卫星线路连接的电话及电脑等。然而，本应坐在会议桌中央的社长清水正孝，却因无法从奈良返回而未出现。将清水提拔上来的会长胜俣恒久和常务副社长鼓纪男，也都被困在了中国，不在这里。代替指挥的是副社长藤本孝，他作为电力流通总部部长一直主持输配电方面的工作。

此时的藤本心里想着“要避免大规模停电”。为了重启已暂停的核电站，需要时间进行检查等工作。换句话说，福岛的10座核电站暂时无法使用。“一旦到了下周一，事情将会变得非常糟糕。如果不控制需求，将造成大面积停电。”[*1]受灾后，藤本一直在思考该如何避免大规模停电。

尽管遭受了里氏9.0级大地震的直接袭击，但是在东电高层领导当中，却弥漫着一种因核反应堆暂时紧急停堆而感到安心的氛围。更确切地说，当时的状况让人想起了2007年因新潟县中越海域地震导致紧急停堆的柏崎刈羽核电站的“教训”。

那时，柏崎刈羽核电站3号机组附近的变压器发生火灾，不断冒黑烟。火势蔓延了两个小时后才被扑灭。含有放射性物质的水从柏崎刈羽1～7号机组所有乏燃料池中溢出，流经地板后再通过自动泵流入日本海。由于在灭火工作上耽误了不少时间，加之很晚才公布被放射性物质污染的水发生泄漏的问题，所以当地的新潟县知事①、柏崎市市长等对东电的应对持不信任的态度。而且，东电在地震发生5天后才在当地柏崎市召开新闻发布会，这种不得当的处理方式进一步加剧了他们对东电的不信任。

东电汲取中越海域地震所引发的事故教训，制定了在大地震发生时迅速组织管理干部前往现场，并在当地进行信息公开、危机处理的指导手册。因此，东电原子能部门大领导副社长武藤荣作为原子能选址总部长，决定在核反应堆紧急停堆后立即前往现场。中越海域地震的创伤驱使他采取这种行动。武藤说："在新潟变压器引发火灾时没能向当地居民做好解释工作，这是个教训。"*2 下午3点30分，他从东电总公司出发，火速乘坐直升机前往福岛第二核电站。

就在武藤离开总公司不久前的下午3点27分，福岛第一核电站遭遇了4米高的海啸袭击。而在8分钟之后，即下午3点35分，第二波15米高的海啸袭来。

损失极为惨重。

面朝大海的主要厂房建筑几乎全部被淹，最浅处淹没深度（浸水深）有1.5米，最深处达7米。浊流汹涌而来，涡轮厂房和核反应堆厂房陷入了被海水包围仿若孤岛的状态。海水怒涛般地涌入地下，面向大海一侧的涡轮厂房等建筑里，1～6号机组的12台应急柴油发电机和1～5号机组的应急配电盘或是整机没于水中，或是相关设备浸水，都成了无用之物。唯独只有6号机组的一台应急柴油发电机，因设在高出基准海平面13米多的柴油发电机厂房内而

① 知事：日本都道府县行政区的首长。日本县知事、府知事的级别相当于我国的省长。

幸免于被水淹没。

福岛第二核电站也遭遇了 9 米高海啸的袭击，12 台应急柴油发电机中有 9 台陷入无法使用的状态，可用的只有 3 台。[*3]

本因核反应堆紧急停堆而松了一口气的东电总公司对策总部，却因收到失去电力供给的通知而一下子紧张了起来。事态过于严重，一名干部一时说不出话来。“一旦失去电力供给，我们将无法冷却核反应堆。如果继续这样下去，就会发生堆芯熔毁。”[*4] 说完，他便立即取消了 12 日以后的所有安排。“柴油发电机也不行了，无法作为备用。我们现在必须要做的是，尽可能快地获取电力。”

下午 3 点 42 分，东电的“紧急灾害对策总部”变更为“核能紧急情况对策总部”。

原子能村的不作为

东京电力副社长武藤荣当时 60 岁，作为东电原子能部门原子能选址总部的总部长，处于原子能派系的顶点。他的前任武黑一郎从副社长退居到顾问（fellow，类似社友、顾问之类的存在）的位置，由武藤正式接任成为名副其实的原子能派系最高层，不过也就是 9 个月前，即前一年 6 月份的事情。

东电的原子能部门约有 3 000 名员工，或许由于它是一个由原子能工程、原子核工程这类具有高度专业性的学科所支撑的世界，所以只有这个部门从整个东电独立出来，形成了一个王国。东电有不少职员像县政府地方公务员那样悠闲度日，因此理科精英居领导地位的原子能选址总部对东电来说，实在是一个异样的世界。而且，核电站所在的福岛县浜通地区和新潟县柏崎与东京总公司相隔甚远，这使得他们的独立性更强。因此，普通员工带着些许轻蔑的语气将其称之为“原子能村”。他们在治外法权的世界里妄自尊大，总是惹祸，因此一直拖着整个东电发展的后腿。

直到2002年核电站事故瞒报事件的发生，这种积弊才涌现出来。当时，在福岛第一、福岛第二、柏崎刈羽的东电所有核电站据点，其原子能部门要么不向主管政府机关经济产业省报告事故、设备缺陷等问题，要么篡改数据，通过这类方式在相当长的一段时间里，进行恶意隐瞒。东电认识到事态严重性，其会长荒木浩、社长南直哉以及两名顾问平岩外四和那须翔等同时辞职，原子能部门有35人受到辞退、降级、减薪或严重警告的处分。

被托付后事的则是擅长向经产省等政府机关进行政治游说的胜俣恒久。胜俣提拔的是有着1米8高个头的武藤。

2002年瞒报事故问题发生时，武藤正借调到电气事业联合会，幸免受丑闻事件牵连。他原本担任原子能计划部副部长、核燃料循环部部长，在总公司的工作时间比在核电站现场要长。正因如此，他与现场发生的瞒报事件没什么关联。在前辈们接连下台或被降职的情况下，他相对地开始显露头角。虽然2007年福岛核电站、柏崎刈羽核电站等数据隐瞒问题也遭到曝光，但是武藤想方设法渡过了难关。尽管如此，但如果要任命为曾由实力派掌控的原子能村最高领导，武藤仍然不够显眼。关于不显眼的理由，东电的骨干员工如此评价道：“武藤是由于两次原子能丑闻事件，上面的人都走光了，所以才提拔上来的。坦率地说，他是个没什么存在感的人。说起话来叽叽咕咕很小声，都听不太懂他在说什么。”*1

然而，这样的武藤在前往福岛的直升机上，一定不胜惭愧吧。

他早已知道，这一天会到来。

他知道超出预想的大海啸可能有朝一日会袭击东电的福岛核电

站基地。

由于超过 10 米的大海啸（远超他们预想的最大规模 5.7 米）曾经蹂躏过这个地区，所以他知道，说不定哪一天，可能自己的核电站会再次面临巨大海啸的侵袭。尽管如此，作为原子能部门大领导的武藤从来没有采取过任何应对措施。

3 月 7 日星期一傍晚，即地震发生 4 天前，东电原子能设备管理部土木调查负责人等武藤的三名部下，拜访了主管政府机关经济产业省的原子能安全保安院，并向抗震安全审查室室长小林胜汇报了超预想大海啸来袭的可能性。当时东电的这三个人带上了写有“谨慎处理 磋商用”的三页资料。资料中记录了明治三陆海岸地震和贞观海啸这两个模拟实验的结果，上面写着最大高度超过 10 米的海啸来袭，陆地上的海浪会飙升至 15 米以上高度。资料上还明确记载着，东电计划在第二年（2012 年）10 月采取对策以应对预想的巨大海啸。[*2]

对小林来说，这简直是晴天霹雳。小林说：“由于计算过程并没有显示出为什么会出现这样的估算结果，于是我询问计算方法如何、对于这个试算结果东电打算怎么做，并告诉他们要把回复带过来。”[*3]

但是，东电并没有给原子能安全保安院室长小林带来答复。因为海啸真的来了，仅在 4 天之后。

2002 年 7 月，在文部科学省（文科省）设事务局的政府地震调查研究推进总部，针对从三陆海岸到房总半岛的地震活动问题，利用当时最新的调查研究成果整理了《地震活动的长期评价》。所谓“长期评价”，其目的是对地震发生地点及规模的可能性进行长期预测。为了汲取阪神淡路大地震的教训，原子能安全委员会和原子能安全保安院于 2006 年制定了新的核电站抗震标准《抗震设计审查指南》。

此外，由于受苏门答腊岛附近海域海啸引发印度马德拉斯核电站应急海水泵无法运作这一事故的影响，保安院于当年10月召集各电力公司的负责人，表示“一旦超出设计预想规模的海啸来袭，应急海水泵将无法使用，直接导致核电站陷入堆芯损伤的危机状况”，并命令“对于此事，各公司要严肃对待并汇报高层”。[*4]

受政府此举影响，东电在2008年，也就是东日本大地震和海啸发生的3年前，开始假想巨大海啸来袭的情况。同年4月，东电根据里氏8级的明治三陆地震（1896年），重新评估了海啸假想，并推算出可能发生最大逆流高度15.7米的巨大海啸。6月左右，时任东电原子能选址总部副总部长的武藤，以及没想到后来成为了福岛第一核电站站长的原子能设备管理部部长的吉田昌郎接到报告。此时，伴随社长的更迭，东电内部进行了董事会的大调整。至此，一直担任社长的胜俣晋升为会长。同时，他将一手培养起来的清水正孝提拔为新社长。随之，武藤的头衔虽然依然是原子能选址总部副部长，但是从执行董事升任为常务董事。

同年（2008年）12月，东电还根据学界热议的贞观地震（869年），在福岛第一核电站取水口附近进行了8.7～9.2米高的巨大海啸模拟实验。贞观地震里氏8.4级，规模非常大，是此前东电假想的7.9级地震的6倍。据推测，即便在距仙台平原海岸线约3公里的内陆地区，海啸高度也将达到3米。据古文书上记载，当时死亡人数为1 000人以上。[*5]

这般规模的海啸如果袭来，将势不可挡。东电考虑对评估海啸影响的土木学会做工作，请他们修改以往将福岛第一核电站假想海啸高度设为5.7米的预测。武藤指示土木学会根据最新数据进行影响评估。而此后武藤的上司，即当时原子能派系的大人物——副社长武黑一郎，也收到了这一系列模拟实验结果的汇报。

尽管如此，武黑并没有下达特别指令。武黑、武藤、吉田，这些东电原子能村的高管们，都认为政府地震调查研究推进总部整理的《地震活动的长期评价》当中的看法尚不确定，没有必要立即反映到设计中。

当时，吉田认为，假想的巨大海啸不可能发生。而且，武藤和吉田都认为，如果为了保护核电站而修建特别高的防波堤，那么一旦海啸来袭，核电站附近没有防波堤的村庄将成为牺牲品。因此，在公司内部的对策讨论会上，由于多数意见认为“仅仅为了保护自己而修建高防波堤的行为估计不会得到社会认同”，所以设置防波堤的提议就这样被搁置了起来。

原子能村的这些大人物都知道巨大海啸的假想。然而，他们既没有通知会长胜俣，也没有通知社长清水。*6

即便如此，东电的原子能选址总部还是认识到，沿海地区的海水泵耐力可能会成为问题。于是，从 2008 年 6 月开始，他们便与厂商探讨如何提高马达的不透水性。但是，他们了解到这在技术上是个大课题，难以解决。尽管他们也讨论过提高厂房防水性的做法，但这也仅仅止于讨论而已。*7

2009 年 6 月，在经产省综合资源能源调查会原子能安全保安部会的会议上，产业技术综合研究所活断层地震研究中心负责人冈村行信以古文献中记载的贞观海啸为例，质问道：“东电明知有可能发生无法比拟的巨大海啸，而却根本没有在假想中提及，这究竟是怎么回事？”当时，东电的两位地震对策专家——原子能设备管理部的西村功和高尾诚在会议现场。尽管两人早在前一年 2008 年就开始进行模拟实验，但他们却只字未提。不仅如此，西村还回答说，在设计上应该考虑的曾经发生的地震，按照再小一点规模的盐屋崎冲地震（里氏 7.5 级）为准就可以了。*8

这大概是因为一切都是秘密吧。当时，由于东电考虑在福岛第一核电站3号机组首次实施“钚热利用”计划，即取出乏燃料中的钚（Pu）元素进行二次利用，所以有必要采取不会对当地产生刺激的安全措施。

对东电来说，“钚热利用”是一个无论如何都想要达成的夙愿。政府和电力行业原计划将以核燃料循环计划产生的钚为燃料的快中子增殖反应堆商业化，但由于快中子增殖反应堆“文殊”[①]频频发生事故，在实用化的道路上完全看不到希望。因此，取而代之的是，推进在轻水反应堆中使用钚燃料的“钚热利用”计划。“钚热利用”在电力行业中的优点在于，无需等待技术上存在较大挑战的快中子增殖反应堆的完成，即可将钚作为燃料消费。但另一方面，当发生事故时，存在可能大量释放无法想象的超长半衰期（约2.4万年）元素钚（钚239的情况下）的风险。

对东电一直持冷淡态度的福岛县知事佐藤荣佐久，始终对“钚热利用”显示出消极的态度。然而，在活力门事件和村上基金事件中因进行强行搜查而名声大噪的特搜部部长大鹤基成，率领东京地检特搜部以“涉嫌受贿”为由逮捕了佐藤，帮着东电“肃清了知事”。此后新上任的知事佐藤雄平虽然一开始对“钚热利用”持谨慎态度，但是随着福岛第一核电站所在的大熊町、双叶町纷纷表示接受，以及应自民党福岛县联盟的要求，渐渐地开始表现出“理解”的态度。

因此，东电在这个时期不能公开承认自己的海啸假想过于乐观这一负面消息。“我想，如果公开的话，那么‘钚热利用’计划就会泡汤。毕竟是在那样一个时期……”面对我的采访，保安院的一名官员如是失望地说道。

“当初他们之所以隐瞒2008年的模拟实验，是因为当时柏崎

① “文殊”核反应堆位于日本福井县敦贺市，距东京以西350公里。

刈羽核电站的 F－B 断层出现了问题。尽管东电认识到那是活断层，但却没有公开，也没有采取任何措施。”

关于被认为是中越海域地震震源所处的 F－B 断层，东电虽然一直坚持“虽然是长 7～8 公里的断层，但不是活断层”的观点，但是实际上，其内部在 2003 年的调查中早已知道这是超过 20 公里长的活断层。尽管如此，东电却一直隐瞒此事。直到地震后，才对外公开。“明知是活断层，却硬要否定，东电隐瞒了真相。这和海啸的模拟实验如出一辙。他们想在福岛推行钚热利用，所以才隐瞒海啸模拟实验的吧。”[*9]

这是连一向和东电保持同调的经产省保安院都无法容忍的事情。

东电不作为之罪应当遭受强烈谴责。他们不仅轻视专家的警告，疏于海啸的应对，而且还给设有地震调查研究推进总部事务局的文部科学省做工作，以求得到适当关照：“今后修订《地震活动的长期评价》时，希望能让读者明白贞观地震的震源还未明确。为了不让读者认为贞观地震在不断重复发生，希望能够在语言表达上下功夫。”

给文部科学省做工作这事是在 3 月 3 日秘密进行的，也就在东电的福岛第一核电站遭受巨大海啸袭击的 8 天前。

3 月 11 日海啸发生的当天下午 6 点半，原子能选址总部长武藤荣副社长来到现场，巡视福岛第二和第一这两个核电站据点以及周边的自治体①。当时，在福岛第一核电站担任前线指挥的是站长吉田昌郎。吉田从东京工业大学研究生院原子核工程专业毕业之后，于 1979 年入职东京电力，2010 年就任核电站站长。

① 自治体：日本实行两级行政制，地方政府由跨区域的自治单位“都道府县”和基本的地方自治单位“市町村”两个层级构成。日本的自治体相当于中国的地方政府。

武藤和吉田是完全不同类型的人。在东京电力的原子能部门，东京大学工学院毕业的占主流，丰田正敏、池龟亮、榎本聪明、武黑一郎，还有武藤，都是东京大学工学院的毕业生，在学历方面与学会、厂商有所关联。与他们这群原子能村的精英相比，吉田虽说是东京工业大学“研究生毕业”，但却是个长期在核电站工作的“现场派”。从1999年开始，他在福岛第二核电站担任了三年的发电部部长，2005～2007年，被派往福岛第一核电站担任机组站长。

东电的原子能部门内部也分为好几个小集团，形成了一种不喜欢相互交流的奇特组织文化。一群毕业于东大工学院被称为“理论派”的精英，制订了长期的核电站选址计划，与东芝、日立制作所等核反应堆制造商讨论规格，掌握学会动向。由于他们在原子能部门深谙内部官场职务并打算走仕途，所以对原子能发电现场并不精通。在这群精英之下，设有按核燃料、运作等各专业领域纵向划分的垂直组织，吉田被划在了负责设备维护的小组里。他负责带领在当地雇用的高中学历职员和被称为“合作公司”的分包商及转包商的男人们，妥善安排处理发电站现场事务。吉田就是担负着这样职责的“现场的男人”。

这个3月11日以前完全不为人知的现场派男人，将被委以重任，即应对左右日本命运的核事故。

3月11日晚，吉田在战场般的现场指挥。这时，武藤向大熊町町长渡边利纲介绍情况，并于12日凌晨1点左右，在町公所召开了一个小时左右的新闻发布会。但是，由于是深夜这一时间段的缘故，只有几名记者到场。

12日凌晨4点，武藤进入距离第一核电站5公里的紧急应对据点“福岛县原子能灾害应急指挥中心”。原子能大人物武藤委托站长吉田处理核电站的事情，自己一直忙于遵照指南向当地进行解释。

“此后，凌晨4点多，我听说应急指挥中心启动了，于是便过去看看。之后，还去了第一核电站，在入口处做了勘查。但由于时间紧迫没法进去，所以没办法就那样在室外地坪上待着。然后在那里做了一小时左右的解释工作……”[*10] 他的说话方式总是含糊不清让人难以理解。总而言之，似乎说的是，他把应对紧急情况的这段时间几乎都用在了对当地的解释工作上。

此时，代替武藤留守总公司的常务小森明生（原子能选址总部副总部长）感到非常担忧。

现在，因地震和海啸失去了外部交流电源和应急柴油发电机，要想冷却核反应堆，只能依靠能够自行发电的电源车。于是他下达了急需电源车并请求警察带路的指示。

当时是下午 5 点 07 分，大约停电一个半小时后。[*11]

原子能紧急事态

经济产业大臣海江田万里结束当天下午 4 点多在首相官邸召开的全体阁僚紧急灾害对策总部会议，于 4 点半左右回到经产省时，事态已经发生了翻天覆地的变化。

关于福岛第一、第二核电站，海江田最初收到的报告是核反应堆已经紧急停止。因此，至此他所意识到的问题是：向电力消费大户关东圈提供电力供给的据点福岛核电站丧失供电能力，导致未来可能引发大面积停电，该如何应对？虽然外面还很亮，但天色在逐渐变暗。他一直在思考的是：如果到时候不能用电怎么办？这是必须要首先解决的难题。

然而，等待着从首相官邸返回的经产省大臣海江田的却是出乎意料的噩耗。

“大臣，福岛第一核电站的核反应堆发生了异常情况。”

下午 3 点 42 分，据福岛第一核电站站长吉田判断，已经陷入《原子能灾害应对特别措施法》第 10 条第 1 款所规定的状态，即很可能发生了原子能紧急事态。因此，他通过传真向东电总公司以及经产省等发送了《发生特定事态报告》。表格上的“全交流电源丧失”一栏被圈了起来，他当时报告说：地震引发海啸造成 1～5 号机组所有应急柴油发电机被水淹没无法使用，仅 6 号机组的一台发电机正在运行。

54 分钟之后，即下午 4 点 36 分，吉田再次发来报告，表示情况进一步恶化。根据《原子能灾害应对特别措施法》第 15 条第 1 款规定，发生了相当于原子能紧急事态的事故。基于第 10 条的那次报告意思是“有可能发生紧急事态”，而根据第 15 条所做的这次报告意思是“已经发生了紧急事态”。这意味着，事态升级了。

所谓“原子能紧急事态”，是指首相宣布进入紧急事态后，必须立刻让可能受到放射性污染的周边居民撤离的最糟糕情况。当时，核电站将放射性物质扩散到周边的噩梦般的事态已经临近。

吉田报告说，应急堆芯冷却装置因断电而无法运行，这意味着完全没有办法冷却核反应堆，他写道：“由于无法监测 1、2 号反应堆水位，所以无法掌握注水情况。”

仅在 9 分钟之后，他发送报告称，1 号机组核反应堆水位得以确认，暂时解除 1 号机组的报告，只有 2 号机组处于异常状况。但是，下午 5 点 07 分，由于 1 号机组核反应堆水位无法监测，他再次依据第 15 条进行了报告。

下午 4 点 55 分，身着浅蓝色防灾服的首相菅直人召开了灾后首次新闻发布会。他仅仅提到了“关于核设施方面，虽然部分核电站已经自动停止，但截至目前，还未证实放射性物质等对外部产生影响”。首相只是传达了没有大碍的片面信息，明显是想要早点了结这件事情。虽说发生了战后最为严重的灾害，但总理大臣的新闻发布会时间只持续了 2 分 19 秒，而且完全不接受记者的提问。

作为负责宣传的发言人而被提拔上来的经产省原子能安全保安院审议官中村幸一郎，在经产省内召开新闻发布会时接到了紧急通知。下午 4 点 57 分，中村刚结束发布会正准备离开时，一位勃然变色的保安院职员突然闯入，向他报告说："刚收到东京电力联络，已判断是第 15 条情况。""第 15 条是什么？"在一片哗然的新闻发布会会场，大为吃惊的中村掩饰不住内心的不安，只是反复强调"详细情况稍后再做说明"。[*1]

海江田对报告感到非常惊讶，他说："无论如何，我都必须去跟总理大臣解释。"他带领原子能安全保安院的干部，沿着刚走过的路折返首相官邸。[*2] 保安院的科长助理和秘书官等三人坐上了车后座。下午 5 点 42 分，面对如此严重的事态，他非常惊慌，急忙驱车赶往菅直人的办公室。

此时，首相助理寺田学和细野豪志正聚在菅直人的办公室里，两人都是受到菅器重的人。

寺田今年 34 岁，身高 1 米 87，体重 80 多公斤，身材魁梧。他出生于秋田县横手市，曾是三菱商事职员，27 岁时首次当选众议院议员，此时已经是第三届了。他的父亲典城曾任秋田县知事，是对儿子所属的民主党进行最激进批评的在野党众人之党的参议院议员。

另一位心腹细野也只有 39 岁，京都大学毕业后任职于三和综研①，28 岁时首次当选众议院议员，此时是第四届。他曾被写真周刊杂志②偷拍到与新任新闻主播山本莫纳在街头亲吻，因身陷婚外

① 三和综研：三和综合研究所的简称，三和银行的决策研究部门，是由各界专家组成的智囊团。经历了几次银行合并后，三和综研现已与其他几家机构合并为三菱 UFJ 研究咨询公司。

② 写真周刊杂志：日本一种以照片为主的杂志类型，内容大多是揭露名人丑闻。

情丑闻而声誉受损。但是政权更迭后，他在小泽一郎手下担任副干事长，又开始崭露头角，并于当年 1 月起就任菅直人的首相助理。1993 年，细野还是学生，曾在海江田首次参加竞选时帮过忙，两人也是旧识。在随后的数日里，海江田和细野睡在首相官邸接待室的地板上或是狭窄的沙发上，度过了不折不扣的“废寝忘食”的日子。

同时，菅还叫来了另一位宠臣——官房副长官福山哲郎。福山 49 岁，从京都的同志社大学毕业后，曾在大和证券做过一段时间的上班族，之后进入松下政经塾和京都大学研究生院学习，后来在京都当地参议院选举中胜出，当时是第三届。在政权更迭之后，他先是担任外务副大臣，后就任官房副长官，在党内走的是得天独厚的路线。

因事出紧急而慌忙赶来首相官邸的海江田，此时带着《呈报书》。上面写着，请总理大臣务必宣布原子能紧急事态，并决定居民的撤离区。由于第一次听说这种情况，福山还没法很好地理解到底发生了什么事。寺田也一样。尽管如此，菅却意外地反应灵敏：“真的吗？失去了所有电源？备用电池怎么了！”在首相官邸的政治家们大多不知道核电站基本构造的这个阶段，菅直人虽然不是专家，但在某种程度上，他通晓一些专业术语和构造方面的知识。这位毕业于东工大①理学院应用物理系的“理科首相”，对技术上的事情容易做出反应。

不过，菅中途打断了海江田的话，说道：“我马上要去参加执政党和在野党的领导人会谈。”于是，这次谈话只进行 20 分钟。

菅与民主党干事长冈田克也等人一同出席了下午 6 点多在首相

① 东工大：东京工业大学的简称。

官邸举行的朝野领袖会谈，并向自民党总裁谷垣祯一及公明党代表山口那津男等人提出了“政治休战”。对于在野党自民党来说，尽管菅涉嫌收受非法捐款这一千载难逢的攻击素材从天而降，但为了应对前所未有的灾难，朝野两党一致同意从下周初开始中止所有国会审议。

在此期间，海江田一直在办公室等着，他的焦躁感越来越强烈。虽然想向首相解释，但“当时有领袖会谈，因此时间就这样过去了”。*3

菅大概也是出于对核电站事故的担忧，只在朝野领袖会谈开头5分钟露了个面，便中途离开，回到了首相官邸办公室。但是，究竟要如何宣布紧急事态，官邸几乎没有什么专业意见。此时，在与官邸菅办公室相邻的秘书官室里，厚劳省出身的山崎史郎及经产省出身的贞森惠祐等菅的秘书官正慌乱摊开《六法全书》，四处寻找相关法规。

海江田原以为只要呈报，菅就会立即宣布原子能紧急事态。然而，菅只是一味地重复：“这可是件不得了的大事！会像切尔诺贝利那样啊！”并没能立即宣布紧急事态，着手让居民撤离。海江田事后回顾说，菅首相询问了第15条报告严谨性相关的问题，自己没能给出充分的回答，换句话说，“为了让总理大臣理解花了不少时间”，这是在发布紧急事态宣言上花费时间的原因。*4 海江田等政治家虽然开始阅读从《六法全书》中复制下来的相关法规条文，但是内容却无法轻易进入他们的脑袋里。

菅认为，比起首相官邸在紧急时刻所做的准备工作，与海江田同行的保安院干部们、院长寺坂信昭以及次长平冈英治等人更加靠不住。

“秘书官们查看《六法全书》……这很正常啊，因为不可能了解所有法律条文是如何规定的，所以查看是理所当然的。与之相比，倒是保安院，他们应该具备专业知识。然而，面对我提出的疑问，他们怎么也给不出让我能够理解的、令人信服的回答。”[*5]

对于菅提出的“怎么样了？”“怎么办？”这类问题，保安院的干部们无法给出让人满意的回答。面对菅的提问，他们只会互相使眼色默不作声。[*6]

对于寺坂战战兢兢的应对，菅抱着不信任的态度。就连菅问及安装应急柴油发电机的地点，寺坂也答不上来。“你真的是原子能专家吗？”寺坂扭捏地答道：“我是毕业于东大经济学院的行政官员。”寺坂从宇和岛东高中和东大经济学院毕业后，于1976年进入当时的通商产业省，虽然先后任主管电力行业的资源能源厅电力与燃气事业部部长、主管百货商场及超市等的商务流通审议官，但说到核电站相关的知识，却近乎完完全全的门外汉。

“为什么没有一个懂技术的人在！”菅如此斥责道，“给我把懂技术的家伙带来！”

自称是“行政人员”的寺坂清楚地知道，“在如此重大的事故中，技术知识极为重要”，在这样的环境下，他完全没能获得菅的信赖。此后，寺坂把后事托付给次长平冈，便悄悄离开首相官邸，回到位于经产省副楼的保安院总部。[*7]

关于紧急情况的应对方法只有一部立法，即以1999年东海村JCO临界事故①为契机制定的《原子能灾害应对特别措施法》（《原灾法》）。不久，聚集在首相官邸的政治家们，包括菅直人在内，极为痛彻地感受到这部法律的不足之处。因为这部法律并没有预料到大地震、大海啸和核电站事故同时发生的情况。

《原灾法》规定，当其适用对象灾害发生时，原子能安全委员

① 1999年9月30日发生在日本茨城县那珂郡东海村JCO公司（住友金属矿山的子公司）核燃料加工设施的核辐射事故。该事故造成2人死亡、1人重症，另有667人受到核辐射。

会应设立紧急技术咨询组织，向总理大臣提出建议。该组织由原子能安全委员会的委员长班目春树等 5 名委员和 40 名调查委员组成。为向政府提议，该组织要传唤召集成员，但受地震影响，电话几乎无法接通，因而无法召集大家。好不容易联系上的对象也因当天交通极为混乱而无法赶来市中心。*8

菅叫来了警察厅出身的内阁危机管理总监伊藤哲朗以及国家公安委员长中野宽成协商此事，最终于晚上 7 点 03 分宣布进入原子能紧急事态。此时，菅给妻子伸子打电话，让她把母校东工大的名册带过来。“理科首相”是想依靠自己的私人关系，从保安院及原子能安全委员会等之外的渠道，听取其他专业人士的意见。他想从母校的学者那里获取直接的建议。

菅还是在野党的时候，曾遭遇过 JCO 事故，那时他与东工大的同学取得联系，通过他们的交际网掌握了事故的概况。“我有过这样的经验，所以当时也想这么做。但是最终名单没能送过来。于是，我通过私人关系，咨询了日后要成为内阁官房参与的人。”*9 菅叫来的这个人，是他在东工大的老朋友，就在两周前也就是 2 月末，此人在首相公邸①为菅举办了激励会。他就是菅过去参加学生运动时的伙伴日比野靖。他是北陆先端科学技术大学院副校长，尽管专业是计算机系统设计，但菅却请他一同出席了重要会议。3 月 20 日，即将就任内阁官房参与的日比野，渐渐对老朋友的举止产生了些许怀疑。

“因为总理大臣从年轻的时候就开始从政，也没有上班族的工作经验，所以我认为（对总理大臣来说）在如何运作组织这方面还存在经验不足之处。”*10

---

① 首相公邸：日本首相居住的地方，位于首相官邸旁边。在日本，首相只在“首相官邸”办公，并不居住。

据《原灾法》规定，宣布紧急事态的同时，必须界定需要被迫撤离的居民区域，并开始引导居民进行撤离。然而，菅政府虽然宣布了紧急事态，但却没能着手开展关键的撤离引导工作，因为他们根本就不清楚现场情况。《原灾法》第 12 条规定，发生紧急事态时，应设立“紧急事态应急对策据点设施”（Offsite Center，应急指挥中心）作为前线总部的指挥塔。包括福岛在内，全国有 22 个地方设有这样的应急指挥中心。然而，福岛县大熊町的这个“福岛县原子能应急指挥中心”，万一有事需要紧急集合，路况条件也不允许。而且，由于突然失去电力供给，电视电话会议系统和网络几乎都失去了通信功能。能用的只有装载在防灾车上的东西和 6 台便携式卫星电话，且能够传输的数据比普通通信线路还要差。这意味着前线基地在关键时刻根本没有办法使用。

“我们完全没有讨论过核电站到底发生了什么事，应该设置怎样的撤离区。”细野如是描述当时的情况。[*11]

官房长官枝野幸男在晚上 7 点 45 分开始的新闻发布会上表示：“居民以及滞留人员目前还没有必要立刻采取特别行动。不需要慌忙撤离，请在自家或原地待命。”

倒是当地的福岛县政府，似乎对中央政府采取的措施表示不满，最先向居民下令撤离。晚上 8 点 50 分，该县自行决定向福岛第一核电站方圆 2 公里范围内的居民下达撤离指令。

在首相官邸，原子能安全委员会委员长班目春树及保安院次长平冈英治等原子能专家被召集到五楼，阁僚们向他们咨询“该设定多大范围的撤离区域”。当时，已经有报告预测称“最糟糕的情况有可能造成堆芯损伤”，国际原子能机构（IAEA）的预防性撤离措施将范围设定在半径 3 公里内，根据此类依据，平冈和班目当场解释说：“通常的撤离训练是在 3 公里范围内进行的。”撤离区域划定为方圆 3 公里，事后看来这一范围实在过小，其缘由便在于两人当时的说明。

晚上 9 点 23 分，在福岛县下达撤离命令 30 分钟后，菅政府下令方圆 3 公里范围内的居民撤离，并要求方圆 3～10 公里范围内的居民在室内避难。枝野在当晚 9 点 52 分开始的新闻发布会上向民众传达："希望大家迅速开始撤离。"这与两小时前的信息大相径庭。

这时，自吉田汇报有必要宣布原子能紧急事态，已经过去了近 5 个小时，即使是从菅宣布原子能紧急事态算起，也已经过去了 2 小时 50 分钟。

当时他们并不知情，但据推测，1 号机组的堆芯顶部下午 5 点已经暴露了。[*12]

福岛第一核电站中央控制室的白板上写着：下午 5 点 50 分，放射线监测仪的指示上升。

这意味着放射性物质已经在泄漏了。

保安院的失败

此时，原子能安全保安院完全没能构筑好应对一切的架势。

3 月 11 日地震发生当天，许多员工都在霞关的经济产业省副楼内的保安院总部。工作人员匆忙地换上浅蓝色防灾服，拥入常设的紧急情况应对中心（ERC）。在这里聚集的职员们都绷着个脸。他们在 ERC 里布置桌子，搬入白板。院长寺坂则前往首相官邸。六所、东通、女川、福岛第一、福岛第二、东海……听到各地核电站及原子能相关设施都已安全停止的消息，大家松了一口气。

到这里为止，事态发展都和之前训练手册上说的一样，然而之后就不同了。

3 月 11 日下午 3 点 42 分，大概从收到福岛第一核电站吉田发来的第 10 条报告开始，在保安院发挥重要作用且兼任 ERC 总管班的保安院企划调整科只能被迫一味地“派遣人员”。他们向现场派去经产副大臣池田元久、审议官黑木昭弘、原子能发电检查科科长山本哲也，甚至不得不部署安排人手去首相官邸代替无能的寺坂进行解释。从 11 日傍晚开始，企划调整科科长片山启便一直在协调将保安院的现有人力物力派往何处、如何确保交接班人员的问题。片山向经产省官房秘书科提出要求，希望在全经产省范围内选派有保安院工作经验的人员作为支援部队，并一直忙着与寺坂之间商量派遣人员的事情。[*1]

下午 4 点 36 分，接到第 15 条报告后，原子能防灾科科长前川之则慌忙冲了进来。这时，寺坂及片山等保安院干部第一次听说 1 号机组的应急冷却装置 IC 以及 2、3 号机组对应的 RCIC 等名称。在此前的原子能防灾训练中，并没有设想过如此严重的紧急事态，没有过针对性的训练，因而此后发生的事情也都是始料未及的。

按照设想的程序，当核电站发生紧急状况时，各核电站的计算机会将核反应堆的情况传送过来。收到这些信息之后，经产省下属的原子能安全基础机构将启动其运营的“紧急情况应变支援系统”(Emergency Response Support System＝ERSS)，以预测堆芯的损伤情况。然而，失去所有电力供给的福岛第一核电站并没有自动传送重要数据，ERC 设备组只能袖手旁观。

大约在 3 月 11 日傍晚的同一时间，为启动原子能安全技术中心运营的“紧急状态下环境剂量情报预测系统”(System for Prediction of Environmental Emergency Dose Information ＝ SPEEDI) 的专用终端，文部科学省主管的财团法人原子能安全技术中心派出的操作人员抵达了保安院的 ERC，但是这里也没有输入数据。

核电站事故的撤离指示程序为：① 首先通过计算机线路获得该核电站核反应堆状态信息，② ERC 设备组驱动 ERSS 以预测成套设备的进展情况，③ 基于预测结果，ERC 放射线组驱动 SPEEDI，确定防护区域，④ 然后居民安全组将预测结果与各自治体的居民撤离计划等进行比对，确定撤离引导地区。然而，福岛第一核电站核反应堆的情况没有被自动传送，应急监测箱也因地震受损，连监控车也由于路况不好而无法靠近。

"紧急情况的根本前提无法成立时该如何应对？我们完全没有做过这方面的准备。由于 ERSS 不能用，所以 SPEEDI 也无法使用，因而也无法确定撤离区域。在保安院处于这种状况的情况下，率先确定撤离区域的是首相官邸。"

片山回想起当时的情形。[*2]

"我们没能制定出确定撤离区域的草案。当时，在首相官邸的次长平冈和委员长班目两人下令说'就按这个决定执行！'当然，对于没能做出草案这一点，我甘愿接受批评。"[*3]

作为原子能灾害对策总部事务局的保安院，此时已完全丧失职能。

借用片山的话说，保安院在政府内部处于"隐居"状态。"要是我们能够，至少我自己能够站出来就好了。"然而，事态并没有这么发展。实际情况是，在距离首相官邸直线距离只有 700 米的经产省副楼保安院内，人们一直处于张皇失措东跑西窜的状态，而且持续到了 3 月 20 日左右。

保安院在经产省内也是一个鲜为人知的组织。它原本是由经产省管辖的矿山保安监督部和资源能源厅的原子能规制部门，以及经产省从解体的科学技术厅夺来的原子能行政部门合并而成的组织。因此，很难说汇集于此的都是原子能监管专家。在保安院总部工作的 352 人当中，担任液化气、矿山等安全监管的有 101 人，其余 251 人负责原子能行政。其中，寺坂、片山等行政官员以及航空宇宙、机械等完全不同领域的技术官员也不少。“院长对能源厅厅长有人事任免的权利。明明是监管机构，却隶属能源厅这一推进机构，这本身就有问题。而且，由于两三年就会进行人事调动，所以培养不出专业人才。”一位曾在保安院工作过的平成年间①进入经产省的官员透露说。*4 按照惯例，院长和次长由行政官员和技术官员轮流出任。当时的寺坂，是个完全不适合处理危机的人。次长平冈虽说是技术官员，但专业是机械，对原子能也并不精通。

速调电源车

这个国家的原子能行政领导们谁也没有想到会发生失去所有电力供给的情况。

就在 10 个月前，保安院院长寺坂信昭还曾被日本共产党众议院议员吉井英胜问及：“如果发生核电站输电铁塔倒塌，自主发电的柴油发电机电源也被阻断的情况，该怎么办？”他当时回答说：“为防止这类情况发生，我们在工程设计上已经做了安全设计，足以确保这类情况几乎不可能发生。”*1 寺坂冷淡地把吉井提出的疑问挡了回去。然而，从福岛第一核电站发生的事情来看，显而易见，少数在野党共产党议员吉井的设想远胜过身为主管政府机构最

① 平成年间：1989—2019。

高负责人的寺坂。

制定了《核电站抗震设计审查指南》的原子能安全委员会委员长班目也是如此。2007年2月，时任东京大学研究生院教授的他在浜冈核电站相关诉讼中，作为中部电力方证人出庭，当被问及无法启动应急柴油发电机的情况时，他直言道："我们没有预想过这样的情况。如果不干脆明确地排除这种情况，设计工作就没法进行。"[*2]

从两位最高负责人毫无忌惮的发言中可以看出，对于失去所有电力供给的情况，他们完全没有做任何准备。其实，原子能安全委员会曾讨论过这类问题，甚至在1993年成立了全交流电源丧失情况讨论工作小组。不过，因被认为"发展到严重事态的可能性很低"而受到轻视，报告也被束之高阁，深藏于柜子里，不再拿出来重新研究。[*3] 所以说，政府没有做任何准备。"是故意不考虑失去所有电力供给情况的"。菅领悟到了这一点。"因为如果预想到这一点的话，就会引发恐慌"。[*4]

本来如果能通电的话，核电站就能获救。但是，应急柴油发电机无法使用，能从外部传送电力的铁塔也倒塌了。于是，东京电力想出了一张王牌——电源车。即，出动搭载自主发电机的大型车辆。事到如今，救命稻草只有电源车了。总公司的配电部门向各分公司下达指示，要求确保高低压电源车，并确认前往福岛第一核电站的路线。

下午6点，福岛县对策总部发布消息称，8辆东电的和1辆陆上自卫队福岛驻扎地的电源车，正前往福岛第一核电站。东电还要求东北电力紧急出动手头现有的电源车。

但是，由于受大地震影响，地铁、JR①、私铁等大多已停运，

① JR是Japan Railways的缩写，即日本铁路公司。

从3月11日傍晚开始，首都圈的夜间公路干线到处都是大塞车。而且，越是靠近福岛，越是因塌陷、山体滑坡等缘故，导致道路无法通行。

在首相官邸，副长官福山和首相助理寺田通过首相秘书官，与东电、自卫队等取得联络。[*5] 在哪里有几辆车？可否由警车带路，让正在通行的一般车辆让道？不能用警车开道吗？路况如何？——这样频繁仓促的联络持续着。

不久，总理大臣的办公室里搬来了白板，工作人员开始在上面写：几辆电源车通过什么路线向当地行进。

由于大塞车和道路损坏，电源车前进道路受阻，迟迟无法行进，坐在办公室沙发上布阵的菅开始焦躁不安起来。他问道："现在到哪里了？"秘书官回答说："刚通过立交。"

福山探讨了用自卫队直升机空运电源车的方案。在这个危机时刻，一国首相菅通过电话问东电的人："电源车的重量是多少？大小怎么样？"[*6] 然而，过了一会儿他们了解到，由于超重，无法采用自卫队空运的方式。

抱着一线希望，福山通过防卫省出身的秘书官打听美军飞机空运的可能性。他们多次询问电源车的重量及大小等信息。然而，美军飞机空运也同样由于过重而无法实现。当知道不可能空运的时候，就只有尝试陆路了。

这种让人提心吊胆的紧张状态一直持续到晚上8点半，菅下到地下危机管理中心为止。首相消失在地下后，留在官邸五楼的寺田负责安排电源车，细野豪志则一心扑在解决居民撤离的问题上。福山往返于总理办公室所在的五楼和地下之间。由于手机在地下没有信号无法接通，寺田每次都通过固定电话向菅汇报进展情况。

"不管从哪里调来都可以。希望电源车尽快到达现场，哪怕只有一辆！从各地调往福岛第一核电站！一辆可能不够，给我多调点车去现场！”据说这就是福山当时的心境。[*7] 为恢复核电站的供电，调度的电源车总共达到了 69 辆。

晚上 9 点 15 分，福岛第一核电站站长吉田通过传真联络，向经产省原子能安全保安院原子能防灾科发来了令人胆战心惊的消息。这是他根据第 15 条发出的第六次报告，汇报了异常情况。当时他的危机感正转向 2 号机组。传真上写着，2 号机组燃料棒开始裸露的时间——核反应堆内的水位到达燃料棒顶部最顶端的时间（到达 TAF 时间，TAF 是 Top of Active Fuel 的缩写）——“估计在 21 点 40 分左右”。接着他在传真中这样写道：

> 堆芯损伤开始预计：22 点 20 分左右
>
> RPV（Reactor Pressure Vessel，核反应堆压力容器）破损：23 点 50 分左右
>
> 1 号机组正在评估中

晚上 10 点过后，从保安院也传来了令人毛骨悚然的数据。这是利用 ERSS 解析 2 号机组反应堆状态的数据，是在没有数据的情况下，ERC 设备组根据过去的数据库进行推算的结果。这些数据没有在保安院内共享，就连企划调整科科长（ERC 总管班长）片山也没有收到。[*8] 上面这样写道：

> 22:50　堆芯暴露
>
> 23:50　燃料包壳管破损
>
> 24:50　燃料熔化
>
> 27:20①　核反应堆安全壳设计最高压（527.6 千帕）

① 原文如此。

两个预测中清楚地写着堆芯损伤、燃料熔化、安全壳损伤这一严重事态的进展情况。这意味着已经到了刻不容缓的状况。

菅把相关干部召集到地下危机管理中心的一个小房间里。官房长官枝野、福山、寺田、细野，还有经产大臣海江田、原子能安全委员会委员长班目以及原子能安全保安院的干部也都出现了。

大概这个时候，东电派来的原副社长（特别顾问）武黑一郎也出现了。武黑从东电副社长的职位退下来之后，就任向海外出口日本核电的国策公司“国际原子能开发”的第一任社长。他曾经是东电“原子能村”的首领。收到首相官邸“想找个能解释技术问题的人”这一消息，他急忙穿上西装赶赴官邸。下午 4 点，他到达官邸，然后先折回东电总公司，晚上再次聚到官邸。这次他是和东电派来的原子能品质安全部部长川俣晋一起去的。

此后核电站会怎样？——这是政治家们想知道的问题。“像切尔诺贝利和三里岛那样的事故是否有可能发生？”即便福山这样发问，也没能得到明确的回复。虽然有人回答说，也不是不可能，但不清楚具体情况。这时，福山觉得“专家之间也没有达成共识”。[*9] 无论他问什么，得到的回答都是泛泛之谈。

东北电力的两辆车是第一批电源车，到达离福岛第一核电站约 5 公里的紧急情况应对据点“福岛应急指挥中心”时，已经是晚上 9 点之后。此时，一直笼罩在强大紧迫感的东电总公司二楼对策总部里，第一次发出松了一口气的欢呼声，“太棒了！”

首相官邸也是如此。一名秘书官大声说：“刚到核电站了！”秘书官室的女庶务几乎要放声大哭般地高喊道：“太好了！”

眼看就要渡过这场危机了，微弱的希望之光射了进来。随后，当天深夜到 12 日凌晨，电源车陆续到达现场。[*10]

但是，连接插头不匹配。而且，电压也不匹配。总理大臣听到这样的报告大吃一惊。“居然不匹配……明明是电力公司，事先却完全没做好准备。怎么会有这种事！”[*11]

福岛第一核电站站长吉田想到了连接2号机组厂房里的动力变压器。但是，2号机组周围区域到处都是瓦砾，电源车无法靠近。他想到把电源车移到受损相对较小的2号机组涡轮机房旁，用电缆从涡轮机房大件物品进出口连接到动力变压器所在地。为此，需要200米长的电缆。但是，电源车上配备的电缆却并没有这么长。

听到现场在问“能否空运长电缆？”的消息后，东电总公司的对策总部急忙向公司内部和客户询问，但始终没有找到。

一位东电分包商的员工想起核电站保管着他们公司定期检查工程用的电缆。一听到有电缆，大家都松了一口气，可这也是一瞬间的事而已，因为等到要从仓库取电缆时才发现这次又缺少钥匙。好不容易电源车到了，可是现场时时刻刻传来“电缆长度不够”“锁打不开”的消息，几乎让菅及首相官邸的其他高官们急得都快要炸了。

最后，终于开了锁。用装有起重机的4吨卡车运出了长高压电缆，并将其截短到200米左右。虽然长度足够，但直径超过10厘米，重量超过1吨。通常情况下，要使用机器花几天时间铺设，但现在即便想启动机器也没有动力。这样一来，不得不依靠在核电站工作的40多名职员的人力了。

即便核电站的对策总部和现场之间想取得联系，电话也接不通。虽然在大踏步地推进作业，但在一片漆黑之中，瓦砾遍地，窨井盖也被吹掉，就连脚下也不稳当。此外，还有强烈摇晃的余震。对海啸再次来袭的恐惧之情，使作业难以顺利进行。

在晚上11点20分过后的新闻发布会上，原子能安全保安院的原子能发电安全审查科科长山田知穗称“由于电源车尚未连接，所以还没有恢复供电”，他不得不承认作业进展困难。*12

由于通讯不畅，现场和东京之间的联络也无法顺畅进行。因此，东京这边完全不知道发生了什么，也就无法发挥自己的想象力来理解吉田他们所处的困境。

晚上 11 点 49 分，吉田的第九次报告发到了保安院。上面写着“1 号机组涡轮机厂房里的辐射剂量在上升”，“原因正在调查中”。

但是，发生了什么事是很明显的。

放射性物质泄漏了。

虚幻的美军救援

在太平洋彼岸，对于在日本发生的事情，美国比日本政府有着更强的危机感。国务卿希拉里 · 克林顿 11 日出席总统出口磋商会时表示：“驻日美军向核电站运送了非常重要的冷却剂。”她明确表示，今后也将继续支持日本，并补充解释道：“日本对核电的依赖程度极高，制定了非常严格的技术标准。但是，由于地震给部分发电站带来了压力，出现了冷却剂不足的情况。”*1 12 日凌晨 3 点，路透社报道了克林顿的这番发言。

然而 6 小时后，她的发言被断然否定了。据悉，美国国务院一位不愿透露姓名的官员称：“实际上并没有运送。”媒体做了后续报道，对第一次报道内容进行了修正。报道继续写道：“据悉，在向国务卿希拉里 · 克林顿汇报对日援助政策的调整状况时，估计出现了混乱。”*2

克林顿的此番发言后来招致了严重的臆测，对菅政府造成了损害。因为很多人的解读是，克林顿说了“运送了冷却剂”，而这些冷却剂最终没有送到是因为日本政府拒绝了美国的提议。甚至有人猜测说，尽管美军提出了应对方案，但是“包括反美反安保一代的菅首相在内，民主党政权中枢存在对美军的排斥反应，因此拒绝了美军的提议”。仙谷由人在国会上用“暴力装置”这一有悖于时代的左翼用语称呼自卫队的事件[①]，至今还让人记忆犹新。因此，他们认为，菅政府的确有可能这样做，这种解读是有基础的。

此后，不断有报道强化这种猜测。

> “在执政党内部，关于政府的初期应对问题，出现了批判的声音，认为‘想必美方早已判断报废核反应堆是无奈之举，提议要为日本提供援助。尽管最终做好废堆的思想准备，注入了海水，但菅首相没有当机立断决定接受美国的援助，导致应对推迟了数日’（民主党干部）。”（《读卖新闻》，2011 年 3 月 18 日）“当初，对于美方的援助提议，首相官邸反应迟钝。一位民主党人士透露：‘对于请求美方帮助这件事情，不仅是希望保住核反应堆的东电，首相也并不积极。’”（《日本经济新闻》，2011 年 4 月 13 日）
>
> “‘问题出在日本方面。’一位民主党干部作证说，在这一阶段政府拒绝了美方提出的核反应堆冷却相关建议。因为其前提是采取尽早注入海水等办法报废核反应堆。菅直人首相也并未充分意识到堆芯熔毁的危机，更倾向于不依赖美国而自行应对。当时，东京电力也报告称‘本公司可以处理’。”（《日本经济新闻》，2011 年 4 月 30 日）

① 此事发生在 2010 年 11 月 18 日。

细野豪志表示，如果真的有这种“特殊的冷却剂”，他认为当然“没有比这更值得感激的事情”，所以过了一会儿，他向有关人士询问克林顿国务卿的提议实际上是怎么回事？[*3]

“我已经向相关人士进行了核实。在此期间，也向曾与美方接触的人士打听过，并没有那种特别的东西。换句话说，并不是美方提出了什么真正的好办法，而日本没有接受导致事态恶化——我是这么认为的。”

只是《读卖新闻》和《日经新闻》放大了路透社的错误报道而已。

但是，毫无疑问，关于震灾后的核电站处理问题，日美之间存在着沟通不顺畅的问题。14 日晚，美国能源部和美国核能管理委员会（NRC）的专家访问首相官邸，副长官福山让班目和保安院的干部一同出席接待。第二天 15 日，又换了一批成员，在官邸向美方进行解释。在福山看来，己方应该是毫不隐瞒地做了解释，但美方似乎不能完全理解日本专家的解释。[*4] 日方遭到美方猜忌，被认为“在隐瞒什么”。

U 形掉头命令

福岛第一核电站失去电力供给时，东京电力社长清水正孝陷入了绝望的深渊，他不知道如何从享受工作日观光的奈良回到东京。

由于成田机场和羽田机场均已被封锁，下午 3 点以后，伊丹、关空、神户等机场都没有飞往东京的飞机。东海道新干线也在地震发生的同时暂停了运行。晚上 6 点 26 分以后，虽然分批恢复了去往关西方向的下行列车，但是去往东京方向的上行列车，除了已经在铁轨上的车辆以外，都停止了运行。东名高速也被封锁。

当时，清水想到的办法是去往距离奈良约150公里的名古屋。如果能到名古屋机场，也许就能乘坐直升机前往东京。要是直升机的话，能在羽田等机场以外的地点降落。名古屋有东京电力和中部电力为监控输电线而共同出资成立的新日本直升机公司，该公司在名古屋机场基地拥有贝尔机等15架直升机。

清水费尽心思抵达名古屋机场时，已经是晚上7点多了。但不走运的是，由于新日本直升机的主要业务是在白天巡视输电线，没有配备夜间飞行所需的仪表，因此未获得夜间飞行许可。就算想飞，也不能在夜间飞行。

一脸茫然的清水接下来想的是，搭乘与爱知县运营的名古屋机场共用跑道的航空自卫队小牧基地的自卫队飞机。小牧基地配有参与伊拉克重建援助等国际和平合作行动的第1运输航空队，并配备了大型运输机和直升机。清水想着，以核电站的紧急应对为由，应该能想办法让他搭乘吧。

由于东京电力总公司向经产省原子能安全保安院进行了情况说明，于是晚上9点半左右，经产省拜托当时在首相官邸的防卫省运用企划局局长樱井修一使用运输机运送清水。

接到樱井指示的运用企划局事态应对科职员，认为这是基于经产省的请求，属于一般的省厅①合作，“基于机关内部判断”*1，同意搭载清水。

清水回东京的事终于有了眉目。他将要乘坐的是第1运输航空队的C－130。C－130因“大力神”这一爱称而闻名，是世界各国

---

① 省厅：日本以各国务大臣为首的总务省、法务省、外务省、财务省、文部科学省、厚生劳动省、农林水产省、经济产业省、国土交通省、环境省、防卫省、国家公安委员会（警察厅）等12省厅。多与内阁府合称为1府12省厅。

都在使用的运输机。它靠四个螺旋桨飞行，最多可搭载全副武装的64人空降部队，或者装载70吨物资装备。

晚上11点30分，手无寸铁的清水一个人钻进了这架四发螺旋桨C－130，飞离了小牧。此行目的地是位于埼玉县狭山市的入间基地。如果一切顺利的话，预计次日12日凌晨2点左右能到达位于东京内幸町的东京电力总公司。到时，他应该在总公司二楼的对策总部里，总算能着手指挥处理核电站问题了。

防卫省事态应对科科长井上一德，从下属那里听到“运送清水”相关的消息，他觉得这事必须向大臣汇报。[*2] 当时，三陆沿岸已因巨大海啸受到毁灭性的打击，要求自卫队出动的呼声不断，场面一片慌乱。几项任务同时并行，他还不知道载着清水的C－130已经起飞。井上最终向防卫大臣北泽俊美报告此事时，还以为是在起飞之前。

对此，北泽告诉井上：“首先要把灾民的救助放在第一位！”首相已经宣布原子能紧急事态，身为防卫大臣的北泽自己也向自卫队下达了原子能灾害派遣命令。然而，无论是北泽还是井上，都没有想到用运输机运送东电清水的意义，而是说出“当务之急是营救灾民”的话。

由于身处上命下服的防卫省，井上接到北泽的指示后，便立即与小牧基地取得了联系。他当时考虑的是，大臣的指示意味着应该把运送灾害派遣医疗队等与人命救助有关的事情放在首位，没有必要用运输机运送清水。

而部队的答复是，载着清水的C－130刚刚起飞。

“那让它返回！”井上命令道。

载着清水的C－130在起飞约15分钟后，即晚上11点45分左右，U形掉头，再次飞回起飞地爱知县。午夜零点过后，C－130返回了小牧。尽管拜托了自卫队，但清水还是没能从名古屋向东行进。浪费了时间，又回到了原点。*3

12 日凌晨 1 点过后，清水收到身在东京的常务小森明生发来的极具冲击性的汇报，说“要进行泄放操作”。最终，清水在名古屋度过了一个不眠之夜。

第二天 12 日早上 7 点，他乘坐新日本直升机公司的直升机从名古屋机场出发，8 点 15 分降落在东京新木场的东京直升机场。由于之后驱车前往总公司，被卷入了大堵车当中，最终到达东电总公司的时间是上午 10 点左右。

社长不在的期间，福岛第一核电站 1 号机组已陷入无法挽回的致命状态。

1 号机组反应堆内的燃料已经熔化，安全壳内的压力也远远超出设计时的最大工作压力。

第 3 章　释放放射性物质

泄　放

凌晨零时，日历翻到了 3 月 12 日。福岛第一核电站终于度过了在事前模拟实验中认为 2 号机组安全壳会破损的时间（11 日晚 11 时 50 分）。然而，处于危险境地的不是 2 号机组，而是被认为保有冷却功能的 1 号机组。11 日 23 时，涡轮机厂房内记录下了很高的辐射量。

地震发生时，包括从东京来的出差小组中的一名成员在内，原子能安全保安院共有 8 名职员在福岛第一核电站。其中，3 人前往与福岛县大熊町的福岛应急指挥中心位于同一建筑物内的保安院原子能安全检察官事务所，余下的 5 人负责在核电站内收集情报。

虽然不清楚写下记录的确切日期和时间，但是原子能安全检察官事务所的一名职员，在其备忘录中记下了来自东电的情报。

状况　刚才东电负责人。1—2 号 有危险、

1812　燃料棒暴露、

2020　堆芯熔化、

2030 安全壳可能损伤、

2222 以后 堆芯熔毁。

可以进行泄放了？已开始注入少许流水，但不能舒忽大意。然而 事态严重、有危险。以最坏的情况为前提制定对策 *1

这张便条是记者形山昌由于 4 月 2 日在现场发现的。办公室没有上锁，全员都已撤离，室内没人。在大型媒体不愿冒险的情况下，自由撰稿人全力以赴的游击战式取材方式奏效，拿到了绝好的特别素材。

据形山介绍，这是用蚯蚓爬似的颤抖的字体，写在手册之类资料后面的文字，也顾不上潦草的平假名①，甚至有错别字。让人感受到当时那种紧张氛围。 *2

据东电和保安院事后分析，1 号机组由于地震紧急停堆后，通常情况下，核燃料顶部（有效燃料顶部）以上 5 米左右的水位，在仅两至三小时后会降至核燃料顶端，燃料棒开始暴露。

晚上 7 点半左右，燃料棒应该已经完全露出水面，即陷入了燃料棒完全暴露的状况。与此同时，堆芯最高温度从地震前的 600 度左右一下子飙升至 2 500 度以上。 *3 地震发生 3 小时后燃料开始暴露，1 小时后燃料棒开始受损。

下午 5 点过后，在 1、2 号机组的中央控制室里，工作人员开始根据《事故时运行操作指南（重大突发事故）》思考对策。该《指南》的制定汲取了三里岛和切尔诺贝利核电站事故的教训。然而，这本长达 50 页、当年 2 月份刚出的第 16 版修订版《指南》，却几乎没有派上用场。因为根本没有设想过长时间失去电力供给的

① 平假名：日语使用的一种表音文字。原文中，便条好几处以平假名书写。想来是汉字笔画太多，记录者仓促之中便以平假名代替。

情况。[*4]

站长吉田在拼命确保电力供给的同时，还开始准备利用消防车灭火系统注水降温。11日下午5点半，吉田指示1号机组启动柴油灭火泵，使其处于“待机状态”，并做好使用消防车注水的准备。然而，由于此前从未想过使用消防车注水，所以并未确定应该由核电站的哪位来负责执行这项任务。尽管吉田下达了指令，但是没有人具体讨论过这种情况。

3月12日星期六凌晨零点左右，吉田发出指示：“泄放”——为了缓解安全壳内过高的压力，将反应堆内的空气向外部排出的作业，通俗点说就是“抽气”。将安全壳内的空气排出，意味着向外喷洒放射性物质。这是最糟糕的办法。

大约20分钟前，也就是11日晚11点50分左右，发电站对策总部修复组人员在1号机组的中央控制室内调查时确认到，放有核反应堆压力容器的安全壳压力为600千帕，远远超出设计时的最大使用压力427千帕。如果不把过高压力释放出去，任由其发展的话，安全壳就会破裂。

用于安全壳泄放的管线有两种，分别是从安全壳本体出来的管线，和抑压室（suppression chamber）出来的管线。各管线上有气动AO阀（Air Operated Valve）的大阀和小阀。两种管线汇合后的管线上装有电动驱动的MO阀（Motor Valve），其前方有一旦施加一定压力便会开启的爆破片（rupture disk），再往前连着排气筒。

泄放时，基本上优先通过抑压室泄放。这是因为被释放出来的气体通过抑压室的水放出，就像经由过滤器一样，放射性物质的量会减少。

为准备泄放，工作人员已开始对排气所需阀门进行位置确认，但是估计作业会难以推进。因为MO阀在断电的情况下无法运作，

AO 阀的开启需要压缩空气。由于原本可用开关控制的阀门无法自由开闭，所以必须有人去现场撬开阀门。

仅 11 日一天，震度① 5 弱级以上的余震就发生了 10 次之多。在对大地震和大海啸再次袭来的恐惧一直持续的情况下，为确认阀门的式样及构造等信息，核电站对策总部修复组的成员去往因地震而变得乱七八糟的办公主楼拿图纸。但是，没有人熟悉泄放用阀门的式样和构造。对于这种实际业务方面的问题，被称为合作公司的“分包商”员工和作业人员要精通得多。吉田很早就认为东电正式职员不愿意去现场是个问题，但通过这次核电站事故他更深刻地体会到了这一点。关键时刻能派上用场的核电站知识“空心化”，仅靠东电职员的力量举步维艰。

吉田等核电站干部们所在的抗震关键楼里，由于安装了应急燃气轮发电机，所以有电，可以和东京通过电话和传真等保持联络。但是，核电站内除此以外的设施都因停电而处于一片漆黑当中。行政主楼里也没有灯光，只能一边打着手电筒一边分析图纸。找着找着，工作人员发现抑压室的气动阀（AO 阀）上有把手，应该可以想办法手动打开。*5

即使想派人去 1 号机组打开阀门也很困难，因为核电站厂房周边的核辐射量一直在异常上升。晚上 11 点，在涡轮机房一楼北侧的双层门前，显示每小时 1.2 毫西弗，超过了普通人一年受辐射的上限值 1 毫西弗。

在如此严酷的情况下，不得不派人去现场。而且，核电站内原有的 5 000 个放射性剂量仪，由于海啸被水淹没或是建筑物倒塌的缘故，大部分都不能使用，看上去还能用的只有 320 个左右。与平

① 震度：全称为“日本气象厅震度阶级”，分为 0～4、5 弱、5 强、6 弱、6 强、7 等 10 个等级。与表示地震本身强度的震级不同，震度表现的是某一地区受地震影响的程度。各国分级方式不同，中国大陆采用分为十二级的地震烈度。

时不同，就连弄到一套齐全的装备都要费些力气。

凌晨 0 点 56 分，署名站长吉田的第 10 报，以传真的方式发到了东电总公司和经产省原子能安全保安院，告知了异常情况。上面写着："1 号机组的 D/W 压力有可能已经超过 600 千帕，详细情况正在确认中（设计时的最高使用压力：427 千帕）。安全壳压力异常上升。"*6

即使到了这个阶段，现场也无法锁定陷入危机的是 1、2 号机组当中的哪一个。与第 10 报一起通过传真发来的 0 点 30 分的"福岛第一核电站设备相关参数"中写着：1 号机组应急冷凝器（IC）正在运作，但 2 号机组堆芯隔离冷却系统（RCIC）已停止，因断电而无法启动。*7 换句话说，可以理解为，1 号机组还在勉强维持注水，而 2 号机组已停止注水。

应急冷凝器和隔离冷却系统，都是在如失去所有交流电源的这类紧急情况下，用于冷却核反应堆的装置。阀门的开闭和控制都由电池驱动。核反应堆将冷却的水变成蒸汽，而应急冷凝器则将这些蒸汽冷却，让其变回水。这种冷凝器是老式的 Mark Ⅰ型核电站的配置，福岛第一核电站只有 1 号机组进行了实际安装。2、3 号机组则安装了与此不同的隔离冷却系统。

吉田拿到的数据是自相矛盾的。1 号机组应该是在持续注水的，换句话是说，冷却功能在发挥作用，但是安全壳的压力却超过了设计时的最高使用压力。虽然 2 号机组应该是停止了注水，但压力却并无异常。从逻辑上讲，如果有冷却水进入，堆芯就会被冷却，因而安全壳的压力不太会上升。相反，如果没有注入冷却水，堆芯的温度就会不断上升，安全壳的压力应该也会飙升。但是，拿到的数据却显示出完全相反的结果，前后矛盾。

凌晨 0 点 53 分，菅首相下到官邸地下的内阁危机管理中心，进入幕阁成员聚集的小房间。经产大臣海江田万里、官房长官枝野幸男、官房副长官福山哲郎、首相助理细野豪志，以及原子能安全委员会委员长班目春树、东电的特别顾问武黑一郎等人悉数到场。

“如果继续这样下去，安全壳有可能会被破坏，因此不得不使用泄放阀将压力释放到外部去。”班目和武黑这么一说，政治家们第一次知道了为减轻反应堆内的压力，也就是抽出气体的“泄放”这个概念。

据福山称，当时在大约一个小时的时间里，到底什么是“泄放”成了讨论的中心。海江田被告知，泄放有湿式和干式两种，东电打算采用湿式，即让积水通过安全壳底部的抑压室，以减少放射性物质的飞散。至少在“泄放”的话题刚出来时，海江田最初的认识是这样的。[*8]

政界人士纷纷追问：“到底会释放多少放射性物质？”“我们必须要撤离多少居民？”原子能专家们的回答是“没有必要撤离那么多人”。[*9]

最终，凌晨1点半，菅和海江田一致认为有必要进行泄放。他们口头告诉东电的武黑特别顾问要进行泄放。

凌晨1点半左右，核电站的吉田收到总公司发来的指示：“希望采取一切可能的措施，打开电动阀（MO阀）、气动阀（AO阀），进行泄放。凌晨3点，经产大臣海江田和本公司将共同宣布实施泄放作业，希望在那之后进行泄放。”

聚集在首相官邸的政治家和高官们都认为，泄放过程中阀门很容易操作。由于失去了电源，泄放操作无法进行，必须要手动打开的现场实情，并没有很好地传达给官邸。不同于监控画面24小时实时播放现场影像的东电总公司对策总部，首相官邸的地下危机管理中心没有像东电总公司那样与现场连接的电视电话会议系统。

在没有任何关于泄放实施准备就绪通知的情况下，首相官邸开始怀疑，东电是不是在犹豫不决。泄放意味着用自己的手打破核电站安全神话，向外部散播核辐射。“因为他们亲手打破了自己认为绝不会泄露的坚定信念，所以才会犹豫吧。”菅的亲信、内阁审议官下村健一当时是这么认为的。[*10]

正是这个时候，菅提出要去现场视察。

由于已经入夜，从东北受灾地传来的影像黑漆漆的看不太清。不仅是福岛第一核电站，三陆海域的受灾情况到底怎么样？待在首相官邸地下的危机管理中心也无法掌握情况。这些不解让菅感到非常焦急。

是 1 号机组，还是 2 号机组？

凌晨 1 点半到 2 点 35 分之间，福岛第一核电站站长吉田收到了经产省保安院通知首相要来视察的消息：“上午 10 点左右菅首相计划前往福岛第一核电站。”[*1]

吉田对总理大臣到来的消息半信半疑。因为现在不是想这个问题的时候。

在现场，2 号机组由于隔离冷却系统（RCIC）停止而被认为处于危机状态。然而，现场由于没能掌握 2 号机组究竟是什么情况而处于混乱当中。2 号机组值班人员带着由空气瓶和防护面罩组成的自动空气装置以及手电筒、雨靴等装备，前往现场进行确认。然而，由于余震不断，通常 10 分钟左右就能完成的确认工作耗费了一个多小时。

在凌晨 1 点左右进行的确认工作中，虽然听到 2 号机组 RCIC 室发出微弱的金属声，但无法确认隔离冷却系统的驱动状况。别说是电话，就连所里的联络专用 PHS（寻呼）也无法使用，所以去到现场的值班员不得不特意赶回中央控制室进行汇报。

1 号机组的情况也是在一味地发生恶化。

凌晨 2 点半，1 号机组安全壳内压力达到了最高使用压力的两倍，即 840 千帕。如果这种情况持续下去的话，安全壳将无法承受。

尽管如此，反应堆水位的燃料顶部却显示“＋130 厘米”。换句话说，水位计显示，燃料棒在水里。测出的数据是矛盾的。

1 号机组的工作人员手动关停了已启动的应急冷凝器这件事情，始终没有通报给吉田等核电站干部们。他们还以为应急冷凝器一直在保持运转。

可以认为，此时 1 号机组的水位计已经无法显示正确的水位了。实际上，燃料棒处于完全裸露的状态，因此被迫受热，导致安全壳压力高涨。

凌晨 2 点 35 分，吉田决定优先对被认为已停止注水并丧失冷却功能的 2 号机组安全壳进行泄放。

然而，2 号机组值班人员再次前往确认时，发现 2 号机组 RCIC 室的水位略有上升。通过确认现场仪表架，发现 RCIC 泵的排出压力升高。看来隔离冷却系统还在运作。换句话说，里面有水。被认为停止发挥作用的 2 号机组隔离冷却系统并没有失去冷却功能。明确判断出这一点，是在凌晨 2 点 55 分的时候。

2 号机组的冷却功能勉强得以维持。应该优先进行泄放的是 1 号机组才对。

从凌晨 3 点 06 分开始，在经产省的接见室，海江田和东电常务小森明生、原子能安全保安院院长寺坂信昭召开联合新闻发布会，宣布将要进行世界上首次向外界排出放射性物质的泄放作业。海江田说道："我收到运营商东电的报告，说由于安全壳内压力越来越大，需要打开泄放阀以降低内部压力。"与此相对，东电小森的发言却不得要领。他对事故经过进行详细冗长的说明之后，说道："我们进行了激烈的讨论，也请示了国家、原子能安全委员会、安全监管当局保安院，作为电力公司，本应首先做好预防工作，但是却让地方的各位非常不安，为此，我们深感痛心。作为此类突发事件的控制处理方式，已确定的做法是先释放安全壳内的一点压力，我们打算执行这一判断。"这是在说，东电受到国家督促才不情愿地下大力气去处理。在这个紧迫的时刻，小森冗长拖沓没完没了地做解释，而且说话还含糊不清。

小森接着说："首先，我们打算对 2 号机组进行降压作业。"直到这时，记者们根据从东电总公司新闻发布会上获取的信息判断，一直以为处于危险状况的是 1 号机组，因此，对于小森提出的"对 2 号机组进行泄放作业"的做法感到困惑。对于"为什么是 2 号机组？"这样的质疑，小森没能给出明确答复。*2

海江田离开了座位，仿佛非常恼怒。"我要回首相官邸，剩下的细节请问保安院。"说完，他便离开了新闻发布会会场。

在新闻发布会上，小森的回答一直是前言不搭后语。而就在这个过程中，他收到通报称 2 号机组冷却功能仍在发挥作用。

东电的核燃料循环部部长武井一浩打断了小森与记者们的对话："非常抱歉打扰，刚收到消息，已确认 2 号机组 RCIC 里有水。可能需要进行泄放作业的是 1 号机组。"凌晨 2 点 55 分，在新闻发布会过程中突然收到消息，称福岛第一核电站工作人员来到 2 号机组厂房并已确认里面有水。

新闻发布会结束后，原本打算先针对 2 号机组实施泄放的计划由于这个消息被完全打乱，重新开始准备对 1 号机组进行泄放作业。

地震发生后不久，对于因地震自动启动的应急冷凝器所导致的核反应堆压力急速下降的情况，1号机组值班操作员感到十分焦急。他认为，这样下去将无法维持《保安规定》中所设定的冷却温度下降率“55℃/h以下”(或是堆压降得过低，一直持续下去的话，将无法保持压力容器的完整性)，于是，3月11日下午3时03分，他通过关闭两个阀门来手动关停了冷凝器。冷凝器共有八个阀门，除了关闭了的两个阀门以外，其他都保持全开状态。换句话说，该操作员判断，通过对已关闭的两个阀门进行打开和关闭操作，可以根据需要启动冷凝器。

然而，据判断，遭大海啸袭击失去电力供给的11日下午3点35分以后，冷凝器电路中的故障安全防护功能开始启动。故障安全防护功能是在突发紧急事故时维护安全的一种功能。其设计是，一旦电路探测到冷凝器管线破损，便会关闭阀门以防止漏水。为此，之后“东京电力福岛第一核电站事故调查与核查委员会”(委员长东京大学名誉教授畑村洋太郎)在《中期报告》中推定，在因海啸导致冷凝器电路断电的同时，故障安全防护功能启动，关闭了阀门。报告还分析称，除被操作员手动关闭的两个阀门以外，应该是全开状态的六个阀门也被转向关闭的方向(据判断，有的阀门全部闭合，有的则关到一半)。据此可以认为应急冷凝器几乎没有发挥作用。经后来确认，冷凝器两个水箱的水量分别剩余65%、85%，由此可见，冷凝器几乎没有对核反应堆进行冷却。

然而，在1号机组值班人员当中，没有人把失去电力供给和故障安全防护功能联系起来考虑。就连经验丰富的吉田站长等发电站的干部们，也没有想到故障安全防护功能启动了。不仅如此，他们甚至没有被告知手动关停的事情。

因此，他们一直“误信”冷凝器在工作，即 1 号机组的冷却功能还在发挥作用。

东京的东电总公司也是如此。核电站的设计方向，始终考虑的是要将放射性物质封闭起来。冷凝器的设计也是一样，在发生异常情况时也会关闭，换句话说，它会自动运作以防止向外喷洒放射性物质。因此，尽管东电原子能部门的人都有一个共识，即“如果断电，冷凝器的故障安全防护功能就会启动”，但在这个时候，却没有一个人想到这一点。

吉田等人是在 11 日晚上 9 点半左右发现异常的。直到从 1 号机组值班人员口中听到曾打开冷凝器阀门操作的消息后，吉田他们才意识到此前阀门一直处于关闭状态。晚上 9 时 50 分过后，由于放射剂量上升，他们开始怀疑冷凝器是否在正常工作。晚上 11 时 50 分，当得知 1 号机组安全壳内压力异常升高时，他们才觉察出“冷凝器没有在工作。核反应堆压力容器里产生的水蒸气正向安全壳内逸出”。过了午夜零点，站长开始认为，1 号机组的堆芯损伤已经发展到了相当严重的程度。

应该优先考虑泄放的不是 2 号机组，而是 1 号机组。

吉田在发现 2 号机组的冷却功能还在工作后，决定测量 1 号机组泄放时的辐射剂量。于是，凌晨 3 点 45 分，他派工作人员去到 1 号机组核反应堆厂区。工作人员一打开厂区的双层门，便看到“大片白色烟霭”，意识到异常情况后急忙关上门，没能进行测量。这里的被辐射风险看上去非常高。

凌晨 3 点 12 分，官房长官枝野在新闻发布会上宣布了泄放的实施和菅的现场视察。

“我们收到东京电力报告称，由于安全壳压力有可能正在增大，为确保安全壳的完整性，有必要排出内部压力。伴随着这项工作的进行，一些放射性物质可能会被释放到大气中，但估计量很少。考虑到朝海那面的风向，目前的措施能保证居民的安全，请大家沉着应对。”

此外，他还这样说道。

“出于想要更清楚地掌握核事故情况等考虑，今天（12 日）早上总理大臣想亲自去现场看看。计划乘坐直升机前往现场，现在正在进行最终协调。我们正在讨论的方案是，早上 6 点从首相官邸的直升机场出发，飞往福岛核电站，在当地降落。10 点 50 分再返回首相官邸。”

就这样，枝野发布了菅首相要去现场视察的通知。

记者们的提问接连不断。

——总理大臣视察核电站时，压力释放是否结束?

“东京电力正在对包括技术在内的各个方面进行最终调整，并将在不久后采取措施。”

凌晨 3 点过后，海江田和东电的小森在联合新闻发布会上，宣布将考虑对 2 号机组进行泄放。他们似乎一直以为泄放作业会马上进行。

——想必现场局势很紧张吧? 总理大臣不在现场会有怎样的风险?

“亲临现场确认，应该会有助于之后的应对。”

——如果风向发生变化怎么办?

“气象厅报告称，目前风向为西风和西北风，情况应该比较稳定。而且一般来说，释放出的放射性物质的量本来就非常微小。”

在这次新闻发布会上，枝野重复说了两次“撤离指令的内容没有变化”。他强调，与晚上 9 点 23 分发出的敦促方圆 3 公里范围内的居民进行撤离的指令相比没有变化。

枝野明确表示，放射性物质的释放影响极小。

SPEEDI

凌晨 1 点 35 分左右，在枝野根据气象厅报告明确称“从核电站刮来的风是向着大海吹的”之前，首相官邸收到了预测放射性污染扩散的模拟图。该模拟图由 SPEEDI 绘制。

SPEEDI 的专用终端设在保安院、原子能安全委员会、文科省以及福岛县政府等各核电站所在地的自治体，并通过专用通信线路连接。这个预测系统能读取未来 6 小时内的风速和风向，将放射性物质在大气中的扩散状况通俗易懂地反映在地图上。

晚上 9 点 12 分，几乎在福岛第一核电站站长吉田传真发来预计 2 号机组堆芯损伤开始时间等信息的同时，保安院首次启动 SPEEDI，并于 3 月 12 日凌晨 3 点半，制定了模拟 2 号机组进行泄放作业的实验。这是在未输入实际放射性物质释放量的情况下生成的假想模拟图。

由于首相官邸没有专用终端，不能直接看到这个模拟实验，所以让保安院发过来。为应对核电站事故，设置在保安院的紧急情况应对中心（ERC）的放射线小组工作人员，用扫描仪读取这份图像数据，放入连接经产省和首相官邸的其他专用终端文件夹。这是 11 日晚 10 点 41 分发生的事情。

12 日凌晨 1 点 35 分，就在大家谈论泄放指令、菅直人视察核电站等话题时，第二次模拟实验数据以同样的方式发送过来。这个模拟实验通过在地图上明确标识的形式，展示了如果凌晨 3 点半在 1 号机组进行泄放会产生什么影响。

预测图显示：风从西北吹向东南，放射性物质估计会南下到太平洋的洋面上。同时，模拟实验还进行了外部辐射剂量的评估和吸入导致甲状腺辐射剂量的评估。虽然不清楚第一次发送的预测图在首相官邸是否可供阅览，但第二次的图被打印出来，交给了内阁官房职员。[*1]

但是，当时的假想结果并没有向菅他们汇报。

据曾经担任菅的首相秘书官、经产省出身的贞森惠祐介绍，据说当时的数据被送至首相官邸的地下危机管理中心，并在复印后交到了各省派到该中心的联络员手上。不过，“数据没有交给官邸的干部、正副官房长官以及危机管理监管。由于学习积累不足，我在地震发生的初期阶段，并不了解 SPEEDI 的情况。就连预测图发给了各省联络员这件事我也是很久以后才得知的。”贞森这样回忆起当时的情景。[*2]

保安院从 11 日至 16 日期间，使用 SPEEDI 对放射性物质扩散情况进行了 45 次预测。12 日至 16 日期间，文部科学省也用 SPEEDI 对碘等放射性物质扩散情况进行了 38 次估算。12 日，原子能安全委员会也至少进行了一次预估。

事实上，凌晨 3 点 53 分，保安院使用 SPEEDI 对“12 日正午开始泄放作业”的影响进行重新评估。于是发现，放射性物质将向内陆这侧大范围扩散，而不是向海那侧。这和送到首相官邸的、模拟凌晨 1 点 12 分实施的预测图显示的风向完全不同。此外，预测结果还显示，放射性物质的扩散方式不是以核电站为中心的同心圆状，而是朝浪江町以及饭馆村等方向，即向西北方向蔓延，因此，放射性物质预计将会扩散至相当广阔的范围。也就是说，这些数据表明污染将在内陆地区的大范围内进行扩散。

虽然这些数据极为重要，但首相官邸的高官们，包括菅在内，都从未收到任何相关信息。关于 SPEEDI 这件事，菅回忆道：“我根本没有收到任何关于 SPEEDI 的报告！传达到了首相官邸，和传达到了首相我这里，意义完全不同。没有一个人用我能理解的方式向我解释啊！”。[*3]

尽管使用SPEEDI共进行了多达84次的模拟实验，但这些数据却在一段时间内被隐藏了起来，没有向公众披露。直到媒体开始察觉，专门负责案件报道的优秀新闻记者三桥麻子等在3月19日发售的杂志《AERA》3月28日刊中发表“对国民‘隐瞒数据’”的报道。在此之前，这些信息丝毫没有向外界公布。

福岛第一核电站事故释放到大气中的放射性物质的量，以半衰期长达30年的铯-137来看的话，则相当于168枚投在广岛的原子弹的量。即便用半衰期为29年的锶-90来换算，也相当于2.4枚广岛原子弹的量。这意味着，核电站事故造成了骇人听闻的污染。

如果保安院能够充分发挥SPEEDI的作用，或许就能让福岛第一核电站周边居民免遭大量辐射了。然而，经产省的职业公务官①们一丝一毫没有这种问题意识。把SPEEDI的数据发给首相官邸负责人的是紧急情况应对中心总管班长，即保安院企划调整科科长片山启。他轻率粗暴地说道：“那是实际存在的终端装置，只是形式上在我这里经过一下而已”。[*4] 对于大部分数据都隐藏在保安院里而完全没有很好地用于居民撤离一事，保安院原子能灾害应对监察森山善范后来申辩道：“我们没有料想到这些。”[*5] 从日本最高学府毕业到政府机关工作的男人们，直到最后也一次都没有想到要努力保障民众安全这一理所当然的事情。

---

① 职业公务官：在日本，通过国家公务员考试的综合职考试、上级甲类考试或I级考试，作为干部候补被中央省厅录用的国家公务员被称为“career”（职业），而当他们正式升任官员后则被称为“career 官僚”（职业公务官），是日本公务员体系中的精英官员群体。

首相视察

凌晨 3 点 59 分，长野县北部发生震度 6 强级的地震。首相官邸地下的危机管理中心再次紧张起来。继半天前发生的东日本大地震后，日本列岛再次遭到巨大地震的袭击。官房副长官福山朝着蜂拥而至的气象厅职员大声喊道：“这是大地震的余震？还是即将再次发生的大地震前兆？！”在这种情况下，如果引发东海地震或首都圈直下型地震怎么办？在持续断电、通讯中断的情况下，政府实在是应付不过来。此刻，福山的脊背感到像是背负着冰柱似的强烈寒意。[*1]

幸好这次的地震并没有造成太大的损失。福山回到了危机管理中心的小房间。当时，海江田因迟迟没有收到泄放成功的报告而万分焦急。就算他催促东电派到首相官邸的武黑特别顾问：“还没有开始吗？”也得不到令人满意的答复。

直到此刻，一直挤在首相官邸的政治家们想当然地认为武黑偶尔通过电话联系的对象是福岛第一核电站站长吉田。有人因泄放一直没有进展而恼怒，便对武黑说：“请把电话给吉田站长听一下。”于是，武黑命令身边的东电工作人员：“给我查一下福岛第一核电站的电话号码！”看到这一幕，福山才恍然大悟。

哎？这个人不是直接和现场取得联系的啊！

“我终于明白了，武黑都是通过内幸町的东电总公司进行联系的。这时我才明白，他并不是直接和现场取得联系的。”[*2]

凌晨 5 点左右，正在首相官邸打盹的枝野，被疑似海江田叫声的声音唤醒。“还没有进行泄放作业！”[*3]……

大概在同一时间，挤在首相官邸的首相助理寺田学也听说了已向菅报告称“辐射剂量太高，还不能进行泄放作业”的消息，他惊讶地问道：“还没开始？”[*4] 菅也感到困惑，因为即使问东电的武黑以及保安院干部“为什么还没有开始泄放？”，也得不到明确的回答。菅当时想：“最让人头疼的是无法解释现在正在发生的事情，导致我这边也无从下手，不知到底该采取怎样的应对方式才好。”[*5] 而且，这种状况一直持续着。

在即将进行有史以来的首次泄放作业之际，该如何撤离居民是个问题。关于这点，菅和枝野、海江田、福山等人在一起讨论。凌晨 1 点半下令预计 3 点过后实施的泄放作业，到 5 点还没有完成。换句话说，在此期间安全壳内压力相应地升高了，发生爆炸的可能性也更大了。而在聚集于首相官邸的行政人员当中，开始有人提出“居民会恐慌”“转移居民的公交车该怎么办？”“医院的患者如何撤离？”等问题，并以还没有摆好架势做好准备为由，表示不赞成扩大撤离区域。原子能安全委员会的班目及保安院次长平冈英治等人提议说：“在受控条件下实施泄放作业的话，没有必要扩大撤离区，但保守一点考虑的话，如果能扩大到方圆 10 公里范围，将足以应对相当严重的情况。”为此，菅做出判断，认为还是预留更大的撤离区域会比较稳妥。凌晨 5 点 44 分，菅决定将撤离区域从方圆 3 公里扩大到 10 公里范围内。

此时，不仅福岛第一核电站，第二核电站的危机也开始逐渐显现出来。和第一核电站一样，第二核电站也遭到了海啸袭击，面向大海一侧的海水泵受损，丧失了冷却核反应堆的功能。凌晨 5 点以后，第二核电站向保安院通报发生了异常情况，即 1、2、4 号机组的抑压室温度相继超过 100 摄氏度，“失去了抑压功能”。对此，继福岛第一核电站之后，菅宣布第二个原子能紧急事态，下令第二核电站方圆3公里范围内的居民进行撤离，3至10公里范围内的居民在室内避难。

随着危机不断升级，对枝野在新闻发布会上宣布的首相视察核电站的计划是否应该执行，或是应当取消，首相官邸开始出现质疑的声音。

尽管枝野一直觉得，由于完全不清楚核电站的情况，有必要派一位职位高的政治家去把握整体状况，但对于菅亲自出马，他认为“总理大臣亲自去的话，反而难以避免诽谤和情绪化的批评，被人说首相的到访让现场陷入混乱”。因此，他强烈建议菅打消念头。*6

但是，一旦取消已宣布的首相视察，就等同于告诉公众事态足够严重，最终可能还是会造成恐慌。首相官邸的高管们害怕的反倒正是这一点。

曾在东京大学读书时帮助菅竞选的TBS记者出身的内阁审议官下村健一被菅叫了过去。菅对他说：“有人说我不应该去，你怎么看？我倒是想去。”下村回答说：“我认为这是总理大臣您该判断的事情。但如果您决定去的话，我倒是可以给些建议，比如从直升机上面应该看哪些地方。”——这就是曾成功在直升飞机上做过很多场新闻转播的他能给的建议。*7

据寺田称，此次视察核电站“起初只是一个临时性的计划”。“因为只是说‘有可能会去’，而并没有说‘一定去’。在这个过程中，辐射剂量上升，加之去现场又很困难。只是，如果已宣布的首相视察最终被取消的话，会产生相反的宣传效果。所以最后判断还是应该去吧。”*8

早上6点，他们才最终确定要去现场视察。菅的同行人员有原子能安全委员会委员长班目春树和寺田，加上下村等人。早上6时

14分，他们一起从首相官邸楼顶搭乘重要人物运送专用直升机“超级美洲狮”出发了。

菅之所以想去核电站视察，是因为想把握隔靴搔痒的现场情况，也就是说，想亲眼目睹现场的情况。武黑电话的那头不是吉田，而是通过内幸町东电总公司进行联络，对于得知这件事的菅来说，在中间隔着一两个缓冲物的情况下，试图取得良好沟通的做法，实在慢得让人焦虑。

菅后来这样回顾当时的情况。

“汇聚到首相官邸的东电、保安院、原子能安全委员会与现场之间，还有‘东电总公司’的存在。不知道那里是怎么处理的。后来我才了解到，胜俣和清水两位领导当时都不在东电。”

“我问东电、保安院、安全委员会专家组的意见，得到的回复是‘没有其他办法，只能选择泄放’。因此，政治家小组便认为‘既然如此，那就这么办吧’，于是下令进行泄放作业。然而，尽管大家都说要这么做，但指令却根本没有被执行。这种状况一直持续着。我一方面想了解地震、海啸的影响，一方面又完全不知道核电站现场的情况。所以，哪怕只是短时间，我也想去和现场负责人谈谈。”*9

因此，想在亲眼目睹到底发生了什么之后，再敦促尽早进行泄放作业。菅是“市民运动家”出身，这种“运动家”的作风，即便在他成为首相之后也没有改变。这个决断很像他的风格。

早上6点50分，经产大臣海江田万里根据《核反应堆等规制法》①强制下令要求东电实施泄放作业，这反映出了菅的急躁心情。之所以下达这个有法律依据的命令，是因为政府这边觉得不能

① 《核反应堆等规制法》：全称为《核原料物质、核燃料物质及核反应堆规制相关法律》。

再听任东电自主判断了。

经产大臣海江田也曾想过“我陪同首相一起去吧”[*10]，但福山听后觉得“总理大臣和经产大臣都去不好”，于是他通过枝野让海江田放弃了同行的打算。[*11]

取而代之，与菅同行前往现场视察的是班目。菅在直升机里问班目：“如果这种状况继续下去将会发生什么？”他回答说：“燃料包壳管的锆有可能熔化，与水反应恐怕会产生氢气。”菅追问道：“是否有爆炸的危险？”为让菅放心，班目回答说：“氢气虽然会逸出到安全壳里面去，但安全壳里装满了氮气，没有氧气，所以不会爆炸。”

“如果通过现在正在全力处理的泄放作业释放到大气中，由于氧气的存在，会发生燃烧反应，但不会是爆炸性的事件，因为它将在烟囱上发生。”

班目的话大概这个意思。[*12]

寺田和下村都清楚地记得这个时候发生的事情。他们两人记得，班目明确表示“不存在爆炸的危险”。

聚集在首相官邸的学者、行政官员、东电员工等原子能专家们，无论问他们什么，都没能给出坚定而负责任的回答。菅一旦发问，原本是专家的保安院职员只会面面相觑，扭扭捏捏。他们处于无论问什么，都只会回答“没把握”这样的一种状态。在菅的亲信下村的眼中，“就像没做作业的学生一样，避免和首相有眼神接触”。这个国家的原子能行政领导就是这副样子。

而在这之中，可以说是唯一给出坚定回答的，就是班目的这句“不必担心，不会发生爆炸”。

菅原本是为了敦促“尽快泄放”而去到现场的，结果却带来了相反的效果。

菅从首相官邸登上“超级美洲狮”前往福岛第一核电站时，核电站发来联络说：“实施泄放时会联络直升机，让直升机不要飞过它的上空。”[*13] 在现场，一切都是吉田在指挥。因此，当站长吉田忙着接待菅的时候，指挥命令就会中断。

“或许有人会觉得这是个借口，但由于菅首相来到了现场，我的目光不由得转向首相，所以两个多小时都没能做出‘泄放’的指示。当时，都是我一个人在指挥调度。由于我的指示停止了，周围都动不起来。”——吉田这样说道。[*14]

根据东电后来公布的 1 号机组运行日志，在从早上 6 点 29 分菅乘坐直升机从首相官邸起飞，到上午 9 点 04 分菅离开核电站前往下一个目的地，大约两个半小时的时间里，中央控制室的白板上没有任何记录。

也就是说，在这个紧急时刻，菅的来访疑似让指挥命令系统瘫痪了两个多小时。

早上 7 点 11 分，菅抵达福岛第一核电站。扛着电视摄像机的工作人员第一时间下来，以捕捉身着防灾服来视察的首相的“英姿”。见到乘坐微型巴士前来迎接的东电副社长武藤荣，菅突然大声喝道：“为什么没有立刻进行泄放？！”武藤的回答不得要领，不知道他想说什么。

当到达抗震关键楼前时，有人大喊：“快进来，快点，快点！”当时的现场已经成了战场。尽管对方是总理大臣，但却受到被人大声叱责般的糟糕待遇。7 点 19 分，一行人进入抗震关键楼。走廊里，工人们正躺着打盹，还有光着身子的男人，不知是在清除放射污染，还是在换防护服。首相一行穿过被通宵工作疲惫不堪、昏昏欲睡的男人们占据着的走廊，进入了一间粗陋的会议室。

武藤和站长吉田负责向菅“进讲”。菅带着怒气地扯开嗓门吼道："到底什么时候才能泄放？"武藤回答说："我们想在恢复供电的情况下电动打开，所以还需要 4 个小时。"武藤冗长拖沓的说话方式让听的人感到着急。吉田的说法和武藤相同："还需要 4 个小时。"

菅非常恼怒。"居然要花 4 个小时！"

他内心积压的不满全部发泄了出来："东电一直在说'还要几个小时'。一直不都是这样吗！"

这时，吉田说："无论如何，我们一定会实施泄放的。"然后拿出核电站的图纸开始讲解。"无论发生什么事，我们都会做好拼死的思想准备，组建敢死队来做。"听到这话，菅似乎被说服了。

组建敢死队来做——对于这句话，菅第一次感到释然和理解。[*15]

下村看了看吉田，心想："这下完全不一样啊，和到首相官邸来的那群木头人完全不一样。"

辐射剂量非常高，以至于随行的医护人员都捏了把汗，偷偷地提醒寺田，并建议他："最好不要在这里待太久。"但是，在兴头上的菅开始询问其他设备的情况，并没有要离开的意思。

早上 8 点 04 分，最终在一行人停留了约 53 分钟之后，菅再次登上直升机离开福岛第一核电站。

当"超级美洲狮"在福岛第一核电站上空盘旋时，菅胸前口袋里插放的放射性剂量仪响起了巨大的警报声。

据估计，截至此时，1 号机组产生的氢气已多达 900 公斤。

第 4 章　核电站爆炸

敢死队

3 月 12 日上午 8 点 03 分，福岛第一核电站站长吉田昌郎做出指示，以一小时后的上午 9 点这一时刻为目标，释放增大的压力，即进行泄放作业。结束与吉田等人的面谈之后，菅进入陆上自卫队运送重要人物的直升机“超级美洲狮”离开现场，时间是在上午 8 点 04 分。所以，吉田是在菅一行人刚进入直升机时便下令实施泄放作业的。吉田对 1 号机组的值班人员说：“虽然有可能遭受核辐射，但是我想拜托你们去现场手动操作。”

断了电的 1 号机组核反应堆厂房内一片漆黑。在黑暗中摸索着前行并打开阀门，不是一个人可以做到的事情。向外泄露的核辐射量急剧上升，凌晨 4 点时观测到辐射量为每小时 150 毫西弗。*1 一小时内泄漏的高浓度放射线，就超过了紧急情况作业时工作人员的年最大允许剂量 100 毫西弗。由于遭受放射线照射的风险很高，所以不能让年轻人去。

假设现场的辐射量为每小时 300 毫西弗的话，即使戴上一个由气瓶和面罩组成的自动空气装置，并服用碘片，最多也只能坚持 20

分钟。而能够进行实际作业的时间则更短，只有 17 分钟左右。强烈的余震还在继续，摇晃和坍塌可能使作业无法进行。为此，吉田决定组建曾向菅保证“在紧要关头一定会进行泄放”的“敢死队”，设三个分队，每队由轮值班长和副班长两人组成。

然而，上午 8 点 27 分，被派到大熊町公所的东电员工报告说，大熊町还有一部分没有撤离的居民。于是，总公司和第一核电站之间协调决定，等撤离结束后再进行泄放作业。上午 9 点 03 分，收到联络说，已确认完成居民撤离工作（虽说如此，但事实上，此时完成了撤离的只有一部分居民）。

上午 9 点 04 分，在完成确认的一分钟后，两人一组的“敢死队”第 1 队出发执行 1 号机组安全壳的泄放任务。套上防护服，佩戴好气瓶和面罩，还有计数一旦超过 100 毫西弗就会发出警报的手持放射性剂量仪。由于没有通信工具，所以在安排去往现场的这队再次返回中央控制室之后，下一队才出发。上午 9 点 15 分，第 1 队的两人把一个电动运作的 MO 阀打开约 25%之后返回。其中一人的受辐射剂量为 20 毫西弗，另一人为 25 毫西弗。[*2]

接着，第 2 队出发，目的是打开气动 AO 阀。然而，由于辐射剂量过高，他们不得不中途停止。第 2 队两人的受辐射剂量非常高，分别为 89 毫西弗和 95 毫西弗。

据推测，不久后其中一人受辐射剂量超过了限度，达到 106.3 毫西弗。尽管如此，核电站内却没有职业健康医师，无法进行医疗上的应对处理。由于受到过量核辐射的那名“敢死队队员”一段时间后表示出现头痛和发烧的症状，于是急忙开车将其送到了大熊町的县立大野医院，但是那里没有医生。好像已经撤离了。

第 3 队的出动最终不得不推迟。核电站内和附近都没有医生。不能再继续采取这种措施，让核电站的员工置于遭受核辐射的恐怖境地。

这次，在讨论往气动AO阀上安装临时空气压缩机(compressor)方案的同时，寄一丝希望于通过管线中剩余的气压将阀门打开的做法，尝试通过远程操作转动阀门。

上午10点17分，第一次尝试。不过，不知道是否已打开。10点23分，第二次。10点24分，第三次。

上午10点40分，核电站正门前的观测点显示辐射量升高，因此，暂时推测远程操作导致向外部释放了放射性物质，然而似乎并非如此。原本放射性物质在尝试泄放之前就一直在泄漏，凌晨4点左右，包括正门前在内的多处观测点均显示辐射量上升。因此，不能只依据正门前观测点的辐射量上升数据来判断。

现场决定放弃利用剩余压力远程操作阀门的做法，改用临时压缩机输送压缩空气。于是，派人去从合作公司的办公室取出压缩机。但是，为了将压缩机安装到管线上，需要适配器，而这次又找不到适配器。

中午12点半，出门寻找适配器的同时，用配有起重机的卡车把压缩机搬出去。下午2点，找到适配器的替代品，启动临时压缩机。通过这些操作，1号机组的泄放作业终于得以实施。

安全壳的设计最高使用压力为427千帕，但压力曾一度上升到840千帕以上。

就在泄放作业迟迟没有进展的这个时候，东京霞关经产省副楼的原子能安全保安院正在进行令人恐惧的推断。模拟实验显示，如果继续这样不能进行泄放作业，那么3月12日晚上11点，1号机组的安全壳会破损，大量的放射性物质将被挥洒出去。

此时的模拟实验结果被简单地记录在一张A4纸上，附上手绘的曲线图表。图表显示，如果安全壳的压力继续这样升高的话，晚上11点安全壳的压力将升至1 200千帕，到时候安全壳会破损。“无法进行耐压泄放的状态继续下去的话，假设安全壳的耐压为设计压力的3倍，那么大约10小时后，大量放射性物质会被释放出来。这个时候，相对于堆芯内置量，稀有气体100%、碘和铯各10%、锶及其他不到1%的放射性物质将被释放。”——在这些记载之后，写着下面这段“令人恐惧的推断”。

“估计辐射剂量在场地边界为数西弗以上。此外，根据气象条件判断，在距离发电站3至5公里范围内有可能存在明显的公众辐射危害。”*3

在1999年东海村JCO临界事故中，有两名作业员死亡，预计其中一人受辐射量为6至10西弗，另一人为20西弗左右。像JCO临界事故时那样致命的数西弗（数千毫西弗）的污染灾害可能从福岛扩散开来。

在这张纸上写有两种假设情况下的“应对措施”：(1) 恢复供电的情况；(2) 没有恢复供电的情况。如果没有恢复供电，将采取的具体措施包括“利用消防车注水”。与失控的核电站作斗争的手段，已经只有消防车了。这画面简直就像是拿着竹枪对抗B29轰炸机一样。

这次模拟实验的结果传达给了原子能安全委员会和首相官邸。下午2点02分，报告通过传真发至原子能安全委员会，职员手写附上了“来自ERC井上”的文字。这是由设置在原子能安全保安院紧急情况应对中心总管班编写而成的。

担任总管班班长的保安院企划调整科科长片山启，也是向首相官邸发送SPEEDI数据的负责人。他虽然参与了这一重要模拟实验的制作和传达过程，但这些直接关系到民众安全的重要数据，在媒体和国会引起骚动之前，始终被隐藏着。直到半年后的9月13日，保安院才公开这一“令人恐惧的推断”。

下午2点半，终于显示安全壳容器内的压力下降，从NHK录像中也可以确认到，排气筒中冒出了类似白烟的东西。可以看出，实施了泄放，即“放射性物质的释放”。保安院的令人恐惧的推断“致命放射性污染”似乎是杞人忧天。下午 2 点 41 分，610 千帕；下午 2 点 50 分，580 千帕；下午 3 点 14 分，530 千帕[*4]……经证实，压力逐渐降低。

下午 2 点 40 分，保安院发布新闻公告[*5]称“已开始释放蒸汽以降低压力”。下午 3 点过后，菅首相在首相官邸表示：“已成功对安全壳进行减压。虽然释放出若干放射性物质，但正在逐渐脱离危机。”[*6]似乎总算可以避免安全壳破裂的最坏情况了。

然而，泄放作业的实施，距离 3 月 12 日凌晨零点过后吉田指示进行准备工作开始，已经过去了 14 个小时。从海江田拔出《核反应堆等规制法》第 64 条第 3 款这把尚方宝剑，并依法下令之后算起，也已经过去 8 个小时。

当时，1 号机组早已 meltdown 了。

Meltdown，又称堆芯熔毁，是指核燃料受高热影响，熔化（melt）成黏稠状，失去原形落（down）至反应堆底部的现象。

据推测，3 月 12 日早上 6 点左右，也就是地震发生约 15 小时之后，1 号机组反应堆内的燃料全部熔化，进而溶解并破坏压力容器底部，甚至侵蚀安全壳底部的混凝土。[*7]

1 号机组爆炸

刚想着是不是有那么一瞬间喷发出了火焰，紧接着就听到“砰”的一声，发生了大爆炸。强烈的震感袭击了核电站厂区内部。

3 月 12 日下午 3 时 36 分，1 号机组发生爆炸。

滚滚浓烟笼罩了整个楼栋，被破坏的混凝土碎片变成瓦砾落下。东电的两名职员和分包商的两名工作人员在1号机组的涡轮机厂房附近，被掉落的瓦砾所伤。产生的大量氢气充满了整栋楼，1号机组反应堆厂房发生了氢气爆炸。

尽管最终泄放成功，但突然的爆炸让核电站的职员和作业员陷入了恐慌。“让我回家！”大家被吓得脸色苍白。吉田等核电站干部无权阻止想要逃走的他们。对吉田他们来说，眼前将是一片漆黑的最糟糕的情况。[*1]

此时，终于连接上200米电缆的电源车，正试图通过2号机组反应堆厂房内的动力变压器恢复电力。这样眼看就可以驱动硼酸水注入系统，从而实现高压注水。然而，电缆被爆炸飞来的瓦砾击中，电源车自动停止。电力恢复又回到了原点。

原本试图用海水代替即将见底的消防水池里的淡水，但由于爆炸造成瓦砾坠落，消防车的玻璃被砸碎，软管严重受损。周围四散的瓦砾似乎有很强的辐射性，无法让作业员靠近。

这时燃料已经完全熔化。8月，爆炸发生约5个月后，东电公布1、2号机组之间的排气筒附近测出每小时10西弗（1万毫西弗）的辐射量，这个剂量会让暴露在其中的人40分钟内死亡。1号机组反应堆厂房内的管线也测量出每小时5西弗的致命剂量。这些都是泄放作业时用于释放安全壳压力的管线。[*2]

一切都被耽误了。必须撤离现场，确认安全与否。必须一边监测辐射，一边移开高辐射剂量的瓦砾。此外，还必须从室外消防栓上凑集软管替代受损的软管，用于注水。

当时，位于福岛第一核电站方圆10公里范围内的居民51 207人已被命令撤离。撤离目标是富冈町14 808人、大熊町11 363人、双叶町7 243人、浪江町17 793人。

在事态越来越严重的福岛第一核电站现场，“我们以为更广的区域，至少方圆50公里正在撤离”，但事实并非如此。在核电站爆炸之后，这点规模的撤离“真的没问题吗?”，这是吉田等人的反应。[*3]

“请看电视！”首相助理寺田学在首相官邸五楼的秘书办公室里，听到了尖叫般的声音，惊讶地回过头来，发现在官邸的首相秘书官助理事务官正大声喊道：“请看日本电视台！”

屏幕上播放了1号机组爆炸的情形。从远处用长镜头拍摄的图像被放大。火花飞溅，浓烟四起。

寺田急忙冲进隔壁的总理办公室，此时首相正在与官房副长官福山和原子能安全委员会委员长班目讨论问题。从警察那里收到1号机组正冒白烟的情报，菅向班目提问，班目回答说：“应该是挥发性的东西吧。”

当时，日本电视台实际上是在爆炸发生一小时后才向全国播放这一震撼画面的。从当地福岛中央电视台拍摄影像到日本电视台在全国范围内转播，中间空出了一个小时。“因为我们在犹豫是否可以断言那是爆炸，担心直接那样报道的话会引发恐慌。”日本电视台报道部门的现场干部坦言道。[*4] 尽管这段影像将成为独家新闻，但是对于这则需要承担风险的报道，他们还是犹豫了。

寺田跑进来的时候，菅正在问班目关于白烟的事情。他报告说：“首相，核电站爆炸了！”紧接着夺过遥控器，切换画面播放。[*5]

冲击性的画面被反复播放。菅直人张口结舌。哪里是什么挥发性的白烟，这就是爆炸。负责宣传的内阁审议官下村健一质疑地问班目：“班目先生，刚才的是什么？不是发生爆炸了吗？”

根据福山的记忆，当时班目露出一副（此后也经常露出）“完蛋了”的表情，双手捂头，发出“哇”的一声呻吟。他抱着头，好一阵子一动不动。即便福山问他：“这是切尔诺贝利级别的事故吗？”他也没有回答。

对于亲眼目睹整个过程的下村来说，这是令他终生难忘的震撼场面。这就是日本最好的原子能专家的样子吗？——他是这么想的。

作为首相顾问的原子能安全委员会委员长，本应是日本原子能领域最优秀的实务工作者，也应最具才智。处于这样职位的班目，似乎是为了让大家放心，一直明确地表示“不会爆炸”。然而，事实上却发生了爆炸。

菅喃喃自语道：“这是怎么回事？不是说不会发生爆炸的吗？”。

班目后来发言，大概意思是说：“我一直说的不会爆炸，指的是压力容器，不是核反应堆厂房。”*6

听了这话，菅大吃一惊，问道：

“你什么时候加了这样的条件？你从来没有说过这些条件，不是吗？”

班目辩解道：“1号机组爆炸时说了什么我不记得了。但是，我一直在说的是，至少根据技术方面的知识来说，安全壳内是不会发生爆炸的。而楼栋里有空气，所以会发生爆炸，这一点我是清楚的。”*7

这件事之后，班目在首相官邸的信用开始下降。下村非常意外，他想：“大家都是学校里的尖子生。如果在老师给出的考试范围内，拼命努力的话能拿到100分，但一旦超出范围哪怕是一点点，只能得0分。根本无法应对预料之外的情况。班目、保安院、东电都是如此。”

菅此后好像给东电的什么人打过电话。电话那头的人似乎在回答：“我们正在现场确认。”正在办公室里的下村听到菅焦躁地说：“说去确认还有什么用，现在电视上不都在播了吗？！”

挂了电话的菅说：

“据说现在有人正去往现场确认情况。说是去确认……屏幕上不是在播放爆炸的画面吗？！”[*8]

后来确定是氢气爆炸，但这时的首相官邸不知道 1 号机组爆炸原因是什么，也不知道是哪种爆炸，什么情况都没掌握。菅想知道是安全壳爆炸还是核爆，但没有人能够解释。[*9]

唯一清楚的是，电视上播出的事实：1 号机组发生了爆炸。

当时，在经济产业省，七八名干部正聚在事务次官松永和夫（麻布高中、东大法学院）的办公室里一起讨论问题。经产副大臣松下忠洋、官房长上田隆之、官房总务科长柳濑唯夫等都出席了会议，但即使到了这个阶段，经产省也未能准确掌握核电站的情况。

通讯中断，消息几乎进不来。当地的“福岛县原子能灾害应急指挥中心”无法发挥作用，勉强能依靠的只有当地保安院事务所的防灾车卫星线路。大家凑在一起非常烦躁，心想：到底为什么联系不上呢？

就在这时，次官室的电视上出现了 1 号机组爆炸的震撼画面。在场的所有人都惊呆了。“核电站发生了爆炸”……不可能发生的事发生了，让人脊梁骨发寒。“反正留在这里也没用。”副大臣松下说要去首相官邸。柳濑觉得不好意思让政治家副大臣一个人去，于是说：“我也去。”随即只拿了件外套就陪同一起去了。柳濑怎么也没有想到，在那之后，他要穿着身上那套衣服在官邸待上一段时间。[*10]

经产省作为中央直属的资源能源厅，负责推进核电站的发展，而它旗下的保安院则担负着安全规制的职责。然而，此时的经产省完全缺乏危机应对能力。

用“惊慌失措”这个词来形容再贴切不过了。

海水注入

3 月 12 日下午 5 点左右，柳濑来到了首相官邸五楼，这里是总理办公室和秘书室所在地。

偌大的接待室里，约有 30 人，分别来自东电、保安院、原子能安全委员会、核反应堆制造商东芝等地方。在柳濑看来，聚集在这里的大部分人都陷入了恐慌之中。在首相官邸的地下危机管理中心，由于没有信号无法接通移动电话，反而陷入了信息缺失的状况。而且，为应对三陆的海啸灾害，各省召集过来的应急小组已经在地下安营扎寨，环境嘈杂，不便商谈事情。因此，取而代之，菅办公室所在的五楼接待室被用作指挥场地，成为首相进出的地方。

晚上 6 点左右，菅出现了。班目说：“总之要往里注水。如果不能注入淡水的话，就注入海水。”内阁官房长官枝野也加入其中，展开了激烈的争论。

就在这时，菅追问班目等人：“注入海水，不会发生再次临界吗？”“再次临界”是指，已经停止的核裂变反应由于某种原因再次启动。裂变反应链一旦开始，就很难控制，反应堆可能会由于产生大量能量而爆炸。这样的话，放射性物质将大范围扩散，使日本东部的大片地区受到污染。此时，对于菅提出的“注入海水，不会发生再次临界吗？”的问题，班目回答说：“不能说再次临界的可能性为零。”让在场的人都感到非常惊讶。一旁的福山认为班目所说的

"不能说是零"就等同于"有可能"，他顿时有种担心发生再次临界的危机感。当时，班目心想："作为可能性应该不是零，如果问我是否有再次临界的危险性，我也不应该说绝对没有。应该是有的。"[*1]

当菅问起"注入海水是否会带来问题"时，有人列出问题，比如："如果注入海水，会产生盐分，有可能堵塞流道""盐分可能会造成腐蚀"等。于是，菅又一个劲儿地追问道："那用硼酸怎么样？"等等。

这时，东京电力的特别顾问武黑一郎报告说，由于1号机组发生爆炸，需要一个半小时左右的时间才能完成现场的海水注入准备工作。于是，首相官邸决定利用这段时间研究一下海水注入是否有问题。磋商定于一个半小时后再重新开始，首相官邸的讨论暂时结束。[*2]

就在首相官邸暂停讨论的期间，福岛第一核电站现场已凑集消防栓软管，取代因1号机组爆炸而受损的消防车软管，并已将其连接到消防车，至此完成了海水注入的准备工作。晚上7点04分，根据现场站长吉田的判断，一声令下开始注入，终于可以注入海水了。

在首相官邸复会前，武黑被要求调查三个问题：是否备有用于注入海水的泵、注入海水用的管线是否存在破损、注入海水后的核反应堆是否可控。福山记得，武黑当时还在担心水是否会进去。武黑打电话想要询问吉田。

武黑　问你，海水注入怎么样了？
吉田　正在做。
武黑　哎？

吉田　已经开始做了。

武黑　喂喂，已经在做了？快停下！

吉田　为什么？

武黑　你问得太多了！首相官邸这边已经在嘟囔了。

吉田　你在说什么？*3

武黑对“当场的气氛”的解读是：在未经菅允许的情况下，不能随意注入海水。因此，他用强硬的命令语气要求吉田中止好不容易才开始的海水注入作业。对于冒着生命危险奋战的吉田来说，这是一种无法理解的应对方式。当时，对于除东电总公司外，首相官邸插手现场这件事情，吉田心里还纳闷：“指挥命令系统到底是怎么样的？”不过，吉田认为的首相官邸其实并非菅直人政府，而是当时在官邸的东电干部，也就是武黑个人的判断。

对于已经注入的海水，最终决定将其定位为“试验注水”，用于测试是否能够进入核反应堆内。后来在首相官邸的主页上写着“试验注水”，也是出于这个考虑。

此时，武黑并没有接到菅直人明确下达停止注入海水的命令，纯粹是察觉到首相官邸的“气氛”而做出的判断。

“真是的！原来是这么解读的，那些家伙。首相官邸的人、总公司的人和现场的人，所有的沟通都发生了偏差。要么是隐瞒了什么，要么就是无法判断。”

菅这样回想着当时的情况。*4 他说，这是武黑的过度“解读”。

收到“看气氛”的武黑提出的“中止建议”之后，晚上7点25分，东电总公司社长清水正孝向现场站长吉田下达了停止注入海水的指示。

吉田听到指令之后，并没有执行。事已至此，吉田不想中断好不容易才开始的海水注入作业。因为很显然，如果不持续冷却，危机将进一步升级。为此，必须不断注入海水。

于是，吉田决定演一场戏。他叫来了注入海水的负责人，一边利用电视电话会议系统的麦克风收声，一边用周围听不到的很小的声音事先嘱咐该负责人："我现在会下令暂停注入海水，但你千万别停。"

之后，他大声地喊道："暂停注入海水！"声音响彻了抗震关键楼紧急情况应对室的整个房间。待在东电总公司对策总部的清水等所有人，以及应急指挥中心的副社长武藤荣，甚至在福岛第一核电站的很多人，都深信吉田已经暂停了海水注入。然而，吉田却装作完全不知道的样子，继续注入着海水。

晚上 7 点 40 分左右，首相助理细野带着监控数据赶到。他详细解释了这些数字。爆炸瞬间的辐射量很高，之后下降并稳定了下来。对于这种情况，细野解释说："这好像是反应堆厂房发生氢气爆炸，看上去不像是核爆炸。"[*5] 听完，一直处于紧张状态的首相官邸暂时松了一口气。

这个时候，班目开始对氢气爆炸进行解释。

"我想应该是核反应堆压力容器中产生的氢气泄漏到安全壳里了吧？我原本以为由于安全壳里充满了氮气所以不会爆炸。但氢气却从安全壳的小洞里逸出，积聚在核反应堆厂房的上部。然后发生了爆炸——我认为可以这样推断。"[*6]

据现场判断，开始注入海水 30 多分钟后，首相官邸的磋商再次开始。经产大臣海江田、官房副长官福山、两位助理细野和寺田、稍晚赶来的防灾担当大臣松本龙等陆续进入拥挤的会场。

会上，保安院向菅汇报说："应该加入硼酸继续注入海水。""由于控制棒已经严重受损，即便是加入硼酸进行混合，也不会达到临界状态。无论是海水还是淡水，情况都一样。"[*7] 菅似乎接受了这样的回答。

晚上 7 点 55 分，菅亲自下令要求注入海水。晚上 8 点 05 分，经产大臣海江田万里起草了命令注入海水的书面文件。

晚上 8 点 10 分，看到这一系列举动的武黑再次致电东电总公司，联络说首相已经同意注入海水。于是，晚上 8 点 20 分，东电向保安院报告说已经开始注入海水。

在东电总公司对策总部的人员中，有人以为，从晚上 7 点 25 分清水下令停止注水，到晚上 8 点 20 分"重新开始"为止的 55 分钟内，由于菅首相的命令停止了海水注入。虽然事实并非如此，但在东电内部，却酿成了受害者意识，以为"东电开始注入海水之后，被首相官邸暂时叫停了"。[*8] 他们认为，这是民主党政权的重大失策。就像当初想搭乘自卫队飞机返回东京的清水，被再次拉回名古屋那次一样。

事实上，由于海水注入并没有被中断，而且是在燃料已经熔化并发生堆芯熔毁之后，所以很难认为东电看作问题的"55 分钟空白"对核反应堆造成了直接的重大影响。尽管如此，由于对菅的厌恶感和排斥心理，东电内部形成了共识，认为"在极其严峻的状况下'55 分钟空白'破坏了核反应堆的完整性"。东电的内部正在萌发对菅政府的敌意，这牵涉到之后的"逼菅下台"事件。

下午 6 点 25 分，菅将此前以福岛第一核电站方圆 10 公里范围内的居民为对象的撤离令，大幅扩大到方圆 20 公里范围内。这样一来，被列为撤离对象的居民一下子增加到 3 倍多，达到 177 503 人。人口众多的南沼市和田村市的撤离提升了整体数量。

随后，两小时后的晚上 8 点 32 分，总理大臣在首相官邸召开灾后第二次新闻发布会。也许是不眠不休的缘故，菅眼睛下面微微肿胀，看上去十分疲惫的样子。尽管通过电视，全国民众都知道 1 号机组发生了爆炸，他却避开了“爆炸”这个词，提到发生了“新情况”，并宣布撤离区域由此前 10 公里范围内扩大到 20 公里范围内。但是，这次新闻发布会不接受任何提问，在短短 9 分多钟的时间里，只是单方面地传达了消息而已。

“撤换”中村审议官

原子能安全保安院根据经产省的《原子能防灾业务手册》等决定，由主管原子能安全技术基础的审议官和首席统括安全审查官轮流进行新闻发布。

3 月 11 日是主管原子能安全技术基础的审议官中村幸一郎负责的日子。中村从鹿儿岛的拉萨尔高中进入东大工学院原子能工学专业，入职经产省之后担任保安院原子能安全技术基础科科长等职务，是经产省内屈指可数的原子能专家。听到福岛第一核电站涡轮机厂房北面测出每小时 1.2 毫西弗的高辐射剂量，1 号机组安全壳压力处于超出设计最高压力的状态之后，中村深知事态的严重性。

在 3 月 12 日上午 9 点 45 分的新闻发布会上，中村提及：“由于一部分燃料外露，所以部分燃料包壳管可能已经开始熔化。”这是一个非常专业的准确的评论。

此后，在下午 2 点的新闻发布之前，中村向院长寺坂信昭报告说，由于第一核电站厂区内监控测量值升高，失去全部电力供给已经过了相当长的时间，判断 1 号机组的应急冷凝器（IC）不可能在运行，所以“1号机组正在发生堆芯熔毁的可能性很高”。寺坂当时对中村说：“如果事实如此，那么只能这么回答了。”

对此，中村在12日下午2点开始的新闻发布会上，较之上午的发布会更进一步深入解释道：“有堆芯熔毁的可能性。推测堆芯熔毁几乎正在进行。”根据这一发言，各媒体大力报道“堆芯熔毁”的可能性。

令人吃惊的是，首相官邸因保安院提供的信息缺失而处于焦躁不安的状况。经产省出身的首相秘书官贞森惠祐等人对保安院的姿态表示怀疑，并指示保安院职员提前联络首相官邸告知新闻发布内容。贞森本打算始终保持保安院与首相官邸的信息共享，但寺坂却将此曲解为“新闻发布的内容必须事先经过首相官邸的批准”。由于寺坂的误解，此后保安院的新闻发布突然陷入了停滞状态。

中村提议在下午5点50分的新闻发布会之后，把他换下来。之后暂时由首席统括安全审查官野口哲男出现在媒体面前。野口虽然是技术官，但却是东大土木专业的毕业生。不久，保安院的发言人换成了负责原子能安全及核燃料循环的审议官根井寿规（久留米大学附属高中、东大理学院地质专业），再后来一直到核电站爆炸时为止，是负责环太平洋战略经济伙伴关系协定（TPP）的经产省通商局的负责审议官西山英彦（东京教育大学附属高中、东大法学院），被这些不是原子能专家的官员取代。西山在3月14日的新闻发布会上说：“我认为‘熔融’这个词是不恰当的。”这个发言与中村的发言相比，退步了很多，还做出了与事实不符的解释。[*1]

首相官邸的政治家们完全未被告知这些细节。保安院的发布被首相官邸叫停，说真话的中村被撤换，这样带有阴谋论的奇怪信息被散布到了社会上。“首相官邸与调动中村的事毫无关系。我和枝野长官都没有参与。”福山回顾当时的事情说道。

“总之，那时候首相官邸完全没有收到任何信息。对于开新闻发布会一事，官房长官枝野也没从保安院那里得到任何情报。尽管如此，保安院还是擅自召开新闻发布会并做出发言，因此我们希望保安院能提供信息过来。事情就是这样。”[*2]

继武黑之后，寺坂也进行了奇妙的解读，而且还把责任推给了首相官邸。他说道：“没有首相官邸的许可，就无法解释。”这是因为他不想自己承担责任。

中村从负责公关的职务上被“撤换”下来之后，武黑一身西装革履，从首相官邸回到东电总公司二楼的对策总部。在对策总部里，他的座位旁边坐着后辈小森明生常务。

虽说是在 1 号机组发生爆炸之后，但对策总部里却流淌着过于悠闲的气氛，没有紧张感。晚上 10 点 59 分，武黑开始向坐成一排的东电干部们报告首相官邸的情况。

“有一个词叫‘急躁菅’，怎么说呢，总之就是菅经常发怒。我也被训了六七次。与之相比，吉田君的训斥可招人喜欢了。昨天还被菅训斥道：‘你说怎么办？’‘无论发生什么事都能处理好吗？’所以，撤离区域从 3 公里变成 10 公里，再变成 20 公里。他的危险意识好像极其强烈——‘如果不对怎么办？’——因此，公里数就一倍、两倍地往上加。”

武黑这话的口气，是想说首相官邸过度扩大撤离区域，夸大了事态的严重性。

跟用粗鲁腔调说话的武黑坐在一起的干部们点了点头。

这时，吉田插话道：“我可以提问吗？”

“从目前被撤离的人群来看，他们对东电不去做解释这点感到非常不满，说这样的生活要持续到什么时候？今后我们会变得遭人嫌弃。”

高桥明男特别顾问打断吉田的话，说道：

“你跟选址地域部、站点（福岛第一核电站）还有宣传部商量一下。”

吉田嘟哝了一句：

“很难……跟现在的成员没法谈。”*3

东电总公司的氛围跟现场的紧张感相比，差得太远了。

3号机组的危机

3号机组的应急冷却装置，即隔离冷却系统（RCIC）在海啸来袭后启动，并一直持续冷却核反应堆，但在运行19个小时后的12日上午11时36分，最终停止了运转。接着，另一冷却装置，即高压注水系统（HPCI）于12日中午12时35分自动启动。高压注水系统冷却水流量大，如不调节流量，核反应堆水位就会急剧上升。而且，暂停重启的话，需要大量电力，电池消耗厉害。因此，3号机组的值班操作人员打算一边监视核反应堆水位，一边调整流量。

到了晚上，核反应堆的水位计电池好像用完了，无法了解水位情况。于是，考虑设置让它多注入些水，通过监视核反应堆压力和高压注水系统的排出压力来探查运转情况。然而，排出压力逐渐下降。在不知道水位的情况下，无法确信是否还在持续注水。这样下去高压注水系统或许会被破坏——操作员是这么认为的。

于是，3号机组的值班操作员停止运行高压注水系统，转而考虑用柴油驱动消防泵从消防系统注水。但为此，必须通过控制面板的操作打开主蒸汽安全泄压阀（SR阀），为核反应堆减压。查看中央控制室的控制面板发现，显示安全阀关闭的绿灯亮着。

在关闭高压注水系统之前，值班人员向位于抗震关键楼的 3、4 号机组中央控制室值班长直言关闭高压注水系统、打开安全阀减压、消防泵注水的想法，并获得批准。但是，核电站从这里开始没有向上面传达信息。因此，吉田完全没有意识到 3 号机组的操作员想手动关闭高压注水系统。

3 月 13 日凌晨 2 点 42 分，3 号机组值班人员手动关闭了高压注水系统。

接着，进行了打开主蒸汽安全泄压阀的操作，但是显示“关闭”的绿灯最终没有变成显示“打开”的红灯。试了两次，都打不开。隔离冷却系统和高压注水系统的起动耗尽了电力，电池的剩余量已经不足以打开阀门了。要是先确认阀门是否能打开之后再关闭高压注水系统就好了，但现在已经是马后炮了。

尝试启动柴油驱动的消防泵，从消防系统注水。但由于无法打开安全阀减压，核反应堆压力过高，无法注水。凌晨 3 点 35 分，他急忙试图重启高压注水系统，但电池已经没有剩余的电量，无法启动。虽然试图重启已停多时的隔离冷却系统，但也无法启动。

更改注水方法的操作就这样以失败告终，代价太大了。3 号机组已经失去了所有的冷却方法。

吉田是在 13 日凌晨 4 点左右得知这一情况的。高压注水系统已经停止运行了一个多小时。就像一号机组应急冷凝器被手动关闭时一样，极其重要的消息没能很好地传达下去，使得“指挥官”无法采取妥当的应对措施。

东电福岛第一核电站事故，除了“天灾”之外，在很大程度上也是东电员工造成的“人祸”。

同样遭受海啸袭击的福岛第二核电站，在确认 1、2、3 号机组替代的注水方法是否可行之后，从此前使用的 RCIC 切换到另一种注水方法，即补充水冷凝系统（Make-Up Water Condensate

System＝MUWC）。相对评价而言，第一核电站过于缺乏审慎性，盲目下赌注，导致失败。

13 日凌晨 5 点 10 分，吉田判断 3 号机组已经丧失了冷却核反应堆的能力，并向保安院等部门报告。

从引发氢气爆炸的 1 号机组事件中吸取教训，泄放准备工作得以迅速推进。3 月 12 日晚，在 3、4 号机组的中央控制室，工作人员一边看《事故情况下的运行操作程序手册》，一边检查阀门的位置和步骤，并写在白板上。为了打开抑压室（suppression chamber）泄放阀的大阀门，13 日凌晨 5 点前的黎明时分，工作人员试图用小型发电机强行激磁的方法打开电磁阀。然而，包裹着抑压室的环形房间一片漆黑，加上蒸汽导致室内高温，作业环境非常恶劣。尽管试着去打开，但却打不开。

最后手动进行打开操作，13 日上午 8 点 41 分，泄放成功。

确保冷却水是一大课题。虽然核电站内有 3 辆消防车，但其中一辆因海啸损坏，另一辆则被用于向发生爆炸的 1 号机组注入海水。剩下的一辆车在北边不远处的 5、6 号机组旁。*1 由于地震，核电站内的道路到处塌陷，再加上发生爆炸的 1 号机组的废墟阻碍通行，从 5、6 号机组到 3 号机组的一点点距离，消防车移动起来也并不轻松。

福岛第一核电站虽然发出请求，希望消防车前来援助，但消防车始终没有过来。

保安院在 12 日 1 号机组发生爆炸前，向消防厅提出了出动消防车的要求。消防厅方面则发来询问，想了解防辐射装备及专家同行的情况。保安院的企划调整科科长片山启和原子能防灾科科长石田之则，在保安院的紧急情况应对中心问东电派来的联络人员："我们接到消防厅这样的咨询，该如何回答呢？"过了一会儿，东电再次向保安院提出要求，说："由于需要给核反应堆注水，所以我们想要消防车。整个作业将全面佩戴面罩。需要装备及专家同行。"保安院又把这个要求传回给消防厅。

在保安院像玩传话游戏一样斡旋在消防厅和东京之间的同一时期，作为首相官邸紧急集合队成员过来的总务省局长级官员也开始向保安院打听："是否要向现场派遣可远程大量喷水的车？"听到这一联络的保安院紧急情况应对中心负责人再次向消防厅要求派遣消防车，同时也联系东电说："现在开始派遣消防车。"

受消防厅委托，东京消防厅的超级救援队于 12 日下午 3 点半出发。但在出发后不久的下午 3 点 36 分，1 号机组发生了爆炸。

在紧急情况应对中心，总务省和消防厅派来的人员也挤了进来。"我们不了解安全管理和有效的注水方法。""消防员有没有被辐射的危险？"——现场理所当然存在这种担忧的声音。"就算派遣了也有可能白跑一趟，所以让他们折回吧。"此时，虽然不清楚为什么，但在紧急情况应对中心里最终得出了这样的结论。

尽管如此，东京消防厅的超级救援队还是做出了"我们尝试尽可能去现场"的判断，并急忙开始赶路。消防厅联系保安院说："会试着尽可能地去到边缘地带。"他们联络说打算开到撤离区域 20 公里范围内的警戒线附近，之后的事情由自己判断。——保安院原子能防灾科对此留有记录。

保安院向超级救援队打听："能否去到应急指挥中心？"但是，消防厅方面在进入撤离区域内这个问题上犹豫不决。所以，决定暂时停在常盘高速公路守谷服务区待命。

在那之后，救援队一直没有收到任何指示和联络，就这样被搁置在那里。

他们一直等待，结果最终在当天暂且返回了基地。

"保安院没有收到联络说已撤回，因此没有掌握他们撤回的时间。”

代替前川成为保安院原子能防灾科科长的松冈建志后来这样说道。[*2] 虽说如此，但也没有迹象表明保安院下达过指示。超级救援队似乎是被遗忘了。

12 日，东电再次要求保安院出动消防车。但是，保安院前川科长不愿意做出判断。“如果没有人能准确说明核电站内部状况和安全性的话，即便煞费苦心地请求消防车出动，可能也会再次以失败告终。”他把这个意思告诉了东电派来的联络人员。前川的意思似乎传达给了东电总公司。东电没有进一步发来联系。[*3]

3 号机组的干烧状态仍在持续。由于福岛第一核电站指望不上消防车前来救援，所以最终为了能让 5、6 号机组旁边的消防车发动起来，只能用沙袋把路填平，并清理路面散落的瓦砾。这样一来，确保了 5、6 号机组旁有一辆消防车，另有一辆可在福岛第二核电站发生紧急情况时使用，备用的消防车共两辆，为海水的注入做好了准备。

吉田曾打算往 3 号机组里也注入海水。在首相官邸五楼接待室的委员长班目、保安院次长平冈、东电原子能品质安全部长川俣晋等人在得知此举后，对注入海水的利弊进行了探讨。“注入海水的话会废堆。”“消防水池、过滤水箱、纯水箱里没有淡水残留吗？”“新潟县中越海域地震后，不是建了很多消防水池吗？”——收到这些讨论意见，东电的川俣部长于 13 日清晨经由总公司向吉田传达道：“不是有淡水吗？如果淡水还有残留的话，最好尽量使用淡水。”吉田把这理解为首相官邸的指示，换句话说，就是菅首相的指示。

吉田用话筒向大家传达。

“呃……首相官邸的意见是，使用海水的决定做得太早了。因为他们觉得使用海水大概就意味着废堆吧。”[*4]

听后，第一核电站的员工们流露出不安的情绪：“话虽如此，可是没有水啊。”“可是（不早做决定的话）供水会延迟……”

在3号机组现场，使用消防车吸取涡轮机厂房前反冲洗阀槽里的海水，并向核反应堆注入海水的线路已准备就绪，但吉田中断了海水注入作业，命令变更注水线以换成淡水。使用消防车进行注水作业的员工和分包商的作业员们不得不寻找被埋在凌乱废墟中的消防水池的取水口。这样一来，浪费了几十分钟的宝贵时间。

要想用消防车注水，必须打开排气安全阀，对压力剧增的核反应堆内进行减压操作，但由于电池不足，无法打开阀门。

核电站内的电池已经在早些时候被用于恢复处于危机的1、2号机组的仪器设备，3号机组的备用电源也已经用完了。于是，号召员工们把停在停车场上下班用的汽车里的电池拆下并收集起来，连接到中央控制室的仪表盘上，以保证电源。13日上午9点08分，终于努力成功打开了排气安全阀。压力急速下降，上午9点25分，以消防水池为水源的消防车开始代替注水。高压注水系统（HPCI）关停、断水已过去6小时43分钟。继1号机组之后，3号机组也即将出现严重情况。因为在如此长的时间里，3号机组一直处于干烧状态。

吉田考虑到消防水池的水不久就会用完，于是指示上午10点半准备注入海水。过了正午，消防水池终于枯竭了。但是却不能顺利转换成海水。作业过程中发生余震，被迫中断。下午1点12分，在淡水注入结束一个多小时后，终于可以开始注入海水了。要是一开始就注入海水就好了。东电川俣不必要的“解读”电话使情况进一步恶化。

6小时43分的干烧对3号机组来说是致命的。据事后解析，高压注水系统停止数小时后，堆芯最高温度上升超过2 000度。凌晨

6 点，失去冷却功能 4 个小时后，水位下降，燃料暴露，上午 8 点左右堆芯开始熔化。开始注入海水的时候，已经发生堆芯熔毁了。同时，这个时候燃料包壳管已经发热并与水反应，产生大量氢气。[*5]

来自替代用消防车的注水量如同杯水车薪。核反应堆的水位没有恢复。根据后来的解析结果，由于在高温下熔化的燃料，核反应堆压力容器本身破损，一部分掉落到底部的混凝土中。[*6]3 号机组的燃料应该熔毁了 60％以上。

此时，吉田脑海中浮现出对此后将引发严重问题的各号机组乏燃料池的担忧。“公共水池的温度正在上升，怎么办？”总公司有人在电话会议系统中回答说：“把干冰或者冰块什么的扔进去。”吉田说：“辐射剂量在上升，我们不知道能把多少冰块带到作业层……OK，去准备冰块。”小森当机立断地说：“那就拜托制冰公司，还有冷藏车。”核反应堆用消防车，乏燃料池用冰块。这也还是需要用人海战术把冰块运到池子里。

这段对话过后三十多分钟，吉田的声音被电视电话会议系统的麦克风接收到。

“泄放只能打开一个吧……这是一场赌博啊，那就赌吧！”[*7]

吉田已向核电站内部发出指示，要求 3 月 13 日上午 10 点 15 分对 2 号机组进行泄放作业，正午前后进行海水注入工作。

第 5 章　濒临崩溃的日本

蘑菇云的爆炸

尽管终于可以开始注入海水了，但 3 号机组的危机越来越严重。当工作人员打开核反应堆大楼的双层门时，空气中弥漫着白色的烟雾，就像 1 号机组那时一样。双层门北面记录下每小时 300 毫西弗以上，南面也测出 100 毫西弗的剂量。此前在核电站工作的人们被允许的辐射量为每年 100 毫西弗（3 月 14 日提高到 250 毫西弗），可见如今的数值是非常高的辐射剂量。在北面最多待上不到 20 分钟，在南面最多待上一个小时左右，就将达到被允许的年辐射量上限。3 月 13 日下午 2 点 31 分，该测量结果告知了设在抗震关键楼的紧急对策总部。

3、4 号机组中央控制室的辐射剂量也有所升高。下午 3 点半，3 号机组值班人员至隔壁的 4 号机组旁躲避。3 号机组某个地方已经开始泄漏。吉田等人所在的紧急情况对策总部不断传来报告称“辐射剂量高”。

为了泄放而预先打开的阀门，也没能如愿维持开启状态。13 日上午 9 点前，原本用气瓶已成功打开的阀门——S/C 气阀（AO

阀）——在两个半小时后，似乎由于气瓶压力消失而再次关闭。工作人员为了保持阀门开启状态，进入了包裹着抑压室（suppression chamber）的环形房间，但由于室内高温和剧烈摇晃，无法让它保持“开启”状态（锁定在打开的状态）。

传来令人毛骨悚然的“咕嘟、咕嘟”声。阀门在上方，工作人员正试图踩在环面部分进行作业时，黑色长靴被高温一下子熔化了。

最后，决定像1号机组那时一样，用带起重机的卡车将空气压缩机（compressor）运入后进行安装，再打开阀门。晚上8点多，在阀门关闭9个小时后，才判断出阀门似乎已经打开。

此后，阀门不断重复这样的情况：刚认为打开了，没过一会儿又关上了。似乎是无法维持气压。一次又一次，不得不重复作业，再次打开已关闭的阀门。

终于开始用消防车注入海水，但由于反冲洗阀槽储存的海水已经没了，所以不得不在3月14日凌晨1点10分停止注入海水。为了使用因海啸积存在4号机组涡轮机房地下的海水，工作人员一度破坏涡轮机房的大件物体搬入口的卷帘门，并试图让消防车进来取水，但看起来很难抽到水。尽管还探讨过从技能训练中心的水池和4号机组的排水口取水，但都不可行。最后，再一次将水槽灌满海水，于凌晨3点20分终于成功恢复海水注入。

尽管这样持续地注入海水，但核反应堆的水位却丝毫没有上升。3号机组的水位一直低于核燃料的有效燃料顶部（TAF）。

凌晨2点　TAF　负1.8米
凌晨3点　TAF　负1.85米
凌晨4点　TAF　负1.8米
凌晨5点　TAF　负2.0米

一方面水位没有上升，另一方面，泄放阀重复着刚打开又关闭的状况。3 月 14 日早上 6 点 10 分，安全壳压力终于达到 520 千帕，超过了设计设想最高使用压力（427 千帕）。

对首相官邸来说，核电站事故是应该优先考虑的事情，但在史无前例的大地震中，首相官邸必须指挥的事情堆积如山。3 月 13 日上午 9 点半开始，在首相官邸召开的紧急灾害对策总部和原子能灾害对策总部的联合会议上，一方面，诸如“如何处理海底尸体？”“请全国的保健师从明天起进驻现场”的声音高涨，另一方面，获悉从第二天 14 日下午开始受灾地预计将会降雪。虽说受灾地也处于发达国家的一角，但是据报告称存在诸如“毛毯不够用”“食物和燃料的运输可能无法保障”等问题，可见尚未做好最起码的准备。甚至有报告称：“福岛县还需要 66 万份餐食，但目前只剩下 2 万份。有的地方只有糖和蜂蜜。”[*1]

在维持幸存者生命都很困难的情况下，东电宣布“从明天起实施轮流停电措施”。陷入电力短缺的东电，计划将管辖范围内的关东地区分成五个组，从 14 日早上 6 点 20 分开始实施前所未有的错峰停电。最先令人担忧的便是对住院患者及手术等医院方面的影响。

13 日晚上 9 点 20 分，在首相官邸，首相出席召开了电力供需紧急对策总部会议。会上，总务大臣片山善博呼吁要考虑使用人工呼吸机的患者。厚生劳动省也对东电突然提出的错峰停电申请感到困惑。因为当天是星期天，所以很难做到完全告知全国各地医院和居家患者。听到这番话，官房副长官福山哲郎身子往后一仰，惊讶地说道：“东电到底是怎么想的！”[*2]

除核电站事故以外，还有错峰停电。首相官邸内部对东电越来越不满。本已打开的泄放阀很快就关闭这件事也让人分外焦躁。

福山想寻找一些办法推迟错峰停电，于是与官房长官枝野幸男商量。到了 14 日，凌晨一点，福山把东电负责电力供应的副社长藤本孝叫到首相官邸。

藤本的态度高高在上，说话语气粗鲁无礼。“因为有患者居家疗养，所以能不能想办法推迟错峰停电的时间？”枝野和福山这样要求道，“我们希望呼吁大型企业等用电大户节约用电，灵活处理对医疗机构和居家患者的供电。”从人道主义的角度来看，这是一个很自然的要求。

藤本反驳道：“由于用电大户是我们公司的客户，所以我们不能要求他们节电。”

枝野愤怒地回击了他过于傲慢无礼的回复，说道：“如果因此真有人死的话，东电犯下的就是杀人罪。我将指控这是故意过失杀人。”*3

虽然枝野和福山的愤怒是理所当然的，但实际上，以藤本为首的东电高层对枝野的斥责感到极为恼怒。

14 日凌晨 1 点 52 分，东电的电话会议系统上出现了身着衬衫打着领带的藤本的身影。可能是为了做好全面保密工作，能听到有人提议“关掉麦克风”，但实际上没被关掉。藤本内心无法排解的愤懑的声音全被麦克风接收了。“大家注意听了，官房长官对轮流停电有很强烈的意见并找我谈了。关于这一点，我在此与各位进行信息共享，请大家不要对外传播。首先‘绝对不要承认明天早上 6 点 20 开始错峰停电’。官房长官、官房副长官福山、节电启发大臣莲舫三人说‘这相当于要杀死在家里使用人工呼吸机、人工心肺的人’。还说：‘你们明明知道这些却仍然要进行错峰停电，我将以杀人罪追究你们的责任！’他们大概对我说了这些话。归结起来就是在为装有人工心肺、人工什么的人准备好电源之前要推迟错峰停电的时间，还让我们断掉用电大户的供电。”

他还说："他们让我告诉客户'说这是大臣的命令或官房长官的命令'，还有让我尽量控制需求，说你们要去努力拜托客户。"藤本把要拜托节电的用电大户称为"客户"，而将没有电就可能会死的人称为"装有人工什么的人"。*4

最终，东电虽然放弃了14日开始的错峰停电，但却放大了对责难自己的首相官邸的不满。东电宣传负责人开始采取行动，把这件事记录下来，写成一封揭露枝野言行的匿名信，并散布给了各大媒体公司。

东电派到首相官邸的武黑一郎特别顾问和另一名东电工作人员，虽然承诺说用于泄放的阀门"绝对会打开，没问题"，但阀门每次都会关闭。不仅是3号机组，此刻开始进行准备工作的2号机组也发生同样的问题。细野豪志怒气冲冲地说："为了不让开孔堵住，就不能塞点竹矛或者混凝土片什么的进去吗？"但东电却只是重复同样的话："没关系，一定会打开的。"

曾任东电副社长的武黑一郎，被聘请担任计划向海外出口核电站的国际原子能开发株式会社（由9家电力公司和东芝等3家核反应堆生产商共同出资）的社长，是原子能村的首领，但他缺乏核电站的实务经验，在这战场上完全没有发挥作用。东电原子能选址总部的首长武藤荣副社长飞往事发地福岛，而副总部长小森常务则在总部指挥。因此，已经退下的武黑正好适合叫来做首相官邸的联络员。武黑也认为自己是被动员去负责解释工作的临时性角色，他做梦也没有想到会一直待在首相官邸。

在首相官邸的政治家们，认为东电考虑到武黑因核电站的海外销售等可能在政界吃得开，出于这种期待才给他分配这一角色。可是，在紧急情况下起用这样的武黑根本没有任何效果。"这是个现实问题，首相官邸进入危机应对模式时，一个无法自己做判断的人就算来了也没什么用。还要一个个询问总公司，原以为他是在和吉田直接联系，是我想错了。虽然他不是坏人，但却是个派不上用场的人。”一位政府高官政治家毫不客气地说道。[*5]

寺田学和细野豪志这两位首相助理，对以武黑为象征的东电的应对越来越表示怀疑。“考虑到既然1号机组已经成这样了，恐怕2号机组及3号机组等也可能发生同样的事情，为什么不能提前打开阀门呢？”两人都这么认为。[*6]

即使命令东电，事态也毫无进展。而且也不清楚是什么原因阻碍了局势的改善。首相官邸方面如同隔靴搔痒。

讽刺的是，这对东电方面来说也是一样。即使东电给首相官邸地下的危机管理中心打电话或发传真，这些信息也似乎不会传到五楼的办公室。首相官邸的地下和五楼之间信息迟误。因此，SPEEDI等重要信息没有传达给决策者菅直人首相及正副官房长官等人。这种信息沟通差错反复出现，直到东电起用联络员直接向官房长官枝野汇报消息，并组建政府和东电共同的联合对策总部为止。

靠不住的不只是东电。被派往首相官邸的原子能专家，也都是些让首相非常信任的内阁审议官下村健一觉得“这群人也就这点本事吗”的人。不管问什么，都只是扭扭捏捏的。13日上午，下村在笔记本上这样写道：

“即便受到批评，也只是低头沉默不语。这些技术人员、科学家、经营者，根本没有提出解决方案或防止事故再发生的对策。”

这句话指的是东电、经产省保安院和原子能安全委员会。

3月13日上午10点左右，宣传部长铃木和史出现在东电二楼的对策总部，他大声说：“我收到消息说，周日早晨电视台报道的情况非常不好，特别是TBS关口宏的节目 *Sunday Morning*。节目中说东电什么也没做，我正在通过商业渠道进行抗议。”不只是铃木一人，东电非常擅长这种公关手段。对看似有影响力的（事实上并非如此）历任评论主管或现任评论委员，以免费旅行或豪华料理的方式进行款待；对写批评报道的媒体，通过遏制广告投放的方式来封杀批评。或许是因为擅长使用这类花招，被各公司的宣传负责人称为“公关做得一流的公司，被视为是一家值得学习的公司”（全日空宣传负责人）。

铃木接着说：“如果有无法容忍的报道，我们将严肃处理。”*7 尽管核电站发生了爆炸，他们却完全处于平时的状态，这点从上述发言中也可以看出。

大约 9 小时后，也就是晚上 7 点前，东电电视电话会议的图像上记录下会长胜俣恒久的身影。麦克风接收到胜俣叽叽咕咕说话的声音。

“社长的新闻发布会是在 20 点举行。总理大臣新闻发布会时说‘有可能发生堆芯熔毁’……”

后面便听不见了。也许他们想让菅来说“堆芯熔毁”这个词，而不是身为运营者的自己来说。

此时，高桥明男特别顾问接到了电话，对方是正在首相官邸的武黑一郎。“喂，我正在准备社长新闻发布会，会长就在我旁边。”——说着高桥把电话递给了胜俣。

胜俣接过电话，“嗯，嗯”地附和着电话那头武黑的话。“排气阀好像可以打开了。哦，氢气？氢气的问题？啊……他们在说这个吗？”首相官邸的高官们似乎担心继 1 号机组之后 3 号机组会发生氢气爆炸。武黑正向胜俣汇报这个情况。

“我觉得这种概率很低。虽说惊动国民是否合适是个问题，但反过来说，接下来的社长新闻发布会要是被问到的话，我会否定的。因为我还是认为这不可能。因为排气阀打开了，估计（氢气）会消失。虽然也有可能，但只要想办法让氢气跑掉就好了，所以可能性很小。新闻发布会是20点，马上就19点了，我要集中精力准备。就先这样吧。”

东电大领导胜俣否定了3号机组氢气爆炸的可能性。他虽然觉得“也有可能”，但说被问到的话会给出否定回答。

留下的影像准确地记录了东电大领导的真面目。*8

13日晚上8点多，也就是胜俣那通电话过后约一小时，在总公司的高桥通过电视电话询问福岛第一核电站的站长吉田：“2号机组什么时候注入海水？”

吉田回答说：“我想早点开始。对2号机组我想早点注入。”

这时，自称是“总公司修复组”的男员工打断了他：“不好意思，请恕我多嘴。虽然我知道2号机组没有水，但我听上去感觉是突然要从海水开始……”吉田愤然打断他的话：“是从海水开始注入。”

“1号机组是因为到处都没有淡水所以选择从海水开始注入。而3号机组是因为有相当多的淡水，所以从淡水开始注入，但后来不够就换成了海水。2号机组是真想用淡水，所以做了安排。但今天白天匆忙改了，因为在此期间没有准备2号机组的淡水，所以要用海水注入。”

吉田的说话方式非常详尽易懂，但语气中却带着怒气。

不过，那位自称是总公司修复组的男子并不介意吉田的这种焦躁，他追击道：“之所以说突然用海水的事，是因为那样材料就会被腐蚀，很可惜。可以理解为，也可以选择尽量坚持等待淡水，对吗？”他完全没有理解吉田的解释。

吉田愕然地说道：“不！能！那样理解。现在没有淡水。因为再不开始就会延误的。”[*9]

即便是在一座核电站发生爆炸之后，东电总公司内部也还是这般气氛。

然而，危机还在继续。

第二天14日早上，3号机组安全壳内的压力开始上升。早上6时50分，屋外的作业员被命令全部撤离。过了不久，决定复工，但事态已经发展到危机时刻。上午7点35分，吉田向保安院等部门发送了各号机组堆芯损伤程度的估算值。据报告，堆芯损伤程度为1号机组55%，2号机组35%，3号机组30%。大约20分钟后，他通过传真向保安院、东电总公司、福岛县厅同时报告了3号机组“安全壳压力异常上升”的消息。

3号机组反应堆迫在眉睫的危机已向首相官邸汇报。在上午9点半开始的紧急灾害对策总部和原子能灾害对策总部的联合会议上，福岛县选出的国家战略大臣玄叶光一郎敦促：“希望能够允许100%的信息共享，包括不好的信息。”枝野回击道：“我们现在的做法就是，即使是不好的信息，只要是正确的，也会公开出来。”菅一直怀疑“原子能村”专家的能力，他已经开始利用个人人脉依靠母校东工大的教授们了。菅表示：“我也在听取各种其他专业人士的意见。因此，以20公里范围内的撤离指令，即使目前事态发展到最坏的情况也能应对。”[*10]

接下来是约一小时后的事了。

3月14日上午11点01分，3号机组大楼在上空仿佛燃起熊熊大火，随即发生剧烈爆炸。喷出远远超过1号机组氢气爆炸时的大量浓烟，在空中升腾。仿佛是被炸弹击中引起了大爆炸，蘑菇云一般的黑烟升起。

湛蓝的天空瞬间被污染成一片黑色。福岛第一核电站的内部由于黑烟的缘故，明明是白天却变得一片漆黑。爆炸导致3号机组的核反应堆厂房严重受损，大量瓦砾散落在地上。由于坠落的瓦砾，4名东电员工、3名分包商员工以及4名自卫队人员，共计11人受伤。核电站里陷入一片恐慌状态。

在这些瓦砾当中，有的一个月之后还释放着每小时900毫西弗、每小时300毫西弗的高辐射剂量。[*11]

3号机组与其他几号机组明显不同。它燃烧的不是普通的铀燃料，而是混合了钚的MOX燃料。从核电站发电后使用过的核燃料中，将未发生核裂变的铀和核反应堆内产生的钚重新处理后取出，再将这些取出物重新制造成可再次使用的燃料，这就是MOX燃料。

由于被九州电力和四国电力等公司领先，再加上当地一直面露难色，所以东电未能如愿以偿地顺利实现计划。正因如此，对他们来说，这是一个期盼已久的“钚热利用”项目。东电从上一年9月开始启动，但启动后仅半年就发生了大爆炸，造成含有剧毒钚的放射性物质飞散。在国际事故评价标准中，与切尔诺贝利事故一样，被评为“7级”，是人类历史上最糟糕的惨案。

由于是第二次爆炸，日本全国都对东电过于糟糕的举动感到震惊。此时，整个日本都处于极度紧张的状态中。

2号机组也岌岌可危

“总公司、总公司，不得了了！不得了了！3号机组刚刚发生了爆炸。”站长吉田的声音一反常态，可以感觉到肌肉的紧张。

高桥明男特别顾问说：“感觉是不是和1号机组一样？”

吉田说："由于我在抗震关键楼，所以不太清楚，但明显是不同于地震的摇晃。"听到这里，在福岛县原子能灾害应急指挥中心的常务小森明生立刻喊道："现场的人，避难！"听到这个声音，东电总公司二楼的对策总部似乎终于感受到了现场的那种危机感，开始骚动，不安也蔓延开来。*1

在3号机组发生大爆炸的24小时前，吉田感觉2号机组处于危险状况，开始着手准备2号机组的泄放和海水注入工作。到了3月14日，东电终于借到了12辆消防车。此外，使用柏崎刈羽核电站和自卫队赶来支援的消防车做好准备，准备像3号机组时一样，往反冲洗阀槽里装满海水，再通过消防车的软管注水。2号机组还在运转的冷却装置——隔离冷却系统（RCIC）——一旦停止，就打算立刻换成海水。软管已经铺好了。

就在这时，3号机组爆炸了。含有高剂量辐射的混凝土碎片飞溅，黑烟滚滚喷出。消防车遭到破坏，软管也没用了，使用水槽的方案也不可能了。

相邻的3号机组的爆炸，使原本稳步推进的2号机组的泄放作业也无法进行了。

2号机组的值班员戴着面罩，扛着气瓶，借助手电筒进入厂房，在爆炸发生的前一天早上，已经成功地手动将安全壳的泄放阀打开到了"25％开"的状态。之后，他还打开了抑压室泄放阀的大阀。

然而，由于爆炸的影响，好不容易打开的阀门又重新关上了。在2号机组进行作业的员工们不得不中断工作，撤离到紧急对策总部所在的抗震关键楼。为了确认安全以及现场情况，暂时无法重新开展泄放及海水注入等工作。

电视新闻上播放了拍摄到的爆炸画面。福岛县原子能灾害应急指挥中心的小森脸色发青，说道："有什么东西在飞。"总公司的社长清水正孝大声嚷道："尽快联系相关部门！"

宣传部长铃木急匆匆地来找清水。"因为3号机组附近有白烟，所以我把最近的情况汇总在一起写了一篇文章……"铃木还想说明，但清水打断了他，失望地说："你这是想告诉我什么？"

铃木　3号机组的爆炸。
清水　这个事？
铃木　是的。

清水顶回去："这是刚才已经发生的事！""那么，"铃木说着，开始念起重新改过的内容，"核反应堆大楼里发出了巨大的声响。"

高桥吃惊地说："保安院也在说是氢气爆炸，我们就说氢气爆炸不就好了吗！"有人附和道："首相官邸也在说是氢气爆炸，这不就好了吗！"于是，清水命令铃木："这样就行了。速度！这是拼速度的时候！"

东电的宣传部长试图在第一则报道中以"产生白烟"这样的用词来解释这起巨大的蘑菇云爆炸事件，尽管全国人民正从电视上收看这一令人震撼的画面。[*2]

中午12点37分，吉田通过电话会议系统用悲痛的声音开始讲话。"发生了两起爆炸，可以说是非常震惊，员工们都很消沉……虽然能做的都做了，但士气衰败。被辐射剂量也都到了极限。"高桥特别顾问告知："柏崎马上会派10人去支援。"

吉田接着坦言道："对1、2、3号机组以外（各号机组内）的乏燃料池，也必须尽快采取措施，否则令人担忧。"当时在福岛县原子能灾害应急指挥中心的武藤立刻回复说："的确，无论如何，我们需要恢复外部电源，哪怕一个也好。"清水正孝社长也回应道："确保电源是最重要的。"

吉田对这两人说："我们有电源，但必须要区分短期的和中长期的。"之后又不安地补充道："乏燃料池的温度升高了很多，4 号机组也相当潮湿（湿气重）。"总公司有人员说："4 号机组乏燃料池已经接近 100 度了，这也需要补给吧，如果不冷却的话……"

不过，谁也没能找到办法。[*3]

就在这时，3 月 14 日下午一点多，2 号机组的生命线，也就是隔离冷却系统，因电池耗尽而停止运转。核反应堆的水位瞬间下降。2 号机组也到了刻不容缓的危急时刻。这时，福岛第一核电站发电组人员向吉田报告说："2 号机组的反应堆水位下降了很多。"吉田喊道："快确认供水线路的完整性并进行操作！因为会发生和 3 号机组一样的情况，所以要尽快操作。不要让燃料暴露！"

下午 1 点 38 分，吉田联络说"核反应堆冷却功能丧失"，并报告预测 3 小时后的下午 4 点半，水位将下降到燃料顶部，达到"到达 TAF"状态。

为了预防氢气爆炸，吉田正与总公司之间探讨摸索打开 2 号机组的爆破板（blowout panel）的方法。爆破板会在核反应堆厂房内的压力增大时打开，将内部压力释放到外部。然而，在经历了中越海域地震中柏崎刈羽核电站的爆破板脱落事故之后，爆破板被安装得比以往更牢固了。所以，即使想打开爆破板让氢气逸出，紧急时刻却打不开。

高桥　爆破板！时间不多了！

吉田　快没时间了！

高桥　我听说用喷水推进器能切开，有哪里的喷水推进器可用吗？现场有吗？

吉田　总之，我认为最好的办法是在核反应堆厂房的天花板上开个孔。从里面做的话，考虑到还要脚手架，很难弄。能否尽快用直升机从外面钻个孔？

总公司有人解释说："我们正计划从外面用云梯车和喷水推进器开孔。"吉田恳求道："那拜托尽快着手。"总公司有人为难地说："现在正在准备，但在运送途中发出了海啸警报，所以正在等待。……现在正在东京。"还在东京。麦克风里沉默了一会儿。"我们马上准备。"也不知是总公司哪位的声音空洞地回响着。[*4]

当试图重新开始注入海水时，准备好的消防车被破坏，高辐射的瓦砾散落一地，修复同一条线是不可能的。因此，只得采用从卸货场地汲取后直接注入的方法，着手重新修建一条海水注入管线。

要想成功地用消防车注水，必须降低反应堆内的压力，还必须打开安全排气阀或安全壳的泄放阀。而打开安全排气阀需要电池。于是，这次又召集核电站员工，再次让他们从通勤车上卸下电池拿过来。虽然把电池拿到 2 号机组中央控制室连接上了电缆，但电压太低带不动。只好再次命令员工们确保电池供应充足，让他们往停车场跑……这样的事情不断重复。所有对策都只能走一步看一步，摸索着用人力来应付。

下午 6 点，终于开始减压。由于压力过高，核反应堆的减压一直没有进展——虽然此时燃料棒已经开始暴露，并将整个裸露出来。

现场张罗着一边看减压效果，一边用消防车开始注水。然而，晚上 7 点 20 分，发现准备好要注水的消防车因汽油耗尽而停了下来。

没有汽油了。

海水注入始终没有开始，首相官邸彻底等得不耐烦了。这时，接到了因汽油耗尽消防车无法工作的报告。“这到底算什么乱七八糟的事？不管是用直升机还是什么的，把油给我运到当地！快把油送去！”守在首相官邸的寺田学当时是这么想的。*5

搬到首相官邸总理办公室的白板上，写着1、2、3号机组各自的状况。被当作帮手从资源能源厅派到官邸的节能与新能源部部长安井正也进进出出进行说明。于是，政治家们终于渐渐明白了情况。1号机组和3号机组发生爆炸，2号机组也岌岌可危。“通过安井的说明，我们终于能够了解事态发展了，并且，由此也可以想象到这是一个非常惊险、极其复杂的操作。”福山哲郎回忆当时说。*6

晚上7点54分，终于开始使用消防车向2号机组注入海水。从隔离冷却系统停止、失去冷却功能开始，已过去6小时29分。当时2号机组被认为已经发生了堆芯熔毁。经后来分析推测，此时还产生了大量的氢气。

晚上10点50分，吉田判断出安全壳压力异常上升，于是，他在向保安院和东电总公司发送的传真中写道：超过最高使用压力（427千帕），达到540千帕。

晚上11点22分，电视电话会议系统记录了驻扎在东京总公司的顾问早濑佑一的骂声：“好好干啊！赶紧打开（阀门）！”面对早濑的高压语气，吉田焦急地回答：“是，是。”武藤发出惨叫似的声音说：“再不打开SR阀的话，会不断上升的。”

“不能泄放的话，安全壳就会坏掉。”麦克风接收到不知是谁的声音，第一核电站有人这么说。

接着，扩音器里传来了第一核电站工作人员的声音：“抑压室的小阀门好像没开。”这引发了总公司的骚动。高桥明男特别顾问发出“呜呜”的呻吟声。武藤说：“如果不打开，就会过压。”吉田说：“已经要陷入紧急状况了……”武藤勉强费力发出声音说：“可以打开的。”

早濑从一旁插话。

早濑　喂，吉田，如果能泄放了，就立马开始！快点！

吉田　是。

早濑　不要想多余的事。我这边会承担全部责任的。

峰松昭义顾问　干井（安全壳）要是坏了就麻烦了。赶紧先打开干井泄放的小阀门吧。

吉田　现在正在下达指示。

高桥　就算打开了小阀门，也还有一个阀门要开。

接着，吉田打断了对话：“请不要问那么多，因为现在正在进行打开操作。”原子能村曾经的老大们陆续被派往东电总公司进行支援。武黑、早濑、峰松、高桥等前辈们一一对吉田插话。在这种紧急情况下，多嘴的小姑子和拿主意的船夫却比实战部队的人要多。吉田对着电视电话会议系统的麦克风喊道：

“请不要妨碍我！”[*7]

吉田想起了电影《中国综合征》。该片由简·方达主演，讲述的是美国的核电站发生堆芯熔毁事故，熔化的燃料穿透到位于地球另一面的中国的恐怖故事。核燃料熔化，由于高热穿透核反应堆压力容器和安全壳，导致放射性物质泄漏出去——如果2号机组的情况变成这样，那么1号机组和3号机组的作业就很难继续下去。

吉田意识到了“死亡”。但是，必须保护员工和分包商作业人员的生命安全。他想留下控制各号机组所需的人员，让其余大部分人撤离避难。他让人准备了撤离用的巴士。

首相官邸获知一个令人不安的消息。

东电想要从现场撤退。“不会吧?”这是一个令所有人愕然的消息。

从电视新闻报道中突然得知，担任原子能选址总部长的副社长武藤荣将于晚间召开紧急新闻发布会。事故发生后，东电将几乎所有的新闻发布会都交给了宣传部有名无实的闲职部长和原子能设备管理部的中层管理人员。公司高层把事情委托给属下，自己却待在有保安严密保护的总公司高楼里不出来。

东电有会长胜俣、社长清水，再加上副社长武藤等 6 人，共计 8 名代表董事。在日本的上市公司当中，有这么多代表董事的，除三菱商事、三井物产等一部分大型综合商社以外，可以说是非常罕见的现象。但他们的管理干部层在记者面前露脸的次数，却屈指可数。一位资深的宣传负责人被记者逼问:“为什么领导层不亲自出面解释?”他惭愧地低下头说:“我拜托了，可是……领导们不愿意出来……”在组织中摆架子的那伙人，不想成为众矢之的。

如此这般的东电，原子能部门的最高领导居然突然出动，紧急召开新闻发布会。

这不是要宣布撤退吗?——

当时在首相官邸的高官们都这么怀疑。*8

“东电撤退”

晚上 7 点 28 分，在福岛县原子能灾害应急指挥中心的小森通过电视电话会议系统直接向总公司提出要求："请推进对避难标准的讨论。"对此，在总公司的副社长武藤荣做出了讨论撤离标准的指示。

随后，大约过了 20 分钟，东电电视电话会议系统的录像画面中，出现了在总公司二楼碰头协商的东电领导们的身影。胜俣、清水、武藤等 5 人站起身来，表情严肃地窃窃私语。

清水问："有传言说拒绝了美军，是真的吗？"武藤回答说："不可能拒绝的。"胜俣问身边的顾问早濑佑一（原副社长）："去了吧？"早濑说："去了武黑那里。"好像是派人去武黑那里，通知他重要事情。

紧接着，高桥给福岛第一核电站方面传话："现在 1F（福岛第一核电站）有多少人？希望给我回个电话。"总公司有人大声回答："现在核电站场地内有 850 人左右，就算把巴士挤满也只能坐上一半左右的人。"

高桥说："武藤副社长，这个，要到什么时候，全员才会撤离现场避难？"他继续说："现在要把 1F 所有人都撤到 2F（福岛第二核电站）的会客大厅避难吧。"

清水听了之后，像是让他"修正"似的说道："首先请明确，现在还没有确定最终撤离避难。因此，现在我们正在推进向有关部门的确认工作。"

所谓的有关部门是指"政府"。当时是晚上 8 点 20 分。[*1]

晚上 7 点 54 分，海水注入终于开始，但东电却迟迟不愿意公布这一事实。即使寺田催促保安院公布，官员们也不情愿地说："那是运营商要做的事。"

寺田打电话给站长吉田。

——海水注入已经开始了吧。

是的，开始了。

——那请告诉他们公布吧。

我知道了。

吉田欣然答应。

但是却没有公布。

寺田后来才知道，据说他与吉田的通话都被转接到设在东电总公司二楼的对策总部，也就是说，东电高层在“窃听”，他们尽管知道首相官邸的意向，但却不愿意这么做。

“他们不公布积极的消息，反而硬要制造重大情况一直持续的印象。这些人不是想要逃走吗？”——寺田这个时候怀疑道。[*2]

面对3号机组的大爆炸，东电社长清水正孝决定离开现场“避难”。晚上6点41分，清水致电经产大臣海江田万里，提出“希望从福岛第一核电站撤至第二核电站避难”，但海江田万里不答应：“那可不行。”因为他认为，“如果将第一核电站大量人员转移到第二核电站的话，就会出现越发无法控制反应堆的状况”。[*3]

此后，清水给海江田的秘书官打了大概8次电话。然而，大多数电话没接通，或是只能进行短时间的对话。

清水也致电官房长官枝野幸男提出请求，枝野当然也不可能容忍这种不负责任的行为。枝野质疑：“如果那样做，反应堆将无法控制，我们不就没法阻止情况恶化吗？”清水支支吾吾。枝野认为这个电话表明东电想全面撤退。[*4] 东电也给细野打了电话，但细野说：“这些话不应该讲给我听。”他拒绝听这些话。

海江田和枝野、寺田在官房长官室讨论时，经产大臣秘书官说：“是清水社长的电话。”“不用搭理，刚刚已经说过不行了。”海江田一脸不高兴的样子。海江田对枝野和寺田说：“东电想要逃避。”枝野也吐露道：“我刚才也说过那样不行。”寺田说：“还是好好地接听电话拒绝他比较好。”“也对。”于是海江田走出房间去接电话。

过了一会儿他回来了。“我接过电话，已经说了不行。”*5

从这个时候开始，东电撤退的动向逐渐在首相官邸扩散开来。

在能源厅部长安井向大家说明各号机组情况的时候，日历翻到了15日。在凌晨一点左右，福山提出建议，大意是：“东电撤退之事，我认为最好还是要请示总理大臣吧？”说这话是因为，面对像即热式电热水器一样容易暴躁的菅，海江田和枝野都开不了口。由于接二连三的爆炸，枝野等人之间开始弥漫“东电不得不撤退”的气氛。福山的秘书官秘密前往议员宿舍，去请已经回家的防灾担当大臣松本龙，为了不被媒体察觉，悄悄把他请进了首相官邸。

就这样，15日凌晨3点左右，在首相官邸五楼的总理办公室紧急召开了讨论东电撤退问题的会议。叫醒正在打盹的菅，只有菅、海江田、枝野、福山、细野和寺田等政治家参加。菅当场对大家说：“撤退是不可能的。在这种情况下弃之不顾，日本会变成什么样？”然后他问细野：“你能不能去东电常驻下来？”

从3点15分开始，大家转移到会客室，召开总理大臣出席的重要会议。出席者有菅、枝野、海江田等，加上防灾担当大臣松本、原子能安全委员长班目春树等安全委员会和保安院的干部们。

继1号机组、3号机组后，2号机组也处于随时可能发生爆炸的危机状态。经产省事务次官松永和夫中途进来。他拉了拉海江田的袖子小声说：“我有话要跟大臣说。”总觉得他是来传达东电撤退意向的。

菅毅然决然地说：“没有撤退这一选项！”接着，他对班目和能源厅的安井他们说："还有能做的事，对吧？"能源厅的安井说："是的，现场的士气还是很高的。"细野用从电话里听来的站长吉田的话回答说："吉田站长也说还有能做的，现场说还能做。"

当时菅想："如果是化学工厂倒还说得过去，可是如果搁置 6 座核电站和 7 处乏燃料池不管而撤退，这是不可能的。如果时间长了释放到大气中怎么办？"无论如何都不可能允许东电撤退。

寺田接过菅的话，插话道："保安院和原子能安全委员会是如何考虑的？请让我们听听两个部门的想法。"两个机关的代表似乎都被菅的气势所压倒，回答说："还有可以做的事情。"

菅似乎从这个回答中获得了力量。是吧，还有能做的事。菅语气强硬地说：

"把社长叫来！"*6

菅对想要逃离战场的东电感到十分惊讶。必须要防止他们临阵脱逃。核电站事故发生在他们的地盘上。知道复杂的核电站设备构造和操作的人，恐怕除他们之外别无他人。菅对寺田说："撤退是不可能的，去那里控制住他们。"

寺田按照菅的命令，叫来了东电社长清水正孝。凌晨 4 点多，社长带着两名东电员工来到了首相官邸。寺田问："是一个人进来？还是三个人？"清水回答说："我一个人进去。"清水一个人进去见菅。寺田觉得清水是一个从容不迫的管理者。寺田带着清水进去了，让陪同的两人在别的房间等待。

等待清水的是菅、枝野、福山、海江田和细野。"清水社长，撤退是不可能的。"总理大臣斩钉截铁地说。清水说："明白。"听到这句话，海江田惊讶地发出了一声"哎哟"。在菅、福山、细野的眼中，他看起来扭扭捏捏的。清水的措辞总给人一种不明确的感觉，也不知道是撤退还是不撤退。菅认为"这样很危险"，于是不容分说地命令清水：“你们是逃不掉的。要成立一个类似对策总部的组织，我会让细野助理常驻在那边。”菅直人接着说：“什么时候可以成立？”

清水说大约两个小时之后。菅立刻斥责：“不行！太慢了。”

……那就 5 点半吧，清水说。寺田像是要求确认一样斩钉截铁地说：“刚刚的回答可以认为是社长您同意了？”清水点了点头。

该放在哪里呢？菅在考虑。如果设在首相官邸，那就会重蹈覆辙。通过这 4 天发生的事情，他已经清楚地认识到，即使把东电的人叫来，事态也会在不明朗的情况下发展下去。“只能进驻到总公司了。”这是总理大臣的决断。

看到清水的样子，菅命令细野：“你跟他一起去！”

借用当时在场的寺田的话，被菅逼问的清水处于“完全慌了”的状态。

清水和细野一起离开了首相官邸，把从东电总公司带来的两个随行人员忘在了休息室里。这两人之后一直在首相官邸等待，被排除在此后发展怪异的事态之外。他们后来才领悟到自己的愚蠢，向寺田强烈抗议：“你这不是让我们白等一场吗？”[*7]

凌晨 5 点 26 分，菅在首相官邸宣布：将组建政府和东电的联合对策总部。

政治权力进入民营企业，监督他们的一举一动，是在法律上没有任何规定的做法。这也是菅后续一系列“法外之策”中的第一个。

可是，如果不这么做，东电可能真的要逃跑了。

经产省的松永次官曾给人一种容许东电“撤离”的印象。假如听凭经产省决定的话，东电将“一举退兵”，政治家们是这样判断的。

联合总部

清水回到东电总公司时，完全心慌意乱了。

“总理大臣在来的路上了，叫会长来，叫会长！”清水异样的行为让东电的科长级职员吃了一惊。他们急忙召集会长胜俣恒久以下的全体董事。

此时，总公司二楼的东电对策总部挤满了近 300 名工作人员，几乎没有立足之地。那里摆着一张临时凑合用的白色桌子，正在准备椅子和瓶装茶。凌晨 5 点 35 分，菅直人进来了。一位科长还以为总理大臣肯定是来给他们鼓劲的。可是，他错了。菅突然开口大骂。

“比起当前，你们给我好好考虑今后的事情！现在就算逃也逃不掉了。损失太大了！这样下去的话，日本将会灭亡。没有退路，给我拼命干，60 岁以上的去现场！消息太慢，而且不准确。1 号机组从发生爆炸到收到联络居然花了一个小时。这里这么多人，都在干什么！东电要是逃跑的话 100%会倒闭的！”

菅左手叉腰，用相当强硬的语气发表讲话，说了大约 11 分钟。通过电视电话会议系统连接的福岛第一核电站、第二核电站，还有柏崎刈羽核电站的员工们，都一副老老实实的样子听着菅的话。菅越是激动，他们越是耷拉着脑袋。

后来东电强辩说，“我们没有说过撤退”，而主张自己使用的是“避难”一词。然而，清水表示，自己未能找到机会将吉田打算“留下维护工厂设备所需的最低限度的人员”这一想法——尽管这是他和吉田之间的共识——告诉海江田他们。也就是说，清水缺乏解释能力。那么，也难怪会被认为是要“撤退”。吉田考虑留下的最低限度，是10名左右与自己相熟已久的属下。他想着“这些人会和自己一起拼命”，但这个阵容也不可能驾驭已经失控的核电站。

被总理大臣斥责这件事，对许多东电人来说，既意外又遗憾。一位科长级职员说出了他的反感：“这些天一直在公司过夜，拼命工作，却因为那次被骂，失去了干劲。”[*1] 从这时起，东电的反菅情绪对事态的发展起了决定性的作用。

进入东电的福山，对东电员工们过于缺乏紧迫感的情况，感到不知所措。由于他们处于不眠不休的极限状态下，所以自然以为这里也应该充满了紧张的气氛。可是，东电总公司二楼对策总部的气氛完全看不出紧张。“我原以为这里应该会更加战战兢兢的，没想到还挺热闹嘈杂的……”甚至有员工看热闹似的说：“哎呀，是菅首相。”“拜托，请不要暂停工作”“请不要停下手中的工作”，福山不得不多次提高嗓门喊道。[*2]

早上6点多，正当菅等人“占领”东电总公司的时候，2号机组抑压室附近最终还是发出了巨大的爆炸声。

吉田发来了悲痛的传真。他先是在纸上手写道：“2号机组发出了巨大的冲击声。对策总部的……一旦准备好了，将把对策总部转移至福岛第二，然后避难”（……是无法辨认的部分）之后又用笔擦掉，并重新写道：“以防万一，应对要员中暂时留下作业所需人员，其余暂时避难。”这是他在早上6点37分发出的第70次15条报告。之后，早上7点，发来修订后的传真说：“内容修正为：为慎重起见，除监视和作业所需人员外，暂时撤离避难。”

据估计，福岛第一核电站当时有850人，吉田决定留下注水作业等所需的70人左右，其余暂时撤到福岛第二核电站避难。留下的男人们后来被称为“福岛50死士”，他们的英勇表现为人所称颂

（虽然说是 50 人，但实际上是 70 人）。

菅、细野等人和胜俣等东电干部转移到和对策总部的大房间同层的小会议室之后，留在大房间里的东电的人突然开始撰写向总理大臣报告的文书。

有人大声喊道："我现在开始写请示书。""总务部长，你来写吧。"总务部长模样的人把写好的稿子念了出来："关于避难一事，……这样可以吗？"然后，传阅文书，取得各方批准。最后，社长清水批准了这份禀议书①。

看着整个过程的寺田感到非常震惊，都这般紧急情况了，还要什么禀议书啊！ *3

清水拿着这个来到了会议室的菅这里。资料上写着"关于总公司功能转移"，还有"留下最低限度的人员"。清水拿着这个向菅提出请求："由于情况相当不妙，希望批准撤离避难。"但菅断然拒绝道："不可能。给我继续注水作业。"清水说："是，是的。"

对于东电的最高领导胜俣，菅似乎用尽了耐心，他说："希望不要只做一件事，至少要建立两套体系同时作业。"胜俣回答说："是的，谢谢。"菅说："不是要你说谢谢……你做不到吗！"听着两人的对话，菅的亲信内阁审议官下村健一想："非得让总理大臣这么说才行吗？"他在记录了对话的笔记栏外加了这样一句话：只做评论家式发言的会长。

在一旁观看的首相秘书官好像忍无可忍了，他向胜俣追击道："请不要因为自己在这里，就以为绝对没问题哟。"

首相助理细野豪志也问道："如果撤走避难的话，1、2、3 号机

① 禀议制：指日本的一种传统决策体制，免去开会，以书面形式请示决策者。禀议书则指为禀议准备的文稿。

组都会发生堆芯熔毁吧？”胜俣说：“嗯，虽然不清楚程度，但是……”他之后在说什么就听不清了。细野焦急地说：“在这里就让我们坦率地交换意见吧。”实际上，1号、2号、3号机组都被认为已经进入了堆芯熔毁的状态。

此时，东电员工拿着“核辐射扩散预测图”过来开始解释，但这是一份既没有公里数也没有比例尺的资料。问题一多起来就答不上来。下村记录在笔记本上：被问到也“答不上来”。

下村对清水说：“不是说确认后才行动，而是要预测未来的事情，先行动起来，如果发现不对再停止。你明白吗？”清水又说：“是，是的。”

“无论问什么，回答只有三个：‘是’‘是的’‘那么’。”下村是这么认为的。*4

菅“占领”了东电总公司约3个小时，上午8点45分他才回到首相官邸。

对于自尊心极强的东电来说，这是一段屈辱的经历。东电干部们当中传来“不应该在紧急情况下使用屋上架屋的指挥命令系统”“被首相官邸攻占了”的声音。在他们看来，这是把初期事故应对的责任全部推到了东电身上。

在政权内部，菅的行为被赞为英明果断。副长官福山在来往的记者们面前极力称赞道：“菅首相走进东电说‘撤退是不可能的’，真是了不起。”“我认为政府很难干预民营企业，如果对方说‘是这样的’，我就想会不会是这样的，但事实并非如此。然而，当我意识到这一点时已经晚了。”*5 时任联合对策总部的事务局局长，后来成为核电担当大臣的细野也说：“事前的手册几乎没有派上用场。政府必须通过获取东电所掌握的信息来决定事情的发展。这是赌上了生死存亡的政治判断。”他对菅的决断给予了肯定的评价。

枝野也在半年后回顾道：“很庆幸那一瞬间是他当首相。”*6

菅回顾当时的情况说：“我进了大楼才知道，东电总公司和各个核电站现场是通过24小时电视电话连接起来的，看了之后才明白了。”菅后来才知道，连保安院都没有人在东电总公司常驻。和首相官邸一样，都是从东电叫来被称作“灾害应对现场信息联络员”的人员与之沟通，因而在处理事情的时候总是慢一两拍。

“组建联合总部什么的是在法律体系中没有的。根据现行法律规定，应该是保安院从东电叫人来说明情况，必要时向经产大臣和总理大臣传达。没有直接控制东电的法律。”

因此，试图采取的法外措施，即组建联合总部，对之后的事态发展至关重要。“因为如果不去那边，只在首相官邸指挥的话，就会不了解情况。”菅这样说道。*7

成为联合对策总部事务局长的细野在东电待了不久便发现“这就是一家平常的公司”。在每天接触的过程中，他了解到“东电是一家常规的电力供应公司，是难以做出重大决策的公司”，“不是一家能果断处理事情并采取快速灵敏行动的公司”*8。东电原子能选址总部的干部们，除了吉田以外，都是一样遇事惊慌失措，无论被问什么都吞吞吐吐，或是只会说些含糊不清的话。

另外还有一点，他终于认识到，控制这个公司运作的不是清水，而是胜俣。他这样向首相官邸报告道。

“我终于明白了。公司内部的势力关系不在清水，而在胜俣。”*9

3 000万人撤离计划

早上6点左右，巨大的爆炸声响起，甚至连戴着全脸面罩的工作人员都能听到。吉田收到了 2 号机组抑压室压力已降至零的报告。获知这个消息，吉田判断是 2 号机组爆炸了。

根据后来的解析可知，当时爆炸的不是 2 号机组，而是 4 号机组。据推测，2 号机组并没有发生爆炸，而是抑压室附近发生了严重损伤。

几乎在爆炸声响起的同时，发现 4 号机组核反应堆厂房五楼的屋顶附近存在受损情况。上午 8 点 11 分，在正门附近监测到高辐射量。不久，发现 4 号机组的西北角附近发生火灾。4 号机组周围散落着此前没有的瓦砾。

4 号机组正在进行例行检查，并没有在运转。反应堆内的核燃料全部被取出，1 535 根核燃料被保管在厂房顶部的乏燃料池中，并一直浸泡在水中冷却，应该是安全的。

虽说处于停止运转状态，但由于核燃料会产生衰变热，所以必须持续冷却。但是，由于失去外部电源，4 号机组乏燃料池冷却泵的功能已经瘫痪。冷却水的补给作业也并不如愿。平时保持在 40 度左右的池内水温在 3 月 14 日凌晨 4 点上升到了 84 度之高。

接着第二天 15 日早上 6 点左右，发生了爆炸。

虽说其他机组发生了爆炸，但核燃料处于反应堆压力容器、安全壳、混凝土屏蔽墙等多重防御之中。可是，4 号机组核燃料的情况并非如此，而是已经从核反应堆中取出，放在了安全壳外面。厂房的墙壁也严重受损，从上面可以看到乏燃料池。与其他机组的燃料池相比，衰变热更高，水分蒸发速度更快。一旦水分蒸发燃料暴露，与此前一样，燃料包壳管中的锆和水蒸气发生反应产生氢气的话，就有可能发生大规模氢气爆炸。那时，完全没有核反应堆压力容器和安全壳等遮蔽物的 4 号机组，将直接释放大量放射性物质到外部空气中。

整个首都圈都可能会遭受核辐射。日本正处于崩溃的边缘。这一天，日经股票平均指数暴跌了 1 015 日元，跌至 8 605 日元。

与撤退计划受阻的东电形成鲜明对照的是，第一个逃离的是经产省原子能安全保安院的现场事务所，即福岛第一原子能保安检察官事务所。

3 月 11 日震灾发生时，检察官事务所里共有 8 人，包括东京保安院总部来的出差组 1 人在内。其中 5 人留在福岛第一核电站，负责信息收集和向保安院报告工作。但由于核辐射量上升，他们 5 人撤到了离核电站 5 公里远的福岛县原子能灾害应急指挥中心避难。事故发生时，保安检察官原本肩负着确认现场、联络总部的重要职责，但他们却偏偏选在总理大臣菅直人乘坐直升机过来的 3 小时前就撤离了现场。批准此举的是保安院原子能防灾科科长前川之则。

然而这样一来，包括经产省本省在内就无法掌握核电站事故的信息了。由于海江田的指示，5 名退避人员中的 4 人再次返回核电站区内，进行信息收集工作。虽说如此，他们也并没有走出抗震关键楼，用“自己的眼睛”去看看各号机组的情况。而只是把从发电站员工那里听到的内容通过电话传递到福岛县原子能灾害应急指挥中心，将两者连接起来，起到类似“信鸽”的作用。

14 日 3 号机组爆炸后，他们大吃一惊。他们认为继续留在这里自己会有危险，所以决定再次撤到福岛县原子能灾害应急指挥中心。尽管如此，选择的避难地福岛县原子能灾害应急指挥中心也很难断言是安全的。总务省在两年前即 2009 年的行政评估监视中，指出福岛县原子能灾害应急指挥中心存在没有高性能的空气过滤器、紧急情况下无法采取降低核辐射量的措施等问题，要求其进行改善。不过，保安院没有重视这个问题，并未安装。3 号机组爆炸后，辐射量上升。

15 日，也就是菅阻止东电撤退的第二天，由所长横田一磨（札幌西高中、北海道大学）率领的安全检察官全体决定撤到福岛县厅避难。作为监督机关的他们采取了与吉田等70人截然相反的行动。这一天，原子能安全委员会经由保安院总部向福岛县原子能灾害应急指挥中心发送了传真，指示“避难时，给方圆20公里以内撤离范围的住院患者服用稳定性碘”，但现场的检察官们只顾迁至福岛县厅的事情，没有一个人注意到了传真。

就这样，他们逃到了60多公里外的福岛县厅。

在核电站接连爆炸的这段时间，菅委托日后将任命为内阁官房参与的几位学者进行“最糟糕的情况会发生什么”的模拟实验。

保安院院长寺坂、能源厅部长安井、原子能安全委员会委员长班目春树面对菅，为了让情况看上去不严重，故意不用术语“堆芯熔毁”，而是使用“堆芯损伤”一词来进行解释。然而，菅直人对他们这种说辞并不信任。他暗中咨询认识的学者们，菅说：“我从他们那里听说，早期就开始堆芯熔毁了。”*1

就像那时一样，菅没有选择通过保安院等政府机关，而是选择了与此不同的途径，让他认识的学者们进行最糟糕情况的模拟实验。在他委托后的两三天内，模拟实验结果被送到了菅这里。结果预测放射性污染会扩散到整个东日本的大气中。

过了一段时间后的3月25日，细野豪志也从原子能委员会那里拿到了同样的模拟实验。用幻灯片演示文稿制作的《3 000万人撤离计划》的封面上写着“福岛第一核电站应急预案草图 近藤骏介”。近藤担任原子能委员会委员长，是东大名誉教授。上面写着，如果陷入新的氢气爆炸等最糟糕情况，核电站方圆170公里内将被强制搬迁，250公里范围内都要撤离。170公里范围内包括新潟县和关东北部，250公里范围内的话，东京和横滨也在其中。*2这片广阔的地区将在几十年内无法居住。

菅看到这里，心想：“日本要崩溃了。”

"我想着，天皇陛下究竟要转移到哪里才好？还有国会、各省厅……政府机能到底还能否得以维持？内阁怎么办？没有戒严令，这样的撤离可行吗？而且，未来的选举该怎么办？GDP 会下滑到什么程度？失业率又会是多少？说起来，如果日本有三分之一的土地不能使用，而被分割成北海道和西日本的话，还能作为国家进行统治吗？国家将自然灭亡。我一直在想这样的事情。如果 3 000 万人被迫撤离的话，在撤离途中，病人和老人可能会以几十万人为单位死亡。我想，总之跟枝野长官商量吧。"

菅这样描述了当时的心境。[*3]

正因为如此，无论如何也要阻止失控的核电站。哪怕赌上性命也要为国家做这些……想到这里，菅痛切地感到，"为国捐躯"是不可避免的。这是战后日本左翼势力一直故意避而不提的概念。菅作为首相，在面临国家危机时才意识到"为国捐躯是有可能的"。这对可以说是战后革新阵营产物的菅以及支持他的势力来说，实在是一件讽刺的事情。

这些模拟实验本身并不是很细致。因此，没有下达指示制订具体的撤离计划。对于菅直人来说，他的想法是"在脑海中提前设想最糟糕的情况到底会怎样"。

但是，据 3 月 29 日被任命为内阁官房参与，担任菅的智囊团的多摩大学研究生院教授田坂广志说，设想结果是"3 000 万人的撤离是具有现实可能性的"。

"核电站就是核反应堆加上乏燃料池。最糟糕的情况下，最可怕的是乏燃料池。特别是 4 号机组。从核反应堆中取出的裸露燃料所在的 4 号机组厂房正在坍塌。从 3 月到 4 月初，最令人担心的是，如果 4 号机组燃料池丧失冷却功能导致堆芯熔毁，该怎么办？”[*4]

4号机组核反应堆压力容器中取出的使用中的核燃料被放置在压力容器外的安全壳的再往外一层的燃料池中。一旦发生堆芯熔毁，就没有像压力容器和安全壳那样坚固的“封闭”物遮蔽了。

在太平洋彼岸，美国敏锐地感受到了这种风险。在他们眼中，4座核电站相继爆炸，对此却束手无策的日本政权是无能的。特别是对4号机组事故的认识，日美之间截然不同。与美方自己推测的事故严重程度相比，日本的估计明显过于乐观。

美方认为：“恐怕4号机组的燃料池底部已经脱落，核燃料已经熔化并掉落下来。”美国当时正在讨论下令让居住在日本的美国人撤离。法国好像也做出了同样的分析，3月15日，呼吁法国公民从关东地区撤离。作为核电大国的美法两国，其模拟实验结果具有一定的妥当性。

糟糕的是，4号机组为了取出正在使用的核燃料，在厂房五楼的操作层上放置了压力容器盖、安全壳上盖以及各种重型设备。在安全壳上盖着两至三米长的水泥板，脚手架横跨核反应堆地架起来。这项作业所需器材也被运入，沉甸甸的重物堆满了厂房上层。[*5]

然而，爆炸发生，引发了火灾。爆炸造成的损伤大得惊人，墙壁已经坍塌。如果再发生爆炸，厂房本身有可能倒塌。比起其他情况更有可能的是，如果再发生一次这样的大地震，厂房很有可能就此倒塌。

“最大的风险是，核燃料暴露的4号机组再次遭遇同等规模的地震和海啸。或1～3号机组再次发生大爆炸造成高辐射量污染，将无法接近4号机组。我们不得不考虑这种最糟糕的情况。”

田坂这样回顾当时的事。[*6]

在首相官邸收到3 000万人撤离的噩梦般的模拟实验结果，担心日本中枢崩溃的这个时候，东京电力社长清水开始走路摇晃，自言自语了。16 日，他说头晕，然后就晕倒了，在公司里躺到了 21 日。虽然后来一度恢复了，但 30 日却住进了医院。指挥的工作委托给了胜俣、武藤、武黑。

4 月 4 日，清水在住院期间，向三井住友银行偿还了全部房贷余额。两年前，他从该银行借款一亿日元，在三井不动产开发的东京赤坂的高层公寓的 20 楼买了一套 82 平方米的居室。那笔贷款的剩余债务全部一次性提前还清了。不动产登记簿的抵押权被注销，处理干净了。

还款时，清水并不是把负责的银行职员叫到病房让他办理手续，而是自己在电脑上输入密码，自己进行操作。

大概是因为这样操作的话，提前还款的手续费比较便宜。*7

第 6 章　尚存的危机

自卫队注水

3 月 17 日上午 9 时 48 分，陆上自卫队的直升机从上空接近福岛第一核电站 3 号机组。直升机机底挂有一个容量 7.5 吨的满载海水的水桶。这是提取海水后储存下来的水。

飞行员发出信号："目标越来越接近了。"中岛建司三曹[①]做出像是趴在直升机上的姿势，从机底看福岛第一核电站，他戴着黑色手套的右手紧握着连接在电线上的操作按钮。3 号机组映入眼帘，它已经变成了广岛原子弹爆炸遗址般凄惨的模样。他想着："行，开始！"按下了按钮。瞬间，直升机吊着的水桶翻倒，大量海水喷洒到 3 号机组上，像是在淋浴。*1

虽然第一次喷水便出色地命中了，但是从高空很难准确锁定目标。除了高辐射，还容易受到风的影响。也有偏离了目标四处喷洒的情况。这一天，陆上自卫队的直升机向 3 号机组反应堆注入了 4 次海水。

当天清晨，4 架直升机在仙台市陆上自卫队霞目驻扎地起飞。一架 UH－60 直升机在空中测量了核电站上空的辐射剂量，在上空

300 英尺（约 90 米）处记录到每小时 87.7 毫西弗。陆上自卫队判断，每架飞机可以进行 40 分钟左右的作业，因此，展开由一架 CH－47 直升机下达指示，再由两架同型机轮流抽取海水向 3 号机组注入海水的作战计划。[*2]

在上午 11 时 27 分开始的临时新闻发布会上，防卫大臣北泽俊美表示：“我们原计划昨天进行作业的，但由于（核辐射）浓度太高，所以撤退了。在从地面上进行注水的方案因浓度极高而无法接近的情况下，做出了‘今天是最后期限’的判断。”3 月 15 日，东电要求用直升机从空中注水，政府内部一直在推进讨论从直升机上注海水的方案。曾一度考虑 16 日空投海水，但在上空 100 英尺（约 30 米）处测得每小时 250 毫西弗的辐射量，由于辐射过高而不得不放弃。

16 日上午 8 点半左右，3 号机组冒出白烟。烟一直没有减少。和 4 号机组一样，3 号机组核反应堆建筑顶部也有乏燃料池。白烟似乎就来自这个燃料池。据推测，在失去所有交流电源并丧失冷却功能的燃料池中，被废燃料衰变热加热的水蒸发成了白烟。池里有 566 根燃料棒。

发生了剧烈爆炸的 3 号机组厂房顶部已完全被刮跑，覆盖在上面的坚固混凝土已经坍塌。建筑物构架钢筋也被压弯，内部被暴露在外。与 4 号机组一样，乏燃料池处于完全可见的状态。完全没有核反应堆压力容器和安全壳以及建筑物之类的双层三层屏障。如果燃料池的水继续蒸发下去，大量高浓度的放射性物质一定会毫无阻碍地直接被排到户外空气中污染东日本。16 日下午，搭载东电员工的自卫队直升机接近 4 号机组，从目测和照片了解到 4 号机组燃料池里有水，燃料没有露出。应该优先考虑的是正在冒白烟的 3 号

① 三曹：日本自卫队军衔，相当于下士。

机组。

17 日清晨，北泽与菅直人首相反复讨论，最终达成共识，认为“今天是最后期限”。起飞的直升机为防止辐射，在机身底部贴上了钨制地板，机身内部用合成树脂板做了密封处理。自卫队队员们进行了全副武装，在平时装备的基础上，穿上防护服和铅夹克，戴上防护面罩。北泽向自卫队统合幕僚长①折木良一下达了“注水一次”的严令。尽管这些队员们有受辐射的危险，但他们受命“一定要注入一次海水”。[*3]

当天下午 4 点 14 分，自卫队出动了集结在作为前线基地的福岛县楢叶町足球训练设施 J－VILLAGE 的消防车，前往福岛第一核电站。下午 5 点 37 分，由应对化学武器和核武器的中央特殊武器防护队率领，5 辆消防车、2 辆化学防护车、东电的面包车等共 9 辆车抵达第一核电站正门前。领头的深绿色化学防护车看上去就像装甲车一样。为了这一天而从陆上自卫队、航空自卫队等处凑集的消防车，车身的确是鲜红的消防车外壳，但实际是用于飞机事故的灭火工作，具有特殊的强放水功能的车辆。

当看到顶部完全被掀走了的 3 号机组核反应堆建筑，队员们震惊得说不出话来。严重程度超乎想象。与相邻的几乎完好无损的 2 号机组建筑相比，其破坏程度是惊人的。建筑物的顶部被摧毁得面目全非，可以看到从弯曲的钢梁后面冒出滚滚白烟。是否有再次爆炸的可能性？如果暴露在核辐射下会怎么样？队员们陷入了前所未有的紧张状态。

晚上 7 点 35 分，安装在驾驶席顶部的喷水枪以迅猛之势将水喷出，击中了 3 号机组。直到当天晚上 8 点 07 分，共进行了 5 次注

---

① 统合幕僚长：日本自卫队最高职位，相当于总参谋长。

水。消防车轮番向3号机组“开火”。“1号车命中”“2号车命中”，队员向陆上自卫队的中央应急集团司令部（东京练马）进行报告。[*4] 次日即18日下午2点，消防车比前一天更靠近3号机组建筑物，为了提高命中准确度，从10米的近距离开始注水。20日开始，以4号机组燃料池为目标开始进行注水。

从地面近距离注水，实际上比从空中投下的命中准确度要高得多。但即便如此，直升机空投（即使被大多数民众看作是畏首畏尾的行为）也是有意义的。因为能够通过电视画面这种具体的形式向世界展示日本政府首次认真处理核电站事故的情形。要让大家看看政府在做什么。这是一场为了这种戏剧性效果而表演的直升机洒水作战。

从3月15日起，对于作为由政府和东电组建的联合总部的事务局局长负责处理核电站事故的首相助理细野豪志来说，这件事令他感到有好转的征兆。“3月11日以来，一直处于看不到光明的严峻情况，每天都过着苦闷的日子，但我认为有两个转折点。”[*5] 其中之一是联合总部的成立。因为随着政府和东电的联合，东电的信息进入政府，受政府督促，东电也开始准备应对措施。细野所说的另一个转折点，就是自卫队飞机的注水行动。

“关于注水这件事，消防员真的很勇敢地参加了这次行动，警察也不顾危险赶赴现场。然而，如果你问我谁的功劳最大，我认为是自卫队。水桶里装满水再挂在直升机上的做法，是一个转折点。”

细野这样极力主张道。

“之后的几天，我们的处境也非常艰难。但是，从这时起想办法把水注入了。虽然只有一点点，但对核电站的控制水平在逐步提升。终于进入可以控制核电站的阶段了。”

细野这样说道。

美国的焦躁

利用自卫队飞机向核电站投放海水这一举动，产生的“视觉效果”非常显著。因为在此之前一直任凭东电处理而不见身影的日本政府，终于开始表现出具体的行动了。

3 月 16 日，美国召开了由 60 名相关政府部门负责人组成的大型电话会议。通过在福岛第一核电站上空放飞的无人侦察机“全球鹰”的观测结果，掌握了核反应堆温度异常高的情况。尽管如此，日本政府似乎并没有采取有效措施来应对。在会上，有人提议“应该让居住在东京的 9 万名美国公民撤离”，但国务院日本处处长凯文·马厄提出反对意见，认为“全部撤离命令还为时尚早。如果现在下达命令，将严重动摇美日同盟”，拦住了撤离提议。但是，美国核能管理委员会（NRC）主席格雷戈里·贾茨科对日本政府束手无策的样子抱有越来越强烈的危机意识，他在 16 日的美国众议院的听证会上说：“4 号机组燃料池的水已经完全干涸。”

因此，美国政府当天下令其公民撤离到距离福岛第一核电站 80 公里外的区域。[*1] 在日本政府尚且只对核电站 20 公里范围内的居民下达撤离指示的情况下，美国却敦促更广范围内的在日美国人进行撤离。从对核电站事故的危机意识来看，日美之间的差距非常大，这诱发了在日外国人的集体回国潮。贾茨科主席的发言和在日美国人的撤离指示被政府高层人士当作是“如果继续这样无所作为的话，美国将放弃日本”的信号。正因为这样，菅和北泽才决定今天（3 月 17 日）是最后期限，一定要注水，哪怕一次也好。17 日上午 10 点，自卫队直升机完成第四次投放海水。之后的上午 10 点 22 分，菅与美国总统贝拉克·奥巴马进行了电话会谈。

在自卫队直升机投放海水的 17 日这天，美国不仅对 80 公里范围内的本国公民发出了撤离建议，还通过驻日美国大使馆向日本政府提议设立日美协商机构。美国通过官房副长官福山哲郎听取了原子能安全委员会委员长班目春树和原子能安全保安院干部的意见，但或许是他们的说明方式拙劣，让对方认为“他们在隐瞒一些事情”“他们不愿意共享信息”。为了打破僵局，细野 17 日会见了大使馆有关人士，同意设立日美协商机构。细野当时是这么说的：

“仅靠我国政府自身已经无能为力了，我想可以考虑接受美国方面的提议，不仅是前线，还包括后方支援（进行日美协商）。”[*2]

经过几天的准备，从 22 日开始，日美协议体“日美合作小组”成立了。美国方面有美国核能管理委员会主席贾茨科、驻日大使约翰·鲁斯、美国能源部及驻日美军的代表人士等参加，日本这边有首相助理细野、日本前防卫政务官长岛昭久、官房副长官福山以及经产、外务、防卫各省和东电成员参加。通过这个协议体，日美之间的交流终于开始变得密切起来了。

美国为了收集情报和指导日本，曾向首相官邸周边临时派遣了美国 NRC 的相关人员。对作为发达国家之一的日本感到不放心的超级大国，让手把手指导的监督官常驻在日本政府中枢，是件极为异常的事情。“美国顾问”好像在这之后大约一个月的时间里，常驻在首相官邸或附近的办公大楼。

经日美合作小组协商之后，从日本政府获取了信息的美方便迅速行动了起来。自 4 月 2 日以来，处理核、生物、化学武器的美国海军陆战队专门部队 CBIRF 约 150 人陆续抵达日本。为储存必要的核反应堆冷却用水，美军将横须贺基地所属的两艘驳船派往福岛第一核电站，并提议要提供一万套防护服和 3 万个放射性剂量仪。

对于美国的担忧，菅这样说道：[*3]

“尽管美国政府中有人像凯文·马厄那样，说日本政府好像把整个事情都扔给了东电，但事实上绝非如此。成立联合总部之后，我们才得以从东电获取信息，美国也因此才最终解除怀疑‘日本在隐瞒什么’的误会。因为 3 月 15 日联合总部成立之前，无论我们问东电多少次，都一直处于没有任何回应的状态。”

在放飞无人侦察机“全球鹰”的美国看来，4 号机组乏燃料池的问题非常严重。

“美国的确非常在意这一点。4 号机组将使用中的燃料转移至池中，别无措施，让燃料放在既无压力容器也无安全壳的地方，即处于裸露状态。因此，一旦没有了水，瞬间就会发生堆芯熔毁。实际上，美国很怕这一点，他们怀疑这种情况是否正在发生。

“而且，我还担心发生余震。建筑物是由柱子和墙壁组成的，但 4 号机组的墙壁因爆炸倒塌，而仅仅依靠柱子，真的能承受得起大的余震吗？我想要是柱子也倒塌了，真会束手无策的。”

菅是这样说的。

自卫队直升机在上空进行调查，目视确认了 4 号机组燃料池中有闪闪发亮的水面，还发现一度超过 160 度的福岛第一核电站上空温度已降至 40 度以下。好像由于注水作业让燃料池里有了水，温度才得以下降。最糟糕的危机似乎已经避免，美国也为此松了口气。

在事务局局长细野的领导下，联合总部于 4 月 1 日成立了 6 个项目组，分别是中长期应对（辐射屏蔽）、辐射燃料提取和转移、远程控制、长期冷却工程、辐射积水回收和处理，以及环境影响评价。其中，最重要的课题是考虑辐射屏蔽的中长期应对小组，该小组的组长由原国土交通大臣马渊澄夫接受任命成为首相助理后出任。不仅是东电，经产省、能源厅、保安院、警察厅、消防厅和自卫队也加入其中，联合总部的总人数达到200人。在细野的掌舵下，构筑起系统的应对体制，此后日本政府和东电终于能够真正面对核电站事故了。

帮助细野的东电事务局局长由负责宣传和企划的常务西泽俊夫出任。他是会长胜俣恒久直系的企划部相关的部下，也是胜俣的宠儿。在东电公司内部，广泛流传着一种推测，即认为“如果社长清水正孝因事故引咎辞职的话，会长胜俣会把西泽提拔上来吧。起用西泽应该是考虑到下任社长在内的人事变动”。[*4] 这一见解后来被证实是正确的。

对于此时的情况，原子能安全委员会委员长班目说道：“我开始意识到局势稍微稳定下来了。”

“那时候的消防车和直升机的注水是一个进步。但核反应堆并不一定是稳定的。在这一点上我一直抱有危机感。我可能用了一个多月的时间才得以摆脱这种危机感。”[*5]

班目这样回顾道。

电源恢复

东电从3月17日开始着手福岛第一核电站的电源恢复工作。行动计划是利用40年前建设该核电站时使用的东北电力输电线，用延长电缆将输电线延伸至1、2号机组，使其通电。为此，须沿核电站内的道路铺设三条500米长的电缆，总长1.5公里。原计划通过从东电的输电线上再连接其他电缆的方式给3至6号机组通电。

作业稳步地推进着。19日，官房副长官福山哲郎接到报告，称

“今天有可能恢复电源”。两人在菅的办公室里商量。福山说：“外部电源终于接通了。”菅也似乎松了一口气。[*1] 对自 11 日以来一直处于极度紧张状态的首相官邸来说，这也可以称得上是第一个好消息。终于可以摆脱危机了。19 日，《朝日新闻》晚报头版刊登了大幅报道称“今日恢复供电”。

第二天，即 20 日周日上午，福山先后登上了富士电视台的《新报道 2001》和 NHK 的《周日讨论》节目。在这两个节目中，福山提到“我在祈祷通电工作顺利进行”“19 日外部输电线路已连接，20 日就可能通电了”等内容。福山当时认为“如果恢复供电，核电站所具备的冷却功能将自动恢复”。因此，当时他一直在祈祷。

输电线接通了。20 日，2 号机组通电。21 日，5 号机组接通外部电源。22 日晚，3 号机组中央控制室终于亮起了灯。这是震灾发生 11 天以来的第一次。报纸连日在头版上大幅报道，称电源恢复工作顺利进行，核电站事故似乎已渡过难关。

一旦通电，各核反应堆建筑内的乏燃料池冷却功能将得以恢复，也就能够避免美国曾担心的 3、4 号机组燃料池的水干涸导致堆芯熔毁的情况。只要通电后核反应堆冷却泵启动的话，就能摆脱危机。至少东电持续发布让人抱有这种期待的公告，让媒体和首相官邸的高官们也都深信这一点。

但是，即便恢复了供电，核电站的冷却系统也没有启动。

“说起当时的冲击，那可是相当大的，我和总理大臣都感到无比地震惊和失望。”福山这样说道，“也就是说，我们明白了，消防车注水，直升机喷水，这样的事情还要不得不持续一段时间。”

由于仪表不稳定，即使恢复供电，也无法掌握核反应堆的情况。由于循环冷却水泵坏了，所以余热去除系统无法启动。乏燃料池的冷却功能也没有恢复。最终，不得不继续一边用消防车给各核反应堆注水，一边开始安装临时泵，用特殊喷水车和消防车往燃料池内注水。

直到近一个月后的 4 月中旬，福山才终于开始感到“渡过了危机”。

4 月 11 日，日本政府改变了以往以核电站为同心圆划定撤离区域的做法，重新将半径 20 公里以外的区域划分为“计划撤离区”和“应急撤离准备区”。

4 月 17 日，为配合美国国务卿希拉里 · 克林顿访日，日本政府制定了核电站事故完结路线图“工程表”。随着核电站控制方面已开始形成路径，居民撤离方案也更加合理了。

“我心里一直担心是不是会爆炸，但从这个时候开始，我觉得终于稳定下来了。”

福山这样回忆道。确实，过去一个月里，“日本崩溃的危机”始终持续着。

第 2 部　霸主的救济

第 7 章 紧急贷款

行长和次官的会谈

市场无情地抛弃了对接连发生的核电站爆炸事故束手无策的东京电力。3 月 11 日之前一直在 2 000 日元以上的股价，在 3 月 16 日那天 27 年来首次跌破 1 000 日元，并呈现出进一步暴跌的趋势。3 月 18 日，信用评级机构标准普尔和穆迪同时下调了东电公司债券（电力债券）的信用等级。仅在两周前，东电还保持着与日本国债不相上下的信用度，但已经丧失了控制市场的神通。穆迪将评级从 Aa2 下调至 A1，一连降两级，但这只不过是东电失去信用的开端。东电在股票市场和公司债券市场上的威信从此一落千丈。

3 月中旬以后，东电负责财务的副社长武井优为了筹款，奔走于各金融机构之间。他认为，如果事情继续这样下去，可能会出现资金短缺。因为在 4 月以后的新会计年度（截至 2012 年 3 月），东电需要偿还公司债务和借款 7 000 亿日元以上。照这样下去的话，公司将无法承担这笔资金。

通过发行新的公司债券从市场上筹集资金，用于偿还过去发行的公司债券费用——这种以往的资金周转方式，在信用评级机构下调公司信用等级的情况下，已毫无希望。东电不得不彻底改变传统的筹资方式。发行新的公司债券已经行不通了，只能依靠银行贷款。

无法看到核电站事故平息的前景，核电站的重启看似越来越难。如果用火力发电站代替已停止运转的核电站，石油和天然气等燃料供应费就会增加。说起来，修复因地震受损的火力发电站和输电网也需要花钱。

这样一来，东电迫切需要筹集总额2万亿日元的资金。3月18日，东京电力向三井住友银行等主要银行申请紧急贷款。[*1] 东电考虑到各银行的融资余额，按照分配好的贷款金额向各大银行提出申请。主银行三井住友6 000亿日元，其次是瑞穗实业银行5 000亿日元，三菱东京UFJ银行和住友信托银行3 000亿日元，其余信托各行和信金中央银行按照一定的次序进行分配。

对于接到请求的银行来说，接连发生核电站爆炸事故的东电应该是一个危险的贷款对象，即便将其列为“需要小心的对象”，甚至是“有破产风险的对象”也不奇怪。因此，这些银行绝不会那么轻易决定提供资金。有一家超级银行就是否可提供短期贷款、可否分期贷款的问题，与东电方面进行交涉。

对他们来说，东电是多年来想贷款出去却不来借钱的对象。即使热烈追求也完全不回头的，那种单相思的对象。这是因为东电是一家“特殊的公司”，它以高信用为支撑发行公司债券，在不向银行低头的情况下，能够以低利率筹措到资金。因此，在东电的有息负债中，公司债券约为5.2万亿日元，而银行的长短期债务仅为2.3万亿日元，可见东电对公司债券的依存度很高。也就是说，从东电的角度来看，他们存在一种认识，认为向银行借钱是出于“交情”。

如今，这位单相思的对象陷入了窘境。金融界认为这是个好机会。对于当时超级银行的情况，政府下属金融机关的一位部长评论道：“他们过去多次想拿下东电的业务都没有成功，所以，他们此时应该认为好机会来了吧。”[*2] 作为东电大债权人的银行常务似乎也证实了这一观点，他说：“因为东电全是公司债券，所以想着这下可以贷款啦。当时就是这么个思路。”[*3]

据这位常务称，东电的紧急贷款申请并不像是说着“请贷款给我”这般谦逊的请求。

“在江户时代的古装剧里有这样的情节吧，说‘越后屋①，准备好钱！’就像幕府直辖领地的地方官逼迫商人准备好钱那样的感觉。”他讽刺地说道。

3 月 25 日周五，即东电提出这一紧急贷款申请的一周后，全国银行协会会长、三井住友银行行长奥正之拜访了经济产业省事务次官松永和夫。不熟悉金融业务的松永让曾任经产省产业资金科科长的宠臣北川慎介总管审议官一同出席。作为全银协会长的超级银行行长，如果是和监管机构的金融厅碰头倒还算正常，但和并非主管金融界的经产省行政高层领导面谈，那就是一件极为罕见的事情了。

松永从麻布高中毕业后，进入东大法学院，于 1974 年进入通产省②工作。之后历任资源能源厅石油部流通科科长、石油部部长、资源与燃料部部长，在能源领域工作了很长时间。而且，作为原子能安全保安院的次长、院长，他负责核电站安全管制工作共三年零两个月的时间。

他在保安院任职期间开展的修订工作，是阪神淡路大地震后修

---

① 越后屋：日本江户时代的富商，是现在三越百货的前身。
② 通产省：通商产业省，日本旧中央省厅之一。2001 年中央省厅再编后改组为经济产业省。

改核电站抗震标准《抗震设计审查方针》。虽然负责策划制定的是原子能委员会，但保安院多位科长级干部以观察员身份参加了负责修订工作的各分科委员会议。这样制定出来的2006年版《抗震设计审查方针》全文15页，其中提及海啸的部分只有3行74个字。尽管日本的核电站都位于沿海地区，但却几乎没有提及海啸。松永虽然知道2004年苏门答腊岛地震引发的大海啸使印度的核电站陷入了危机，但他却没有从中总结经验教训，用于日本核电站的海啸应对问题。*4

核电站事故发生后，在经产省内到处流传着一种说法，即“次官是制定轻视海啸应对方针的罪魁祸首”。能源厅的青年们得知自己的领导是“甲级战犯”，感到非常困惑。因此，为了不被追究责任，松永尽量控制在公开场合的露面。而另一方面，为了保全把自己提上次官职位的前任次官望月晴文（内阁官房参与）等人的面子，他保护东电、推动核电的立场丝毫没有动摇，因为这符合经产省的利益。

三井住友的奥正之所信赖的高官就是这么一个男人。

三井住友银行是继旧三井银行之后，东京电力的主银行。贷款余额此时约有3 000亿日元，比余额为2 000亿日元的瑞穗实业银行和1 700亿日元左右的三菱东京UFJ银行高出一大截。作为主银行，自然担心东电未来的经营发展状况。不久之后，世人将会知道东电造成了切尔诺贝利级“7级”这一人类历史上最严重的核电站灾难，可能要背负一笔天价的损害赔偿债务。这样一来，无论东电曾经是怎样的优良企业的代名词，也有可能产生面临破产的风险。

在与松永的会谈中，奥援引了当时科学技术厅厅长中曾根康弘在国会上的答辩，说明了1961年制定的《原子能损害赔偿法》（《原赔法》）的立法经过。在此基础上，他还提议说：“对于大家如何看待法律层面上的解释这一点，希望您能纳入考量范围。”[*5]

在奥与次官的会谈中提及的《原子能损害赔偿法》中，明确指出了核电站发生事故时运营商（电力公司）承担的赔偿责任。但是，该法第3条第1款写道：“当损失是由异常巨大的天灾地祸或社会动乱造成时，则不适用此规定。”即规定了电力公司关于赔偿的免责条款。中曾根在解释提交法案理由宗旨时说：“如果因异常巨大的天灾地祸等造成损失的情况也要核电运营商承担赔偿责任的话，将有失公平，因此，仅限于此类不可抗性特别强的特殊情况，才免于追究运营商的责任。”并补充道：“比如，像关东大震灾3倍以上的大震灾，或者战争、内乱的情况。”[*6]

换言之，奥想要表达的是这次核电站事故适用于可免除电力公司责任的“异常巨大的天灾地祸”。对于此时的事情，松永对外称“不发表评论”[*7]，并未详细提及，但至少他后来给三井住友方面留下的印象是，“从次官那里得到了口头保证，说可以向东电融资”[*8]。这件事让以三井住友为首的各大银行认为经产省给了大家“定心丸”。不久，“经产次官向三井住友承诺”的传闻便在各大银行流传开来。然而，松永的个人资产只有一套小房子（约30坪①），是用4 100万日元的贷款在川崎市的悬崖上建造的，已有11年历史了。当然，凭他个人绝不可能担保2万亿日元。三井住友的宣传负责人将其称为“隐性政府担保”。

其他超级银行，即瑞穗实业银行和三菱东京UFJ银行的情况也大致相同。他们原本估计东电的业绩可能会有严重的下行风险，但由于有《原赔法》，所以揣测关键时刻国家会给予关照。

而且，《电力事业法》规定，经产省允许电力公司在合理的成

---

① 坪：日本传统计量系统“尺贯法”的面积单位，主要用于计算房屋、建筑用地之面积。1坪等于1日亩的三十分之一，合3.305 7平方米。

本上加上适当利润收取电费。换句话说，由于核事故的影响，核电站无法运转，在不得不从低成本的核能转为高燃料费的火力发电的情况下，估计可以将成本的增加部分转嫁到电费上。超级银行的董事表示："我们最终综合考虑的结果，认为由于东电不同于普通公司，是区域性垄断型公司，所以估计可以稳定地回收费用。" [*9]

巨大天灾地祸造成的损失，会有关于赔偿的免责条款。损失产生的成本可以转嫁到电费上，而且还是区域垄断。换句话说，看起来不会收不回贷款。

此后隔了周六、周日，三井住友于29日周二通过短期金融市场等方式筹措资金，然后决定以此为本金向东电提供高达6 000亿日元的巨额贷款。虽说是超级银行，但也不可能随随便便地一下子拿出6 000亿日元的巨款。这笔巨资是在市场上筹集的，自然花费了相应的筹措利息。

与三井住友的决定如出一辙似的，各银行一律陆续进行放贷，瑞穗实业银行5 000亿日元，三菱东京UFJ银行3 000亿日元，日本政策投资银行和信托各行1 000亿日元等。尽管东电陷入了如此危机的境地，但超级银行却没有要求担保。换句话说，由于相信东电，所以通融了资金。利率很低，年利率不到1%。通常情况下，大规模贷款的话，各家银行的代表成为主要负责人，组成银团贷款团（辛迪加贷款团）的做法并不稀奇，但由于时间紧迫，所以没有组成这样的辛迪加贷款团。

或许对于东电来说，如果需要临时信用增级的话，银团可以只设定"最多可以借多少"的贷款额度。根据承诺额度准备"做样子的钱"①，通过这种办法就能够平息市场的动荡。又或者，可以进行短期贷款而不是长期贷款，也可以选择分批依次投入所需金额的

---

① 做样子的钱：在交易中为取得信用而亮给对方看的资金。

办法。尽管有多种方法，但银行家们并没有这么做，而是突然投入了巨额现金。

就这样，东电筹措到几乎与向各行申请的金额等值的约 2 万亿日元资金。在 3 月 31 日期末结算结束之前，充裕的资金存入东电账户，并记入公司的资产负债表。东电轻松地避免了当下“资金短缺”的担忧。

3 月 26 日，美国著名投资银行高盛集团的日本法人和奥、松永会谈的第二天，尽管是股市休市的周六，宣布紧急暂停面向投资者的东电股票推荐评级。他们认为，政府对东电的支援反正是不可避免的，股东价值将不可避免地下降。[*10]

与日本银行一律决定巨额贷款的做法截然相反，华尔街的霸主给东电的未来敲响了警钟。

《原赔法》

三井住友的奥向经产次官松永提及的《原赔法》是一部不可思议的法律。

该法第 3 条规定了“无过错责任”，当核反应堆的运行造成核损害时，运营商（即电力公司）承担赔偿责任。《民法》规定，有过失的情况下产生责任，但当发生核电站事故时，无论存在过失与否，电力公司都要承担责任。为此，各电力公司为了按照《原赔法》的规定，做好应对突发事件的准备，被强制购买了国家制定的原子能损害赔偿责任保险。如果发生事故，政府将向电力公司支付保险金，每个单位最多支付 1 200 亿日元。因此，在福岛第一核电站事故中，至少 1 200 亿日元的赔偿债务将由保险来填补。

不过，让电力公司承担无过错责任这一重大责任的第3款同时还做了全面免除电力公司责任和义务的例外规定，即“当损失是由异常巨大的天灾地祸或社会动乱造成时，则不适用此规定”。据说起草该法案时，科学技术厅的行政官员们所设想的“异常巨大的天灾地祸或社会动乱”，是诸如巨大陨石猛烈撞击核电站或大规模战争之类的情况。

里氏9.0级的东日本大地震，从能量来看相当于关东大地震的45倍，阪神淡路大地震的1450倍，浪高15米的巨大海啸直接袭击了沿岸。也就是说，的确适用于启用第3条免责条款的“异常巨大的天灾地祸”。银行家们以此为依据。

此外，《原赔法》第16条规定，电力公司承担无法独自承受的损失赔偿额时，政府“应提供必要的援助”。关键时刻，可以开通投入国家经费这条路。在1961年4月12日的国会上，科技厅厅长池田正之辅被问及政府援助问题时回答道：“不让任何一位受害者忍气吞声，也不让核运营商的经营受到威胁，是这个立法的宗旨。”[*1] 对奥来说，在与次官松永的会谈中，他想陈述的也正是能够得到同意的强有力的回答。因为如此一来，就可以这样理解：对于因异常巨大的天灾地祸引发事故的东电的赔偿债务，国家会给予关照。

令人不可思议的是这之后的事情。

实际上，《原赔法》的结构很奇怪，即在发生“异常巨大的天灾地祸”时，取代电力公司承担赔偿责任的“主体”将消失。当发生超出第16条规定的“异常巨大的天灾地祸”时，即在启用电力公司免责条款的情况下，《原赔法》第17条中只写有，政府“应采取必要措施以救助受灾者及防止灾害扩大”。

在提交法案的国会质询中，科技厅厅长中曾根回答道：“政府会执行《灾害救助法》当中的规定事项，可以说是最低限度的事情。但是，对于超过这个限度的事情，就要看当时的情况了，应该由政府、议会决定吧。”*2

接着，中曾根康弘还说道：

“在第3条规定的天灾地祸或动乱的情况下，国家不进行损害赔偿，也不进行补偿。像关东大地震3倍以上的大地震或者战争、内乱这种情况，不论是原子能损失或其他损失，由于是全体民众遭受这类灾害，所以不是根据这部法律进行援助等，而是必须从其他角度考虑国家整体的应对措施。”

换句话说，适用于第3条免责条款的大地震发生时，不仅运营商可以免责，政府也不承担赔偿责任。国家虽然会“提供必要的援助”，但是发生关系到国家存亡的天灾地祸时，会给全体民众带来影响，因此已经不是《原赔法》出场的时候了。中曾根康弘的宗旨是“到时候再想怎么办，顺其自然地考虑吧”，这实在是个很随便的回答。

电力公司将被免除赔偿责任，但国家也不承担责任。尽管如此，也不让任何一位受害者忍气吞声。不可能有这么好的事。如果考虑到公众舆论对东电持批评态度，那么东电完全免责的可能性很低——银行家们本应该这样看待此事。

前往经产省直接谈判的三井住友公司的奥在这一点上有所疏忽。包括其他超级银行在内，没有一位银行家注意到这点。

总之，这是法律的不健全。法律没有设想过这种情况下的应对措施，而且，他们没有读懂舆论。

这个“疏忽”最终会让那些仓促决定提供巨额贷款的银行家们不寒而栗。

三井住友的意图

三井住友银行的奥正之当时 66 岁，接替以领导魅力闻名的西川善文，担任最高职务已经快 6 年了。

在三家超级银行当中，三井住友以最激进的经营姿态著称，这是从原住友沿袭下来的传统。在矶田一郎、西川等个性鲜明的银行家的带领下，形成了上命下服的行风。与此相比，奥是善于协调型的、注重平衡的人。他从京都大学毕业后，进入原住友银行，历任纽约分行副行长、芝加哥分行行长、国际业务部部长、国际统括部部长等职务，长年在国际领域工作。与净是参与不良债券处理、面相越来越凶狠的前任西川不同，他之所以看起来稳重且人品好，是因为这些履历也起了作用。西川的直系兼奥的旧友对奥作为继任登场一事评价道："我们是独裁者和普通人轮流当领导的银行，奥虽有绝妙的刚柔并济之感，但却是个普通人。" *1

支撑奥势力的是原三井出身的精英车谷畅昭。1980 年，车谷从东大毕业后进入原三井银行，担任推进与住友合并的旧樱花银行的统合战略室室长。当时住友方面负责合并的干部（统合战略委员会事务局长）就是奥。

车谷曾是肩负未来的原三井王牌，后来被西川疏远。2003 年 6 月，他被调任王子法人营业部部长一职。参与合并行政工作的人士指出："从合并谈判以来，他就对记者透露了过多信息，也是因此被嫌弃的吧。" *2

在奥成为行长的第二年，车谷晋升为总行营业三部部长。仅一年后的 2007 年，出任中枢职位——经营企划部部长。对此，西川派认为："两人已经联手。"他们推测，迟迟得不到让位的奥和被降职的车谷开始联手反对西川。此时，三井住友的大量内部珍藏资料流入媒体和在野党政治家手中。这些是源自安宅产业和伊藤万的住友的黑市交易材料。银行内部被称为"西川案件"的住友的旧伤突然暴露出来，目的似乎就是为了赶走西川。

车谷虽说受到奥的提拔，但在原住友出身者耀武扬威的三井住友，他是处于劣势的原三井出身的人。银行内部对他的评价是"爱耍大计谋"，如果利用关系亲密的日银俱乐部出身的记者进行他所擅长的泄密工作，他就能导演一场报道。他是一位聪明的才子，但有过分玩弄计策之嫌。

2009年，不满足于一直保持密切合作关系的证券公司大和SMBC，企图瞒着大和秘密收购已抛售的日兴证券和日兴花旗集团证券的，正是奥—国部毅（后来成为行长）—车谷这一战线所为。

虽然合并大和与日兴以追击野村证券是一幅宏伟的蓝图，但是由于太不顾及大和的感受，挺进收购大和宿敌日兴的计划，最终招致恶果。对三井住友专横态度恼羞成怒的大和，决定与三井住友断绝关系。对三井住友来说，放弃亲密的大（大和）而选择非直系的小（日兴），实在是拙劣的企业并购。事情并没有变成想象中的蓝图。

此后，奥—车谷这条战线，不满于在超级银行中总是步三菱东京UFJ、瑞穗的后尘，坐在"万年老三"的位子上，开始讨论对理索纳银行的控股合并。然而，当时的理索纳银行处于接收政府注资却完全无法偿还公款的状况。据理索纳的董事透露，车谷向他保证职位并打听道："我们正在考虑收购理索纳。如果收购成功，我们会好好对待理索纳的董事会成员。"[*3] 当时，他在理索纳的董事面前说，北山祯介、奥、国部，还有自己（车谷）4人已经决定了一切。

但是，这也遭到了理索纳会长细谷英二的断然拒绝，以失败告终。理索纳方面对被三井住友收购一事心存戒备，不想放弃独立路线。

在这种情况下，东电的紧急融资从天而降。自20世纪20年代开始，东电的前身东京电灯的最大资金筹措方就是原三井银行。此后，三井一直保持着东电主银行的地位。两家公司有着90多年密切往来的历史。而且，车谷是原三井系的王牌。

对奥—国部—车谷体制来说，救济东电是一个必须要成功的项目。特别是对于瞄准下一任行长位置的车谷来说，这是一个不允许失败的任务。

第8章　救济方案

出谋划策

3月下旬，事态发展到三井住友银行行长奥正之与经济产业省事务次官松永和夫进行直接谈判的地步。从这个时候开始，经产省内部开始讨论救济东京电力的问题，官方用语即“出谋划策”。

负责东电问题的是经产省资源能源厅电力市场整备科科长山下隆一。他从鹿儿岛的拉萨尔高中考入东大法学院，毕业后于1989年进入经产省，是一名骨干官员。

电力市场整备科隶属于能源厅的电力与燃气事业部，主管电力公司和电力市场。山下曾被派往经济合作与发展组织（OECD）工作约3年，回国后担任电力市场整备科科长，上任才7个月时间。

3月29日左右，身为经产省第一大部门的经济产业政策局产业再生科科长助理金指寿来能源厅山下这里说明情况。金指说明的内容是关于在前一年即2010年1月申请适用《企业重组法》进入破产状态的日本航空公司（JAL）的处理方案。JAL选择了通过法院清算债务的依法清算方式（申请适用《企业重组法》），同时接受了企业重组支援机构的支援决定，依靠税金进行投融资以延长公司寿命。山下听了金指的情况说明，回复说："和JAL不同，这种做法很难。"[*1] 与经营不善导致业绩逐渐恶化的JAL不同，东电是因意外情况而陷入困境的。山下似乎认为不能轻易使用对待JAL这样的处理方法。

与此同时，在能源厅内部，使用电力开发促进税（电促税）的东电救济方案，"就像放广告气球①一样"[*2]，从电力基础整备科开始在能源厅里传开。电促税是向电力公司征收的每1 000千瓦时约375日元的税款。这样收集来的税款，不同于政府的一般账目，已被拨入可以说是经产省"私房钱"的"能源对策特别账户和电力开发促进账户"。金额为每年约3 000亿日元。他们想到的点子就是，提高每千瓦时的税率，并将由此筹集到的资金用于支付对受害者的赔偿。

但是，这样一来，只是将从各电力公司收取的税款直接用于赔偿，而作为问题企业的东电却不被追究任何责任即可了事。这与电力开发促进税法将税款用于电力选址的最初目的背道而驰，是一种"违反法律"的使用方式。而且，即便提高了税款，能从各电力公司征收的数千亿日元的资金，也是有限的。如果考虑到一至两年内必须筹集以"数万亿日元"为单位的资金，这是完全不够的。

到3月下旬为止，在经产省内、资源能源厅内，可谓宛如百家争鸣，各种各样的东电处理方案、东电救济方案、赔偿资金筹措方案满天飞。[*3] 其中，有人想到采取小吞大的形式，由其他电力（当时设想东北电力）对东电进行救济收购的方案。或者，有人想到可援用雷曼兄弟破产后制定的政府紧急经济对策，在有政府担保的情况下，向政府下属金融机构日本政策投资银行寻求紧急融资和投资。还有方案是，让关西电力、中部电力等电力行业，以及新日本

---

① 放广告气球：意为为试探舆论反应，故意散布消息。

制铁、住友金属工业等大客户在捐献簿上签名捐款的方式进行出资。

在能源厅，很早就提出了财务部主计局强烈推荐的方案。即，将东京电力分为负责电力供应的新生“Good（好）东电”和只负责赔偿和事故处理的“Bad（坏）东电”，这是一种新旧分离的方法。国铁和智索公司也都采用了这种方式，其着眼点在于让原东电成为负责赔偿的主体，明确赔偿债务是东电的责任。

在政府决定由山下“负责处理”，结合过去案例分析推进“出谋划策”的进程中，突然显露头角的是“互助式”方案。该方案计划向拥有核电站的各电力公司筹集定期缴纳的费用，并以此储备款为资本，设法筹措突发事故时的赔偿金。这参考了美国汲取三里岛核电站事故建立的制度。

逐渐展现出竞争力的“互助式”方案得到采纳。该方案让承担赔偿债务的东电，以及没有直接引发此次核电站事故的其他电力公司，筹集储备款以备将来发生事故时使用。3月底，能源厅内部就做好了相关想法的资料，但看过这个方案的一位能源厅官员说：“把与事故无关的其他电力卷进来，这不是什么明智的想法。”[*4]

3月下旬，关于互助方案的讨论开始，执政党民主党内部涌现出呼声，要求“启用《原赔法》的免责条款”。这一主张的主要代表政治家之一是参议院议员藤原正司，他曾在关西电力工作，也是电力总联组织内的候选人。

3月31日，藤原在其主页上这么写道：“到处都在流传东京电力罪责论。照这样下去，甚至连这次地震、海啸也有可能归咎于东京电力。”紧接着上面还写着：“如果‘不想出钱’‘想要有政治主导权’的政府（财务省）在新闻发布会上反复提东京电力罪责论的内容（未必是直接内容，而是类推内容），媒体的论调可想而知。”[*5]

虽然不知道是不是如藤原所言，即财务省在新闻发布会上加深了东电罪责论的印象，但他的判断大体上是对的。在他将自己的想法展示在主页上的当天，能源厅官员面露难色地对我说：“电力总联出身的参议院议员藤原在到处说要启用《原赔法》的免责条款。”并坦言对此“财务省主计局已经开始采取防范措施”。

“负责东电的是我们（能源厅），但财务省主计局却参与处理东电问题方案的出谋划策工作，说无论如何都不想启用《原赔法》的免责条款。在尚未确定受害者赔偿额的情况下，要制定一个合适的方案很难，但财务省非常热衷于让各电力公司负担，让东电新老分离，让老东电成为赔偿主体。”[*6]——能源厅的骨干官员和我共进午餐时说。

能源厅的山下成为经产省内的“负责人”时，围绕东电问题，开始呈现出正面对立的局势。一方面是像藤原一样的“东电免责同意派”，认为政府应该通过启用《原赔法》的免责条款全面负责资金问题。另一方面是财务省的“东电免责否决派”，试图聚焦东电责任以避免财政支出。

东电 vs. 财务省的这一对立，也是两种看法的对立，即：东电是天灾地祸的受害者？还是传播核辐射污染的加害者？

古贺文件

此时，古贺茂明已经在“大臣官房付[①]”这一虚位上待了一年

① 付：加在日本官职后，表示特命职位，一般是给等待降职或升职者在过渡期内的临时性职位。

多。古贺从麻布高中、东大法学院毕业后，于 1980 年进入原通产省，主张放宽政府的经济管制，改革经济结构，是一位对 20 世纪 90 年代兴起的自由主义经济政策有共鸣的官员。他认为作为政府经济机关的经产省，其作用不是保护和扶持个别的行业和企业，而是建立能够进行公平竞争的法律和制度框架。他不是主导特定产业保护的目标派，而是致力于放宽管制和制度建设的框架派。换句话说，对于经产官员喜欢引用的城山三郎小说《官僚们的夏天》中所描写的世界，他会评论“太过多愁善感，从不觉得有趣”。取消政府管制，让民间自由竞争的想法，在这个时代并不罕见，而是经产省内风靡一时的主流思潮。

英国的撒切尔夫人，美国的里根，日本的中曾根——80 年代后期以来，自由主义诸国采取的经济政策是果断将过去社会主义全盛时期的负面影响，即臃肿的公共部门，进行民营化改革，并以此改革经济结构。中曾根政府以及半途而废的桥本龙太郎政府之后，大力推行这种自由主义经济政策的是小泉纯一郎政府。其中，其参谋竹中平藏是经济结构改革的旗手。以最终处理不良债券为目标的小泉—竹中政府，同时也在谋求产业的近代化和企业经营的效率化。

这样一来就形成了产业再生机构。大大改变古贺为官生涯的催化剂之一便是产业再生机构。

2002 年秋天，为设计产业再生机构制度，内阁府成立了产业再生机构设立筹备室。财务省派来担任次长的是大分县知名企业 Fundokin 酱油老板一族出身的小手川大助。也许是由于出身名门，从小在金钱充裕的环境中长大的缘故，他在以组织为单位运转的财务省内，可以说是一位稀有的带着游戏心态来工作的官员。他通过关系亲密的记者巧妙地操纵媒体，同时，在政界、商界就像鞍马天狗[1]一样神出鬼没，把大家引去他的目标方向。他的行为举止被财务省主流派和原本主管产业政策的经产省冷漠地视为“只是一味地在哗众取宠”，但对被送入产业再生机构设立筹备室的财务、经产两省三四十岁的年轻官员和骨干官员是一个极大的刺激。

当时，包括小手川在内，充满个性的官员们，简直就像汇聚在“梁山泊”一样集中在这个设立筹备室。来自财务省的有东大棒球部出身的伊藤丰、后来走上金融厅精英路线的森信亲，以及证券行政的著名官员大森泰人。来自经产省的有山下隆一、西山圭太，以及被这两位拉来赴任的古贺。在这个产业再生机构设立筹备室里，以优渥条件将尚不出名的冨山和彦（当时是咨询公司析道的社长）聘请过来的是森和山下。

产业再生机构亲自经手大荣、嘉娜宝、三井矿山等企业重组案件，惯用的方式是让企业利害相关方各自分担损失的“三方一两损”[2]，即股东减资，银行等债权人放弃债权，管理层全体辞职，员工减员和减少报酬。

2011年3月31日，东日本大地震发生20天后，具有自由主义经济政策取向和此类企业重组实务相关经验的古贺已经在自己头脑里盘算过了。“估算赔偿金额似乎需要花相当长的时间，强化今后的原子能安全规制也需要追加设备投资成本，虽然还不知道最终负担会有多大，但很明显东电实际上已经处于经营破产的状态。”所

① 鞍马天狗：鞍马山上的天狗“僧正坊”是日本民间传说中有名的妖怪，不过此处指的可能是日本作家大佛次郎笔下自称“鞍马天狗”的神秘武士，这一人物以神出鬼没、剑术高超著称。

② 三方一两损：源自日本的落语（相当于我国的单口相声）故事。故事梗概是：泥瓦匠金太郎拾到了三两金子，送还给失主木匠吉五郎的时候，吉五郎不收，理由是丢掉的东西就不再是自己的了。当官的添上一两金子，判给他们每人二两。这样三方各损失一两，解决了问题。

以说，分为两个阶段的处理方式有效。第一步，可能最终会付诸东流，但国家会首先投入公共资金。其次，作为第二步，要么灵活运用曾在日本航空（JAL）的救济过程中发挥重要作用的企业再生支援机构，要么成立高度独立的再生委员会，由该委员会拟订东电处理方案。他大体上公布了这样的思路。[*1]

于是，4月5日，他整理出了《东京电力处理方案（暂行版）》，这5页A4纸后来被通称为“古贺文件”（4月18日更新为7页纸的修订版）。

根据文件，首先要制定应对东电问题的特别法。与此同时，第一阶段，全额保障燃料费及设备投资等维持东电经营所需的交易，并且，通过政府担保使筹措资金成为可能。但是，应暂停偿还银行贷款和公司债务偿还等金融债券。这样一来，东电可以继续开展供电业务。

接着，第二阶段，大致确定对灾民的赔偿金额，在可预见未来核电管理方向的阶段，过渡到事实上的破产处理方案。由于估计东电处于资不抵债的状况，所以在这种情况下，要100%减资、放弃债权、明确经营责任。在此基础上，将东电分离为发电公司和输电公司，而发电公司按发电站进一步划分为小型发电公司，并将细分后的发电公司依次出售给想加入发电行业的经营者。通过解决东电破产问题，将为解决经产省一批改革派官员长期以来面临的课题即电力自由化以及发电输电分离问题开辟道路。通过减资和放弃债权，应该至少可以筹到5万亿日元。这样一来，民众负担就会相对减轻。

而且，该文件还坚决主张原子能安全规制从经产省完全分离出来，废除原子能安全保安院，并将原子能安全委员会彻底地改革为一个高度独立的组织。

古贺将这份文件交给了同时期进入经产省的官房长上田隆之、官房总务科科长柳濑唯夫和资源能源厅电力市场整备科科长山下隆一等省内身居要职的官员。当时，古贺已经做好了从经产省离职的思想准备，计划通过讲谈社出版《日本中枢的崩溃》一书。因此，他告诉上田有对外公布文件的想法，上田说“不要公布”。读完全文，上田补充说道：“我倒不认为这能够保护保安院。”4 月 9 日周六，柳濑通过电子邮件回复。对于古贺整理出这么一份文件，他回复道：“我感到非常惊讶。”[*2]

经产省内的主流派们不可能采用古贺起草的文件，这一点古贺自己也非常清楚。他之所以起草不可能被采用的方案，不如说是因为他希望媒体和朝野党派的政治家能够对东电的处理方案有评判基准，不会往最糟糕的方向发展。即不让东电处理方案走上歧途，比如在东电组织形态完好无损的情况下，银行债权受到全额保护，而最终让民众来买单。古贺心想，要是曾一起在再生机构工作的山下的话，一定能理解自己的想法。他指望着山下的良心。

《每日新闻》立刻大肆炮轰《东电：发电 · 输电分离方案》。[*3] 我也在 4 月 18 日刊的杂志《AERA》上以《东电的绝密“解体”计划》为题，写了一篇长达 3 页的文章，介绍经产省内出现各种方案，同时也介绍了“古贺文件”的存在。

这时，将风险等闲视之，一律向东电提供了总额 2 万亿日元贷款的银行团，第一次感到震撼。

因为他们在文章中看到了“放弃债权”这四个恐怖的字眼。借出去的钱不会再还回来了。这样的话，势必会追究银行行长的责任问题。

三井住友方案

3 月 29 日，三井住友银行的常务车谷畅昭一方面向东京电力一次性紧急贷款 6 000 亿日元，一方面担心事态发展会在自己的意料之外。在贷款实施的那一天，《读卖新闻》报道了东电的国有化方案[*1]，国家战略担当大臣玄叶光一郎也在当天的新闻发布会上表示："关于东电应有的状态，存在各种各样的讨论，这是很自然的。"[*2] 各大报纸认为这是阁僚允许国有化的发言，便做了相应报道。如果实行国有化，将以政府作为接手方发行大量新股，因此现有股票的价值将大幅缩水。东电股价暴跌，当日创下 47 年来的新低。

如果由于信用危机急速加深，以至于超出预料，从而导致自己参与的融资以失败告终，那么也有可能追究自己的责任问题。4 月初，车谷拜访了自己所处的银行业的主管部门——金融厅——的审议官森信亲。[*3] 他搬出《原赔法》第 3 条"但书"规定的异常巨大的天灾地祸这一免责条款，极力主张由国家代为承担东电的损害赔偿债务。车谷想说的其实就是，因为曾经担任过会长的前行长奥正之是这么说的，所以希望对方能这么做。

在此之前，车谷似乎并不知道森信亲和山下隆一是曾经在产业再生机构设立筹备室同甘共苦的同志，而且两人还物色了当时尚不知名的冨山和彦，是组建再生机构的改革派官员。森即便碰上车谷来请愿"希望启动免责条款"，也只是为难地表示："这不属于金融厅的管辖范围。"森认为东电的方案应该由主管国库的财务省和主管行业的经产省协商决定。因此，即使对方来金融厅极力主张，也无法受理。

他说："车谷先生，如果是这样的话，您去经产省怎么样？去山下科长那里看看吧。"建议车谷去经产省资源能源厅拜访负责东电问题的电力市场整备科科长山下隆一。

其实这个时候，森早已从关系亲近的山下那里听闻他打算如何处理东电问题的私人方案。山下好像只是打算把自己的腹稿透露给森，看他会有什么反应。

4 月初，几乎在向金融厅的森发出探询的同一时期，山下似乎也告诉了财务省主计局的负责干部。

山下经由森介绍，和车谷交换了意见。山下的理解是，车谷正在收集对《原赔法》的解释信息。[*4]

4 月 8 日，三井住友银行制作了一份 3 页 A4 纸的资料，题为《损害赔偿应对方案草案》，并开始将其用于游说相关省厅部门和诱导出入记者进行报道。通过三井住友方案，记者们首次注意到"核电站赔偿机构（暂称）"这一组织的新点子。从文件上用"原子能版'存款保险机构'"这一表述可以明显看出，这是一个模仿存款保险机构的设想。

三井住友方案的主要着眼点在于，通过特别立法新设"核电站赔偿机构"，将赔偿债务与东电分离开来。这样一来，东电不会与数十万核电站事故受害者直接对峙，避免承担赔偿支付业务。此外，该机构还将账户划分为两类，一类是"特别账户"，负责此次福岛第一核电站事故赔偿，另一类是"一般账户"，设法筹措安全网业务资金以备今后发生其他核事故。这个"一般账户"由东电以外的各电力公司义务负担的保险费来填补。作为赔偿金的"特别账户"由政府担保从金融机构筹措的借款和东电的分担费用共同提供。东电的分担费用将在核电站赔偿机构设立时从收益剩余金中一次性拿出1 500亿至2 000亿日元。此外，还将从每年的收益中拿出500亿日元，分10年支付，总额达7 000亿日元。

在三井住友的方案中，一方面郑重地描述其优点是“可以使东电完全不受赔偿风险的影响（可专心致力于电力的稳定供应）”，另一方面，方案拟定者三井住友也毫不隐讳地写道：“公司债券的稳定发行可维持相应的财务内容。”也就是说，希望东电从赔偿债务中剥离出来，按照约定偿还贷款。其目的在于，为防止资金周转受到威胁，让东电保留能够继续发行公司债券的健全经营体制。当然，机构的贷款有可靠的政府担保。在这个方案当中，银行方面的企图显而易见。

对于当时一直饱受诟病的东电来说，这是一个求之不得的方案。因为自身承担金额只需7 000亿日元左右就可了事，而且赔偿业务将由机构代为负责。我想东电应该从来没有像当时那样觉得主银行靠得住吧。

4月15日，《日本经济新闻》头版头条报道了这一方案的存在，称其为“作为核电站赔偿的保险机构方案”。报道称成立“核电站赔偿与保险机构”作为承担损害赔偿和保险业务专门组织的这一方案“在政府内部浮现出来”，虽然隐瞒了三井住友的存在，但是文中写道，“目标是确保电力对首都圈的稳定供应，且避免公司债券及股票等金融、资本市场的混乱”，充满了与三井住友方案极为相似的表述。当时，一场名为“独家新闻”的泄密信息报道战已经在经济记者中展开。

看到这则报道，山下的心情很复杂。15日当天，当被问及对《日经新闻》报道的感想时，他立刻露出惊讶的神情，说：“那不是我们的，我想那是银行的主意。”[*5] 断然否定报道中写到的“政府方案”一说。

尽管负责科长正面否认这一说法，但在此后“东电救济方案”不断被完善的过程中，类似《日经新闻》报道中所说的“机构”成立正逐渐成为现实。虽说细节上有微妙差异，但源自三井住友方案的机构方案看来已被政府采用。诸多媒体都是这样报道的。

我在《AERA》中写到车谷的存在，同时提出三井住友方案是政府方案的基础，这在新闻出版界属于首次。[*6] 这样的观点成为定论，《朝日新闻》写道“三井住友银行与经济产业省资源能源厅合作制定了一个赔偿方案”[*7]，《每日新闻》则采用“积极参与了草案制定的三井住友银行”[*8] 这样的表述。《日本经济新闻》则更进一步判断“三井住友银行与经产省协商后所规划的正是巧用存款保险机制结构制定的‘核电站赔偿与保险机制’方案”。[*9]

就这样，三井住友方案的存在和提案者车谷的活跃表现广为人知。即便暂且不论方案的正确与否，但制定出的方案被政府采用，使得三井住友的超强能力名扬四海。如果东电的利害关系者即主银行的草案被采纳为国家政策的话，那么对银行来说这是莫大的荣誉，对政府来说是极其罕见的事情。

看到这样的报道，金融厅森信亲的心情比山下还要复杂。因为他觉得把山下介绍给车谷是捅了马蜂窝还挨了蜇。他把这些话说给我听时，我简直不敢相信自己的耳朵。

“民间流传的三井住友银行方案是谣言，那原本是山下策划的方案。考虑到其他电力公司今后也存在可能发生核电站事故的风险，在经产省里，只有实际参与过产业再生机构成立工作的他才能想到建立那样一个组织机构。那并不是什么三井住友的方案。因为车谷原本只提到了‘启动《原赔法》的免责条款’，所以我不认为他有策划那种方案的能力。也就是说，世人所说的三井住友方案不是三井住友制定的。”

——哎，三井住友方案不是最初的来源吗？

“山下才是原创者，而住友将其泄露了出去。”

——那么，车谷他……

“那是因为他去山下那里问了什么，或者察觉到了什么吧。估计山下也跟他聊到要如何处理其他电力公司今后发生核电站事故风险之类的事情。虽然车谷是个有能力的人，但是……”

——难道是聪明反被聪明误？

“或许是这么回事儿吧。”

森指出，错误的观点正通过媒体报道占据了上风。看着车谷对这种情况放任不管的样子，他毫不掩饰自己的愤怒。

“车谷或许是希望银行里的人认为他很聪明，又或许是已经向奥（正之会长）说了‘这是我想出来的’，所以下不了台了？因为这不是他策划的，所以本来只要否定就好了，可他却没有这么做，这就很奇怪了，对吧？”

接着他还对我这样说道：

“因为我刚才说的都是事实。鉴于这样的奇闻传得沸沸扬扬，我感到很困惑，于是我也和山下核对了笔记和邮件，再次确认了事实。”

森愤愤不平地说。[*10]

按照森的说法，所谓三井住友方案，是挪用经产省山下的想法，为对自己银行团有利而玩弄细节的方案。

对于此事，三井住友银行以宣传部门的名义解释道：“虽然我们对细节不作评论，但作为主银行，我们从对核电站事故受害者给予适当补偿、确保电力稳定供应、避免对金融和资本市场造成不良影响的角度出发，向有关部门表达了我们的意见。”

政策制定能力的退化

进入 4 月后，本应由资源能源厅电力市场整备科科长山下隆一“处理”的东电情况逐渐发生了变化。按照进入经产省年份顺序，早入 5 年的前辈（实际年龄大 3 岁）糟谷敏秀保留了通商机构部长的头衔，以“资源能源厅付”这一奇怪的头衔被派到资源能源厅。从兵库县立小野高中考入东大法学院的他戴着厚厚的眼镜，是典型的死读书型，和山下截然不同。虽然预先宣传这是为了强化人手不足的能源厅政策人员，但不久“支援组”就显示出比正规军更强的存在感。出现在能源厅电力与燃气事业部的支援组“电气部①付”是这名糟谷和信息经济科长村濑佳史等人。糟谷是自民党电力族议员②甘利明担任经产大臣时的大臣秘书官，村濑是曾在电气部担任科长助理的经产省内的电力人才。能源厅内传闻称，能源厅厅长细野哲弘（岐阜高中、京大经济学院）为了牵制有改革意向的山下，制定了这样的体制。

此外，这次的核电站事故使得核电站出口到海外这项原来的业务前景渺茫。因此，负责此类业务的原子能国际合作推进室室长矢作友良（武藏高中、东大法学院）被认为“闲着没事”，被派来帮忙，负责整个核电政策的原子能政策科科长三又裕生（麻布高中、

---

① 电气部：电力与燃气事业部的简称。

② 族议员：有三方面含义，即① 对某些政策非常关心；② 对某些政策领域具有很强的影响力；③ 不仅对某些政策领域具有很强的影响力，而且平时对这些领域的权力行使方面起骨干作用。在日本的政治舞台上，由于每个议员从各自代表的集团利益出发，扮演着不同的角色，于是形成了各种不同的“族”，有商工族、农林族等。

东大法学院）也将参与政策形成过程。大臣官房审议官今井尚哉（宇都宫高中、东大法学院）、产业技术环境局局长菅原郁郎（一关一高中、东大经济学院）等有望成为次官人选的超级精英们，不久也将发表各自的想法。菅原亲自把办公桌搬进了能源厅内，带着“私人军队”似的部下们开始行动起来了。这已经不是山下可以自由行动的局面了。

在这群超级精英当中，有平成元年（1989 年）入职经产省的“平成入省组”的骨干力量。对与曾经的省内激进改革派领袖古贺关系亲密的山下，他们身上甚至流露出一种轻视和警戒的气息。“主要负责人虽然是山下，但不知道他是否能处理得了。”一位据说走上次官之路的精英官员这样说道。[*1] 路线争论，再加上人际关系、晋升竞争等问题交错，经产省陷入了难以称得上“如磐石一般团结”的局面。经产省是一个在顺风时能巧妙乘势而行的组织，但在逆风时却显得异常薄弱。

在能源厅连梳理观点都没法做好的情况下，总管审议官北川慎介率领的内阁官房经济损失对策室这个刚成立的组织加深了存在感。该组织的正式名称是“内阁官房核电站事故经济损失对策室”（经济损失对策室）。这是忙于处理震灾和核电站事故的菅政府粗制滥造的特别任命组织之一。4 月 11 日，菅内阁任命经产大臣海江田万里担任特命担当大臣，负责经济损失相关事由，并成立经济损失对策室，作为内阁官房的直属组织。汇集于此的是财务省、文部科学省、农林水产省、厚生劳动省等各省派出者约 40 人。被任命为最高领导即经济损失对策室室长的是经产省的北川。从该对策室设在经产省附属大楼二楼可以看出，这是一个反映经产省影响力的组织。

在行政官员大多是东大毕业的经产省，1981 年入省的北川，虽是罕见的庆应大学的毕业生，但与学历背景无关，他一直在稳步攀登晋升的台阶。历任资源能源厅资源与燃料部政策科科长等职务后，他还担任了大臣官房秘书科科长和大臣官房审议官（负责经济产业政策）等省内要职。2005 年 3 月，在震惊经产省的股票丑闻发生时，他以秘书科长的身份负责省内调查，是掌握本省权势者职业生涯秘密的男人。

北川一直被认为是事务次官松永和夫的“宠臣”之一，但在东电救济方案中，却采取了未必符合松永意向的举动。虽说在经产省内部设有办公室，但“经济损失对策室”的定位始终是“内阁官房”。其定位比经济产业省等各省和作为经产省直属局的资源能源厅还要高一级，是内阁的核心。由于 7 成职员都是从其他省厅借调过来的，所以他们极不愿意被视为是经产省的别动队。

“因为这里是内阁官房，所以不太了解经产省的情况。我们这边提出想法，并提交至各相关政府机构询问‘这样如何？’”*2

至于应对东电等的协调工作，北川表示“我们是内阁官房，所以不做这些”，暗示这是糟谷的工作。业者相关事务工作由能源厅负责，而高深的政策规划以及法案起草工作则由自己这边内阁官房负责——听起来似乎是这么说的。

根据北川的解释，包括赔偿在内的东电救济方案，无论在赔偿方面还是在经营体制方面，都“将一气呵成由内阁官房经济损失对策室来判断”。而且，据说在 4 月 11 日经济损失对策室成立时，“东电救济方案”已经做好了。

“三井住友的方案？完全不同吧。很多金融机构和证券公司等都带来了方案，但由于我太忙了，都没有和他们见面。金融机构的方案中没有一个用作参考的。所有都是在这里（内阁官房经济损失对策室）独立进行润色的。也没有看到古贺（茂明大臣官房付）的文件。”北川这样说道。

大概在这个时候，与东电存在利害关系的银行和证券公司等相继制定了独立的东电处理方案。

野村证券由于在大震灾半年前作为主承销商允诺东电大规模增资约 5 500 亿日元，让客户即投资者蒙受巨大损失，所以仿佛是为了赎罪，以首席信贷策略师鱼本敏宏的名义公布了宣称“谁都能接受的再生计划”，即“东京电力：Japan · Phoenix · Plan（日本 · 不死鸟 · 计划）”。[*3] 该计划让政府接管福岛第一核电站，同时，保证减负后的东电继续照常融资（即债权人、公司债券持有人可得以保全）。这是一个对金融机构和证券公司等来说，不会有损失的自私的方案。

当我请一位以言辞犀利著称的外资证券公司分析师对东电进行评论时，他首先回答说：“我们终归是企业。”接着坦言道：“东电在市场上的影响力还是很大的。他们公司债券发行量很大，占电力债券的 35%。作为发行方来说是一家很好的公司，所以没有人能说它坏话，企业都小心翼翼的。”平时总是允许实名报道的他拒绝了实名引用这次谈话。[*4] 证券分析家和经济学家的中立性也就这般程度而已。

瑞信（Credit Suisse）也考虑了新旧分离方案，并做了两张 A3 大小的方案图带到首相官邸。据该方案图显示，推测补偿金额为 8.3 万亿日元，在认定《原赔法》第 3 条第 1 款免责条款不适用的前提下，一方面明确东电和股东作为经营方“承担责任”，另一方面将融资金融机构和公司债券持有者以及受害者定位为“不承担责任”的一方。在此基础上，进行新旧分离，将核心业务剥离出来成立新生东电，将非核心业务卖掉，让旧东电保有核电部门和新生东电的股份，让新生东电重新上市。得出的结论是，如果将东电所持资产出售和新生东电股票出售利润加在一起的话，可以设法筹集到 5.335 万亿日元，剩余不到 3 万亿日元的差额将由政府负担（民众负担）。[*5] 虽说比野村的方案更好，但毕竟这也是企业的方案。保护公司债券，通过重新上市来获利的如意算盘若隐若现。

这种由银行和证券公司制定的方案最终还是与政府的方案沾不上边。北川极力强调自己制作的方案和被认为与之酷似的三井住友方案的差异在于“赔偿主体完全不同”，并补充道，“我们是在充分理解《原子能损害赔偿法》这部法律的基础上制定的制度”。

经济损失对策室里，曾有一名从财务省派去的设计制度和法案的专业人员。

这个男人就是财务省的参事官高桥康文。

财务省的技术官员

高桥康文是一个非常喜欢制定法律的男人。

高桥 1959 年出生于爱知县，1983 年进入原大藏省，先后在大藏省证券局和国税厅课税部等工作，2001 年起的 3 年半时间里，在内阁法制局担任参事官，从事财政、金融相关法案的审查工作。

在官员生活期间，他撰写了《逐条解说资金结算法》《一问一答电子记录债券法》《金融商品税制》等法令解说专著，包括编著在内共 10 余部。他就是这么一位“法律迷”。他曾被借调到存款保险机构工作，在邮政民营化之际，还曾在邮政民营化准备室参与相关法案的制定工作。他是未来内阁法制局局长的有力候选人之一。

他到任后立即参与了东京电力赔偿方案的制定工作，到 4 月中旬基本框架已经形成。高桥异乎寻常的才能在于，在起草方案的过程中，几乎在同一时间，他还开展了逐条制定条文的工作。

“4 月 11 日将成立经济损失对策室，但此前高桥还在财务省的时候就开始制定草案了。所以，他到任后 2 天左右……好像用了三四天时间就大致完成了法案。”

一位在经济损失对策室工作的骨干官员这样说道。[*1] 据他说，剽窃日本能源厅山下方案的三井住友方案和财务省出身的高桥方案是似是而非的。

“三井住友方案对东电的赔偿负担额设定了上限，但这个方案不一样，没有设定上限。在官员看过之后，关键部分均由高桥制定。在金融机构为首，民主党联合系议员①以及自民党权势者等都在呼吁‘给东电免责！’的情况下，让东电承担赔偿责任是件非常难办的事。”

高桥似乎也对被说成与三井住友方案相似而感到不满，他断然否定说：“我可没看过。”[*2]4 月 29 日，高桥带着制定出来的方案，和北川一起去首相官邸进行演说，30 日又去经产大臣海江田那里做了说明。

经产省内一直有传闻称“据说关键人物是从财务省来的高桥”。高桥的履历和能力很快在省内、厅内传播开来。

他本人说：“虽然不知道是不是关键人物，但是看了东京电力的结算之后我们在行动。”[*3] 以此含蓄地承认制定赔偿方案的真正目的是为了应对东电的结算问题，即所谓的“东电救济”。本应由经产省资源能源厅全力做好制定准备提交讨论草案的工作，然而该任务的执行却被委以由各省厅借调拼凑而成的内阁官房经济损失对策室，而且关键人物还是财务省的人。

经产省的政策制定能力从未如此低下。

正如高桥所说，东电即将要公布截至 2011 年 3 月 31 日的结算。

---

① 民主党联合系议员：指民主党当中来自日本工会总联合会的议员。

作为东电财务审计机构的安永新日本有限责任会计师事务所，对于能否对结算提出合理意见，犹豫不决。

安永新日本是一家“问题会计师事务所”，即便在审查前一年1月破产的日本航空（JAL）财务结算时，也未发现其疑似长年做假账，而是继续给出了相应意见。而且，此后该事务所也明显没有识破奥林巴斯的“账外化”①策略。JAL破产后，合规调查委员会成立，开始对过去的财务内容进行调查。此时，安永新日本的最高领导去拜访了合规调查委员会成员之一的原最高法院法官律师，低头恳求对方“谅解”。[*4]

继JAL之后，安永新日本对东电也采取了同样的行动。在“非正式磋商”的幌子下，安永新日本的高管到能源厅拜访山下，说“作为会计师事务所，我们不能允许东京电力在资不抵债的情况下临时向灾民支付款项。按照目前状况，东电一旦资不抵债，将无法向灾民进行临时支付”，提出对东电进行妥善处理的要求。[*5]必须避免东电陷入资不抵债的境况。

这也是东电最高领导胜俣恒久的愿望。

如果采取古贺文件中提出的依法清算（破产）措施，那么东电应该可以通过减少资本金和削减金融机构债权的方式来筹措近5万亿日元资金，从而相应减轻国民负担。但是，这样的方案最终没被选上。接收古贺文件的能源厅糟谷否定了这个方案，他说：“那种清算是根本不可能的。”

4月中旬北川和高桥送到首相官邸的东电救济方案草案《关于东京电力损害赔偿支付的援助方案》中，作为必要前提，提出了以

① 账外化：将产生亏损的资产暂时转卖给第三方，利用不同企业间会计年度起止日期的时间差，避免亏损在会计核算时体现在账面上。这是一种常见的做假账的手法，属于违法行为。

下 7 条。

① 东京电力是赔偿损失的支付主体，将来需要负责赔偿损失。

② 由政府发放资金，以促使东电彻底履行损害赔偿支付责任。但是，确保不造成民众负担（今后让东京电力从其企业收益中偿还）。

③ 允许进行必要的设备投资，以确保电力的稳定供应（允许增强资本）。

④ 维持东京电力的上市（不让东电资不抵债或国有化）。

⑤ 让东京电力等各电力公司能够稳定地从市场上筹集必要的资金（不损毁公司债券）。

⑥ 争取让东京电力的经营合理化。

⑦ 不仅要对本次损害赔偿提供资金支持，而且要为今后核事故引发的损害赔偿支付做准备。

在此，明确将东电定位为负责赔偿的主体，三井住友提出把责任全部归到“机构”头上的这类方案未被采纳。而且，通过“不造成民众负担”“不实行国有化”的表述，最大限度地体现了财务省希望将财政开支最小化的意向。派高桥过来的财务省赢得了胜利。

此外，该文件明确表示公司将维持上市、不损毁公司债券等内容，也保全了银行、寿产险公司、证券公司等金融机构的颜面。

如果将数万亿日元的赔偿债务定位为东电的负债，那么东电将立刻陷入资不抵债的境况，因此，该方案设想，东电向政府申请必要的赔偿金额，政府进行审核，然后通过“机构”拨款给东电。但是，为防止东电将获取的资金闲置一旁放任不管，将采取由东电每年持续向“机构”支付一部分赔偿债务作为特别分担费用的形式。

高桥受其前雇主存款保险公司的启发，萌生了创建“东电救济机构”作为过渡的想法。该“机构”负责策划导演的就是，为最大限度地减少政府的财政支出，以捐献簿的方式凑集向各电力公司征收的分担费用和东电的特别分担费用，同时，不把巨额赔偿债务这笔负债记在东电的资产负债表上（即不让东电处于资不抵债的状态）。

通过机构交给东电的政府支出，并不是能实际产生经济效果的财政开支，而是所谓的“交付国债”，是做样子的钱。它是“一种支票簿”，东电可随时开出必要的金额，其性质是不需要每年计入预算的资金。

“说是把支票簿给对方看以保证东电的资金周转。‘机构’注入东电的资金不被视作负债的操作方式，这是一种做账技巧。交付国债采取机构向东电赠予的形式，不被视作债务。从财务省会计局的立场来说，不可能把国家经费给东电。所以，我们让电力公司向机构上缴分担费用和特别分担费用。”

一位曾参与制定该方案的年轻官员说出了他们的目的。[*6]

不想破产的东京电力，拒绝放弃债权和减资的银行、寿产险公司、证券公司，不希望国家出面不停地增加国家经费负担的财务省，东电利害相关各方取得微妙平衡的“东电救济方案”正在成形。

大部分国民没有受到利害相关者的邀请。

但是，他们指望的是国民腰包里的国债。而要为这笔债务埋单的是暴露在核电站放射性物质污染之下的人们。

尤其是肩负着下一代的年轻人和孩子们。

第9章　被摧毁的自由化

胜俣三兄弟

东京电力会长胜俣恒久难以接受自己是“加害企业的最高负责人”。他自己也好，东京电力这家公司也罢，无论如何都无法从自身是遭遇“特大天灾地祸”的“受害者”的思维模式中脱离出来。

这种颠倒的认识，逐渐成为民主党政权的阁僚政治家们、福岛灾难的受害者们，以及诸多国民和东电管理层之间难以填补的“认知隔阂”，并不断拉开距离。

东电最高领导胜俣震灾后首次出现在大众媒体面前，是在福岛第一核电站1号机组发生爆炸18天后的3月30日下午3点。

当天，在座无虚席的新闻发布会上，面对媒体闪光灯的围攻，可以说他表现得出乎意料地刚强。他脸色苍白，好像消瘦了不少。但面对蜂拥而至的记者提问，胜俣会停顿一下再开始说话。他的这种特有的说话方式，听起来就像是保持距离的第三方，客观、冷静地分析形势。东电是否会陷入资不抵债的境地？是否能够维持公司目前的组织形态？——对于路透社经济记者的这些提问，他使用了一个不太常用的词“unknown（未知）”。“嗯，因为今后有很多要素都是 unknown。”“我们能够在多大程度上获得救济，这方面也处于 unknown 状态……”在这场漫长的新闻发布会上，胜俣的交流始终给人这种感觉。

胜俣如此小心翼翼以免落人口实的是他们自己的责任问题。对于一系列核电站事故被质疑是东电造成的人祸的观点，他回答说“我本人并不觉得有什么不妥”“我认为我们已经尽力了”[*1]，在逃避追责的防线上他丝毫没有后退。换句话说，他们不愿意承认自己的罪责。这种想法似乎源于他们认为这次核电站灾难正是《原子能损害赔偿法》第 3 条第 1 款规定的“异常巨大的天灾地祸”，因此作为运营商的东电理应被免责，政府应该承担债务赔偿。至少东电的最高领导看上去非常信奉这种观点。

他在东京四谷的丈母娘家（占地约 50 坪），以 1 亿 2 000 万日元的贷款建有三层楼的房子，但在新闻发布会上，当被记者问及“是否有将私有财产用于赔偿的考虑”时，胜俣回避说“涉及隐私，恕不作答”。他似乎完全没有提供个人财产的打算。

作为东大经济学院毕业的高考精英，不久便飞速爬上东京电力晋升之梯，最终登上日本经团联副会长之位的他，由于脑子转得快而被称作“剃刀胜俣”。然而，正因如此，这个骄傲的男人明显瞧不起比自己差的人。而且，他有着像即热式电热水器似的急性子。或许他在考试中确实表现优秀，个性却骄傲自大，这样的胜俣就是东电的象征人物。

胜俣恒久 1940 年出生于东京，当时正值日本军国主义风暴肆虐。他的父亲久作是神奈川县箱根町仙石原农家的次子，据说由于爱学习，寺庙的主持送他读到了初中。他毕业后曾做过代课教师，后来狠下决心去到东京，在旧制麻布中学当了一名国语老师。[*2] 恒久出生时，他父亲 39 岁。他是第四个儿子，有五个兄弟姐妹。

胜俣的父亲久作似乎是麻布中学的名师。后来成为小说家的吉行淳之介曾是他的学生。据说，吉行曾把当时初中生视作童话类读物的佐藤红绿的《径直向前》选作暑期读书感想作业，写了主题是这本书“实在太有趣了”之类的感想交了上去，结果胜俣老师在这段感想上标上表示双倍认同的双圈符号，给予了高度赞誉。后来，在吉行与北杜夫的对谈中，吉行一说起“是那位老师让我喜欢上国语的”，同样来自麻布的北回应道：“我觉得那时老师看似微不足道的一点指导是非常重要的。奥野健男也说有很多回忆。大家都如此记忆深刻，看来那真是位优秀的老师啊！”[*3]

热爱国学的久作，战后对于曾以教师的身份赞美过战争一事，似乎无法承受内心的自责。他突然辞去了教职，辗转换了很多工作。虽然生了很多孩子，但是家境贫困，胜俣兄弟的母亲年纪轻轻就去世了。[*4]

1957 年，久作作为升学考试预备学校“代代木研讨班”的创始人之一，迎来了他的第二人生。他历任国语系主任、教务处处长、副校长等职，似乎也是研讨班的名师。在胜俣兄弟眼里，他非常适应，“协助管理，如鱼得水”。[*5] 久作不仅精通具体的应试指导，而且具有一种可称为“考试之道”的求道者之气。在“代代木研讨班”担任教务处处长时，他制定了“勿疏于预习”“勿迷失方向”“勿失去希望”等“实现目标的五戒律”；担任副校长时，他提倡“要善用一天 24 小时”“要交友，不要结帮成派”等“通往大学之路的三章”。[*6] 他是考试之神，不仅为应对每次考试做准备，而且告诉学生作为考生应该怎么做。

久作的家教非常严格，理所当然是认同“考试精英”型的家风，要求孩子要好好学习，从名校毕业。长兄孝雄从东大毕业后，进入八幡制铁公司，升至新日铁副社长，后被调到九州石油当社长。二哥邦道毕业于学习院大学，成为日本道路公团①的理事。三哥镇夫从东大毕业后，成为东大教授，凭借《战国时代论》获角川源义奖。弟弟宣夫毕业于庆应大学，进入丸红饭田，后来历任丸红的社长、会长。

恒久也和两个哥哥一样，从新宿高中考入东大。在新宿高中，他和后来因历史剧《寒风纹次郎》掀起热潮，还成了参议院议员的中村敦夫是同学。同年级有 8 个班 400 名学生，胜俣刚硬的性格从那时起就在学校里广为人知，是个名人。

他的同学们这样形容他。*7

"胜俣给我的印象是，脾气暴躁、个性强。他体格虽小，但凡事都很要强。"

"他很聪明，成绩很好。一直名列前茅。乒乓球打得很好。比较坚持自己的主张，或许可以说是强硬吧，好像不太谦虚……"

女同学里也有人对他强势的性格感到不快。

"一次同学会上，跟他坐一起，我说'核电站岂不是很危险'，结果胜俣拉下脸来说：'这是出于社会需要不得已而建的，是绝对安全的！'在同学会上，引发了非常大的争吵。"

她无法忘记胜俣当时说的话。

"发生地震时最安全的是核电站，疏散到核电站安全。"——据说当时还是东京电力副社长的胜俣恒久在同学会上，语气粗暴毫无顾忌地如此断言道。

胜俣在东大学生时代也曾是乒乓球社团成员，由于乒乓球的机缘，1963 年东大毕业后，进入东京电力公司工作。在校期间，他策

① 日本道路公团：Japan Highway Public Corporation，简称 JH，国家出资的主要负责收费道路建设和管理的特殊法人，2005 年解散、民营化。

划成立了全国国立公立大学乒乓球大赛等活动，是学生乒乓球界的一名干将。当时东京电力公司在公司内部举办乒乓球大赛，并聘请东大和早稻田的学生来兼职做裁判。当时一位东大 OB① 的东电员工对作为兼职裁判员被派去参加东电乒乓球大赛的胜俣发出邀请，问他“要不要来东电试试”，据说这是他进公司的直接契机。[*8]

入职面试的面试官是被称为东电“复兴之祖”的木川田一隆。

为了重建东京电力的前身东京电灯，阪急东宝集团创始人小林一三曾被派出任社长。然而，木川田却对小林这般创业型实业家身上明显具有的自由主义倾向敬而远之，反倒是一位希望有统一管理的适度资本主义（一种计划型的资本主义）的男人。木川田评论小林是“放任资本主义的优胜者”，认为他对电力带来的社会意义不太感兴趣。[*9] 木川田本人曾负责劳务，有过与战后混乱期扩张的日本共产党方面的工会“电产”对峙的经验。木川田在强调电力行业社会责任的同时，采用劳资协调路线，并逐渐培养奖励员工的“公司共同体”的公司氛围。

这样的木川田，在进行社长面试环节时，对在事先提交的个人信息表中“喜欢的东西”一栏上写下“仙贝”的胜俣产生了浓厚的兴趣。[*10] 木川田在金融界属于头面人物，是在胜俣进入公司那年就任经济同友会代表干事的商界名人。那是他在“金融界”还有分量的时代。

不久，胜俣被分配到在东电被称为精英集团的企划部，从企划部长、常务、副社长到社长，在仕途上一路攀升。最终，与成为新日铁副社长的孝雄、升任丸红会长的宣夫一起，在金融界被称为“胜俣三兄弟”。

---

① OB：“old boy”的缩写，属于日语中自创的词汇，指已经从学校毕业或机关企业等退休的男性。

胜俣恒久是战后日本闪耀的“佼佼者”(Best & Brightest)。

特殊性质

胜俣进入东京电力公司时，东电正面临重大转机。1964 年，也就是他入职的第二年，《电气事业法》颁布。

《电气事业法》规定，电费必须经国家（经产省）批准，此外，第 19 条中还规定，电费的定价应该是“合理成本加适当利润”。换句话说，大企业和普通家庭缴纳的电费由电力公司的成本加上利润组成这一点受到法律层面的保证。因此，电力公司只要没有特殊情况，绝不会收不回资金，而是提前保证盈利。这就是“总成本方式”。

所谓“总成本方式”，是指将发电站、输配电网的建设和修缮费、操作费（人工费）、燃料费、企业税及固定资产税等费用加起来算出“合理成本”，再加上电力公司利润来计算电费的一种制度。成本中包括贷款利息，甚至还包括给股东的分红，这种方式在一般公司是无法想象的。

在此之上另加的利润，是电力公司所拥有的发电厂、输电线等固定资产，以及包括乏燃料在内的核燃料、在建资产等的总和（利率基础）乘以一定系数（资本回报率）后所得出的数值。资本回报率在曾经的高度增长期时高达 8%，但后来逐渐下调，东电从 2008 年开始调整为 3%。

此外，《电气事业法》还允许东电拥有另一个特别武器。该法第 37 条允许东电发行比其他债权人优先受偿的公司债券（电力债券）。一般公司的债券通常是无担保的，而电力公司的债券采取以发行公司的全部财产为担保的“一般担保公司债券”形式。不是拿发电站、不动产等个别资产作抵押，而是对全部财产赋予了比其他债权人优先受偿的权利。从购买公司债券的投资者角度来看，一旦公司面临破产的情况下，如果有能够优先偿还的保证，就可以放心地投资电力债券。这么一来，设备投资额巨大的电力公司通过债权稳定筹集资金的途径受到了法律保障。

由于能够轻易地筹集到巨额资金，又是垄断企业，所以没有竞争。因此，以东京电力为首的电力公司管理层逐渐失去了紧迫感。历任东电社长、会长，甚至爬上经团联会长职位的平岩外四之所以爱读书，拥有 3 万册藏书，是一位罕见的文化人，也可以说是因为他有充足的时间。历代的东电首脑和九大电力的最高领导，都喜欢谈论与公司业务无关的国家和地区的政治经济，也是出于这个原因。

在木川田时代，东电将目光转向核电站的开发。从在这方面领先的美国经验来看，核电站拥有能够充分对抗火力发电站的发电能力。此外，核燃料比作为火力燃料的石油价格更便宜成为了决定性因素。木川田的出生地福岛县成为了有力的候选地。1960 年 8 月，东电决定选福岛县浜通地区横跨大熊町和双叶町的区域作为核电站厂址，并委托当地福岛县斡旋取得用地。东电决定从当地拥有大片土地的国土计划兴业（堤康次郎领导的国土西武集团）手中收购用地，并在那里建造福岛第一核电站。

胜俣进入公司的 1963 年，正是东电首次体验核电站建设向前迈进的时期。1966 年，东电选定美国通用电气公司（GE）的沸水型核反应堆（BWR）作为反应堆型号，并与 GE 签订了“统包式”合同，即从动工到开始运行的全工序全部由承包商负责。

之所以选择 GE，是因为它比竞争公司美国西屋电气公司的输出功率更大，建设费也更便宜。*1 而且，西班牙北方核电站股份公司（Nuclenor）比东电更早订购同型机，因此可以借用 GE 为西班牙制作的设计图。换句话说，东电借鉴了西班牙的先例。

所谓“统包式”（turnkey），是指从设计到动工，从试运行到开始营业、操作员的教育培训费用，所有都由承包商负责的方式。由于订购者东电只需收“钥匙”（key）然后转动（turn）即可，所以叫“turnkey”。当时，由于日本核电站制造商自己不能建核电站，所以全部委托给了美国厂商。*2

整个核电站是由 GE 公司带来的美国顾问公司依巴斯公司①设计的。依巴斯公司的布置设计是将应急柴油发电机放置在面向大海的涡轮机楼内，而不是在坚固的核反应堆楼里。冷却泵也同样被设计放在涡轮机楼内，而不是反应堆楼里。

由于按照依巴斯公司的设计来建造核电站在技术层面上存在困难，所以东电从 5 号机组开始，委托美国柏克德公司接替依巴斯公司进行布置设计。福岛第二核电站从一开始就采用与福岛第一核电站不同的设计，将应急柴油发电机放置在核反应堆楼里。*3 因海啸失去电力引发核电站爆炸事故，其间接原因在于当时依巴斯公司的布置设计。

作为高校才子赢得颇高声誉的胜俣进入东京电力时，国家正推进核电站建设、制定从法律层面上对总成本方式和电力债券发行进行定位的《电气事业法》，是决定此后东电命运机制得以完善的一个时期。走上成功之路的他手里掌握的是人类难以控制的核能。

---

① 依巴斯公司：EBASCO。全称 The Electric Bond and Share Company（电力债券与股份公司），至 1925 年为止是美国摩根财团所属通用电气公司的全资子公司。1925 年后依巴斯公司开始了独立经营，仍隶属于摩根财团。

外部压力这一良机

长期处于安稳沉睡状态的电力行业，终于还是遭到来自大海另一边的黑船袭击，被迫从舒适的睡梦中醒来。

英国因撒切尔保守党执政时期的民营化政策发挥作用，长期处于低迷状况的经济逐渐恢复起来。20 世纪 90 年代，在发达国家中，放宽政府管制和国有企业的民营化成为其经济政策的主流趋势。

受此影响，日本在中曾根政府时期，也开始了各种民营化的进程，国铁被分割为 JR 各分公司并实行民营化，专卖公社[①]改组为日本烟草产业（JT），电电公社[②]改组为 NTT[③]。自始至终抵制民营化趋势的国家铁道工会及其上级团体日本工会总评议会，还有他们所支持的社会党，昔日的辉煌已荡然无存。从那时起，一直被认为是站在“弱者一边”的工会，反倒开始发生质变，被视作既得权益的拥护者和守旧势力。“左派”受赞誉的时代已经过去，倒不如说是“左派”开始向墨守成规的保守派发生转变。当时处在这样一个时代的转折点上。

民营化进程的延伸便是电力的自由化。1989 年，英国撒切尔政府实施了“输配电分离”，对一直负责从发电到输电全过程的英国

① 专卖公社：曾存在于日本，为施行专卖事业而成立的特殊法人机构，属于日本政府为经营公共事业而建立的“三公社五现业”之一。

② 电电公社：“日本电信电话公社”的简称，为曾存在于日本的特殊法人，主要业务是电报（日本称为“电信”）与电话服务。

③ NTT：全称 Nippon Telegraph & Telephone，日本电信电话株式会社。

中央电力局（Central Electricity Generating Board＝CEGB）的发电、输电功能进行分离。发电部门被分割成3家公司，即火力发电的国家电力公司、电能公司、核电公司。其中，核电公司（现英国能源公司）由于存在废弃炉和放射性废弃物的问题而实行国有化。分割出来的输电部门只有英国国家电网这一家公司，其分布于各地区的12家输电分局分别实行民营化。曾经是公营企业的CEGB被拆分且实行民营化，通过削减成本以达到降低电费的目的。不久，根据欧盟（EU）法令等，合并后的欧洲成员国都将开始寻求发电、输电的自由化。

在羡慕英国成功的同时，电费的国内外价格差成了通产省内的一大课题。当时，日本的电费是美英法的两倍，比欧洲电费最高的德国和意大利也高出3成左右。

正是在这个时候，长期困扰东京电力的通产官员村田成二在资源能源厅上任了，就任主管电力公司的公共事业部部长。1995年，村田在担任公共事业部部长时，31年来首次修改了《电气事业法》，允许其他公司加入一直由电力公司垄断的“发电”领域。以制度修订为契机，新日本制铁、神户制钢、住友金属工业，以及太平洋水泥、住友大阪水泥等在自家工厂拥有发电设备的素材制造商，从1996年开始陆续加入发电业务。他们被称为“独立发电商”(Independent Power Producer＝IPP)，实行由东电等电力公司将意向加入的企业集中起来进行“投标”，让出低价的IPP加入其中的机制。

当时，新日铁、住友金属等重化工产业因泡沫经济时期的设备扩张而背负过剩产能的包袱，各电力公司收购其过剩的发电能力，一方面也是为了支持这些重化工产业。除此之外，IPP这一竞争对手的出现也起到了让电力公司萌发成本意识的作用。实际上，这也反映了1993年就任东电第八任社长荒木浩的问题意识。他以国外的先例和通产省的自由化压力为有力手段，试图将东电陈腐的经营特质现代化。他想以“外部压力”为契机，试图让东电的经营模式脱胎换骨。

在此之前，东电并不是一家“普通”的公司。泡沫经济破灭后，东电是政府出台经济刺激政策时的合作伙伴，也就是所谓的“公共投资”的接单方之一。根据政府的经济对策，东电不得不追加设备投资额或提前订货。这对一家民营企业来说，是无法想象的。

政府的要求也是一个助力，即便在泡沫破灭后，东电的设备投资额也在不断增长。最终，1993年的年度设备投资额超过了1.68万亿日元。尽管东电的业务范围仅限于关东地区，但其设备投资水准却与业务覆盖全国的NTT的1.9万亿日元相当。

东电已经变成了像怪物一样的巨型供应商。日立制作所和东芝等重型电气设备制造商、鹿岛和清水建设等超级建筑公司、新日铁等钢铁企业和水泥制造商、工程公司、重型设备制造商蜂拥而至。与此同时，想为东电融资的银行和想承销企业债券的证券公司也用尽花言巧语接近东电。因此，经团联的高层总是给它留有席位，而经团联的副会长一职实际上成了东电的指定席位。

随着设备投资的扩大，东电的有息负债不断攀升，即便超过10万亿日元也依然不断增加。随着负债的扩大，自有资本比率不断恶化。荒木社长对内外宣布“要把东电变成普通公司”，这是因为他想摆脱一直以来东电不像民营企业而是政府公共投资伙伴的这一角色。他时常说“普通社长领导的普通公司”，而这也是为了摆脱政府的枷锁。同时，还是一种蜕变，摆脱经济同友会代表干事、商界代言人木川田一隆，以及曾任商界总理的经团联会长平岩外四等前人带来的“老太爷”经营模式。

东电削减成本的大号令，成了掌握常年捞油水供货商命运的事件。东电最大额度的支出是核反应堆和发电机的供货商日立制作所和东芝。在独立发电商（IPP）兴起，油价处于历史低位的这个时代，东电要求日立和东芝的原子能部门削减高达30%的成本。此外，荒木还向日立社长金井务和东芝会长佐藤文夫提议合并两家公司的原子能部门。

“今后国内新的核电站选址地将会逐渐消失。另一方面，在与IPP火力发电的竞争中，希望一定要降低成本。我们荒木社长提议说金井社长和佐藤会长应该联合起来。”[*1]

作为东电原子能部门高层掌权的池龟亮，在接受我的采访时，曾这样透露。

虽然最终并没有实现，但曾一度出现想要合并日立、东芝，甚至两家公司的导师GE的动向。东电的意向大到可能促使国际重型电机行业的重组。

在自由化的大环境下，以经营现代化为目标的荒木时代，被重用的是绰号“剃刀”的能人胜俣恒久。胜俣预测，通产省迟早会向发电方（批发）乃至配电方（零售）的竞争自由化迈进。“届时，估计商社会进入零售市场。也许会出现类似美国那样什么都没有的经纪公司。”自由化进程中处于领先地位的欧美发达国家的电力公司在本国电力需求停滞不前的情况下，大概会进入亚洲各国市场以寻求一片新天地吧。[*2]“剃刀”胜俣很早就预测到诸如后来美国安然公司进入日本市场那样的情况。

这时，大洋彼岸传来一则令人震惊的消息：“OECD规制改革方针：通讯，取消进入限制；电力，发电和输电分离。”这是《读卖新闻》1997年1月4日的早报内容。这是古贺茂明的创意，他曾从通产省借调到OECD（经济合作与发展组织）。由于英国的成功，当时的OECD正在讨论电力公司发电功能和输电功能的分离问题。当时，古贺是 OECD 科学技术工业局负责规章制度改革的科长。他认为这是一个刺激安于现状、效率低下的日本电力公司的好机会。“策略是让 OECD 向日本提出建议，我们努力推进这一目标。”[*3]

事态发展超出了古贺的想象。大臣做出了反应。

在 1 月 7 日的年初新闻发布会上，通产大臣佐藤信二发言说：“有必要纠正我国能源领域的高成本结构。为此，我们应该考虑讨论一下，将电力公司的发电部门和输电部门分开。”

这对电力行业来说，简直是晴天霹雳。

输配电分离

1997 年当时，通产省就以桥本改革的参谋总部自居，积极推进放宽规制。其想法是通过将能源价格降到与欧美持平，来提高国内产业的竞争力。

顺应这样的时代风向，1997 年，奥村裕一就任资源能源厅公共事业部部长后，便在电力事业审议会内部设立基本政策部会（部会长为新日铁会长今井敬），考虑以这个部会为舞台推进第二次电力自由化。此前放宽规制是通过独立发电商（IPP）由发电方推进的，而这次奥村和他的团队考虑换由配电方（零售）来推进。他们借鉴英国的做法，对匹配发电方和配电方的类似电力交易市场的“电力库（POOL）模式”情有独钟。

但是，在 IPP 的引进上做出让步，并利用通产省自由化之风的压力对本公司进行现代化改造的东电社长荒木，对可能导致“东电解体”的发电和输电分离制度修订表示为难。当然，更保守的地方电力公司对此绝对是持反对态度的。

最终实现的，只不过是荒木等电力方让步范围内的自由化——只对大客户即特高压客户开放零售。即放宽规制的结果是，仅限于电力使用规模达2 000千瓦以上、接收超2万伏特特高压系统以上电力的大型用户（大规模工厂和大型办公楼等），允许新电力零售商（Power Producer and Supplier＝PPS，特定规模电力企业）的加入。这最终被评价为，是电力方为给要求自由化的通产省能源厅留面子而做给大家看的让步。即便如此，关西电力还是表示坚决反对，这是在艰难推进情况下才取得的规制放宽。不可否认，第二次自由化感觉最终还是被电力方排除在外了。这对通产省能源厅来说，显然是一场败仗。

此时，公共事业部有不少热衷于主张自由化的人，包括部长奥村、规划科科长迎阳一和公共事业制度修订审议室室长日下部聪等。然而，最终，石田彻为了收拾残局，于1998年6月一就任规划科科长，便将发展方向转到现实的规整方向。[*1] 此时被派来的石田是宣告结束的人，他要试图打破声称“全面自由化”的奥村与电力行业之间的僵局。

石田此后一路高升到能源厅厅长的职位，但他退下来仅4个月后，就以120万日元的月薪，受聘为东电顾问。也可以说，这是东电为了报答石田当时亲电力的行为。在自民党政权时期，虽然有退休后2年内禁止在管辖行业就职的规定，但在对官员起不到威慑作用的民主党政权内部，没有任何人去指责。

随着自由化倡导者川本明出任新成立的电力市场整备科首任科长，以不尽如人意的形式告终的第二次电力自由化再次启动。从1995年开始，川本在OECD工作了4年，参与了规制改革项目，而一年后进来的是古贺茂明。从回国后的1999年7月开始，川本担任通商调查室室长，撰写了2000年版的《通商白皮书》。书中他把美国和英国电力领域的规制改革事例作为先例提出，并从通过制度改革促使电费下降和新服务萌生等角度对其出了正面的描述。

当时，川本等人追求第三次电力自由化时意识到的问题是，尽管对大客户实现了电力零售自由化，但实际情况是几乎没有新企业进入，电力公司的垄断状态仍在持续。被称为“PPS”的零售商需要向电力公司支付的输电线使用费（托运费）定价高，对新企业来说，进入壁垒很高。为促进托运费的透明化，还需要明确电力公司发电、输电、配电等各项机能收支是多少，成本需要多少，需要按照每个工序核算（称为分账核算）。

20世纪90年代以来，东京电力受经产省（2001年由通产省更名而来）接连不断的自由化攻势影响，企划部取代以往华而不实的总务部，权力越来越大。与朝野党的政治家和发电站所在的地方自治体进行协调是东电总务部的拿手技能，总而言之，他们的工作就是说服挑剔的人（有时会塞钱让对方闭嘴）。因此，东电总务部的人脉很广，政治家自不必说，与报道企业丑闻的记者和地下情报人员等也关系密切。而企划部主要是面向经产省等政府部门的对接窗口。其主要任务是在接待并拉拢职业公务官的同时，和他们共同探讨并推动有利于电力公司的制度改革。

在此之前，东电一直由有处理劳动事务经验的木川田以及平岩、那须翔、荒木和总务部出身的人出任公司高层。但是，那须器重的塙章次、荒木赏识的山本胜这两位总务部出身的社长候选人相继患病——山本在担任副社长职务期间病逝——总务部出身适合社长候补的人选没有了。取代荒木接任社长职务的是企划部出身的南直哉，在荒木和南这两代期间，作为“参谋”崭露头角的同样是来自企划部的胜俣恒久。

南对自由化表示出一定的理解，因为他想通过电价修改和发电站检查等方式从经产省的约束规制中解放出来，他希望至少检查的相关规定能更加符合实际情况。和荒木一样，他也有想要摆脱政府枷锁的意识。南的手下聚集了被认为是属于相对开明一派的部下。即便是在保守的关西电力，社长藤洋作也被看作是罕见的开明派。*2

尽管最终是同床异梦，但这是与经产省的合作被寄予厚望的“企划部时代”的开端。2002 年就任事务次官的村田成二看向东电的南的眼神很犀利。刚上任不久的村田给南的印象是“是个脸上总是笑眯眯的，但眼睛却不笑的人”。据说村田曾这样告诉南：

“被分配到资源能源公共事业部（这时因改组而更名为电力与燃气事业部）的官员，无论多好，都会被东电洗脑。辛辛苦苦把优秀的年轻官员派过去，却都被你们洗脑了。请不要这样好吗？”*3

村田显然对东电抱有敌意。

捍卫国家体制

川本等人开始设计自由化制度后不久，经产省就为处理最终会给东电带来冲击的内部检举而苦心焦虑。2000 年 7 月，一份英文书面材料被送到了当时的通产省。材料中，曾在美国通用电气公司（GE）工作的技术人员表示，尽管过去在维修核电站时发现福岛第一核电站 1 号机组的蒸汽干燥机出现六条裂缝，但“应东京电力请求，依据 GE 高层指示，我们为通产省制作了有意避免拍到裂缝而进行了编辑的录像带”。*1

直到 2001 年 10 月，保安院才就此事的真伪向 GE 提出质询，而 GE 的日本法人则聘请了多名国际律师，为任何试图追究 GE 责任的行为布置好了预防措施。同年 3 月，GE 日本法人的社长马克·诺尔博姆向东电社长南直哉坦白了这个问题，但南当时似乎并没有重视这个情况。被保安院再三追问事实关系的东电，进入 5 月之后才开始认真着手解决问题。7 月，村田成二就任事务次官。

据说对东电态度突然变得严厉起来，是在那之后的事。“在此之前，说是不必急于下结论，但突然被要求尽快报告事情经过，一到保安院就被迫全面投降。”当时东电的宣传负责人这样回忆道。[*2] 据说，8 月下旬，此事被报到经产大臣平沼赴夫那里，平沼怒斥“岂有此理！”8 月 29 日晚，保安院在新闻发布会上透露，东电隐瞒了 29 起事故。以内部检举为契机进行调查的结果是接连发现同样的问题。

以这个问题为契机，东电被迫进行了前所未有的结构重组，会长荒木浩、社长南、顾问平岩外四、顾问那须翔这四位首脑全部辞职。原子能部门也以领导阶层副社长榎本聪明辞职为首，对 35 人实行了辞职、降职、减薪的处罚。由于社长南和事务次官村田之间的不和是间接原因，所以东电内部留下了“社长南被村田利用，已经走到头了”的怨念[*3]。接替南出任社长的是胜俣恒久。据说南就接任一事试探胜俣时，胜俣毫不犹豫地立刻答应了。[*4]

尽管因数据篡改问题攻下了东电，但经产省在第三次自由化过程中的收获却是有限的。当时担任电力市场整备科科长的川本自我评价说这是“One step in right direction（向正确方向迈进的一步）”[*5]，但也可以说这是停下的“一步”。最终，第三次自由化的成果也就是把电器零售自由化范围扩展到 50 千瓦以上的高压电用户，比如便利店这般规模的零售店。此外，成立了日本电力批发交易所作为电力交易市场。当时的报告中被迫加入了九大电力公司的要求：“要配备发电设备和输电设备一体化装备和运营。”[*6] 虽然炒了对方的鱿鱼，但反倒招致了一个自寻烦恼的结果，继续认可以东电为代表的电力公司的组织形态。

第三次自由化虽然做了部分制度上的准备，但在实效性方面明显缺乏效果。电力公司的“国家体制”得到了捍卫。

当时，一名作为能源厅科长参与电力改革的官员说：“电力不仅对自民党，而且对在野党民主党也做好了事前工作。电力可以压制经团联和联合双方。”电力方面事先进行疏通的攻势猛烈，据这个能源厅原科长介绍，原本指望伊藤洋华堂的社长铃木敏文向电力方面陈述对自由化的意见，可这位社长因不想与电力方面对立，几乎没有出席自己也是成员之一的综合资源能源调查会电力企业分科会。最终，电力方面对参与自由化讨论的官员们说：“你们当时说的不是真心话吧。”强迫他们点头承认，践踏自己的信仰。[*7]

次官上司村田本应庇护身为自己部下的能源厅的骨干、年轻官员们，但他在第三次自由化争论战的最后关头却突然急刹车说：“自己的身体要自己保护。”一名部下推测说：“村田是不是被电力抓住了把柄？”

之后，能源厅电力市场整备科的科长助理伊原智人等6名年轻官员以核燃料循环计划的花费与效果不匹配为由，开始转向停止核燃料循环计划时，村田的举动也是如此。这些年轻人是得到上司电力与燃气事业部部长寺坂信昭“只要控制在不留痕迹的程度，轰动社会也没关系”的同意之后奋力行动的，但电力那边对他们的行动却很警惕。

此时，一份题为《19万亿日元账单》的25页A4大小的文件在朝野党国会议员和媒体当中广泛传播。上面记载着，青森县六所村的后处理工厂当初估计6 900亿日元，结果花费了2.2万亿日元，是预想的3倍。如果接下来要让后处理工厂运转的话，用于放射性废弃物处理等的费用总计高达19万亿日元。这是一份促使政策转变的文件，让经产省同电力行业一道从成本与效益的角度重新审视正在推进的核燃料循环计划，将其作为国家政策来考虑。

但是，他们主张直接处理，即不进行后处理而直接将废弃物埋入地层。经过后处理产生的高放射性废液难以处理。这是出于日本也想转变政策的考虑，放弃即便花费巨资也会因技术问题而无法运作下去的后处理，效仿芬兰开始建造核废弃物最终处理点。当时，原子能委员会正在着手制定原子能政策大纲。曾参与电力自由化的年轻人到处说服朝野党政治家和媒体，表示接下来要奋力推进原子能政策的重新评估。在电力行业，原东电副社长丰田正敏曾发声表示支持，称“应该鼓起勇气喊停”。丰田赞同他们的想法，称：“后处理和钚热利用都应停止，应采用直接处理的方式。”[*8]

虽然年轻一代站出来试图引起舆论关注，但作为其后盾的次官村田最终却还是没能说服经产大臣中川昭一。中川是核武器的倡导者，对能够提取钚的核燃料循环计划非常感兴趣。村田没能说服这样的中川。村田指定的接班人杉山秀二事务次官一上任，这些年轻人的行动就完全受到了压制。

当我向村田询问当时的情况时，他给我寄了一封信，信中说“出于我内心想法”，拒绝了所有采访。[*9]

对抗电力的一群改革派官员，此后绝对说不上是走上了幸运之路。曾任电力市场整备科科长的川本，此后辗转于内阁府、经济产业研究所、内阁官房、企业再生支援机构等处，没能回到经产省。与川本同时期担任能源厅政策科科长的长尾尚人很快也被迫调到日本政策投资银行，结束了作为经产省官员的人生。开启阻止核燃料循环工作的科长助理们，其中两位被调到地方自治体，团队的核心成员伊原智人因对政府绝望而辞官，到瑞可利①就职。到了胜俣时

① 瑞可利：日本领先的人力资源、分类信息服务企业。“瑞可利”即“recruit”，英语“招聘”之意。

代，经产省内已经没有任何掣肘电力的势力存在了。

在经产省内部，曾占主流的规制改革派逐渐从要职上被撤离，取而代之的是传统的产业保护派，他们在经产省得以恢复权势。当杉山秀二、北畑隆生等产业保护派垄断人事队伍时，已经没有一个官员积极参与电力改革了。经产省在桥本政府时期是改革派的堡垒，但在这 10 年间经历了重大变革。政策变得微不足道，曾经自由豁达的组织氛围逐渐变得闭塞起来。

被世人誉为“胜俣三兄弟”、有着“剃刀”之称的胜俣恒久担任东京电力第 10 任社长的时期，正是这样的一个时代。

会长荒木、社长南以及顾问平岩和那须同时辞职，东电内部出现权力真空。经产省的电力改革行动停了下来。东电公司里没了能够形成震慑人的那股威力，没了能够形成牵制的势力，胜俣这个原本就高傲的考试精英，没多久便失去了谦逊的态度。

第 10 章　内部会议的攻防

“不可能无限度”

对于在公司内部行使着巨大权力的胜俣来说，一定不情愿因核电站事故而成为众矢之的。此外，令他意想不到的失算是，他亲自提拔上来的社长清水正孝的无能超出了他的预料。胜俣被媒体闪光灯围攻的 3 月 30 日那场新闻发布会，原定出席者是清水。因此，如果事情按计划进行，胜俣本应不用成为众矢之的。但由于清水在前一天（29 日）紧急入院，所以轮到了胜俣头上。

高傲的东电君主并不喜欢成为众矢之的。大约半个月后，胜俣暗示自己会引咎辞职，他说：“我感觉到了经营上的责任，我想在合适的时候……”[*1] 但当他发现提拔上来的清水如此无用时，事情并没有这样发展。“社长和我双方都有经营责任，但辞职是否意味着承担经营责任，或是某一方留下来比较好，关于这个问题我想和社长商量一下。”[*2] 从胜俣的口气中可以感觉到他的犹豫。

归根结底，选清水做接班人是个失败的决定。清水本应是自己托付后事的人选，一旦清水身体不适，那他的辞职将不可避免。这样一来，如果连身为会长的自己也偷溜的话，难免会遭受指责，被认为不负责任。“所有一切都在于选出那样的社长是否是件好事这个问题上，胜俣有任命责任。”——胜俣的前任社长南直哉如此看待。*3

清水既不是东电保守主流路线总务部出身，也不是像南、胜俣那样的企划部出身，而是从东电非主流的支派资材部出来的人。在胜俣担任企划部部长时，清水曾担任企划部 TQC 推进室的副室长，两人是了解彼此脾性的前上司和部下的关系。

上一任社长南直哉听到胜俣让清水出任东电第 11 任社长的提议后，有点不知所措。他担心清水负责的工作范围过于狭窄，再加上几乎没有与执行业务必须打交道的政府机关交涉的经验，在主管本公司的政府机关经产省内也无人知晓清水。南告诉胜俣说：“胜俣，我们等一年吧，等评价定下来了再说吧。”于是一年后，胜俣再次来找他说“经过这一年，此人出名了不少”，寻求他对起用清水的理解。“因此才决定任命清水。但要说有谁能取代清水，想必也……”回想起当时的情况，南苦笑着说。*4

也就是说，清水就是这么一名社长。作为社长就任前的业绩，经常被人提起的是，曾经把东电的制服换成了中国制造的，削减了数亿日元成本。可以说，他为人所知的也就只有这种“省钱”的业绩。于是，2008 年 6 月，毕业于庆应大学的清水出任东电历史上 47 年来首位私立大学毕业的社长。从那时起，东京电力开始了胜俣的“院政”①。

胜俣拘泥于启动《原赔法》的免责条款。4 月 25 日，东电向文部科学省任事务局的政府原子能损害赔偿纠纷审查会提交“请愿书”，称此次事故原因是“里氏 9.0 级这一日本史上规模罕见的地

① 院政：由太上皇代天皇执政。此处指胜俣在清水背后掌权。

震，以及紧接着发生的海啸在福岛第一核电站达到14至15米高巨浪。基于这种情况，敝司认为，本次事故造成的损失完全可以解释为相当于《原赔法》第3条第1款但书所定义的‘异常巨大的天灾地祸’”。此外，还表示公司虽然想尽可能赔偿，但希望“也要考虑本公司的实际可负担限度，让补偿能够公平、顺利地进行”。重点在“实际可负担限度”这一表述上。总而言之，就是由于东电无论如何也无法独立还清巨额赔偿债务，所以希望设定可偿还金额上限，超过部分希望用国家经费来填补。

第二天，在东京总公司举行的金融机构说明会上，胜俣同意东电从公司的年度净利润中以特别分担费用的名义向新成立的“机构”支付赔偿金，但在希望给东电分担费用设定上限这一点上并未做出让步。也就是说，如果负担没有上限，“今后会很难发行公司债券”，这样东电就无法维持在东证一部的上市，无法保持一定的信用度，也无法通过发行公司债券稳定地从市场上筹集资金。*5

胜俣的言行让民主党政权的阁僚们感到吃惊。媒体所称的“东电救济方案”本来就已经被认为“对东电太宽容”而名声不好。作为“媒体政治之子”的民主党政治家们，很容易对来自媒体的批评畏缩。如果此时对东电的负担设定上限的话，恐怕这样的声音将变得更加喧嚷。因此胜俣的行为是不可容忍的。

在4月27日上午的新闻发布会上，官房长官枝野幸男表示：“考虑到受害者的缘故，这种事情是不可能的。也就是说，因为有上限，所以只能补偿到此，这样的做法是不可想象的，也是不允许的。”他用极其严厉的语气批评了东电的意图。律师出身的枝野进一步拒绝道：“（《原赔法》第3条第1款的）免责条款被应用的情况，作为一名法律人，我无法想象。”*6 就连被视为比较理解电力行业的经产大臣海江田万里，也在被问及国会正在讨论的方案时，明确否定说："我们并没有考虑（在东电的负担上）设定上限。"*7

即便如此，胜俣的态度还是很强硬。

虽然胜俣一直说"我不会在家里接受采访，请通过宣传部门"，但引发这么大的事故，就算他说"不要来"，记者们也会靠过来。因此，在东京四谷的宅子里，胜俣每晚回家时都会被记者围追采访，这已成为惯例。4月28日晚上9点多回到家时，胜俣当着蜂拥而至的《读卖新闻》及TBS等10名记者的面强调，他不会在赔偿负担额设定上限这一东电的方针上做出让步。他说："无限度怎么可能！请好好看看《原赔法》。"*8

——赔偿的上限大概是多少？

"这是今后的事，要看今后。"

——但是，如果决定东电负担的上限金额，最终岂不是加重民众负担，殃及民众？

"为什么？《原赔法》里不是写着吗？不是有第3条第1款但书吗？"

一位年轻记者打断他的话，问道："胜俣先生，东电不是有13万亿日元的资产吗？如果把这些资产全部算进去的话……"胜俣听后立刻做出了藐视年轻记者似的回复："你对BS（资产负债表）和PL（利润表）都一无所知吧！"*9

在据说有4万亿至10万亿日元之间的核电站事故赔偿债务中，东电打的如意算盘是计划自己承担1万亿日元左右，超出金额希望政府帮忙解决。因为东电不可能独自负担得起未知的赔偿债务，所以希望自己能只支付一小部分。否则东电很难维持上市，也很难通过公司债券筹措资金。

胜俣之所以能够保持强硬态势，是因为他有强大的助威队。

一个是2009年政府换届之前，一直被认为是永久政权的自民党。自民党的队伍中，有电力一派的甘利明和原通产省出身的细田博之等强大的东电拥护者。4 月 5 日，自民党成立了“能源政策联合会议”，该会议是将经济产业部门会议、电源选址及原子能等调查会、石油等资源能源调查会三者合并的结果。干部们试图在 12 日的这个会议上强行表决他们拟定的基本方针。拟定的基本方针方案里写有：“就现实问题而言，让东京电力一家公司承担责任，是不可能的，因此应该明确表示国家最终承担责任。”[*10] 虽然核电反对派河野太郎立刻提出异议，甘利、细田以及原参议院议员东电原副社长加纳时男等人试图推进的政策方案的处理结果是“继续讨论”，这是继核电站事故以来一直保持沉默的自民党明确表示推进核电站和拥护东电姿态的瞬间。

此外，经团联会长米仓弘昌一直反复发表拥护东电的言论，痛斥民主党菅直人政府。作为产别联合组织中的有力组织即全国电力关联产业工会总联合出身的民主党藤原正司参议院议员也帮忙说：“一家私营企业不可能承担得起数万亿日元的损害赔偿。”[*11] 即使在民主党内部，也在联合系议员的带领下，蔓延起同情东电的气氛。

胜俣还有更强大的盟友，即经产省内的电力拥护派的官员们，他们是拟定政策的当事人。为首的是事务次官松永和夫、资源能源厅厅长细野哲弘，以及松永赏识的官房总务科科长柳濑唯夫。在幕后牵线的是从能源厅厅长晋升为事务次官，当时担任内阁官房参与的望月晴文。

松永和柳濑介入内阁官房经济损失对策室正在讨论的方案，欲强行促成东电负担上限的设定。经产省内部有两种对立意见，一种认为应该由对核电站安全规制负有责任的政府出面，另一种则认为应该让东电承担更多责任。柳濑在经产省内部会议上展开了他的一贯主张：“要说政府完全不知道安全规制和原子能的问题也很奇怪，对东电的负担设定上限不也挺好的吗？”[*12]

试图反抗这种风压，按照正在统一的方案硬推到底的是改革派官员之一，电力市场整备科科长山下隆一。经产省内的争论实质上是“柳濑 vs. 山下”的论战。山下集压力于一身，换句话说，在能源厅层面筑起了一道防线，没有向政策拟定部队——经济损失对策室——传达这样的“杂音”。

经济损失对策室的一位骨干在经产省内向前辈透露对此事的看法：“不管怎么说，山下先生做得很好了。松永次官和柳濑科长对社会氛围完全没有判断力，叨唠着‘给东电的赔偿金额设上限’……”[*13]

内裤论战

在两种对立意见无法找到妥协点的情况下，黄金周假期中的 5 月 1 日（周日），首次召开了被称作“内部会议”的核电站事故经济损失对策小组相关阁僚会议，讨论东京电力救济方案。担任会议主席的枝野召集的相关阁僚有经产大臣海江田万里、财务大臣野田佳彦、两位官房副长官仙谷由人和福山哲郎、首相助理细野豪志、文部科学副大臣铃木宽，共计 6 人。

截至此时，进驻经产省副楼的内阁官房经济损失对策室，基本上确定了东京电力的赔偿方案。政府向新成立的“原子能损害赔偿支援机构”注入国家经费“交付国债”，再由“机构”把国债兑换成现金并将所得资金交给东电。该方案的内容是，一方面，其他电力公司以应对未来核电站事故风险的名义向“机构”缴纳分担费用，另一方面，“机构”让事故责任企业东电从其年度利润中上缴特别分担费用。

虽然东电将背负巨额赔偿债务，但不会采用经产省改革派官员古贺茂明的私人提案古贺文件中提及的“清理式”手法。也就是说，不会让东电破产。仅从这一点来看，对东电来说是宽容的。虽然“东电救济”在社会上并没有得到很高的评价，但就连如此宽容的方案，也因松永次官等经产省内电力拥护派的介入而遭受了相当大的困难。

在内部会议上，虽然经济损失对策室的室长北川慎介等人对方案进行了说明，但民主党的大人物在质疑方案好坏之前，脱口而出的是对东电的不满。

5 月 2 日，在首相官邸的官房长官办公室召开了两次内部会议，北川分发了写有“会后回收”字样的资料并进行了说明。据北川和山下隆一介绍，背负巨额赔偿债务的东电在每个财年都会把赔偿承担额作为特别损失计算在内，但与此相抵的资金会由新成立的原子能损害支援机构提供给东电，且这笔资金会作为特别利润入账。由于特别损失和特别利润相抵达到平衡，所有都只通过利润表（PL）来处理，而资产负债表（BS）不会受损。也就是说，这是一个让公司不至于陷入资不抵债状况的诡计般的方案。

在此基础上，会议上还展示了赔偿额分别为 4 万亿日元、5 万亿日元、10 万亿日元的三种模拟状态，以及 Excel 表格，上面粘贴了截至 2020 年度对收支盈亏、资金流动、资产负债表的影响。为了通过发行公司债券的方式从市场上筹集资金，东电希望得到评级机构给的 A 级评级。而要做到这一点，就需要 10%左右的自有资本比率。基于这一展望，为保证截至 2020 年能够维持 10%的自有资本比率，“创作”了各种各样的数字。

其中之一就是从核电转为火力发电需增加的燃料费筹措。资源能源厅的糟谷敏秀等人估计改用火力将使燃料费增加 1 万亿日元，而要实现这一目标，估算需要将电费提高16%。

担任参加内部会议的民主党政治家智囊职务的首相官邸工作人员，对经产省精英们制作的这些模拟资料投以冷眼。该工作人员评价说："看到那个的时候，立刻就明白这样的东西没有意义。一看就知道有多糟糕。财务方面太宽松，账目也很奇怪。这是一个结论先行的估算，它试图在一个财政年度内实现轧平账务。"[*1]

为了对东电以示区别，要将其董事薪酬减半。内部会议上，能源厅的官员们正在就此事进行说明。听到这些的官房副长官仙谷由人追问："到底是多少钱？多少钱减半到多少钱？"能源厅回答说："因为是民营企业，所以无法回答。"此时，官房副长官福山哲郎插进来说："怎么会有如此荒谬的事情！给我好好查查是多少钱变到多少钱。"这成了留到下次内部会议完成的作业。

在接下来一次的内部会议上，能源厅的官员还是向政治家们解释说："因为是民营企业，所以不能公开。"收到这一答复后，在座的政治家们一致表示抗议。仙谷和福山等人施压道："我们现在说的是用纳税人的钱来帮助东电！你到底站在哪一边？"

得到胜俣和清水的薪酬是7 300万日元的回答，是在再下一次的内部会议上。只是为了问这点问题，竟须反复开三次会。而且即使是减半，薪水也足够高。东电这种不寻常的感知能力让政治家们目瞪口呆。[*2]

脱离自民党之后便被单独说服进入菅内阁的经济财政担当大臣与谢野馨，得知已经召开内部会议讨论东电救济方案的消息，便恳求会议主席枝野"因为事关日本经济，所以希望让主管经济的我也加入进来"，得到了同意。[*3] 从5月6日在首相官邸的官房长官办公室召开的第四次内部会议开始，与谢野和金融担当大臣自见庄三郎也加入了进去。

于是，超级大论战便爆发了。

原本与谢野之所以想加入是因为他的一贯主张“这个理应适用《原赔法》第 3 条但书中的免责规定”。与谢野曾在转入政界前，曾有过在日本核电公司工作的经历。在日本核电公司工作 5 年的上班族时代，他正好曾经负责应对《原赔法》。与谢野历任通产政务次官、自民党商工部会长、通产大臣，同时也是商工族的一员，从其履历来看，与电力行业特别是与东电理所当然有着很深的交情。

与谢野立刻就识破了之所以不适用《原赔法》第 3 条的免责规定，是因为采纳了财务省不愿意无限制投入国家经费的意见。之所以不对东电采取清理式手法，是为了保全作为债主的银行的债权。“真是个奇怪的组织。没有人说过关于《原赔法》第 3 条的权威解释。”与谢野这么认为。所谓权威解释，是指有权限的公共机构给出的解释。也就是说，没有任何一个政府机关说过。

因此，与谢野在获得参加内部会议的权限后，立刻提出了他的一贯想法：“应该适用《原赔法》第 3 条的但书。”

枝野在新闻发布会上曾断言东电的免责“作为一名法律人，我无法想象”。对于与谢野的这种见解，他忍无可忍。他回嘴道：“只要不修改法律，我不认为免责条款可以适用于这次事故。”而与谢野仍然不肯做出让步。恼羞成怒的枝野反驳道：“明明不懂还说什么！”

资源能源厅的山下与负责东电审计的安永新日本有限责任监察法人进行协商，并根据监察法人的意见，补充说明了批准东电决算时应进行的会计程序。他们这些办事人员心里惦念的是一天天临近的东电决算公布（5 月 20 日）的事。

听到决算预测后，政界家们的讨论更加深入。枝野说“东电还穿着貂皮大衣”，并呼吁让东电把宽裕的资产都吐出来用于赔偿。

“应该让他只穿一条内裤。”

与谢野反驳说：“让东电吐到只剩一条内裤是可以的，但和责任论不是一回事。”枝野很生气，他大喊：“那内裤也该让他脱下来！”老资格的自见插话道：“不不不，可不能连裤衩也让脱。”给两人泼冷水。

海江田接过争论的话题说：“希望东电怎么做，如何从监察法人那里得到适当的意见，让他们自己提出要求吧！”[*4]

于是，最后决定让东电提交请愿书。

夜郎自大

东电接受了这样的要求，提交了请愿书。其中有胜俣一直以来的主张，即对东电承担的赔偿债务“希望设定上限”。请愿书中还提到，希望向受灾者提供赔偿的主体不要由作为原因企业的东电承担，而是由新成立的原子能损害赔偿支援机构担负。接待受灾者的体制，因东电在人员和设备等方面有限制，且要平等地对待数量极多的受灾者并迅速开展赔偿工作，这些自己很难做到，因此，希望能够转移负担。这是一个极其自私的主张，东电不但可以将赔偿金降到最低，还能将被受灾者批斗的赔偿窗口业务转嫁给机构。

从当天的第五次内部会议开始，民主党政治家们对东电的态度就变得格外严厉。因为由于东电夜郎自大，过于缺乏对当前气氛的判断力，就连不是东电反对派的政治家们也变得犹豫起来，他们不知道是否要支持东电。

“这到底是什么立场？”福山惊愕地说。他心想：“虽然提出这样要求的一方也真是的，但代为陈述意见的经产省也不对劲，这到底是怎么回事？”[*1]

恰巧在这个时候，《朝日新闻》独家报道了把电费提高16%的方案[*2]，这也让迎合大众的民主党政治家们皱起了眉头。“因为人是有感情的动物，所以东电的请愿书反而让人觉得‘开什么玩笑！’，而且，由于东电要涨电费，阁僚们也逐渐开始说‘岂有此理’了。”作为菅直人和仙谷由人智囊的内阁官房参与这样说道。[*3]东电太“KY”①了，也就是说，太不会洞察情况，结果捅了马蜂窝还挨了蜇。

与谢野也逐渐不再坚持自己一贯的主张了。因为他判断，在事故必须进行紧急处理时，内阁内部不能再继续有分歧。与谢野显示了“成熟政治家”的一面。作为一个财政重建主义者，他同时在推进一直以来所追求的“税制与社会保障一体改革”，他说：“我还有其他的责任，所以在这件事情上就不再强烈主张了。”[*4]

虽说如此，但他并非发生了转向。财务省事务次官胜荣二郎等财务省干部为讨好他而排长队出现在他办公室时，与谢野怒斥道：“为了避免国家经费负担，财务省随意歪曲《原赔法》的解释，你们错了！”胜急忙解释道：“大臣，这是陨石坠落时适用的条款。”但与谢野回击道：“只要想到法律制定出来是为了应对现实社会的，就知道那种只在空想情况下免责的想法真是太可笑了！”胜等一行人对支持增税派的与谢野，只是一味地惶恐地低着头。

随着与谢野平息下来，枝野和仙谷等人的主张逐渐在内部会议上占据上风。“推迟结算！先做好尽职调查（严格的资产核查）！”“削减董事薪酬这事谈不到一块儿！”“人工费削减10%左右，太少

① KY：网络流行词，来源于日语的“空気が読めない（发音 kūki ga yomenai，直译为‘不会读取气氛’）”，K与Y分别是空気（空气）、読め（读取）的首字母。KY意思是没眼力、不会按照当时的气氛和对方的脸色做出合适的反应。

了！”——政治家之间不断发出这类声音。

仙谷通过经济智囊国际经济学家中前忠收到了古贺文件。枝野对东电是最强硬的，但对企业财务和商务缺乏了解，容易动不动就开始对“削减报酬”之类的微观问题展开讨论。体会古贺文件的用意，以更大的视角来看待这个问题的反倒是仙谷。

这实在是件讽刺的事情。政权更迭后不久，仙谷本想任命霞关①的改革派第一人古贺做自己身边的助理，但遭到官员出身的古川元久和松井孝治的反对，便轻易搁置下来了。此后古贺的仕途突然恶化，这件事因他的著作《日本中枢的崩溃》被广为人知。虽然两人之间有过这么一段关系，但仙谷似乎非常理解古贺所写的东电处理方案的要点。也就是，如果把放弃债权和削减资本等组合在一起，就能减轻民众相应负担这点。仙谷和枝野在内部会议上开始主张放弃债权。

主管银行业的金融大臣自见对此感到不对劲。“私营企业的事情应该由他们自己决定，政府不应该一一干涉。私营企业应该有他们的规则。”*5 无论多么有影响力的政治家去告诉银行，银行都不可能随便放弃对其贷款的债权。借出的钱以储户的存款为本金。要一笔勾销欠款需要合适的理由，就是要么采取依法清算，如申请适用《企业重组法》等，要么银行集团之间协调不通过法院进行私人清算。即便如此，如果按照政府的要求一笔勾销贷款，银行管理层反而会背负在由股东代表公司发起的诉讼中被起诉的风险。这事从一开始就没法商量。这是主管金融界的自见的观点。

8 日和 9 日分别在官房长官办公室举行了第六次和第七次内部会议。会议的争论逐渐平息。

---

① 霞关：位于日本东京都千代田区南端，从樱田门到虎之门的一带，是政府机关集中地区。“霞关”一词也就成了日本中央政府的代名词。

此时，作为官房副长官仙谷智囊的国际合作银行国际经营企划部部长前田匡史在首相官邸的存在感逐渐增强。1980 年东大毕业后，前田入职日本进出口银行（现国际合作银行），是一位曾被派驻华盛顿和 OECD 的国际通。他还是一位能源通，尤其对产油国中东国家非常了解。他著有《“详解”伊斯兰金融》《国家基金》等书，了解利用资源泡沫拥有宽裕资金的中东产油国的主权财富基金动向。在与产油国的高官们建立关系网的同时，还有被临时借调到大藏省国际金融局的经历，在霞关的政府圈子里也有着广泛的关系网。他看起来不像是所谓的“银行部长”。拥有广泛人脉和信息来源的前田，宛如一个说客。他跟朝野党政治家展开广泛的交往，像个智囊一样行事。

菅直人刚登上首相的宝座，就选中旧友前田，让他做自己不擅长的国际金融和国际经济的引路人，任命他为内阁官房参与，将其定位为首相顾问。在此后胡乱选任的 15 位参与当中，前田是菅政府成立后第一个被任命的。按照国家人事部的规定，根据实际工作情况，一天可以领取 2.7 万日元的津贴，但现任政府下属金融机构部长的前田拒绝了每天的津贴，此后一直作为政权的重要顾问“免费工作”。菅直人政府向越南出口核电站，就是前田和经产省今井尚哉合作筹备的项目。

赏识前田的政治家之一就是仙谷。前田向仙谷和枝野进言：“东京电力搞砸了电力自由化运动的事情是出了名的。现在必须确定电力自由化路径。小看赔偿问题，把它当成东电的结算问题是不行的。”他们似乎因此摸到了一定的方向。

当时的想法是，将东电救济方案与电力改革联系起来。

菅政府的高官们用微妙的眼神注视着这样的仙谷。因为在“内部会议”上，仙谷一方面猛烈地推动放弃债权，对东电显得很强硬，而另一方面，他与前田、今井以及望月晴文内阁官房参与等人频繁会面，协商东电和原子能问题。他与倾向于弃核的菅、枝野、福山在这一点上有着本质区别。3月17日，仙谷代替年迈的藤井裕久就任官房副长官，但他并没有参与“3·11”之后的核电站应对工作。没有共享那“噩梦般的一周”导致仙谷和菅、枝野、福山有了本质上的不同。这最终为仙谷作为拥护电力、推进核电的现实派极力为一方代言奠定了基础。

东电“投降”

5月10日，东电社长清水带着两张新的纸质请愿书向海江田经产大臣低头。标题写着《原子能损失赔偿相关政府支援请求》。本次请愿书较之前的强硬态度有所收敛，完全看不到诸如“希望对东电赔偿负担额设上限”“希望由机构处理赔偿业务”等将责任极小化的措辞。

“我们已经决定降低董事薪酬、员工薪金，并中止下一年度应届毕业生录用。今后作为进一步措施，我们打算暂时退回董事长薪酬，同时通过变卖持有的有价证券、不动产，清理实业等方式，设法筹措尽可能多的资金用于受害者赔偿。”

核电站事故发生已有2个月时间，然而这是东电官方首次同意在自己身上动刀，以承担赔偿责任。虽说4月25日会长胜俣和社长清水已宣布将高达7 300万日元的薪酬减半，但造成如此严重灾祸，即便减半，也能拿3 650万日元工资，也太过善待自己了。不过，到头来还是迫于国家政府指令，半个月后勉强同意将工资压到零。原本宣称的至多3 000亿日元的资产变卖预估值也猛涨到5 000亿日元。看来不吃点苦头，东电方面根本就不愿意出血。

面对向自己低头的清水，海江田下令要求东电在“投降”文书上签字。大臣亲手交给清水题为《确认事项》的文件，载有以下6项内容：

> ① 要切实履行迅速且适当的赔偿，事先不对赔偿总额设上限。
>
> ② 要尽全力保证东京电力福岛核电站状况的稳定性，同时改善从业人员的安全及生活环境，并在经济方面给予充分关照。
>
> ③ 要确保必要的经费，以保证电力的稳定供给、设备等的安全性。
>
> ④ 除上述以外，要最大限度地开展合理经营和经费削减工作。
>
> ⑤ 为确保资产评估严格公正、经费重估等工作全面彻底进行，要接受政府设立的第三方委员会对公司经营财务状况进行的调查。
>
> ⑥ 要向所有的企业利害相关方寻求合作，特别是向政府汇报来自金融机构的协助情况。

以上就是东电无条件“投降”的内容，要点是①、④、⑤、⑥四项。对东电而言决不让步的“上限论”被轻易驳回。不仅如此，东电还被责令进行彻底的经营合理化和经费削减，至于是否得以落实则交由政府任命的第三方委员会介入其内部进行“诊断”。也就是说，东电被迫接受政府派遣的“进驻军”。虽说法律层面上难以责令东电对其资产进行处理，但政府提出由金融机构协助东电开辟债权放弃、资金削减等路径的要求也得到同意。

虽然这对胜俣而言是屈辱性的条款，但是除了接受也别无他法。东电于第二天即 11 日，召开临时董事会，商定了对海江田以强硬态度提出的《确认事项》的应对方针。清水则在同一天，在写有“已知悉《确认事项》”的这份简短的全面“投降”文书上签字。

菅政府在相关内阁部长会议上决定的东电救济方案的确定日期，从当初的 5 月 10 日推迟到了 12 日，但即便如此也没能顺利确定方案。因为在确定方案的内部会议召开之前，民主党核电站事故影响应对项目组（PT）召开了会议，电力拥护派议员会上爆发了对行政部门的不满。

曾出席内部会议的文部科学副大臣铃木宽来到 PT 这边，使用投影仪对方案进行了概要说明。说明结束，担任会议主席的菅直人亲信众议院议员荒井聪说：“大家想说的话都已经说了吧，这样向政府传达意见挺好的。”并试图想让大家同意交由他全权处理。就在这时，以聚在一起的联合系议员为首，大家内心积蓄已久的不满迸发了出来，质问道：“这种事我们怎么能全权委托！”曾在日商岩井负责能源问题的众议院议员吉良州司扯开嗓门喊：“推进核电不是国家的政策吗？发生事故时让运营商独自承担责任，这合适吗？”参议院议员藤原正司也因是关西电力出身而反对向其他电力公司征收分担费用的方案。他说：“让其他企业也来承担合适吗？这样的话，会在由股东代表公司发起的诉讼中被起诉的。”

发生争论的 PT 最终没能获得全权委托。原定在之后召开的内部会议上确定方案一事也被搁置。藤原表示：“这个方案的草案出来得太晚了，导致大家没能很好地表达意见。作为会议嘉宾到来的铃木先生也是到最后才开始使用投影仪来解释的。会议主席荒井什么也不懂，所以才想要强行中止。”[*1]

尽管如此，但最终也只是发泄一下而已。仅推迟一天后，政府于 13 日在相关内阁部长会议上确定了使用由经济损失对策室制定的东电救济方案。对于这个方案被报道为东电救济一事，枝野想必相当恼火。在当天的新闻发布会上，他再次表示，如果金融机构不响应放弃债权的做法，“我想会难以得到民众的谅解”。如果不能实现债权放弃，甚至有可能会取消公共资金援助。消息一传出，东京证券市场上三井住友金融集团的股价暴跌，核电站爆炸后向东电提供2万亿日元贷款的银行股票也因遭受厌恶而被抛售一空。当天，标准普尔也将东电的信用评级下调一级，降至BBB。

虽然东电全面“投降”，但政府并没有胜利的感觉。特别是对反商业、反核电的枝野来说，这种想法应该很强烈吧。与枝野有着同样思维模式的首相菅直人，却完全没有介入内部会议、在方案制定方面发挥政治领导力的迹象。也许是因为他不擅长企业财务和复杂的制度设计。

菅在接受采访时，被问及当时情况，他是这样回答的：

“我知道可以采取依法清算等清算方法，但在事故处理问题上，首先东电必须带头干。因为靠自卫队和原子能安全保安院是做不到的。这是我首先考虑到的。优先顺序首先是平息事故。”[*2]

菅也预料到可能会遭受指责，批评政府对东电太好说话了。就连此前还一直在报道中体谅菅等市民派的《朝日新闻》，也在社论中写道：“无论如何也无法理解这样的事情。”[*3]

“虽然我也知道有人认为政府对东电太好说话，但我认为首先是要平息事故。无论是输配电分离，还是核电国有化，都可以放在后面讨论。所以我对内部会议的讨论流程没有异议。”

菅直人是这样说的。

当时，相比于东电解体，总理大臣关注的是弃核。

第3部　电力斗争

第11章　计谋下的核电停运

一声令下

5月6日晚上7点多，首相菅直人在经产大臣海江田万里的陪同下出席了新闻发布会。或许因为要宣布重大消息，他似乎很紧张。

“我有重要消息要向诸位国民宣布。”总理大臣开口道。他一句一句断开，用明确的语调说。可以看出，这是一场下决心召开的新闻发布会。陪席的海江田在一旁正襟危坐。

“今天，我以内阁总理大臣的身份，通过海江田经济产业大臣，要求中部电力停止运行浜冈核电站所有核反应堆。”

这是令全日本都大吃一惊的浜冈核电站停运要求，是菅直人朝“弃核”迈进的第一步。第二天早上各大报纸的头版头条都将报道这一消息。

菅一边偶尔低头看准备好的备忘录，一边说出了要停运浜冈的理由。

“据文部科学省地震调查研究推进总部评估，今后30年内发生里氏8级左右东海地震的概率为87%，形势非常紧迫。”

为此，在海啸防波堤修建等中长期地震应对准备好之前，“我做出判断，正在接受例行检查的3号机组，以及正在运转的所有反应堆，都应该停运”，总理大臣断言道。也就是说，要求拥有5座反应堆的浜冈核电站里停止一切运转（不过，1、2号机组由于老化已停止运转）。

虽说发言果敢，但实际上菅并没有关闭核电站的法律权限。因为在这个国家，总理大臣下达停运核电站的指示或命令是没有任何法律依据的。在新闻发布会上，菅也被戳中要害，他回答说：“现行的法律制度并没有规定指示或命令这种形式。从这个意义上说，我只能提出要求。”而至于是否接受要求，则要交由中部电力方面判断。也就是说，总理大臣只能拜托电力公司。

虽然这是一场重大的新闻发布会，但仅仅持续了8分41秒。根据主持人要求，提问数量限定为两个，只允许NHK和《朝日新闻》的记者提问。长时间的新闻发布会一旦招来诸多提问，可能会露出马脚。或许是不想让大家看到破绽，这场发布会只说了单方面想说的内容就中止了。也就是说，人们很容易怀疑发布会准备不足（虽然这是事实），只是作为政治表演表达了一时兴起的想法，人们很可能会这样理解。当天菅的新闻发布会的情况正是如此。

正如菅所指出的，浜冈核电站确实位于东海地震的假想震源区域正上方。从全国核电站30年内发生6级强以上地震的概率来看，中电的浜冈为84.0%，其次是东北电力的女川（宫城县）8.3%，除此之外的核电站在仅0～2%的范围内，由此可见浜冈尤其危险。[*1]

关闭被称为世界上最危险核电站的浜冈，似乎只有市民运动家出身的总理大臣才能做到。虽然是一时兴起的决定，但看起来是一个孤注一掷的政治决断。因此，在菅要求停运浜冈之后，《朝日新闻》的民调中，62%的人对总理大臣的决定表示支持，《读卖新闻》

的民调中有68％的人对菅表示支持。据《朝日新闻》报道，菅内阁支持率从21％上升到26％。一方面，菅政府内部有声音表示："这种事情只有菅首相能做。要是其他政治家的话，会因为缺乏法律依据而犹豫不决，会因为想这想那而无法做到。"（内阁官房参与前田匡史）另一方面，在野党自民党中有批评的声音认为："他一心想提高内阁支持率，只是临时现场对付而已。"（政审会长山本一太）

"停运浜冈"确实容易为民众所接受。

在首相的"一声令下"之前，中部电力原本计划在电力需求高的夏季7月份之前恢复因接受例行检查而暂停的浜冈核电站3号机组的运转。中电的水野明久社长在4月28日公布的截至2012年3月财年业绩预测中提及此事，表明："我们希望在向当地居民充分说明浜冈安全性的基础上，重新恢复3号机组的运转。"并公布了包括恢复运转在内的财报展望。在前一年的2010年11月开始接受例行检查的3号机组，本应在2011年4月恢复运转，但受福岛第一核电站事故影响，推迟了原定于4月的重启。每当中电有恢复运转的举动时，当地静冈县知事川胜平太就面露难色，他表示："很难说对策万无一失。"尽管如此，中电仍不放弃7月重启的方针。

菅断然拒绝了中电的意图。不仅如此，他还希望停运3号机组以外的所有机组。

"这是出于让民众安全、安心的考虑。同时，也是一并考虑到若浜冈核电站发生重大事故将对整个日本社会造成极大影响的结果。"

菅在新闻发布会上如此解释要求停运的理由。

中电的水野表示"总理大臣的话很严肃"，并在5月9日的临时董事会上勉强接受了浜冈核电站所有机组停止运转的要求。由于担心继续这样下去会被逼废堆，他和经产大臣海江田交换了文件，确认这终归是一种紧急避难措施。

市民派总理大臣一声令下，让浜冈核电站停止了运转——谁都这么理解，认为这是总理大臣的英明决断。

有迹象表明，菅看到福岛第一核电站事故可能引发首都圈 3 000 万人避难这一“地狱深渊”，便从核电站事故告一段落的 3 月下旬开始，一直在考虑浜冈该如何处理的问题。寺田学首相助理了解到原子能安全保安院正在讨论考虑实施强化抗震性的安全措施，3 月下旬他在总理办公室向菅提出建议：“浜冈的事终将成为问题，所以您最好从现在开始准备整理思绪。”[*2] 同样是亲信的内阁审议官下村健一也在同一时间询问菅的想法：“浜冈核电站，您打算怎么办？”当时菅的回应是“看时机”。与菅相识已久的下村虽然觉得“这是向关停浜冈的方向倾斜”，但对于解决办法完全不清楚。

“看起来像是在思考怎么做才能少一些反抗。但我原本一直觉得要找到解决办法挺难……”

下村继续说道：

“5 月 6 日，在要求浜冈停运的新闻发布会召开当天，海江田大臣说‘前一天去看过浜冈’，便带领经产省的官员们来到首相官邸。”[*3]

据说被认为是市民派总理大臣“一声令下”的浜冈停运要求，实际上是经产省写的方案。幕后有着经产省的深谋远虑。

据菅的亲信下村说，那是一场精心策划的演出。

海江田的判断

此前一天的儿童节（5 月 5 日），正值黄金周，海江田带着选区在静冈县的首相助理细野豪志前往静冈县御前崎市的浜冈核电站视察。当然，身为部下的经产省官员们知道大臣去视察的事。

中电曾设想袭击浜冈核电站的海啸最大高度为 8.3 米，但他们认为，海岸线和核电站之间有 10～15 米高沙丘，足以防止海啸。对此，当地的川胜知事对 3 号机组的重启显露出为难的表情："必须重新评估依赖沙丘的海啸应对措施。如果不采取彻底的应对措施，就无法允许 3 号机组恢复运转。"

海江田正是在这种时候来视察现场的。

"虽然有人怀疑我是为了让浜冈停运去的，但事实并非如此。因为我前一天去了美浜。" *1

正如海江田所说，他的确在 5 月 4 日前往福井县美浜町视察关西电力的美浜核电站，并与西川一诚知事会谈。经产省于 3 月 30 日向各电力公司下达了确保核电站应急电源等实施紧急安全对策的指示。基于这点，大臣在福岛第一核电站事故终于要告一段落的这个时候，利用周末等假日为确认核电站的安全性，决定去全国各地检查。最先去的是这时的美浜，浜冈是紧随其后的视察地。

浜冈视察时，参与会谈的隶属于民主党的静冈县知事川胜对海江田说："中部电力浜冈核电站的海啸对策是临阵磨枪的。"海江田对知事"临阵磨枪"这一强烈措辞印象深刻。

"川胜知事说话非常直接，大意就是应该停运浜冈核电站。”[*2]

即便在听了川胜的提议之后，海江田也曾为夏季来临能否保证供电而苦恼过一段时间，但最终在 5 月 5 日傍晚，他决定倾向于停运浜冈。6 日，即返回东京后的次日，他在首相官邸与首相菅会面，并建议停运浜冈。

6 日下午 1 点左右，海江田抵达首相官邸。官房副长官福山哲郎和首相助理细野也一同出席。这让菅感到非常意外。因为即便他知道必须想办法解决浜冈核电站的问题，但也还没想到具体的解决方案。对于这时候的事情，菅回忆说：“也就是说，海江田去看了浜冈，并在第二天到我这儿来了。但我并没有说‘去看看浜冈！’或者‘停运浜冈核电站！’之类的话。”当时首相官邸处于被动状态，这一点在此后得到了证明。[*3]

4 月 27 日，在首相官邸召开的中央防灾会议上，海江田得知 30 年内发生里氏 8 级东海地震的概率有 87%，他当时就想“必须设法解决浜冈的事”。他回到经产省时虽然已是晚上，但还是召集了事务次官松永和夫以及官房长上田隆之等首脑阵容，在让他们承诺“绝对保密”的基础上，下令说：“我想停运浜冈。希望你们尽快调查停运浜冈会造成的影响。”海江田自然预计会遭到经产省行政官员的强烈反对。然而，松永等行政这边却几乎令海江田感到扫兴般爽快地说了声“收到”，之后便退下了。

“我原以为肯定会有很大的阻力，可完全没有。这让我很吃惊。然后，报告立刻就出来了。”行政那边做好的报告结论是，即使停运浜冈核电站，对电力供应及经济活动等的影响也不大。[*4]

原子能安全保安院的企划调整科科长片山启，在中央防灾会议召开的 4 月 27 日晚上接到了院长寺坂信昭的指示，要求“停运浜冈”。片山立刻开始考虑停运浜冈的方法。[*5]

然而，现行法律中并没有停运的方法。不久，海江田便收到了报告。“报告的内容就是：做了很多调查，发现能做的只有行政指导。”[*6] 因此，想到了通过行政指导方式停运浜冈核电站的方案。

5 月 5 日，海江田视察了浜冈核电站，发现防御海啸的对策只有核电站前面的沙丘，他认为“不能起到防波堤的作用，这样不行”。于是第二天，即 6 日，他来到首相官邸禀报情况，建议停运浜冈核电站。

在此之前，菅一直以为要求中电停运的对象是中电计划重启的 3 号机组。海江田说的应该是：“不对，是全部停运。”[*7] 如此重要的事情不可能立刻做出决定。据海江田透露：“于是我们进行了各种各样的讨论，但无法达成共识。”[*8] 在讨论了 30 多分钟后，我们决定我先离开首相官邸返回经产省，把工作完成，傍晚时再次拜访首相官邸，并重新协商。

据海江田介绍，听到通过行政指导的方式将浜冈核电站全部停运时，菅惊讶地问：“真的吗？只有这个办法吗？”由于菅开始问：“不能用什么别的办法阻止吗？”讨论变得纠结起来。“又来了，总是这样。”海江田想。尽管辛辛苦苦准备好才来禀报的，但又要在首相官邸从零开始重新探讨在经产省内讨论过的问题。“尽管在经产省内经过一番调查才得出只有行政指导的结论，可总理大臣却说：‘行政指导这个做法太难看了，没有什么好办法吗？’于是，这也不是那也不是，百般挑剔毫无结果，只是花费了很多时间。这是常有的事。”对于干涉细节的菅，海江田感到哑然。[*9]

下午 4 点半，首相官邸的协商再次开始。海江田、福山、细野豪志，以及官房长官枝野幸男、官房副长官仙谷由人出席。经产省的资源能源厅厅长细野哲弘、官房总务科科长柳濑唯夫等干部排着长队来了。[*10] 政治家和官员总共有二三十人。

福山和细野一致认为“只停运 3 号机组是不合理的。要停的话都应该一起停”。细野陪同海江田一起前往当地视察，看到那里只有沙丘，他认为浜冈比福岛第一核电站还糟糕。

作为菅的亲信，在 3 月 26 日之前一直担任首相助理的众议员寺田学，听到“让浜冈全部停运”的消息后急忙赶到了首相官邸。下午 6 点过后，首相官邸的会议已经开始了将近两个小时。

枝野回头对后面的寺田说：“寺田君，没问题吧。我马上在新闻发布会上宣布停运浜冈。”枝野大概以为寺田会欣然同意吧。然而，事实并非如此。寺田做出了正面反驳。

“要是停运浜冈，就要讨论其他核电站怎么办的问题。这样的话，肯定就要谈国家的能源政策怎么办的问题。您是深入考虑了这些之后才说的吗？”

本来应该需要周全的准备和理论武装，但却没有花这些功夫，就决定要进入如此重大内容的宣布工作，寺田对这种做法感到强烈的不适。他说出了自己被叫来参会时就想说的话。

“为什么是今天，马上就要宣布呢？我觉得还是等深思熟虑之后再宣布比较好。为什么要这么着急宣布呢？”

尽管刚得知菅倾向于停运浜冈，但即便如此，操之过急也有可能成为致命的问题。想到这里，寺田果断地进行了一通反对论的演说。对此仙谷也表示赞同。

然而，这遭到了海江田和经产省行政方面的官房总务科科长柳濑的强烈反对。想象中应该会对停运浜冈核电站最为抵触的经产省行政方面，却热衷于停运浜冈。寺田疑惑地说：“我不明白这种思维机制。”

菅后来在采访中回忆说：“可以肯定的是，他们（经产省）描绘了一幅适合自己的画面吧。”[*11]

内阁审议官下村健一从下午5点左右被叫来参加会议，寺田极力顶撞枝野的时候他正好在场。枝野回应说：“如果现在不能在这里做决定，一旦出了这个房间，决定以后再协商，或是为征求谁的同意而进行事先疏通，那么到时候肯定会有不要停运浜冈的声音。这样，停运浜冈的想法会被击溃。”保密工作很难进行，如果败露，原子能村可能会进行反击，就没法提出停运浜冈核电站的要求了。这似乎是他们的想法。因此，枝野主张会议结束后立即宣布的重要性。柳濑等经产省的行政人员也持相同意见。

“不管怎么说，如果没有做好可能会被击溃的思想准备，那根本就是不可能的。”寺田再次试图反驳。他认为，除非在政府内部再进一步深入探讨，并让民众参与其中，否则无法获得支持。

最终，菅下达了总理大臣指令说：“要是安排不完备，也有可能走漏消息。我也有同感。”并道：“给我确定要宣布什么样的内容！”

海江田原本打算自己在经产省宣布，但菅觉得“这是一个非常重要的问题”，于是事情便朝着菅自己在首相官邸召开发布会的方向发展。枝野对下村说：“已经决定停运浜冈，是包括海江田大臣在内的大家的判断，所以我想大致写成这样的文章。”然后递交了菅在新闻发布会上要谈及的内容要点。这是用文字处理机打出来的，由经产省事先做好并带到首相官邸。福山看后惊讶得身子往后仰。“停运的只有浜冈，这一点写得清清楚楚，一看就明白。”[*12]

仙谷回过头对下村说：“下村君，如果要做这件事的话，你几点可以开始？”

下村回答说：“7点10分。”他意识到NHK新闻播出的时间，这样说道。[*13]

晚上 6 点半，海江田打电话给中电的社长水野，告诉他将宣布要求停运浜冈的方针。下村正在把经产省写的草案拼凑起来急忙准备发言内容。下村说："菅在任期间，没有哪一天像那天一样在新闻发布会上照着原稿念的。"

经产省的圈套

资源能源厅的官房综合政策科科长是制定国家能源政策根基的重要职位。5 月 30 日周一，宣布要求停运浜冈三周多之后，综合政策科科长小宫义则（浦和高中、东大经济学院）在《读卖新闻》OB 河野光雄主持的国内外信息研究会的学习会上，开始讲述停运浜冈的始末。

"说实在的，这对我们来说，近乎是'晴天霹雳'的消息。通告发出是在 5 月 6 日上午，当天海江田大臣召开新闻发布会宣布的。" *1

3 月 11 日地震灾害发生后，小宫在综合政策科旁边的资源能源厅厅长细野哲弘办公室驻扎了近两个月，当场处理了接连发生的一连串问题。虽然科长小宫一直过着"连周末都在与长官面对面工作的生活"，但就连这样的他也未被告知停运浜冈的计划。

当时会上小宫表示："最担心的是，万一，一旦停运浜冈核电站，可能会引发整个日本核电站的连锁反应。如果发生连锁反应，不仅是东京电力和东北电力，全国范围内都要实施错峰停电和电力供给对策，那样的话会非常难办。我觉得绝不能那样做。"换句话说，他内心真实的想法是反对停运浜冈的。这大概是经产官员很自然的想法吧。

然而，事实并非如此简单。小宫在这次会上讲述了这样的内幕。

“我在5月6日上午接到通知安排是‘下午1点半海江田大臣向总理大臣报告，下午2点大臣联系中部电力社长，下午4点大臣在经产省内的新闻发布会场宣布’。”

小宫透露，按照当时的指示，匆忙撰写发布会用的宣传稿原稿结构是“关于原子能安全保安院实施的各种地震海啸对策，由各电力公司根据国家规定在各自核电站实施，各地核电站从安全方面来看都是可靠的”，但“地震发生概率为87%的浜冈例外”。

但是，“下午1点半大臣去首相官邸汇报时，被总理大臣阻止了，说是‘再讨论一下’。最终决定由总理大臣亲自宣布。起初计划下午4点宣布的海江田大臣召开的新闻发布会改为晚上7点由总理大臣宣布”，他坦言，宣布时间和主体都发生了变化。而且，准备好的公告文本内容被菅的亲信内阁审议官下村健一修改过，淡化了“只有浜冈例外停运”这种表明经产省行政官员意图的语气。

从小宫对这一连串事情经过的详细叙述中，可以有力地推断出，在海江田的指令下，经产省的一小撮人在思考停运浜冈的作战计划，试图进行信息管制，就连身居要职的小宫直到最后一刻也都被蒙在鼓里。而且，这个作战计划似乎是在短时间内得到总理大臣的批准，然后他们自己马上宣布决定。

小宫解释说，当时的情况超出了经产省的预料，因为这一消息是由弃核意愿越来越强的菅来宣布的，而不是在便于经产省安排的海江田发布会上宣布的。

“之后，福井县和佐贺县的知事出来说‘我们没法理解’，引发了我们最担心的连锁反应。换句话说，对于安全与否尚无定论的核电站的责任是否应该全部推给当地，日本各地核电站所在县的知事开始纷纷提出质疑。”

据说经产省能源厅不得不因此匆忙地重新思考对策。

“首先是福井县的问题。那里的知事西川一诚很难说服，他是个不容易对付的人。如果停运福井县的所有核电站，整个西日本的电力供求将完全没有宽裕的空间。这是目前面临的最大问题，实际上我们正在和关西电力共享对问题的认识，不断进行内部协商。由于这样的举动一旦传出去会非常不利，所以我们在非常谨慎地应对。”

此外，小宫还爆料了一件令人吃惊的事情。

“接下来的要点是佐贺县。佐贺县知事古川康虽是核电推进派，但当地也有反对派，因此核电无法轻易推进。知事的内心想法是‘请政府巧妙地创造让核电运营起来的契机’。于是，为了设法让知事如愿以偿，顺利启动玄海核电站，保安院各部队暗访核电站，正着手相关工作。”

即便停运浜冈，玄海也会启用。这一爆料暗示了经产省在与古川知事通气的同时还参与了幕后活动。小宫进一步透露。

“海江田大臣说，他将亲自会见每位知事，并与他们交谈，因此我们就想着这样推进此事。”

而且，小宫在回答此次聚会的业内人士提问时说：“海江田大臣做出了非常正确的判断。像这样的大臣近来很少见。”他一方面如此奉承海江田，而另一方面，对于菅直人，他却说“反复无常”“一时兴起”“说话时髦”，非常严厉。他还表示，首相官邸对经产省“非常消极”，担心“总理大臣可能会说不再交给经产省办了”。

也就是说，大臣海江田会忠实于行政官员们的意向，但菅直人会怎么做就不得而知了。这是经产省能源厅高官们的真心话。

正因为如此，对于经产官员们提出停运的不仅是 3 号机组，而是浜冈核电站所有机组的建议，菅的亲信们无法消除内心的不理解。

寺田学推测说："他们想只牺牲浜冈，让其他核电站全部运转。想必大概就是这么一个计谋吧。"

下村健一也以"按照我的推理"为开场白，说道：

"基本上是经产省所设想的，对于日益高涨的反核电运动的'释压'，也就是所谓的泄放吧。只停运这里是为了缓解反核电的压力。而且，突然宣布可能会引发不满，经产省认为决定方式过急会动摇政权。如果总理大臣要求停运浜冈但没有实现的话，浜冈就可免于停运。无论事态如何变化，经产省能源厅都会有所收获。"

然而，由于菅讨厌经产省的安排，并且无视经产省准备的公告文本，亲自宣布了停运浜冈，这让经产省的计划彻底落空。原本打算"只停运浜冈"，但却成了以浜冈为开端推进"弃核"。这种微妙的感觉愈发强烈。

突如其来要求浜冈停运让电力行业开始疑神疑鬼，担心"自己的核电站是不是也会被停运"。另一方面，经产省也开始对自己无法控制的菅政府抱有强烈不满。

绝密资料

资源能源厅综合政策科认为，重新评估能源政策是不可避免的，于是在4月7日制定了题为《关于重新评估能源政策》（对外保密）的9页A4大小绝密应对方针。该方针是这样表述对原子能看法的："考虑到这次事故影响的严重性，我们必须要注意，不要让大家认为这是带着'因为有核电'这样的预判来开展的讨论。为此，我们把能源整体纳入考量范围，花时间讨论，以此方式争取把大家的意见拉拢到常识范围以内，即让正在运行的核电站继续运转是有必要的，以及从中长期来看核电是必要的。”尽管发生了这么大的核电站事故，但政府仍然希望继续运营核电站，而且还想通过花时间讨论的方式来平息高涨的反核电运动，这样的字句让人感到政府想要小聪明的意图。

而且，这份绝密资料上还写着有必要附上“对问题不是‘地震’而是‘海啸’的有力说明（例如：福岛和女川的区别）”，并明确表示有必要消除因强震导致核电站器械破损进而引发重大事故的看法。早在震灾发生三个多星期后，经产省能源厅就在考虑有必要把核电站事故原因定为“海啸”，而不是“地震”。在野的研究人员之间开始流传怀疑是地震引发了管线和抑压室受损的说法。他们经产省担心这样的观点会成为定论。如果是因为地震的话，那么全日本的核电站就必须重新进行抗震设计。必须彻底修订规定核电站抗震基准的《抗震设计审查指南》。视情况，在采取相关措施之前，可能无法重启核电站。正因为如此，他们想把原因归结到海啸头上，而不是地震。

这份绝密文件还指出：“有必要尽可能迅速提出稳定能源供给的理想方式，以便为我国经济复苏提供中长期支持”，并表示届时“为确保资源小国日本能源安全，所需的中长期能源配比最佳组合应如何确定，需采取何种行动，由此会对温室效应的应对造成怎样的影响”等，细致全面地列举了经产省此后作为讨论中心的项目。

特别是对原子能进行了长达3页的详细讨论，以《基于原子能意义的民众共识的形成》为题，写出了经产省此后为推进核电所用的所有论点，如：“确保‘必要性’与‘危险性’的平衡”“占电源的30%，在维持经济活动、生活水平方面不可或缺（停止＝停电）”“对资源小国而言，是能源来源多样化的重要选择”“不应该‘因为危险所以放弃’，而当‘将危险最小化（确保安全）’”，等等。

而且，他们在这个时候甚至提到对电力公司组织形态的重新评估。在题为“核电业务的重新探讨与重新评估”一节中，写有9家电力公司和电源开发大体上分为东日本和西日本两家公司体制，以及根据拥有核电站的形式分为BWR公司和PWR公司，甚至果断说出了核电部门国有化的可能性。文件指出：“仅一次事故就会使公司面临陷入生存危机的经营风险”，并写到这是“现行‘国策民营’①方式的局限性”。

5月6日，也就是菅在首相官邸宣布要求停运浜冈核电站的同一天，资源能源厅次长木村雅昭（东大寺学园高中、东大经济学院），以这份《关于重新评估能源政策》为范本，起草了一份汇总当前核电站和电力行业对策的名为《木村备忘录》的绝密文件，向经产省内有影响力的人士官房长上田隆之（静冈高中、东大法学院）等人进行说明。

以《当前应对》为题的两张A4大小的《木村备忘录》中，写有“为确保作为能源担当大臣的主导权，应尽早出台能源政策”，然后附上了以下内容：

（1）原子能

宣布应用世界最高安全标准，而不仅仅是与IAEA（国际原子能机构）的安全标准统一

冻结与原子能新增相关的安全审查→**有效利用岛根、大间**

“岛根”是指正在建设的中国电力岛根核电站3号机组。总工程费投入约4 200亿日元，预计2012年3月投入使用，已基本完成

① 国策民营：日本的核电开发采用的是“国策民营”的方式，即核电事业由国家政策主导推进，但由民间企业经营管理。

80%。大间对电源开发公司(J－POWER)而言，是首座核电站，还在建设当中，耗资约 4 700 亿日元，预计 2014 年 11 月投入使用。虽然暂且主张“冻结新增”，但实际想法是希望“有效利用”，即启动投入巨资在建的两个新锐核电站。也就是说，作为推进这类核电站的“隐身衣”，制定世界最高的安全标准，发布安全宣言。

备忘录进一步这样写道：

（2） 电力改革的三原则

1 最大限度地有效利用民间活力，加强电力稳定供应

2 明确运营商和国家的责任（收购、原子能损害赔偿附加费、联络线）

3 避免运营风险过高的重新评估（避免输配电分离）

有效利用“民间活力”这一措辞在击退政府内部曾短暂浮现的国有化论调的同时，还考虑到东电要承担处理核电站事故和赔偿工作，提出“避免运营风险过高的重新评估”，即不把发电和输电分开，不随便改动东电等电力公司的组织形态，以“守护国家体制”。

而且，为改善东西日本电力供应因频率不同（东日本 50 赫兹、西日本 60 赫兹）而无法兼容的现状，笔记中还详细阐述了一系列的具体措施，如：增设连接东西输电线的联络线和变频设备，为燃气热电联产系统和自主发电等现有电力公司以外的电力供应商进入市场提供便利的制度设计等。

变频设备只存在于东清水、新信浓、佐久间这 3 个地方，合计只有 100 万千瓦的能力，但假设在此基础上再加 150 万千瓦的加固工程，将耗资 3 500 亿～7 000 亿日元。

在加固联络线方面，已经开始私下讨论加固连接北海道和本州

的联络线，并特别注意到海底电缆所需的渔业补偿将成为重要课题。

总之，就是巧妙利用核电站事故这一危机，以达到在补正预算和新财年初步预算的基础上增加预算以及加强权限的目的。

同时，《木村备忘录》对未来能源政策相关时间安排记录如下：

5～7 月　贤人会议
5～6 月　大臣关于实现成长战略的方向性指示
8 月　要求概算
9 月　综合资源能源调查会
明年　在国会的定期常会上修订法律

当时，经产省非常害怕被首相官邸掌握能源政策的主导权。“我们要趁首相官邸插嘴之前准备一个‘会客厅’”——经产省的骨干官员这样透露道。*1 这个“会客厅”就是 4 月 28 日决定设立的“能源政策贤人会议”，《木村备忘录》中也有提及。

据说贤人会议最初是海江田的提议，称“想从官员以外的人那里听取其他专业意见”，其人员选拔工作是在能源厅内部开展的。最初的名单里列有 30～40 人，其中包括对核电站和电力行业有所了解的律师住田裕子、核反应堆制造商东芝社长佐佐木则夫、向电力行业提供贷款的瑞穗实业银行特别顾问斋藤宏、经济评论家内桥克人等。排除名单中因路途遥远无法往返东京、可能与经产省和电力行业走得太近将来会遭受批判的人员，缩小范围进行锁定，最终由海江田选出的是原东京大学校长有马朗人、日本综合研究所理事长寺岛实郎、前日银总裁福井俊彦等 8 人。其中，由于福井谢绝，最终决定由剩下的 7 人组成贤人会议。

虽说贤人会议是在海江田"希望大家从大处高处着想提意见"的意愿下决定设立的，但没有一位高呼反核电的人。对此，经产省的一位骨干官员指出："虽然乍一看没有核电拥护者，但好像大部分的委员都是按照'大人物''听从行政方面的安排''不反对核电'这三个条件选出来的。"[*2] 按照这位骨干官员的说法，其目的是"通过从大处高处进行讨论来争取时间，阻挠首相官邸在能源问题上的政治领导"。

讨论设立贤人会议的厅内文件称，要讨论的问题包括"面向日本经济复苏的理想能源政策、核电政策的方向性、能源供给系统的改革"等，另一方面，对于太阳能等可再生能源，则是以一种暧昧的语气提及的："考虑到引进成本，有必要从根本上加快技术开发。"[*3] 虽然木村手下怀揣抱负并充满积极性的年轻官员和骨干官员带来了各种各样的个人方案，但在整个能源政策中担任要职的木村排除了这些有改革意向的方案，并试图以"无可非议的标准"路线来推进。

在担任信息处理振兴科科长时，他曾试图对高成本性质的 IT 总承包商下手，结果大型 IT 企业向经产省高层施压，要求"把木村踢走"。因此，他有过中途被从内阁府参事官中摘除的经历。"当时他是个有改革意向的人，但被内阁府降职之后，他被迫见识到了各种民营大企业的力量。自那以后，他便对大型民营企业惟命是从了。"——一位曾是木村部下的经产省 OB 如此看待降职事件后木村的举止。[*4]

另一方面，国家战略担当大臣玄叶光一郎把内阁官房的国家战略室变为事务局，推进成立制定能源政策的各类会议（6 月 22 日成立的能源与环境会议），菅和官房副长官福山哲郎都支持玄叶的这一举动，表示"不能交由经产省独自承担"。抱有危机感的经产省，重新启动了处于休眠状态的经产大臣咨询机构"综合资源能源调查会"，为不让菅的首相官邸夺走制定能源政策的主导权而费尽心思。

能源厅的小宫说出了他的考虑:“原本打算 5 月开始召开贤人会议,7 月梳理观点,但由于总理大臣突然说要重新考虑能源基本计划等,所以希望加快步伐,在 6 月中旬完成。”[*5]

“在如今的民主党政权中,对于能源战略,除负责人海江田大臣以外,还有两三位阁僚想要掌握主导权。尤其是玄叶,一直在说:‘不能交给经产省做,而要自己做。’我们觉得这真的不合适。因为能源政策的性质决定它应该由经产大臣负责执行。”

小宫是这么说的。[*6]

在平成时代进入经产省的骨干官员和年轻官员当中,不乏对墨守这种旧政策和领地之争表现出冷眼旁观态度的人。在能源厅电气业务部工作的骨干官员透露:“本应承担思考电力业体制职责的电气部,却没能做到思考这些事情。虽然木村次长正在另辟蹊径推敲构思,但却是个完全没能读懂公众心思的 KY 方案。电力自由化和核电问题必须放在一起考虑才行,然而政府里却没有对两者都有见地的人。虽然社会上很多人在呼吁退出核电站和核燃料循环事业,要求分离输配电,但是作为关键人物的原子能政策科和官方总务科却很强硬。他们没有读懂社会的气氛。虽然希望他们能够了解当今世间的气氛……”[*7]

在能源厅原子能政策科科长三又裕生的座位后面,挂着一条写有“确立中长期不动摇坚定方针”的大字标语,被经产省内嘲讽为推进核电的“五条誓文”。

这是松永次官的亲信、官房总务科科长柳濑唯夫在担任能源厅原子能政策科科长时制定的“原子能立国计划”中的标语。

经产省严重受到前辈们制定的过往政策的束缚,包括首次提倡向海外出口核电的政策“原子能立国计划”,以及在该计划基础上为应对全球变暖而加入提高国内核电依赖度内容的“能源基本计划”等。

第 12 章　峰会：深夜的激辩

能源基本计划白纸宣言

5 月 10 日，首相菅直人终于决定正式介入一直由经产省掌握的能源政策。他在当天下午 5 点 50 分开始召开的新闻发布会上提出："我希望推进能源政策的全面修订讨论。"并在提问环节中宣布"有必要让以往制订的能源基本计划回到一张白纸的状态再进行讨论"。

所谓《能源基本计划》，是根据《能源政策基本法》制订的长期计划，2003 年制订后，2007 年进行了第一次修订，民主党上台后的 2010 年 6 月进行了第二次修订。修订后的第 2 版能源基本计划，根据民主党鸠山政府提倡的应对全球变暖措施，加入了将家庭排出的二氧化碳减半等内容，目的是大幅削减温室效应气体。

在能源基本计划中，脱碳能源和推进核电的基本态势明显。因此，附带文件《2030 年能源供需图景》中提出了目标：2030 年将 2007 年度占比 25％的煤炭火力降至 11％，占比 13％的石油火力将降至 2％，另一方面，不排放温室效应气体的核电的比重从 26％提高到 52％。为此，在能源基本计划中包括一项计划，即截至 2030

年，将在已有 54 座核电站的基础上再新建 14 座以上。

具有讽刺意味的是，这个新能源基本计划是菅政府上台后不久由内阁批准的。2010 年 8 月，菅任命制订计划时的经济产业事务次官望月晴文出任充当自身智囊的内阁官房参与一职，把他当作制定曾是民主党政权弱点的经济增长战略的参谋。作为这一增长策略的一环诞生的，便是向越南等海外出口核电的计划。

通过市民运动升上来的菅在 1982 年社民联①时代，于众议院科学技术委员会中，领先于其他政治家，一直呼吁引进绿色能源。然而，当他坐上首相位置时却发生了激烈“转向”，成为了号召核电出口的旗手。东京电力福岛第一核电站事故的经历让他终于在“寻找自我”上获得成功，他意识到自己原本的独特风格便是“弃核”。这一变化的表现便是向中部电力提出要求停运浜冈核电站，发表能源基本计划白纸宣言。

在 5 月 10 日的新闻发布会上，菅提出了四大支柱。

“原子能和化石燃料一直被用作电力方面的两大支柱，但基于此次事故，我认为还有两大支柱非常重要。一个是在基础能源中增加太阳能、风力、生物质能等可再生自然能源，然后另一个是节约能源。”

此时，菅终于认识到，日本在能源政策上不如其他发达国家。在电力行业和主管官厅经产省资源能源厅串通一气的日本，新兴的可再生能源永无出头之日，大规模发电的核电一直是优先考虑的对象。然而，如果把目光投向世界，就会发现情况完全不同。德国、法国、意大利、西班牙等欧洲国家一直在提高太阳能、风力等可再生自然能源的比重。以固定价格长期购买太阳能发电的全部收购制度成为这些能源普及的原动力，各国 2020 年可再生能源占比的目

① 社民联：社会民主联合，日本政党。1978 年成立，1994 年解散。

标都很高：西班牙 29%，德国 25%～30%，法国 21%，意大利 23%。[*1] 与此相对，日本预计到 2030 年将达到 20%。也就是说落后了 10 年。菅一直觉得这样下去会很糟糕。

就在新闻发布会开始前，菅的秘书官们和内阁官房参与多摩大学研究生院教授田坂广志、官房副长官福山哲郎、内阁审议官下村健一等人召开会议。对于急躁的菅，一名秘书官表示怀疑说："即使宣布将能源基本计划变回白纸，但有官厅在考虑替代方案吗？不规定任何程序就宣布，这样好吗？"而菅却没有搭理："没关系，今天是来表明想法、指明方向的。"田坂对菅表示支持："在 G8 之前，不是必须要表明基本姿态吗？"发达国家首脑会议（峰会）定于 5 月 26 日、27 日两天在法国多维尔举行。"的确如此，光有感谢和道歉是不行的。"菅这样说道。[*2] 会后，总理大臣出席了新闻发布会。

在新闻发布会上，美联社记者提问："我认为日本将转向什么样的能源政策这一点也备受国际社会的关注，您在峰会上将如何解释？"

菅就像是在说"正如我意"似的回答道："我国在这一领域存在落后之处，因此，想在这方面多下功夫，希望向国际社会表明我们的这种态度。"

"能源基本计划白纸宣言"是在这次新闻发布会上被首次提及的，但实际上，菅自认为早已稳妥地预先布好了局。3 月 31 日，在与共产党委员长志位和夫的会谈中，他做了主旨为"将核电站增设计划变回白纸，重新评估能源基本计划"的发言，《红旗》等对此进行了大肆报道。在 4 月 25 日的参议院决算委员会上，面对共产党议员井上哲士的提问，菅更进一步地回答说："从某种意义上说，我认为在重新彻底核查以往决定的能源基本计划的过程中，有必要撤回以往决定，站在一张白纸的立场上进行思考。”

亲信内阁审议官下村健一说：“在国会上斩钉截铁地说到这一步时，原以为会引起一片哗然，但并没有这样。媒体的反应也差那么点儿。但是，也没有想硬要解释‘这是在说很重大的了不起的事情’。因为也想过可能会遭反击或反扑，所以就一步一步地，积累既成事实，然后快速前进。这就是当时的策略。”[*3]

基于这一策略，5 月 10 日的新闻发布会是事先准备好原稿的。和只有 8 分多钟的要求停运浜冈核电站的新闻发布会不同，做好了万全准备的 5 月 10 日的新闻发布会持续了 36 分 51 秒。

为打造这里提到的四大支柱——原子能、火力、可再生能源、节约能源，菅重用的智囊团起了作用。迅速提升了发言影响力的就是多摩大学研究生院教授田坂广志。

智囊团

田坂是位给人奇特感觉的学者。不久之后，他便被周刊杂志揶揄为“自由操纵‘菅直人首相’的可疑的‘言灵诗人’[*1]”，这样的表述也未必没有击中要害。他为人谦逊，言辞礼貌，但像宗教家似的说话方式非常吸引人。他每周发出的消息和邮件都是诗一般的文章。

经产省的主流官员们觉得这样的他很可疑，然而下村却说：“田坂先生的存在非常重要，实际上帮了大忙。他善于把菅首相内心所想归纳成语言。他的存在就是帮着恰当地表达首相想说的话。”[*2]

1974 年田坂从东大工学院核工程专业毕业后，曾担任三菱金属

（现三菱材料）工程师以及日本综合研究所技术研究部部长、董事等职务，之后创办了智库索非亚银行。他著书 50 多本，主要是《复杂系统经营》《规划力》等商业书籍。

他是瑞士达沃斯会议（世界经济论坛）主办方组织的全球议程理事会成员，这个理事会的定位相当于咨询委员会。他很早就开始强烈游说在国际社会上没什么存在感的日本总理大臣参加会议。震灾发生之前的 1 月 6 日，他和三菱商事的会长小岛顺彦、武田药品工业的社长长谷川闲史一起与菅聚餐，强烈请求菅出席达沃斯，菅欣然答应而后飞往瑞士。

那时田坂的履历（核工程专业博士）好像已经被总理大臣记在脑海里了。菅希望得到所谓“原子能村”之外的建议。田坂通过一直保持密切联系的众议院议员古川元久和官房副长官福山哲郎提出“应更早地充分利用 SPEEDI”等建议。3 月 27 日，注意到这一点的菅跟田坂打招呼说“希望你来帮忙”，于是 3 月 29 日，田坂就任第 14 位内阁官房参与。自那之后，菅非常依赖他。

“我已经 60 岁了。我觉得在 3 月 11 日的震灾中发生了不得了的事。当时我就在想，有没有什么事可以让我用自己的方式去贡献绵薄之力。就是这种心情。于是我决定停掉大学的课，全身心地投入到政府的工作中去。”[*3]

自此，田坂就在由政府和东电组建的联合对策总部待命，他甚至在首相官邸有一间房，可根据需要担任菅总理的能源政策顾问。当时和田坂一样作为菅的得力大将，在起草能源政策时被委以重任的，是国家战略室里从民间来的职员们。他们是由三菱商事出身的总理助理平竹雅人、富士通总研出身的梶山惠司等组成的俗称“B队”的成员们，正因为是菅担任副总理大臣兼国家战略担当大臣时期开始的直属家臣，所以对菅非常忠诚，按照要求带来了与经产省不同的可供选择的想法。尽管如此，也只是停留在想法层面，并没有政策制度设计的实际业务能力。

自然，主管能源政策的经产省资源能源厅对田坂和 B 队的存在感到局促不安，认为他们是自己地盘的入侵者，并显露出警戒心。

尽管如此，能源厅次长木村雅昭评价田坂“向首相解释的能力非常高”，综合政策科科长小宫义则也称“当今能源领域最大的智囊是田坂，基本概念总是由田坂向菅首相提出的。我觉得他是位相当优秀的智囊”，表达了虽是敌人但却值得尊敬的想法。*4 可以说，田坂抓住了扬名的机会。

另一位迅速向弃核倾斜的是软银社长孙正义，作为助威队一员的他也获得了首相的信任。

在灾后视察受灾地福岛县之后，孙开始认为从核电转向太阳能等可再生能源是不可避免的。4 月 18 日，经音乐家坂本龙一从中介绍，孙与弃核的雄辩家环境能源政策研究所所长饭田哲也进行了面谈。饭田等人充当“教师角色”，孙通过一周左右的拼命学习，迅速吸收了能源问题方面的知识。经产省对这样的举动非常警惕，局长级官员向民主党众议院议员出身的社长办公室主任岛聪投出牵制球①说“最好不要被饭田洗脑得太厉害”，当然，孙对这种经产省小官员的意向不屑一顾。

“孙先生的专注力非常惊人。他说‘这是我第一次说要做 IT 以外的事情’，然后拼命学习。”饭田介绍完应孙之邀时的情况之后继续说道：“也许是因为孙先生一直受 NTT 和总务省的联合体折磨，他大概觉得东京电力等电力行业和经产省的整体形象非常相似吧。”*5

软银的社长办公室主任岛聪是松下政经塾出身的民主党前众议

① 牵制球：棒球术语，此处意为促使对方注意，令其无法轻举妄动。

院议员，和同塾出身的官房副长官福山哲郎以及原外相前原诚司交情甚好，而在岛手下工作的荒井优是菅的亲信原国家战略担当大臣荒井聪的儿子。这样的人际关系使得孙与民主党政权的关系比日本经团联的关系更为亲近。4 月 20 日，孙在日本众议院第二议员会馆举行的民主党议员会晤的演讲中，鲜明地提出重视可再生能源的态度。而菅在岩波书店月刊杂志《世界》2011 年 6 月号上读到了这次演讲内容，于是，菅开始接近孙。

两人意气相投，和福山、荒井优一起，在菅常去的赤坂的餐厅“球磨川”聚餐，待了大概 3 个小时。从迷你政党的社民联升任首相的菅和白手起家把软银打造成销售额超过 3 万亿日元的巨无霸企业的孙，同样有着冒险精神，两人在这点上似乎非常合得来。虽然岛没有参加这次聚餐，但他指出：“菅首相认为经产省就像药害艾滋事件①时的厚生省一样。在经产省太不像话了这一点上，两人完全意气相投。”*6 无论是在讨好总务大臣原口一博试图实现全国配备光宽带网“光之道”的事情上，还是在可再生能源的事情上，孙都完全是个“与政治家勾结的商人”。

作为守旧派商界人士，被世人视为“时兴人物”的经团联会长米仓弘昌对菅停运浜冈举措大加痛骂，而与此相对，孙对总理大臣的决断极为赞赏，他说：“以首相为首的政府判断是恰当的。为了保护民众免于陷入非常危险的境地，这是非常恰当的判断。”*7 孙始于“义愤”的弃核及重视可再生能源的态度，再经过他一流的精明算计，最终与软银进军能源产业的事联系到了一起。也就是说，他决心把它做成一份事业，而不是一个志愿活动。从这一点看，他真是一位善于见机行事、富有挑战性的经营者。

---

① 药害艾滋事件：1980 年代，日本引进一种用于治疗血友病的俗称“非加热制剂”的血液浓缩制剂，由于该制剂被艾滋病病毒污染，致使上千名血友病患者感染艾滋病。

孙开玩笑地对一位关系密切的经济界人士说:“股价跌到这种程度的话，买下东电很容易。市价总额已经跌到 5 000 亿日元左右，要想获得过半股权，有 2 500 亿到 3 000 亿日元就行了。”他马上接着否定:“但我不会买。按平均寿命计算，我还能活 30 年，在此期间难保核电站不会再发生事故。考虑到这个风险，我怎么也不会买的。”这也意味着，他在脑子里这么思考过一番。[*8]

此时，菅想要依靠的另一个对象是环境省。

5 月 9 日下午，环境省次官南川秀树、综合环境政策局局长白石顺一、地球环境局局长铃木正规以及官方长谷津龙太郎等干部一行造访菅首相，为其“进讲”。一行人结束对震灾导致的庞大瓦砾处理等问题的大致说明之后，铃木局长解释说:“东北地区在可再生能源方面具有潜力。据我们对自然能源的潜力调查，东北地区在风力、地热、太阳能方面具有潜力。这些预计能够解决东北地区的电力需求。”对此，菅做出了强烈回应。[*9]

“现在是转向可再生能源的有效利用和分散型电源等新设想的机会。我一直在想，哪个政府机关能负责。经产省是完全没有干劲的。环境省能做到吗?”

铃木回答道:“我们有想法，但真正要做的话，需要资源能源厅以及整个政府的配合。”

菅捕捉到了这句话，说道:“其实，我觉得有必要将能源基本计划变回白纸，重新进行评估。这是真正做到此前没有实现的对再生能源进行充分利用的机会，但是我们没有一个政府机构能够绘制出系统全面的宏观图景，设计如何扩大可再生能源。经产省是不行的。环境省能否取而代之，大胆地描绘图景?这周内给我带过来!”

官员们都不愿意去绰号“急躁菅”的急性子菅那里。为此，在

4 月末到 5 月的连休期间，总理大臣日程中的空白十分扎眼。填补这些空白，假装像是在工作的方法，便是各省厅组织讲座，而此时最受菅赞赏的就是环境省南川一行人的“进讲”。

此时，着急的是主管能源政策的经产省。实际上，经产省出身的秘书官贞森惠祐（筑波大学附属高中、东大法律）也参加了环境省的总理大臣讲座。

贞森初高中时代每天必做的事情，就是从补习班回家的路上，在山手线和赤羽线的地铁上大声朗读英语教科书。朋友问他：“你不害羞吗？”他回答说：“今天做的事今天就要记住，一次就能记住。”他就是这么个考试高手。[*10]

按照传统，首相秘书官由财务、经产、警察、外务这四个部门出身的人出任。菅的情况是，除了这四个部门出身的人之外，还有自他过去担任厚生大臣时以来的知己——厚劳省出身的山崎史郎——就任首席秘书官。

贞森急忙联系原单位经产省的官房总务科科长柳濑唯夫，说：“环境省计划近期再给总理大臣做讲座，他们将绘制一幅以可再生能源为轴线的宏观图景并带过来。”

柳濑曾作为能源厅原子能政策科科长负责核电政策，他强烈地意识到被其他部门侵占地盘的危机感。

“在我们经产省举办的总理大臣讲座中，让总理大臣认为‘这才是能源政策’这一点极其重要。如果不把能源厅绘制的图景和我们一直在酝酿的‘拂晓计划’嵌进总理大臣的脑子里的话，环境省和内阁参与官田坂等人便会站出来，到时就无法控制了。”[*11]

柳濑向事务次官松永和夫和能源厅厅长细野哲弘等省内的干部们发出了充满危机感的信息。一位收到信息的能源厅干部同意柳濑的看法，他说：“真是岂有此理，不像话！”田坂和环境省的举动——弃核和可再生能源的有效利用——在经产省看来是“无稽之谈”。

尽管经产省是负责核电站事故的政府机构，但完全没有战犯意识。非但如此，还把全部精力倾注到保护自己的权益上。对他们来说，菅直人是企图入侵自己地盘的可恶的总理大臣。

套住理科首相

5 月 12 日，次官松永和产业技术环境局局长菅原郁郎等人瞒着经产大臣海江田万里，访问了首相官邸，并立即开始了反攻。能源厅厅长细野、官房总务科科长柳濑等约 10 人前来。其中的关键人物是被起用来负责向总理大臣“进讲”的局长菅原。他曾任福田康夫首相的秘书官，有在首相官邸工作的经验，而且善于用巧妙的话术笼络政治家。2009 年夏天，民主党上台后，为了拉拢在在野党生活中没有政权运营经验的民主党政治人士，他在同党派有影响力的政治家们之间四处奔走。而且，针对当时眼看将迅速成为政治问题的日本航空（JAL）的经营问题，他向民主党要职分发了列有对策的报告，成功讨得了他们的欢心。这样的菅原是向政治家解释情况的最佳人选。

菅原对旨在将太阳能面板普及到 50％的家庭的“拂晓计划”进行了说明，同时，他还对旗下的独立行政法人产业技术综合研究所正在研究的“个别技术”进行了讲解。因为他事先收到了经产省出身的秘书官贞森的联络，得知东工大毕业的理科首相“对个别技术感兴趣”。

菅原以夸张的方式开始了他的演讲：“总理大臣，让我们以大震灾带来的影响为契机，通过今后 10 至 15 年的非连续性的技术开发，在能源研究领域实现‘三个革命’吧！让我们把振兴‘技术大国日本’作为新的国民目标，通过世上任何人都无法模仿的高超的技术力量向世界提出能源问题的解决方案。您觉得怎么样，总理大臣先生？”他根据准备好的3张A3大小彩印资料进行说明。

——量子点太阳能电池的发电效率比火力的高。[*1]

“创造出各种各样的波长，效率能提高吗？真了不起啊！”

——用锂空气电池可以将电动汽车的行驶距离提高到汽油车的水平。性能是现在电动汽车的10倍，以前只能从东京到沼津，今后就可以跑到下关了。

用技术来引诱理科首相。菅逐渐落入经产省准备的圈套中。

“现在锂电池的正极和负极用的是什么材料？如果是空气电池会怎么变化？”

对于首相的提问，菅原巧妙地组织语言进行了说明。尽管是暂时不可能实现的技术，但他却说，只要有预算哪怕是明天也能实现。菅完全陷入了圈套之中。

他脱口而出：“真厉害啊！”

——总理大臣，用超导技术输电损耗是十分之一。

“什么？那真是太棒了！这可真了不起啊！液态氮也能做到吗？”

——纳米碳技术可使汽车和飞机的重量减轻3成以上。

“太神奇了！”

总理大臣已经沉浸在菅原的假想世界中。

——用新型功率半导体能减少3成以上的马达用电量。

——通过创新催化技术可利用二氧化碳合成化学品和燃料。

然后，菅原终于给了总理大臣决定性的最后一击。

——如果刚才跟您说的能实现的话，就能增加14至15座核电站的电力。

这与菅在能源基本计划白纸宣言中提出的要作废的计划新增核电站的发电量正好相符。“这真是太神奇了！”菅瞪圆了眼睛。

——总理大臣，为此，我们必须举全国之力来完成这一项目，建立有技术能力、有积极性的企业与大学的“强者联盟”，由有积极性的企业迅速向国际上提交先进技术方案，让日本掌握国际标准。还需要建立产业界、政府和学术界的产官学研究据点。

接着，菅原还透露了经产官员们的真实意图。

——总理大臣，为此我们需要资金。据估算，研究开发投资额要 12 万亿日元。

菅原局长说着，把一张算出研究开发投资的政府民间负担比例的资料恭恭敬敬地递到理科首相面前。

首相对日本掌握国际标准这段话感到非常兴奋，说道：“好厉害啊，这……”

对于这样的举动，经产省一位认真负责的官员表示非常愤慨：“这是一个很过分的作战策略，是瞄准了要讨理科首相欢心的佯动作战。这个方案就好比是尽管家里火烧得正旺，灭火活动也还没结束，但却要建另一栋房子。”*2 菅原带来的方案是陷害菅的圈套。

在不知晓经产省开展了反击的情况下，5 月 17 日上午 10 点多，环境省次官南川秀树和地球环境局局长铃木正规等人来交总理大臣布置的“作业”。他们带来了上次总理大臣要求“取代经产省”制定的能源政策的准备提交讨论的草案。

铃木局长在方案中对今后的能源计划目标数值进行了这样的说明：“通过节约能源，到 2020 年，电力消费将减少 1 714 亿千瓦时，发电量将达到 10 014 亿千瓦时。其中，核电占 24%、火力占 56%、水力占 9%、可再生能源占 12%。到 2030 年，将再减少 725 亿千瓦时，届时发电量将达到 9 475 亿千瓦时。其中，核电占

25%、火力占38%、水力占11%、可再生能源占26%。”

一直点头同意的菅不慌不忙地站起身来，将办公室里经产省带来的一套资料交给了南川一行人。“我命令环境省绘制一幅能源政策的宏观图，好像让经产省感到非常焦虑，仿佛受了很大刺激，所以这次拿来了大胆的方案。”说着，他拿出了经产省菅原局长带来的不知是否能实现的不可靠资料。首相说：“希望能作参考。”

菅面向铃木，挑衅地说：“这个方案能源节约量有点少，还可以更多点吧。按照现在的水准，再节能30%左右，给我绘幅图拿过来吧。在节能和温室气体减排方面，环境省必须要说些特别积极的话才行啊！”毕恭毕敬地在一旁听着的南川回答说：“那我改日再给您拿过来。”

菅看起来心情很好。“迄今为止在生物技术方面下的功夫都不够。生物燃料用酿造方法是不行的。气化比较有前途。气化方式有两种，一种是在氧气不足的情况下用干蒸的方式，另一种是加入水蒸气让其发生反应的方式，后者加水蒸气方式更有前途。农水省正在做这方面的研究，我已经跟他们说‘要再加把劲好好做！’……”*3

菅一谈到个别技术就停不下来。他的个人演出会开始了。

铃木后来苦笑着回忆起当时的情景说：“都说我们给总理大臣出了主意，但倒不如说是我们听总理大臣滔滔不绝地解释的时间很长。”*4

菅想让环境省来充实一下田坂、国家战略室或是软银社长孙正义输入给他的信息。这对于逐渐被排除在外的经产省来说是一件大事。

环境省的第二次总理大臣讲座结束后，经产省出身的秘书官贞森立即向原单位经产省官房总务科传了信息。收到消息后，官房总务科的职员向能源厅透露：“我们已经私下拿到了他们带来的资料，请只按最低限度的标准进行共享。包括首相官邸在内，请大家千万不要让资料逆向流转。”并把资料分发给能源厅。

看过资料的能源厅干部说道：“环境省的方案就像是前景预测或是个人目标方案。不是像我们做的这种详细积累方式。”*5

然而，被霞关精英省厅经产省所轻视的环境省，在倾向于弃核的政府眼里，却显得可靠得多。

经产省能源厅改革派官员之间出现了一项提案，即从4月开始，把原子能安全保安院从经产省中分离出来，挂在环境省旗下。这是因为考虑到若是把保安院分离出来移交给内阁府，一旦受到强大的电力行业游说，将难以维持其独立性。这点上，近年来备受欢迎的省厅环境省，大约从平成入省的人员开始，聚集了比以前优秀得多的人才。其中，行政的最高领导次官南川秀树，从1981年开始的2年时间里，因为人事交流被调到能源厅，对能源政策比较了解。环境省长期以来一直是其他省厅的殖民地，他作为省内罕见的“第三位土生土长的次官”，深得部下们的信赖。

经产省的改革派官员不经意地套话：“由环境省来接收保安院怎么样？”南川似乎早就一直在思考这个问题，他坦率地说：“我会等待柿果掉落。”*6 和惊慌失措的经产省相比，环境省不打算主动去“取”，而是采取静待时机的“熟柿作战”计划。

不过，对环境行政颇有见地的官房副长官福山哲郎对环境省的“能力”抱有怀疑。当官房长官枝野幸男就将原子能安全保安院移交给环境省的方案询问他意见时，福山反而表示反对。他知道，环境省在霞关是一个软弱无力的机关，而且环境省因多氯联苯（PCB）废弃物的处理基金等方面通过捐献簿在向财界输送筹措资金。也就是说，在福山看来，环境省被商界抓住了把柄。*7

保安院分离

继要求停运浜冈核电站、宣布能源基本计划白纸化之后，菅射出的第三支箭是把原子能安全保安院从经产省中分离出来，从而缩小经产省的设想。5 月 18 日晚上 6 点，在首相官邸召开新闻发布会上，菅表示“日本的原子能行政中，负责原子能推进和核验的都是经产省，两者共同存在于同一政府机构”内，对积极推进核电的资源能源厅和负责安全规制行政的保安院同在经产省本省旗下的情况提出了强烈的质疑。

“我认为，对于这种独立性的问题，进一步说是信息共享或宣布方式等问题，甚至是连接省厅间的风险管理，都未必做好了稳固的应对态势。”

而且，菅心里想着原定于 5 月 24 日成立的东电福岛核电站事故调查与核查委员会（政府事故调查），他提到“希望能够充分探讨长期以来的原子能行政应有的状态，找到根本性的改革方向，这就是我的想法”。

也就是说，他要把原子能安全保安院从经产省分离出来。

保安院是经产省好不容易得以扩张的新领地。被视为真正的改革政权的自民党桥本龙太郎内阁在进行日本版金融大爆炸和结构性财政改革的同时，果断进行了省厅改组。当时，在重组各省厅的过程中，原大藏省的金融监督行政被分离出来，科学技术厅遭到解体，经产省（当时为通产省）成功地扩大了版图。

在领土扩张中扮演重要角色的经产官员，就是后来在核电输出问题上成为菅政府智囊的望月晴文。

1973年望月从京都大学毕业后，进入当时的通产省。由于大学纷争，1969年的东大入学考试被中止，各省的1973年入省的队伍中“非东大毕业生”很多，望月也是其中之一。他曾任资源能源厅石油部开发科科长、产业政策局企业行动科科长、总务科科长等职务，之后晋升为大臣官房审议官。这时遇到了桥本的行政改革。

曾任科学技术厅厅长的自民党众议院议员中川秀直说：“那时望月曾经来抢过。”[*1] 通产省为了领土及权益扩张来掠夺科技厅的原子能行政部门。

“由于我担任过党工商部会长，也被看作是‘商工族’，所以后来当上次官的望月过来进行事先疏通。他说‘如果不能和我们成为一体的话，就无法运营，无法实现高效化’。后来他不停地来打招呼，并去到各个地方打点，做了很多工作。给人感觉就是举全省之力在做这件事。因此，科技厅就被让出去了……”

中川坦率地说：“我当时表示反对，说‘和推进官厅成为一体会产生问题，应该分开’，可是他们已经到处做好了事先疏通。科技厅内部也有声音说，要是和文部省并到一起的话，还是通产省好一些，也并非全面反对。”于是最终科技厅给了望月。

正是这样的望月，后来成为负责筹备成立保安院的大臣官房审议官，并在保安院成立后，于2001年1月成为第一任次长。在整个社会都喊着要重组，所有组织都在走向缩小的过程中，经产省成功争取到了新的领地。

望月回想起当时的情形说：“虽然能源厅里有规制科，但那样不是很独立。所以，撤销科技厅时，将科技厅的原子能部门和能源厅的规制部门分离，使其一元化。从而提高独立性成为了保安院。”[*2]

但是，其独立性在成立初期就受到了怀疑。对于美国通用电气公司前员工内部告发东电隐瞒核电站故障一事，保安院长期“置之不理”。“我们为了寻找已辞职的人花了时间。请总领事馆帮忙找出他们，想着如何接近他们，花了很多时间。事实上，由于是制定内部通报制度时的第一个案例，所以我们也没有经验，因而耗费了时间。”[*3] 2000 年 7 月内部告发的问题，浮出水面，然后处理，花了两年时间。望月因为这件事受到了警告处分。

保安院的创始人望月此后在担任资源能源厅厅长期间，英国儿童投资基金（TCI）垄断收购电源开发公司（J-POWER）的股票，望月根据《外汇及外贸管理法》规定，规劝 TCI 停止买进股票，从垄断收购方手中保住了电源开发这家长期接收“下凡”①官僚的企业。而他就任行政最高领导事务次官时制定的，正是要求新建 14 座核电站的《能源基本计划》。2010 年 6 月 18 日，也就是菅就任首相 10 天后，内阁批准的“新成长战略”中，有一项为核电输出铺路的构想，表述为“打包型基础设施的海外拓展”。从次官职务上退下后的同年 8 月 10 日，望月就任内阁官房参与，负责就成长战略和基础设施出口问题向首相提出指导意见，并从此在内阁府总部拥有独立办公室。

望月无法忍受自己亲手制定的《能源基本计划》由于菅的一声令下变回白纸。他在日本记者俱乐部里召开的记者会上倾吐了一肚子不满：“我们去年制定的《能源基本计划》里有庞大的积累工作”，但是“菅政府说要将其白纸化，重新评估，可在白纸上要画怎样的草图，重新评估后要设置什么样的核对项目，希望他们能再多用点脑子想想”。在能源行政方面的大领导眼里，菅直人的做法过于突然，缺乏详细的数据分析和实际情况讨论。

“能源政策是一个安全问题。在宣布其变回白纸、重新评估的时候，对安全方面的讨论是不够的。”

---

① 下凡：日语为“天下り”，原意是“（神仙）下凡”。现多指政府官员在退休后到其原来所在部门管辖的企业或机构任要职。

望月如此明确地批评菅政府的举动。*4

在5月18日的新闻发布会上，首相菅提出将保安院从经产省分离出来，缩小组织规模，他还提到了另一件重要的事情。记者追问如下。

——现在出现了要分离输配电的意见，而我想请问您，在今后重新评估能源政策的过程中，您在多大程度上深入了解全国电力公司的组织形态，或者说您作为总理大臣如何看待存在的问题?

对于这个提问，菅是这么回答的：

“无论在日本还是在通信业内，都有类似的讨论，现在诞生了所谓的非地域垄断型通信业。我认为对于包括这个方向在内的问题进行讨论的阶段应该会到来。”

这番话显然考虑到要蚕食NTT垄断地位的软银。各大报纸在第二天的早报上进行了报道，做出了总理大臣宣布要讨论分离输配电的解读。*5

要求停运浜冈，将《能源基本计划》白纸化，分离保安院，甚至分离输配电。对于电力界和经产省主流派结成一体的原子能村来说，菅直人政府的目标方向威胁了其存在基础，是极其危险的。

深夜的激辩

5月24日晚，在与经产省的互不信任日益加剧的情况下，菅为参加主要国家首脑会议（G8）乘坐政府专机飞往法国。

双方关系变得非常紧张，令人一筹莫展，在入住的法国巴黎宾馆的房间里发生了激烈争吵。围绕菅将于25日晚（日本时间26日凌晨）在巴黎召开的经济合作开发组织（OECD）成立 50 周年纪念活动中的演讲内容，倾向于弃核的菅政府干部们与反对弃核的经产省高官们互不相让，展开了长时间的争论。

菅说完“我先去休息了”，便待在自己房间里不再出来。之后，路线争论便逐渐升温。当时在场的有官房副长官福山哲郎、内阁官房参与田坂广志、内阁审议官下村健一，还有资源能源厅的重要人物次长木村雅昭、经产省的权威人士经济产业审议官冈田秀一（东京教育大学附属驹场高中、东大法学）等人。讨论逐渐变成了福山与木村的论战。

“我赌上自己的职位说，”木村这样高声喊道，“这种事绝对不可能发生。”

对于这种说法，福山也以牙还牙地回应道：“为什么从刚才开始你就只是一味地罗列做不到的理由？”

双方不断地拍桌子，互相大声喊叫。在争论趋于白热化的情况下，对于木村断言要“赌上自己的职位”，下村想着：“看来经产省是认真的。”*1

争论的焦点是经产省会在多大程度上提前实现过去的目标，即“2030 年可再生能源占比达到 20%”。“2030 年达到 20%”的目标值在能源基本计划配套文件中的定位为“2030 年能源供需”，对经产省来说，这是不能轻易变更的大方针。

不过，政治家福山认为，既然总理大臣已经作了《能源基本计划》白纸宣言并要求重新评估，那么争论的焦点便与此无关。受东京电力福岛第一核电站事故的影响，他希望能够尽可能地提前实现过去的目标。而且，他还想让其成为第二天 OECD 演讲中引人注目的国际承诺。

木村对此则执拗地极力反击。

福山希望把“至少在 2020 年实现达到 20%的目标”的内容加

进来，与德国、意大利等其他主要欧洲各国保持一致。然而木村却不肯让步，说：“那是不可能的。”“因为我很笨”，木村这种莫名其妙地贬低自己的口吻给福山留下了深刻的印象。经产省的冈田多次中途离场，似乎在与东京总公司联系。在东京霞关的能源厅留守部队战略企划室长定光裕树等人全员待命，彻夜不眠地进行应对。

最终，木村好不容易成功地加进了“2020 年代”的“代”字。这样一来，2029 年应该也可以。实际上，这是一个官僚主义的一时敷衍迁就的妥协方案。这个方案只不过是把“2030 年达到 20%”的过往目标提前一年，即“2029 年达到 20%”。即便从过去积累的估算来考虑，只是提前一年左右的话，看起来轻易就能实现。

福山立刻察觉到木村这种敷衍迁就的态度。于是，他要求加入“尽可能在早期”这样的表述。因此，菅在演讲中提及的目标被修改为“2020 年代尽可能在早期达到 20%”并确定下来。

第二天，福山把草案带来给菅看，菅说道：“这太拐弯抹角了，再果断一些，写 2020 年达到 20%不就好了吗？”要求用更强硬一些的语气。不过，菅最终还是同意了福山等人制定的草案。

如此这般推行的正是菅的能源政策演讲，即“四个挑战”。能源政策变更开始提到“日本今后将从根本上重新审视能源基本计划，并开始新一轮的挑战”。这是借用田坂的修辞，将菅在 5 月 10 日新闻发布会上提及的“四大支柱”——原子能、火力、可再生能源、节能——加以润色的结果。

菅说：“第一是对原子能‘安全性’的挑战。汲取这次事故的教训，我们要实现‘最高程度的原子能安全’。”随后他接着说道：“第二是对化石能源‘环保性’的挑战。”

在这两大支柱的基础上，他又新增了自然能源和节能。在提到第四大支柱节能时，他使用了“对‘可能性’的挑战”这一措辞，并表示“要在不失去生活舒适度的前提下实现节能”。问题在关于第三大支柱自然能源对“实用性”的挑战这一点上。菅表示：“我们将努力进行大胆的技术革新，让自然能源在发电总量中的占比于2020年代尽可能在早期达到至少超过20%的标准。”菅读着前一晚激烈辩论后急忙进行了替换的演讲稿，将基本方针作为国际承诺。

四大挑战的基本概念来自田坂。在功臣田坂看来，经产省的抵抗“不是什么坏主意，硬要用好听的词来说的话，应该说是他们的责任感吧”*2。

而且，首相菅在OECD的演讲中宣称，他的目标是给日本可安装的1 000万户家庭屋顶上全部安装太阳能电池板，到2020年将太阳能电池的发电成本降到目前的三分之一，到2030年降到现在的六分之一。

这个内容来自经产省产业技术环境局局长菅原郁郎为讨理科首相菅欢心而带到首相官邸的“拂晓计划”。身为主管的经产大臣海江田万里在5月27日的新闻发布会上看似惊讶地发表言论称：“我是通过报道才知道这件事的。（从总理大臣那里）我什么也没有听说。”*3 这成为各大报纸一致批判菅公开发表临时想法这种天马行空性格的材料。尽管如此，但这绝不是菅的一时兴起。

下村说：“总理只是看了一下经产省带来的资料。如果说海江田大臣不知道的话，那完全是经产省的管理问题，是不是部下们没有告诉大臣？”*4

福山坦言：“木村曾说‘要给全国2 000万户的一半，即1 100万户进行安装’。我问‘那么，1 000万户没问题吧？’木村回答说‘没问题’。所以这完全是经产省的主意，根本不是总理大臣的临时想法。”*5

菅也失望地说：“那是经产审议官冈田带来的方案，是他说的数字。为什么会被歪曲报道？我倒是想要问问你们。”*6

菅在OECD的纪念演讲中表明了可再生能源目标，即“2020

年代尽可能在早期达到 20%”，而经产省在演讲结束后也仍在策划推翻这一目标。据福山称，经产审议官冈田或次长木村曾试图瞄准福山不在的时间段进入总理大臣的房间发起反攻，问总理大臣：“2030 年达到 30%如何？”菅眼看就要被说服了，但中途福山注意到他们的活动，于是进言：“仅一天时间就撤回所说的话可不行。会让人觉得有所动摇”。于是，经产省的策谋被封锁了起来。*7

菅在巴黎与菲永总理举行会谈时，收到了菲永的建议：“让我国来负责乏燃料的后处理吧。”早在约两个月前的 3 月 31 日，萨科齐总统访日时，菅也收到了来自萨科齐的相同建议。

日本的乏燃料后处理原本一直是外包给英法两国的。尽管在青森县六所村建了核燃料循环设施打算由本国来处理，但是菅认为“目前同时面临两个问题，一个是（高放射性废弃物的）最终处理该怎么办，是否真的可以长期进行，另一个是在现有技术的基础上是否真的可以做到核燃料循环”。菅感到已经到了要彻底改变的时候了。*8 这种时候法国的建议似乎并不是一个坏主意。菅立刻向经产省传达了法国的提议内容，但最终在他担任首相期间并没有得到回应。

据菅的亲信助理寺田学透露，在收到法国方面的提议之后，首相官邸内部浮现出一个方案。即，将完全裸露在外的 4 号机组燃料池中的核燃料移至福岛第一核电站厂区内的共用池中，把共用池内像汽车追尾那样排列着的乏燃料全部委托给法国。但是，寺田说：“经产省说不行，说不想让核燃料循环的计划就这样断绝。好像是出于这样的考虑。”*9 后来，法国阿海珐（AREVA）集团的高级执行副总裁多米尼克 · 莫克利在面对日本各大报纸采访时回答说“将在核燃料的最终处理方面给予支持”*10，并表示法国政府和核工业界共同向日本发出了爱心呼吁。这绝不是什么善意的举动，而是看到日本陷入困境感受到商机才提出来的方案吧。对此，经产省并没能放弃核燃料循环这一原子能技术革新的基础。

菅出席峰会在法国逗留期间，依次与德国总理默克尔、英国首相卡梅伦、俄罗斯总统梅德韦杰夫等各国首脑进行了会谈，而当时经产省行政官员准备好的设想应答技巧中一定会包含这样一句话，即“核能依然和以往一样重要”。尽管菅有意地跳过了这部分文字，但是经产省行政官员在下次会谈时还是会把同样的句子插入应答技巧中。福山吐露说：“因为已经跳着读了，所以可以就此罢手了，但他们还是不放弃，直到最后都毫无遗漏地加入了‘核能很重要’的表述。然而总理大臣直到最后一次也没有宣读这部分内容。”[*11]

面对经产省如此执拗的攻势，菅逐渐意识到“日本想维持潜在有核国家的地位，这也是有可能的吧”。[*12]

菅开始怀疑，从20世纪50至60年代日本决定引进核电开始，是否就有一些政治家秉承了这种想法，即，要在成为有核国家问题上的国际谈判中维持讨价还价的能力。

这样怀疑也是很正常的，因为经产省能源厅秘密整理的内部文件中有这样一段话：为了“保持和加强我国作为拥有21世纪典范技术（=原子能）国家的中长期优势和人才基础”以及“保持我国作为原子能和平利用的发达国家在国际社会中的威慑力”，有必要推进原子能发电。在能源厅的“绝密”方针草案中明确记载了这一点。[*13] 当然，对于这样的企图，经产省在菅直人面前只字未提。

疑似内幕交易

资源能源厅次长木村雅昭从法国回来之后，有一段时间在经产省能源厅内看不到他的身影。他的一名部下说：“好像是因为与菅首相和福山副长官的激烈争论，导致他身体状况不好。”木村生病的这个说法在经产省内部流传开来。

但事实却完全不是这样。

7 月 7 日早上，《日本经济新闻》头版独家报道披露了一起震撼经产省的重大事件。“经产干部内幕交易：尔必达（Elpida）股票？在援助方案公布前”。虽然报道中并没有写木村的实名，但说起资源能源厅的前次长（由于木村的职位在 6 月 22 日成了“官房付”，所以这里写的是他的上一个职务），除了木村别无他人。这和在经产省内被点名是一样的。

报道的前言部分这样写道：

“6 日，从相关人士处获悉，因被怀疑在半导体巨头尔必达内存公司的增资方案公布前与该公司进行股票交易，资源能源厅前次长（52 岁）以涉嫌违反《金融产品交易法》（内幕交易）为由，接受了证券交易等监视委员会的强制调查。前次长是经济产业省的现任职业公务官，当时曾作为该省审议官参与决策。”

在经产省内部，内幕交易问题频发。在美国柯达集团对长野县精密设备制造商启能（Chinon）股票进行公开收购（TOB）时，负责这件事的系长①中原拓也因提前购买启能股票获利的嫌疑增大，证券交易等监视委员会于 2005 年 3 月以涉嫌内幕交易为由，向东京地检提起针对中原的刑事诉讼。紧接着，查出处于中枢地位的大臣官房企划室室长中富泰三，挪用经产省私下办事用的好处费 2 400 万日元购买嘉娜宝股票获利。

接着，再次浮出水面的就是经产省的这起疑似内幕交易。

① 系：是日本政府或公司的组织结构名称，一般按顺序从大到小排列依次为部、科、室、班、系。

半导体 DRAM 制造商尔必达内存公司成立于 1999 年，由 NEC 和日立制作所 DRAM 部门的业务合并而成，目的是想通过行业重组来重振持续衰退的日本半导体行业，后来又合并了三菱电机的 DRAM 业务部成为“日之丸”半导体公司。虽然经产省（当时的通产省）深度参与推动重组工作，但该公司在与韩国三星电子等亚洲制造商的价格竞争中持续失利，一直未能摆脱长期亏损的局面。就在这时，2008 年 9 月的雷曼冲击[①]袭来，经营一下子陷入了濒临破产的困境。

2009 年尔必达经营危机浮出水面时，木村是主管电子机械产业和 IT 产业的经产省商务信息政策局担当大臣官房审议官。

为拯救同时也是“国策公司”的尔必达，他四处奔走，说服不愿提供援助的超级银行，还飞到台北去推动与台湾厂商的合作洽谈等，他气势勇猛地采取了这些行动。当时，经产省为应对雷曼冲击，刚刚修改了《产业活力再生法》，制定了拯救因雷曼危机而陷入经营困境企业的制度。尔必达成为该修正《产活法》的第一号适用对象，在获得主银行 1 000 亿日元的合作贷款和政府所属金融机构日本政策投资银行的 100 亿日元紧急贷款和增资等援助之后，得以喘息。尔必达救济计划是 2009 年当时经产省的“主打”政策之一。

身为这一政策的负责人，木村利用自己的地位，偏偏选择尔必达股票进行内幕交易的嫌疑浮出水面，受到了证券监视委员会的强制调查。不仅如此，他还涉嫌根据履职过程中获取的信息，和宣布与半导体厂商瑞萨科技合并的 NEC 电子公司进行内幕交易。[*1] 因此，证券交易等监视委员会认为其“性质恶劣”，准备向东京地检

① 雷曼冲击：2008 年，因美国第四大投资银行雷曼兄弟公司破产而造成的世界性金融危机事件。

提起刑事诉讼，并对木村进行了强制调查。

木村老家在奈良县，是个野心勃勃的人，经产省内一直在传他迟早要竞选奈良县知事。他年轻时曾被借调到警察厅，还担任过和歌山县警警务部部长。他特别讨厌泄漏信息，当我在《AERA》报道他所写的绝密文件《木村备忘录》时[*2]，他发令在经产省内严密地寻找罪魁祸首。

经产省接二连三受到职员内幕交易事件的影响，2005年7月对全体职员的股票交易进行了全面的自愿性约束，但随着事态的冷却，经产省内部的股票爱好者官员要求“放宽限制”的呼声越来越高。2007年约束措施得到缓和，自己管辖行业以外的股票交易得以解禁。木村重新开始一度中断的股票交易，应该是在解禁之后。虽说如此，管辖行业的股票交易仍然被禁止。

6月4日（周六），木村的住宅被证券监视委搜查，5日（周日）位于能源厅的次长办公室又被搜查，且之后一直被调查到7月1日。《日本经济新闻》刊登报道的时候，正好是调查结束后。可以想象其中存在证券监视委的信息泄露。

内幕交易是指处在可能知情立场的人利用普通投资者所不知道的信息进行股票买卖，但木村方面反驳说：“是被报道成为众所周知的事实之后，妻子才进行的交易。”[*3] 木村收购尔必达股票的时间是2009年2月13日，从当年1月开始各大报纸就相继报道尔必达将受制于修改后的《产业活力再生法》，以及将和台湾厂商合作的动向等，木村认为尔必达这一连串的举动是“众所周知的事实”(即并不是公开前的内部信息）。

虽然木村方面主张是“妻子的交易”，但是购买股票是受妻子之托，由木村用自己的手机进行的，且购买资金也是从木村本人的账户中支出的。因此，证券监视委的一位干部指出：“真的是妻子在进行交易吗？即使是妻子进行的交易，但如果是丈夫泄露了消息，那么也有可能是共犯关系。”*4 就像木村方面所主张的那样，即使是基于众所周知的事实进行的交易，不属于“内幕交易”，但由于按照经产省内部规定，所管辖行业的股票交易是被禁止的，所以似乎触犯了省内规定。暂且不论其是否有罪，作为负责干部（即使是妻子进行的交易），在其管辖行业，进行股票交易，而且是与经产省作为“头等要事”推行的重要政策之一——拯救尔必达——相关的，这本身就是越轨行为。

看到木村涉嫌内幕交易的报道，经产省内的年轻官员和骨干官员都对木村冷眼旁观，说“真是目瞪口呆”“发生了难以想象的事情”，但在经产省内也有人见解深刻独到，认为这是“受政府指派的调查”“被首相官邸蜇了”。站在这种观点考虑的话，木村是殉难者，而罪魁祸首则是不顾木村的抵制企图改变能源政策的菅政府。

第 13 章　逼菅下台

海水注入暂停

5 月 21 日，《读卖新闻》仿佛敏锐地察觉到对菅的不满将充斥政界和霞关，头版头条大肆报道了“应首相之意暂停海水注入”这一令人震惊的新闻。该报道称，东京电力福岛第一核电站 1 号机组施行的代替淡水的海水注入作业，在首相菅直人的要求下中断了 55 分钟。

据报道，东电转换至海水注入时，菅曾问原子能安全委员会委员长班目春树“注入海水的情况下，是否会有再次临界的风险”，班目回答说“有可能”，因此菅对注入海水表现出了担忧之情。受此影响，东电明明已经开始注入海水，但却又暂时停止了，而直到收到再次注入指令为止，整整中断了 55 分钟。

两天前的 5 月 19 日，《读卖新闻》大幅刊登了参议院议长西冈武夫的投稿《首相的职责，没有自知之明》，西冈在文中开门见山地劝告菅辞职，他说：“菅首相，您应该立即辞职。”接着，他用激昂的语调指责震灾发生以来的总理大臣行为，说“既不够拼命，也没有决心，更没有策略”“如果首相菅直人现在不辞职的话（略），就无法解决核电站事故带来的重大遗留问题”“如果这是一个超出执政能力的难题，那么就应该主动离开总理大臣的宝座”等。他甚至煽动说，如果菅不辞职，在野党就应该向众议院提交内阁不信任决议案。作为执政党的民主党出身的参议院议长公然谴责首相，这是极为罕见的。

就在西冈的这篇主题为“逼菅下台”的文章被大幅刊登的两天后，《读卖新闻》放出了“应首相之意暂停海水注入”这一指出菅“致命性”漏洞的消息。报道中还附上了菅的母校东工大的教授二之方寿（核反应堆工程）这名有识之士的讲话，称“很有可能是暂停海水注入使情况恶化的”。此后，日本发行量最大的报纸《读卖新闻》开始迅速利用版面，毫无顾忌地展开了推翻内阁的运动。推进核电及逼菅下台的《读卖新闻》《日经新闻》《产经新闻》，以及弃核的《朝日新闻》《每日新闻》《东京新闻》——东京都内六家报纸的论调分为两派。

《读卖新闻》报道的最后，刊登了一段与前文缺乏连贯性的唐突的讲话：

“20日晚，自民党原首相安倍在京都市内接受记者采访时强烈谴责首相说：‘由于首相的错误判断，暂停了（注入海水）。这是罪该万死的判断失误，他应该立即辞去首相职务。’”

在记述首相暂停注入海水这一相关事实的报道中，在没有任何说明的情况下，安倍突然出场，并附上他批评菅的言论。这种新闻报道的写法给人留下不协调的感觉。

乍一看，《读卖新闻》关于“应首相之意暂停海水注入”的报道是准备好的独家新闻，但实际上，前一天20日晚间的TBS新闻是第一个报道这一消息的。

“持续进行艰难作业的1号机组。在震灾发生的第二天，JNN采访披露，1号机组存在隐瞒事实的情况。”新闻原稿以如此夸张的口吻开篇，接着写道："据政府官员们透露，东电向首相官邸报告开始注入海水时，首相官邸方面批评东电的应对方式，说东电'没有事先商量'。而且还指示东电立即停止注入海水，其结果是，晚上 7 时 25 分海水注入被中止了……"

紧随 TBS 之后的就是刚才那则《读卖新闻》的报道。一般来说，在跟进其他机构已报道的新闻时，对报道篇幅进行缩小处理是业内的老规矩，可谓是传媒行业的积习，但《读卖新闻》却毫不害羞地用头版头条华丽地发射出狂热追赶先行报道的信号，似乎要最大限度发挥宣称发行量 1 000 万份的影响力。而同样追随 TBS 报道脚步的《产经新闻》于 21 日刊登了《因'首相激怒'暂停注入海水》一文，尽管对《产经新闻》来说这是彻底击垮宿敌菅的绝好素材，但或许是由于已有先行报道，《产经新闻》的报道只登在了第二面，且用三段式标题①，显得出奇地温和。

然而，在那则《产经新闻》的报道中，却如实记载了一连串骚动的策划者。他是《读卖新闻》报道中没有提及的真正的"独家新闻记者"。

《产经新闻》的报道是这样的：

"自民党原首相安倍晋三在 20 日的电子邮件杂志上指出：'被誉为首相唯一英明决断的"海水注入指令"完全是捏造的。'安倍的判断是'首相应该为错误判断和谎言向民众道歉并立即辞职'。"

这一连串骚动的肇事人便是安倍晋三。

安倍在 5 月 20 日的电子邮件杂志《菅首相的海水注入指令是

---

① 三段式标题：日本记者常用的报纸排版术语。日文报纸采用竖向排版，为阅读方便，再将竖排文字横向分为数栏。描述标题的高度（即大小）时，用"几段式标题"，表示标题所占高度相当于几段（栏）正文。

捏造的》一文的开头写道："被誉为菅首相在福岛第一核电站问题上唯一的英明决断，即'3月12日的海水注入指令'，实际上已被证实完全是捏造的。"而后内容如下：

> 据多位相关人士的证言，事实如下。
>
> 12日19时04分，开始注入海水。
>
> 同时向首相官邸报告，菅总理非常气愤，说："我可没听说过！"
>
> 由于首相官邸打给东电的电话，19时25分暂停注入海水。
>
> 经从业人员、有识之士劝说，20时20分注入再次见面[①]（原文引用，保留原文的错别字）。
>
> 事实上，东电按照操作手册的规定，在淡水用尽后考虑注入海水，并实施了这一计划。
>
> 然而，暂停好不容易才开始的海水注入作业的，竟然是菅首相本人。

独家新闻的荣誉应该授予安倍，而不是TBS或《读卖新闻》的记者。

在发行这份电子邮件杂志的前一天，即5月19日晚，安倍在《经济界》杂志主办的名为"经济界俱乐部"的演讲会上，发表了题为《国家复兴指南》的演讲。出席会议的有超级银行、铁路公司、啤酒公司等宣传部长级别的人物。在会谈中，安倍说"菅首相说的都是大谎话"，说的内容似乎是从首相官邸菅的亲信那里听来的。他还得意地

---

① 再次见面：日语原文是"再会"。日语中，"再会"与"再開"（再次开始）发音相同，故作者判断原文为同音错字。

暗示，自己手上会有近期将引发大问题的独家新闻。这是独家新闻的预告。[*1]

安倍后来在接受《富士晚报》采访时坦言："我从多条途径获取了完全不同的核心信息。"[*2] 在被采访者问到"是什么时候"时，安倍回答说："大约在媒体报道这个问题的两周前。"此外，安倍还说道："我听说菅首相大发雷霆地叫道：'注入海水不是会引起再次临界吗？！给我弄清楚！'虽然这在现实生活中是不可能发生的，但菅首相的言行似乎脱离了常规，当时处于无法冷静地做出科学分析和判断的状态。"

也就是说，向安倍提供信息的时间是在菅要求中部电力停运浜冈核电站的 5 月 6 日左右。

这些信息并不是他自己调查发掘的，而是由多个渠道传递给他的。

阴谋诡计

曾是菅亲信的首相助理众议院议员寺田学，在停止注入海水问题成为媒体热点话题后，立刻嗅到了"政治阴谋"的味道。3 月 12 日那个时候，他就侍奉在菅身边，在首相官邸政治家和高官们正在商议福岛第一核电站 1 号机组开始注入海水事宜的现场。从 4 月开始，各社记者都不断向寺田询问当时首相官邸内的交流情况。

"各社记者们来问我的消息并不准。当时以总理大臣所在处为中心围了好几圈人。我想，是其中有人在传停止注入海水的事。"

究竟是谁在喋喋不休地说这种荒唐话呢？寺田在被各社记者刨根问底时，突然想起了一位官员的面孔。

他是曾经的经产省官房总务科科长柳濑唯夫。在首相官邸就海水注入问题进行协商时，柳濑当时碰巧在场。

“他在接受记者们的采访时好像在说些什么。我当时想他是不是误会了什么？”

据说，因此，当知道安倍在电子邮件杂志中提到这件事时，寺田脑海中浮现出柳濑的脸。

“因为到我这里来的记者都说了。他们说：‘接到自民党政治家的来电，说是问柳濑就会明白的。’所以我在首相官邸里呼吁大家要警惕，‘这是经产省，请千万注意大家要达成共识’。”*1

果然，当时站在菅身边目睹了全部经过的另一位政治家在接受我的采访时，以匿名为条件，明确地表示了相同的看法：“我认为经产省官员参与了停止注入海水的报道风波。在这之后，总理大臣在政治上会很紧张。”*2

菅政府的中枢认为，围绕暂停海水注入的一连串骚动是经产省的挑衅。

柳濑受到怀疑也不无道理。因为即便在经产省内部，他也是坚定的核电推进派，忠于东电的意图。2006 年 8 月，他担任原子能政策科科长时，制定了勾勒出核电出口政策的“原子能立国计划”，致使能源厅开始注重通过原子能促进产业振兴，而不是 20 世纪 90 年代以来一直持续的电力自由化讨论。而且，他还在自民党执政时期担任首相麻生太郎的秘书官。

在柳濑铺设的核电出口之路上，与柳濑搭档的是比他早 2 年入省的前辈，也就是 1982 年进入经产省的今井尚哉。今井出身很好，他是曾任日本经团联会长的原新日铁会长今井敬的侄子，其伯父是已故的通商事务次官今井善卫。今井也和柳濑一样，曾任官房总务科科长，是有望成为次官的经产省超级精英之一。2010 年，他就任贸易经济合作局海外战略担当大臣官房审议官，成为向越南推销核电的旗手。今井曾担任过安倍首相的秘书官。

民主党政权的高官对这种人际“关系”表示怀疑。

“这是在政治层面被刻意整了，是有政治意图的举动。”

高官愤愤不平地说道。[*3]

有报道称菅下令停止注入海水这一举动加剧了核电站危机，这让菅政府陷入了窘境。4 月 29 日，灾后 3 月 16 日刚被任命为内阁官房参与的东京大学研究生院教授小佐古敏庄，批判菅政府的应对方式，称这是“轻视法律和准则的权宜之计”，随后便辞职了。这致使已遭质疑的菅的领导能力看上去更加危险了。在这种时候，如果报道称外号“急躁菅”的首相说着“我可没听说过”，勃然大怒地叫停了海水注入，人们会认为“这也是意料之中的”，因而很容易接受。

小佐古那时候称，将小学校园的年辐射允许量定为 20 毫西弗，“即便从我的人道主义立场来说也很难接受”，含泪做出抗议的辞职。其实这背后也隐藏着政治阴谋。声称小佐古是“可用之人”并将其带入首相官邸的，是一直在策划“逼菅下台”的小泽一郎集团的一员，即众议院议员空本诚喜。空本是小佐古的学生。

获得内阁官房参与的头衔，能够出入首相官邸的小佐古，曾向官房长官枝野幸男和副长官福山哲郎等高官进言，称“如果收紧核辐射污染标准，食品就将从日本市场上消失，应该进一步放宽食品的暂定限制值”“核电站从业人员的可接受辐射量不应该更加严格。如果再严格一点的话，就没有工作的人了”。这与含泪辞职大戏完全相反，是要求放宽核辐射污染标准的建议。[*4]

就在小佐古到首相官邸任职后不久，便有消息传入，称空本指使各媒体多次批评官邸，并教唆媒体写文章批判菅。来首相官邸的顾问们一味地建议对核污染视而不见。把这样的学者带入官邸的执政党政客首领（小泽一郎），一直在幕后策划“政治斗争”。首相官邸的高官们认为“这很危险”。

就是在这个时候，小佐古突然拿出人道主义，哭着说“为了孩子们，应该更加严格一些”，然后辞职。此后，空本和小佐古在媒体上多次批评菅政府。

首相官邸的高官们觉得自己被诱骗进了“阴谋”当中。

小佐古的含泪辞职大戏打响了逼菅下台的信号枪。而且，暂停注入海水问题让“反菅”情绪在全日本蔓延开来。

在菅直人去参加峰会夸张作秀的时候，菅的外围环境开始逐渐恶化。5 月 27 日，自民党和公明党决定共同向众议院提交内阁不信任决议案，政界顿时局势动荡，充斥着浓浓的火药味。然而，自民和公明两党即便加上在野党无党派议员也只有 159 个议席，远远不及“通过线”的 240 席。如果有超过 81 名的执政党造反，不信任案将获批，但这简直就像是在做梦。

负责菅宣传事务的内阁审议官下村健一说：[*5]

“从去法国之前开始，就有人劝告，说‘在离开的这段时间会发生很多事情，要小心’。但我当时一直觉得不可能发生不信任。然而，我在法国的时候，看起来要造反的人多了起来。”

下村在去法国之前给菅的手机发了一条短信，但菅回复说：“总会有办法的吧。”[*6]

民主党内的反主流派小泽一郎集团开始显现出险恶的迹象。也有报道称，自民党议员古参正在向小泽施压。如果自公两党提交不信任案，小泽集团将表示赞同。看似是天方夜谭的不信任案的获批突然变得具有现实性了。干事长冈田克也急忙为了平息造反扩大的动向，于 5 月 26 日与党派创始人、前首相鸠山由纪夫会谈，要求鸠山协助防止造反扩散。这一举动反而让人感受到了事态的严重性。

事到如今，核电站事故的收尾和灾后重建早已退居二线，政治记者们都兴奋地报道着永田町[①]的战国画卷。由于这样的报道，民主党的政治家们被误导，就像“忧国之士”一样兴奋不已，越发地陷入到权力斗争中去。民主党政治家们尽管面临着前所未有的国难，但他们却把自己的家庭情况和人际关系放在首位，醉心于权力抗争。

“我真是被那种报道暂停注入海水的方式给打败了。正好赶在政治局势日益紧张时被报道出来。尽管那根本不是事实，但‘是菅阻止了’的印象却被深深地植入了民众的各个阶层当中。”

下村这样说道。

确实，正如下村所言，“事实”与此大相径庭。

5 月 26 日，东京电力公司副社长武藤荣召开新闻发布会表示，公司内部调查结果显示，海水注入由于菅而停止一事纯属子虚乌有。以下是东电当天发布的新闻。

19:04 左右　开始注入海水

19:25 左右　本公司派往首相官邸的人员对当时情况做出判断，与总公司和核电站联络称“官邸就海水注入一事尚未取得首相的批准”，根据总公司和核电站协商的结果，决定暂时停止注入。但是，又因核电站站长的判断决定继续注入海水。

向有关人士进行听证的结果表明，关于 19:25 左右暂停注入海水一事，由于核电站站长的判断（继续向核反应堆注水是防止事态进一步发展的最重要因素），实际上并没有暂停注水，而是一直在持续注水。

① 永田町：东京都千代田区地名，与霞关毗邻，同为日本国家中枢机构的集中地。以国会议事堂为中心，首相官邸、众议院议长公邸、参议院议长公邸及诸多政党总部聚集于此。“永田町”因而成为国会、议会等的代名词。

从安倍的电邮杂志开始，TBS和《读卖新闻》过急地进行报道以煽动“逼菅下台”的这一系列骚动，都是带有政治意图的捏造（阴谋诡计）。

东电的武藤这样解释道：

“以东京电力的立场来说，一直是想尽早注入海水，但又犹豫在身为最终决策者的总理大臣没有做出判断的情况下做是否妥当。受到当场氛围的影响，聚集在首相官邸的东京电力的人联络我们说‘最好中止作业’。”

据说并不是菅下令说要停下来，而是常驻首相官邸的东电特别顾问武黑一郎不由自主地考虑到当时的氛围，给总公司发来联络的。现场福岛第一核电站站长吉田昌郎虽然接到了总公司下达的中断指令，但却没有停止好不容易才开始的海水注入。

对于当时的情况，吉田这样描述道：[*7]

“一言以蔽之，当时的现场是生死攸关的处境，要是停下来可能会死。虽然有人说要中途停一下，但没人知道一旦停止，要花几个小时重新开始。这样的话，就只能继续注入海水了。因为在设备一旁的我们看来，这是一个生死攸关的问题。”

遭受大肆诽谤报道的菅感到吃力不讨好。菅非常惊讶，他称：“武黑先生说，最好是先暂停一下吧。他是这么考虑的。现场却说，终于可以注入海水了。而首相官邸的人又说，讨论还没有结束，所以最好停止。首相官邸的人、总公司的人和现场的人，所有的沟通都存在偏差。”[*8]

对于东电会长胜俣恒久来说，“总理大臣下达的停止注入海水命令”这个对付政权的必杀武器最终化作了虚幻，一定是件令人遗憾的事吧。“虽然从结果来看，由于站长权限而……（吉田站长）到现在都没有把这件事告诉（总公司），真是不应该。”5月31日晚，他对聚集在自家门前的记者们这样说道。

虽说真相不同于报道，但政权受到的打击却非常大。势头一旦形成，就不容易停下来。6月1日，小泽在召集小泽集团约70名议员的会议上发言，对菅的不信任案表示赞成。当天，鸠山也明确表示赞同不信任案。由于超过81人造反就将通过提案，离最后通过只有一步之遥了。

在日渐紧张的气氛中，次日即6月2日，菅与鸠山举行会谈，交换了三点确认事项，即“不破坏民主党”“不把政权还给自民党”“对大震灾的重建和受灾者的救济负责”。随后，总理大臣出席了民主党议员会议，并致歉道：“我认为我的做法存在不足之处，并导致了在野党的各位提交不信任案。从这个意义上说，我为自己的不足给各位带来麻烦表示歉意。”之后，他还强调了“不破坏民主党，不把政权还给自民党”的重要性，他说：“当我应该完成的一定任务得以实现的时候，希望年轻一代能够接过这个责任。”几乎所有的人都认为这是菅的引退声明。这就意味着，一旦结束未处理完的事务，首相就会辞职。

受此声明影响，小泽集团进行了自主投票①，造反行动收兵。当天，不信任案以压倒性多数被否决。大家认为，不管怎么说，受此事件影响，菅不久就会下台。

菅宣读的演讲稿在最后一刻被下村健一修改了。民主党议员秘密整理的草稿上写着：“在不久的将来，我将给后来人让路。”下村用红色圆珠笔在笔记本上写下“*终于要到来的一句重大的话*”，意即“我也决定做好思想准备来写稿子。K先生（指代菅）觉得怎么样？”

下村删除了“在不久的将来”这句话，换成了“当我应该完成的一定任务得以实现的时候”这一表述。“这可能会被认为是辞职

① 自主投票：不受政党或团体意向的约束，由成员自行判断投票。

声明，但如果只看字面意思的话，说的是在完成一定任务之前不会辞职。换句话说，这不是一个明确的辞职声明。完成一定任务，并不是那么容易做到的吧。”下村这么说道。[*9]

菅政府正在走向终结，成为一只没用的跛脚鸭。但是，为了最后一项工作表现出了坚韧顽强的态度。

被怀疑的男人

经产省官房总务科科长柳濑唯夫被认为是提供菅下达停止注入海水命令这一消息的“嫌疑人”。对此，柳濑称“感到震惊，出乎意料”。[*1] 这是他在经产省接受我的采访时，当着宣传室室长成田达治的面说的第一句话。经产省的高级官员在接受采访时让宣传室室长在场，是极为罕见的。

“虽然各家媒体的人都向我打听，说‘请告诉我们首相停止海水注入的经过’。但我回答说‘那是假的’。我告诉他们‘首相没有说过那样的话’。尽管如此，自己的名字还是以这样的形式出现，对此我感到非常震惊。”

——据说向安倍先生紧急报告的是柳濑先生……

“我也听说传言是这样的，但我从未和安倍先生谈过。我听记者们说，自己被菅政府的核心政治家们这样怀疑，我真的感到非常惊讶。我的记忆与这个新闻发布内容完全一致。”

说着，他拿出了一份新闻公报，上面有政府和东电联合应对室重新核查并公布的海水注入事实关系。

——不是你挑唆自民党的吗?

“这种说法让我感到非常意外。被人这么说，我真的很窝心。

尽管我一直在努力工作，连吃饭、洗澡、回家、睡觉都顾不上，但却被这么说，我真的很不甘心。”

就这样，他全盘否定了。

3月11日震灾发生后的第二天，也就是12日，柳濑和副大臣松下忠洋一起去了首相官邸，正好在进入官邸五楼时碰上了关于海水注入的讨论。

他记得，当时原子能安全委员会的委员长班目春树不断地说：“总之，必须要注入海水之类的。”那是在1号机组已经发生爆炸后，聚集在那里的所有人看上去都是一副陷入恐慌的样子。傍晚6点左右，菅出现在现场。

据柳濑说，他从未接受过曾报道此事的TBS的采访。不过，他曾接受过除此之外的多家报社和电视台的采访，谈及当时首相官邸的情况。

即便如此，记者们为什么选择柳濑作为采访对象？如果采访柳濑的话，那么应该是估计到他了解菅直人对海水注入下达了怎样的指示。但是，如果是对当时首相官邸的对话进行采访，有比柳濑更好的新闻来源。在菅的周围，班目委员长、福山副长官、两位助理细野和寺田、东电特别顾问武黑、内阁审议官下村等“大人物”一溜儿都在。如果是正常流程的采访，一般做法是首先从这些方面取得相关事实的证据。本应在经产省总部工作的柳濑，这时碰巧在首相官邸。如果不是有人诱导“问那小子就会知道”，或者本人有亲自带头向媒体披露的意图，记者们不会发现他确实目睹了整个讨论过程。由于与他接触的不是一家，而是多家媒体机构，更让人不由得这么认为了。

后来，柳濑告诉我：“那件事好像是东电的人干的。”

“有人告诉我，说知道了自民党的新闻来源。好像是东电的人。似乎是东电总公司内部流传着菅总理下令停止注入海水的消息。那人还说：‘连柳濑你也被怀疑，真不容易啊！’”[*2]

有观点认为，是有能力在东电总公司二楼对策总部看到电视会议的人，向自民党的安倍“紧急报告”了此事。这种可能性是完全存在的。

因为在停止注入海水的骚动发生之前，东电职员整理了一张A4纸，给看似愿意拥护东电的媒体记者看，纸上写的题目是《首相官邸的话净是谎言》，并列举了以下内容。这名东电职员曾出入总公司二楼的对策总部。据说这张纸在4月底至5月间被分发给了媒体。

● 地震当天，下令让载有社长的自卫队飞机掉头的是枝野。枝野说“社长回到小牧基地之后才听说此事”，这是虚假回答。

● 3月14日，即错峰停电的第一天，引起混乱的也是枝野。他用像律师一样的口吻恫吓道：“如果人工呼吸机的患者死了，我们将以杀人罪起诉东电。”并强行中止了第一天上午的错峰停电。在新闻发布会上，他却如同第三方一般地评论道：“能避免这种事情真是太好了！”

此外，纸上还写了迁怒于媒体的内容。对于最近受到关注的自由记者，是这样记录的：

● 在东电的新闻发布会上，自由记者为所欲为。他们将其视为千载难逢的扬名立万的机会，让发布会沦为展示异常自我表现欲的场所。

而且，上面还这样清楚地写道：

- “因为害怕废堆而推迟了海水注入”，这也是谎言。不如说是，在东电开始注入海水之后，首相官邸加以制止了。

东电职员的这张纸上清楚地写着，是由于首相官邸的缘故，被迫停止了对1号机组注入海水的作业。当时，在首相官邸的东电特别顾问武黑一郎打去电话说“在总理大臣批准之前，我们先暂停注入海水吧”，而很有可能东电总公司的工作人员把这句话理解成首相要求停止注水的命令。

站长吉田大声命令停止注水的样子也通过电视电话会议系统让很多职员知晓。这使得“是菅导致注水停止”的意识根植在这些人心中，令他们形成了对菅政府的憎恶。那张纸上还写着：“一旦发生事故，就把责任推给运营方，而政府根本不承担责任，不仅如此，他们还摆出一副自己是正义一边似的面孔，这是怎么回事？！”

正如柳濑所说，东电有人向自民党通风报信，结果柳濑被当作了可以获得证据的采访对象——有这种可能吧。

东电的一位部长即便在明确了解到站长吉田一直在持续注水，海水注入并未中断的事实之后，还说：“仍有隐情。首相官邸方面有很大的过错。核电站事故的发生是因为民主党执政。自民党执政的话，一个核电站都不会发生爆炸。”[*3] 此外，他还表示，福山和寺田是在“编故事”，因此对他们进行采访是无法接近真相的。

这位部长不断地向媒体披露他对首相官邸的批判。不过，试着取证的话就会发现，大部分都是不值得报道的缺乏根据的虚假消息。在后来被公开的东电视频会议系统的声音中，记录下了他要求压制媒体对东电的批判、试图淡化事态严重性的提议。

东电没能摆脱自己是“受害者”的意识。尽管如此，菅政府却把他们当作加害者，这是他们无法忍受的。

因此，他们策划政变的动机非常充分。

百人“下凡”

经产省与电力行业、原子能村因金钱和职务联系在一起，处于一种被束缚的状态。福岛第一核电站发生核事故成为与切尔诺贝利事故一样的人类历史上最严重的核事故。尽管经产省是责任部门，但在根本性的改革——弃核、电力自由化——问题上保持暧昧态度，之所以如此，是因为两者已经成为了密不可分的一体。

虽说有极少数的、问题意识强的、有良心的改革派官员，但经产省内的大多数人对于向电力行业和原子能村采取强硬行动即采取让对方讨厌的对策这一问题上，一直都是犹豫不决的。作为资源能源厅次长，试图坚持保留核电及电力“捍卫国家体制”路线的木村雅昭，以及涉嫌参与“逼菅下台”的柳濑唯夫，就是这样的人。为牵制有强烈改革志向的电力市场整备科科长山下隆一而被派到能源厅的电力与燃气事业部的糟谷敏秀也是如此吧。这样一个经产省的势力核心当然有事务次官松永和夫、能源厅厅长细野哲弘、原子能安全保安院院长寺坂信昭。他们的身后有自民党电力族的原经产大臣甘利明和与之肝胆相照的原事务次官望月晴文（内阁官房参与），极具威慑力。

对他们来说，“保护电力”“推进核电”一直是该组织的DNA。因为他们一直都是这么做的，所以无法摆脱这个框架。他们没有勇气改变前辈们多年积累起来的政策和制度，而是通过遵照无可非议的先例来蒙混过关。尽管经产省是引发了高达“7级”的、人类历史上最严重核电站事故的战犯官厅，但他们却缺乏“战犯意识”和“责任感”。对东电太温和，对核电推进工作太过理解。

石田彻（原资源能源厅长）从经产省退休后便到东京电力当起了顾问，包括副社长薪资一起，年薪达到 1 860 万日元。以他为首，经产省的“下凡者”遍布九大电力和冲绳电力、电源开发。除此之外，“下凡”到电力和能源相关的独立行政法人及财团法人等处的经产省 OB，仅经查明的就有 61 名法人，涉及 108 人。

日本能源经济研究所有 6 名“下凡者”，其领头人物理事长丰田正和（原经产审议官）的年薪，根据董事薪酬规定，高达 2 380 万日元至 2 720 万日元之间。同样，根据各集团董事薪酬规定等文件，日本热泵蓄热中心专务理事林光明（原原子能安全保安院液化石油气保安科科长）年薪 1 500 万日元，原子能环境整备促进资金管理中心专务理事古贺洋一（原产业技术综合研究所评价部部长）仅月薪总和（奖金不详）1 174 万日元，海外电力调查会专务理事稻叶裕俊（原四国通产局局长）年薪 2 092 万日元，新能源财团会长近藤隆彦（原专利局局长）薪酬上限为 1 890 万日元。日本选址中心专务理事瓦田荣三（原九州通产局局长）到手年薪 1 200 万日元，能源综合工学研究所专务理事山田英司（原中部经产局资源能源部部长）到手年薪 1 600 万日元至 1 776 万日元之间，同在能源综合工学研究所的理事田中隆则（原原子能安全保安院原子能安全宣传科科长）到手年薪 1 376 万日元至 1 536 万日元。

以经产省为例，职业公务官通常能升到审议官（部长）级别，但过了 50 岁就会被摘除，不得不以“下凡”的形式去政府机关以外的地方度过第二人生。成为这类人接收单位的法人仅电力和能源相关的就有 61 家，其中大部分接受经产省的补助金和委托调查费，依靠各电力公司的会费支撑经营。换句话说，这些“下凡者”1 000 万日元至 2 000 万日元的高额年薪的本金是我们缴纳的税款或电费。

纳税人的钱被用在了这些团体身上，完全浪费在这些非必要的产业上。独立行政法人的新能源产业技术综合开发机构、日本原子能研究开发机构、原子能安全基础机构，分别获得 3 048 亿日元、1 768 亿日元、206 亿日元的税款，用于资助电力行业和核反应堆制造商的研发项目等。此外，在核电站的安全宣传及各种调查委托等方面，至少共计支出了 138 亿日元税款给 27 个团体，把钱撒在了“核电站是安全的”这一政治吹嘘上——事故发生后，这些吹嘘连黑色幽默都称不上——以及举办推进核电的“作秀”活动等方面。

由于这些各类团体维持生计全靠沾点经产省预算的光，所以政策、制度的变化会直接影响到 OB 的生活规划，甚至会左右现役官员的未来规划。因为这种构造建得非常坚固，所以无论年轻官员觉得这再怎么不合理且效率低下，在前辈们面前也无法停下来。因此，现役组无论如何都会想要采取维持现状、沿袭过去路线的“安全对策”。

换句话说，如果停止向“下凡”团体投入不必要的税款，“下凡者”就将无法生存下去。比如，以曾经世代接纳经产省 OB 的日本原子能文化振兴财团为例，由于自民党的消除浪费项目和民主党政权的业务分类等规定，该财团的核电宣传业务被认定为“浪费税款”，成为被攻击的对象，所以被逼到要缩小规模的地步，不得不将员工数从超过 70 名减少到 40 名。这样一来，经产省似乎感到没有好处，或者有被迫承担责任的风险。关西电力出身的专务理事横手光洋说：“两年前是最后一次经产省 OB‘下凡’，之后就没有了。政府的委托项目也减少了。”[*1] 他们这些经产官员实在是善于见机行事。

而且，由于经产省的人事变动会安排官员在一两年的短期时间内辗转于不同领域的职位，所以结果就是绝大多数人都没能掌握专业知识和技能就结束了仕途。虽说走的是“知名应试学校→东大→经产省”这样的应试精英路线，但由于在过短时期内不停地变动，最终没能磨练出作为政策拟定专业人士的本领，而止于成为通用的办事员。即便是被称为“能干”的官员，如果仔细分析其能力的话，往往会发现只不过是善于做政治家的事先疏通工作，以及善于向媒体泄露信息。他们提出的许多政策，只不过是走在前面的欧美政策的翻版，或是极其夸张地表演给别人看的权宜之策。

反过来说，能被国外发达国家接受的源自日本的政策相当于没有。政策总是从国外引进，没有出口到国外的。输配电分离是在英国的撒切尔改革中采用并推广到西欧各国的方式。可再生能源的引进在德国和西班牙得以推广，同样在欧洲各国得到普及。看似开创性的政策皆始于大洋彼岸，日本的政策制定能力远不如世界其他国家。

因此，他们最终只有“下凡”这一条路。在电力自由化的进程中，曾是激进辩论家的迎阳一（原商务部流通审议官），下到曾是绝对反对自由化最强硬派的关西电力任常务，同样曾参与电力自由化的石田彻被迫转到东电工作也是因为这样的背景。他们曾经的上司回顾过去，感慨道：“那时的能源厅公益事业部大家畅所欲言，可是支相当不错的部队。”如今看着部下们此后的人生，叹息道：“最后还是人的生活方式的问题啊。”*2

电力行业不仅是接纳这些“下凡者”的地方，还是现役官员子女的就职地。后来成为事务次官的安达健祐（东京学艺大学附属高中、东大法学院）和曾被任命为核电站事故发言人但因婚外恋风波而被撤换的审议官西山英彦，都有曾在资源能源厅就任管辖电力行业的电力与燃气事业部部长经历，而且两人的女儿都曾就职于东电。

一位曾经担任能源厅电力与燃气事业部科长的官员坦言：“进出政府机关的东电企划部的人经常对我说‘您孩子在求职方面遇到

困难的话，请务必跟我打招呼，我来想办法’。要是以一般官员的考量来说，会感到难为情，不会说‘那就拜托了’之类的话，不过呢……”*3

安达、西山等曾任外局局长者（OB）至少有6人让子女在东电就职，他们不具有“一般官员的考量”。

能环会议

菅官邸认为不能把能源政策交给经产省的想法日益强烈。为了牵制经产省试图重启综合资源能源调查会的想法，首相官邸着手成立了一个官邸主导、政治主导的会议集合体来讨论能源政策。5月19日，菅在首相官邸召开第八次新成长战略实现会议。他在会上宣布，将在经产省之外设立一个论坛以讨论能源政策。

大震灾之前的新成长战略实现会议，是为了回应“民主党政权只顾分配政策，经济增长政策不足”的批评，召集阁僚、经济界代表、劳动界代表等讨论规划适合本政权的增长战略会议。这一举措的主要支柱是以面向越南的核电站出口为代表的“成套基础设施的海外推广”。换句话说，经产省官员作为“事务局”有着密切联系的，曾是核电站推进地的会议集合体，突然被置于经产省无法触及的地方，并被调转至弃核的方向——对，是向相反的方向转舵了。

此后，菅直人前往法国，一回国便经历了浦岛太郎①般的心

① 浦岛太郎：日本古代传说中的人物。浦岛太郎是个青年渔夫，因救了神龟，受邀到龙宫。数日款待后，浦岛太郎辞别。龙女赠以玉匣，告诫不可打开。回到岸上，浦岛太郎发现百年已过，物是人非。慌忙中他打开玉匣，匣中的白烟将其变作了老翁。

境，日本国内爆发了不信任案骚乱这一政治斗争。但在6月3日，也就是对菅的不信任案被否决的第二天，其亲信官房副长官福山哲郎采取了行动。

当天下午2点，在内阁府总部秘密举行了“为制定‘创新能源与环境战略’的筹备会议”。出席会议的有内阁府担当副大臣平野达男、经产副大臣松下忠洋，以及来自党内的成长战略与经济对策项目组事务局局长近藤洋介、资源能源厅厅长细野哲弘等人。

福山先打开了话匣子。“我不知道像目前为止所做的那样，委托内阁府原子能委员会和经产省综合资源能源调查会按照传统思维来决定能源政策是否正确。包括乏燃料的问题在内，应该好好整理一下吧。总理大臣提到的输配电分离也应该好好地纳入其中。”关于电力供需对策和总理大臣所说的1 000万户太阳能面板的具体落实问题，平野说：“我们这边会处理。”福山追击道：“我认为二氧化碳对策也应该成为这里讨论的一部分。”[*1]

对于经产省能源厅来说，这是一场从始至终都被问得无言以对的会议。自己地盘上的能源政策将被剥夺。在他们看来，福山是个碍事的人。“为什么那家伙那么热衷于这些事？”能源厅的事务官嘟囔着透露了一句。

由于这次筹备会议的关系，6月7日，在首相官邸召开的第九次新增长战略实现会议上，决定设立以相关阁僚为成员的“能源与环境会议”。国家战略担当大臣玄叶光一郎将担任会议主席一职，其事务局将设在内阁官房国家战略室，而不是经产省。会议还确定了一个时间安排表，要在2011年年底前提出基本方针，2012年夏天制定“创新能源与环境战略”作为新的能源政策。当天晚上，菅给下村手机打电话联系，说了以下内容：

“经产省正在活动，把人派往各处。他们居然把恢复核电的文件带到新增长战略实现会议上来了，所以我把他们赶跑了。把原子能安全保安院从经产省分离出来，挂在环境省下面，改为原子能安全厅。”[*2]

这分明是敌视经产省的发言。

6月22日召开的第一次能源与环境会议上，这种路线对立已经明显化。在会议开始时，菅说道：“这次事故使我们有必要重新探讨能源政策的方向性。有必要将节能、新能源作为新增长的跳板。”环境大臣松本龙也用丰富的资料说明了日本在可再生能源业务方面被远远甩在后面的情况，比如“风力发电企业的前三名都被中国企业占据”。

对此，经产大臣海江田万里一开始就提到：“6月18日，我们发表了关于重启核电站的谈话，希望核电站所在地区的地方自治体了解核电站的安全性。”为了准备重启核电站，他表示：“如果目前正在接受定期检查的核电站无法重启的话，不仅东京和东北，连西日本的电力供需都会紧张。一旦这种状况持续下去，一年以内所有核电站的运行都将停止。”接着，他按照经产省行政官员准备好的方案说：“这样下去，电力供给的不确定性和成本的上升有可能加速国内企业向海外转移，导致产业空心化。”关于重新启动的问题，他还表示：“如果有必要的话，我想亲自直接前往核电站厂区所在地区，向他们解释。”

官房副长官仙谷由人像是在责备政权内部弃核的倾向，他说：“经常出现诸如可再生能源、节能这样的词语，但对于核电站的重启问题，我们是不是需要更为现实的应对？我们应该讨论安心使用核能的方案。”也许是从这番话中获得了信心，曾在核反应堆制造商日立制作所工作的国土交通大臣大畠章宏做掩护射击，说：“地方自治体领导接连发出弃核的信息，但产业界认为这说明日本的电力不足。照这样下去，日本的产业将会向海外转移。只要国内不发出能够供应足够电力的信息，企业就会这么认为。”

出乎意料的是，核电拥护派的发言占据主导，备受瞩目，在此情况下，国家战略担当大臣玄叶光一郎起到了制动器的作用。他主管国家战略室，负责能环会议的事务局。而且，由于他是从灾区福岛选出来的，所以他不可能支持核电发展。他说：“我还想在这里讨论核燃料循环设施等后端问题。从中长期来看，我认为有必要转变思维定式。”发言里渗透着转变能源政策的想法。他还说：“作为我个人的想法，希望能够超越‘放弃核电’和‘推进核电’的二元对立。我认为一边逐渐减少对核电的依赖，一边开辟节能、可再生能源之路很重要。”他的发言暗示了能环会议应有的前进方向。[*3]

玄叶为了从经产省以外的渠道招揽精通能源政策的部下，悄悄询问已转到瑞可利工作的伊原智人：“要不要做我的政务秘书？”伊原是决意重新评估核燃料循环计划并行动起来的资源能源厅 6 名年轻官员的核心人物。在 1990 年进入经产省的小组里，他走在前列。同年进入经产省的人对他评价道：“他的政策判断力很好，是一个有说服力的人，作为政府官员能力很强。将来肯定能当上次官，最起码也能当上局长。”然而，奋起的 6 人遭到镇压，被换掉的伊原也辞职了，此时已经在瑞可利的技术管理室工作，担任高级经理。

玄叶虽然十分赏识伊原的能力，但是政务秘书官的身份却不稳定。面对走向倒台的菅政府，不知道玄叶能在阁僚的位置上待到什么时候。好不容易让他从民间企业辞职过来，总不能只给他一个不稳定的身份。于是，6 月 12 日，国家战略室决定公开招募规定任期的能源政策职员，以聘用伊原任此职位的形式接收他。

7 月 1 日，伊原被录用，时隔 6 年回到霞关，担任内阁企划调整官（科长级），任期 2 年。

经产省对首相官邸主导推行的能源政策变动感到非常担忧。资源能源厅综合政策科科长小宫义则为了与能环会议抗衡，决定重启经产大臣的咨询机构“综合资源能源调查会”。他召集各路大人物成立了一个能源贤人会议，但却几乎被媒体忽略，没有媒体进行报道，结果贤人会议变成了贤人们的“信口开河大会”，一发不可收拾。

因此，必须重新设立被赋予法律地位的正规舞台——综合资源能源调查会。但是，像以往那样启用核电站御用学者及电力行业等有着密切关系的有识之士，经产省方面的意图便一目了然，反而会产生相反的效果。尽管如此，也不可能把明显反核电的倡导者列入其中，因为那样自己这边的编排就会失去效力，使会议陷入困境当中。

为此，他决定在综合能源调查会内部设立“基本问题委员会”，打算让经产省便于拜托的新日本制铁会长三村明夫担任委员会的会长。新日铁和东电一样，都是与经产省配合默契的老牌公司。而且，6 月 22 日接替木村雅昭出任能源厅次长的今井尚哉是新日铁原会长今井敬的亲戚，与新日铁关系非常亲密。首先，让三村担任基本问题委员会的会长。剩下的几个人选，把不同类型的委员加进去就行。小宫是这么想的。这些不同类型的候选人是对核电站持有严厉看法的环境经济学权威、京都大学教授植田和弘，主张输配电分离的东大教授松村敏弘，以及环境新闻记者枝广淳子。此外，计划再加上寺岛实郎等几位贤人会议的成员。

“我接到了小宫先生的电话和邮件，他说从一开始就决定由大规模用电和大规模生产型的产业界领导出任会长，只有三村从一开始就确定了。”植田这样说道，“我很清楚自己是用来做不在场证明的。但我还是考虑答应出任委员的请求。”植田先介绍了德国施罗德政府时期的辩论，当时尽管受到产业界的强烈抵制，但还是转向

了弃核路线，他说："日本也需要经过一系列认真的讨论。" [*4]

看到首相官邸能环会议的进展后，小宫连忙给候选人发了邮件：

"我们恳请您务必作为委员出席会议，并希望与您展开讨论。(略) 如果可能的话，我们计划在本月内启动综合资源能源调查会的总委员会，在进行必要的听证等基础上，7月内完成中期总结材料，整个日程略微有点紧，希望能够得到您的理解，非常感谢。" [*5]

竟然想在短短一个月内得出一定的结论。6月下旬召开第一次会议，7月中旬举办第二次、第三次会议，并听取电力行业、大型企业和地方自治体等用电大户的意见，7月中旬完成名为观点整理的"中期总结材料"——就是这样一个时间安排。[*6] 打算在17名委员中，只安排植田教授等3名不同类型的委员。听取意见的对象也是电力行业及对电力需求量很大的产业界。结论会如何，已经非常明显了。

经产省已经开始举全部门之力发起反攻，收复失地了。

5月，原子能安全保安院的秘密部队被派往遥远的九州。这支秘密部队的任务是为九州电力位于佐贺县的玄海核电站的重启做准备工作。

第 14 章　政权垮台

玄海风波

经产省对菅急于推荐的弃核路线抱有戒心，一心一意奔走于维持核电之路。经产大臣海江田万里 6 月 18 日发表讲话“关于核电站的启动”，包括 8 项，是朝着维持核电方向展开的事前准备工作。海江田在该谈话中极力主张，核能仍是重要能源的四大支柱之一，并提到停运浜冈核电站是基于东海地震这一特殊情况的一个“例外”。他强调其他所有核电站的安全性已得到确认，并指出，如果大幅降低对核电站的依存度，推进以火力发电取代核电，电费将不得不涨价，有可能会导致产业空心化等问题，流露出继续推进核电站的强烈意愿。

对于今后也想积极推进核电的知事们来说，海江田的谈话是容易接受的。佐贺县知事古川康就是其中一位，他的亲生父亲是九州电力的 OB。古川当天表示：“我认为今天经济产业大臣的谈话明确表明了国家重启核电的意图。”此时，全国 54 座核电站中有 35 座停止运转。九州电力位于佐贺县的玄海核电站的 2 号机组和 3 号机组因定期检查而停止运转，显然是否重启迟早会被作为问题提出。

海江田的谈话正是在这样的时机发表的。

经产省认为佐贺县是一个重要的试金石。资源能源厅综合政策科科长小宫义则在5月30日的演讲中表示，他认为佐贺县知事古川康是核电推进派："知事的真实意图是说'请政府为顺利运营核电站创造一个契机'。因此，为了能让玄海核电站顺利启动，他开始策划，并暗中拜访保安院各部队。"*1 经产省一直在与佐贺县政府进行秘密合作，为重启玄海核电站的2号机组、3号机组做准备工作。

此番重启玄海核电站的举动并没有向首相官邸通报。因此，以重启除浜冈以外的核电站为目标的海江田没想到，菅竟然发言表示允许。

6月19日，也就是海江田明确发表8项大臣讲话的第二天，菅在首相官邸举行了"关于自然能源的'总理大臣与民众公开对话'"活动，菅尝试通过利用互联网视频会议系统，与聚集在日本国内四个会场的民众进行直接对话。网络节目公开了整个交流过程。

在持续了近两个小时的活动中，一位民众问道："菅首相向自然能源倾斜，而在这种情况下，经产大臣却热衷于重启核电站，虽是同一个内阁，但看起来似乎并不一致。"对此，菅在强调"停运浜冈的要求"是个例外之后回答道："希望切实贯彻执行更安全的检查方针，因定期检查而停运的核电站要从已确认安全的核电站开始，依次逐一推进重启工作。经产大臣是这么跟我说的。而我也有同样的想法。我们并不是说现在要停运所有的核电站。"

各大报纸对此的报道是，菅批准重启核电站。菅的表述让大家都这么认为。

当然，海江田一直认为自己和菅的想法是一致的。

核电站在九州电力供应量的占比超过了 40%，而在停运浜冈核电站的中部电力中占 14%～15%，可见九州对核电站的依赖程度极高。受东日本大地震及之后的电力限制令影响，不少制造商将生产从东日本转移到西日本。海江田认为："在这种形势下，确保西日本电力应该非常重要。"[*2]

我曾以为，海江田在 6 月 18 日发表的 8 项大臣讲话得到了菅的同意，因为我考虑到当初提出停运浜冈要求时，在"不波及其他核电站"这一点上两人是达成了一致的。

6 月 29 日，海江田视察九电玄海核电站所在的佐贺县玄海町公所和佐贺县政府。他在前一天试图与菅联系，但首相秘书回答说："总理大臣有众参两院议员大会和与乙型肝炎诉讼案原告团的会面，有点安排不过来。"于是，海江田在电话里留言说："我明天去趟佐贺。"然后就出发去了九州。[*3]

29 日，海江田与玄海町岸本英雄町长和古川知事进行了会谈，岸本许诺说："如果政府能够切实保证核电站安全的话，我会告诉九州电气，同意重启。"古川也下保证说："我的疑虑都消除了。"在之后的 7 月 4 日，岸本会见了九州电气社长真部利应，同意重启 2 号、3 号机组。

海江田回到东京的当晚，菅打来了电话。菅告诉海江田："重启只有原子能安全保安院的同意是不行的。要好好和原子能安全委员会协商，取得同意之后再进行。"面对突如其来的消息，海江田大吃一惊。菅能听到海江田在电话那头与行政官员的谈话情况。然后，海江田回答说："按照法律规定，不需要和原子能安全委员会协商并得到他们的批准。"《电气事业法》规定，对完成定期检查的核电站的重启予以批准的是保安院。内阁府的原子能安全委员会与此无关。

菅对此并不认可，他接着说："即便现行法律这样规定，但由于经产省原子能安全保安院是此次核电站事故的第一负责人，所以就算该部门批准，民众也不会同意的。因为经产省不被信任，所以让内阁府原子能委员会也出面处理。"这对海江田来说实在是事出突然。"明天我要去首相官邸，到时候我们来详细谈谈这个问题吧。"*4

6月29日晚，也就是菅和海江田之间的对立得以确定的那晚，菅总共去了东京都内3家料理店喝酒。他在与亲信众议院议员寺田学等前往赤坂的寿司店之后，与内阁府政务官阿久津幸彦、众议员加藤公一、堪称主力的国家战略室工作人员前往六本木的烧烤店，兴致勃勃地讨论了对经产省的不满。后来，他与夫人伸子及福岛县南相马市市长樱井胜延等人在六本木的一家意大利餐厅聚餐。

"和浜冈那时不同，在玄海核电站的事情上，经产省不提前向我汇报情况，而是试图将其变成既成事实。所以我那时打电话给经产大臣沟通。"

菅这样回顾当晚的事情。*5

"他们经产省一直在有意识地开展宣传活动，说'停运核电站会导致电力不足，因此尽快让核电站重新运作起来吧'。所以他们不告诉我，而是试图积累既成事实。但我已经识破了这点。"*6

造假邮件

6月21日，也就是海江田访问佐贺县的八天前，九州电力副社长段上守、董事兼常务执行干事（原子能发电总部长）诸冈田雅俊、执行干事大坪洁晴（佐贺分行行长）三人于上午8时50分左右，前往佐贺市的知事宿舍拜访了知事古川。由于段上和诸冈将在一周后即 28 日的股东例会上退任，所以是借问候之名去的。

据大坪后来写下的备忘录*1 显示，知事古川在表示“我们必须小心翼翼地走好重启玄海核电站的每一步”之后，还提到了将于 6 月 26 日星期天举行“政府主办的县民说明会”。这场“政府主办的县民说明会”将通过有线电视和互联网进行转播，以大概 5 名本县民众代表进行提问的形式举行。“虽然也曾考虑让反对派团体中的一人参加，但是主张反对的人当中也有各种各样的想法，很难从多个团体中选出一个代表”“我觉得让普通民众提简单问题更符合会议宗旨”“要是反对派学了很多知识，要讨论专业方面问题的话，普通民众可能会觉得无聊”，知事这样解释道，对反对派的加入表现出消极的态度。

他接着向九电提出要求：“希望大家也能从允许重启核电的立场出发，通过网络提出意见和问题。”

事实上，在这个“政府主办的县民说明会”之前，5 月 17 日，原子能安全保安院向佐贺县行政部门说明玄海核电站应急安全对策确认结果的视频被发布到网络上，当时佐贺县政府方面对九州电力发出近乎让其造假的要求：“应知事的强烈愿望，希望你们在网上写意见。”对此，九电给员工发了一封电子邮件，请他们填写支持重启核电站意见。*2

在 6 月 26 日的“政府主办的县民说明会”上，古川表示希望对方做与此前同样的事情，也就是说，是古川主动对九电提出“造假”的。

在古川看来，引导转向弃核的菅是一个“让人为难的存在”。他当着三位九电人的面这样抱怨：

“大家忧虑恐惧的政府这边的风险在于‘菅首相’的言行。在全国知事会议上，为准备重启核电站，首相原定要宣读声明。然而，尽管准备了与经产省磋商调整过的发言稿，但到了现场，首相却没有宣读。”

前来问候拜访的九电副社长段上等三人此后路过荞麦面馆吃午饭时，就县民说明会进行了讨论。三人担心反对派会在网上形成舆论，谈到了“要是有希望重启的声音就好了”“希望在这个重要时期能让参与人数多起来”等内容。

此后，段上和诸冈指示下面的管理部长增加赞成的投稿。该下属就“26 日的县民说明会（节目）”事宜通知四家核电相关分包商的九州电气 OB，并发送邮件请他们投稿支持重启核电站。另外，他还向核电相关的 69 名管理岗发送了同样的邮件。结果有 17 名分包商和 34 名九电员工投稿支持重启。

另一方面，分店长大坪指示三名下属“在 26 日的县民说明会（节目）中，请九电的商业伙伴和大客户、工商会议所提赞成意见”，并让他们带着赞成投稿的范文一一拜访工商会议所和有生意往来的中小企业。在此推动下，商业伙伴 75 人、客户 4 人、九电员工 11 人投稿表示支持。节目收到的 473 封邮件中，有 141 封是“造假邮件”。

仅就这个“县民说明会（节目）”来说的话，虽然经产省不承认为了让支持重启玄海核电站的意见更多而故意编排或诱导民众，但过去经产省主办的核电相关活动中，曾一度充斥着经产省唆使的“造假”行为。在 2004 年玄海核电站钚热利用研讨会上，保安院原子能安全宣传科科长曾诱导九电，称：“不要让研讨会会场空位明显，不要让发言的全是反对派的人，让九电相关人员也多多参加发表意见。”同年，在四国电力伊方核电站的钚热利用研讨会上，原子能安全宣传科科长也同样要求四电有组织地动员大家，他说：“请四电的相关人员也来参加，发表意见。”在 2008 年北海道电力的泊核电站钚热利用研讨会上，资源能源厅的核电站选址对策宣传室长向北电负责人提出要求，说："也请做好让推进方发言的准备。"于是北电就号召员工参加研讨会。这样的例子不胜枚举。

因此，当九电东京分公司的两位负责人听能源厅核电站选址对策宣传室长告知，政府主办的玄海核电站县民说明会将作为节目播放，并通过电子邮件和传真受理意见时，两人很自然地认为需要像此前一样进行"造假"。九电的两人领会到的是，能源厅室长解释的目的在于"希望能提出支持重启玄海核电站的意见"。[*3]

压力测试

海江田前往首相官邸与菅进行直接交涉，是在玄海核电站重启前的"造假"事件顺利结束，他与知事古川及町长岸本会谈后的 6 月 30 日。在首相官邸，海江田被菅告知"想做压力测试"。

福岛第一核电站事故发生后，欧盟（EU）一直在进行压力测试，以确定核电站在停电或自然灾害情况下的承受能力。菅效仿其做法，说："在压力测试完成之前，不能批准重启核电站。"

对海江田来说，就像是"被拆台"的感觉。尽管他亲自去拜托希望重启玄海核电站，但却陷入需要撤回之前所言的窘境，说"那是个错误"。[*1]

7 月 4 日，菅召集海江田和上任不久的核电担当大臣细野豪志，在首相官邸交谈了 40 多分钟，第二天 5 日，三个人也就压力测试问题协商了 1 个小时左右。讨论的结果便是，菅在 6 日的众议院预算委员会上表示："民众是否能够同意仅凭目前的法律制度来运转（核电站），我想未必如此吧？"然后他说"所有的核电站都需要一个基本的规则"，并宣布要引进新的规则，即"压力测试"。他还明确表示已经向细野和海江田下达了指示。

海江田果然对这样的菅忍无可忍。7 日，在参议院预算委员会上，自民党议员礒崎阳辅逼问海江田："面对佐贺县的人，你不应该引咎辞职吗？考虑辞职怎么样？"海江田回答说："等时机成熟，我也会负起责任的。"突然表明了辞职之意。就在这之前，复兴大臣（环境大臣）松本龙刚刚因自己的奇怪言行而辞职。接着，海江田也表明辞职之意，似乎是为了反抗菅。以顽强的架势在紧要关头复苏过来的内阁，再一次陷入了崩溃的边缘。

佐贺县知事古川不断要求与菅面谈，海江田也向菅提出了请求，但菅没有答应。古川想要得到菅的"保证"，重启玄海核电站，而菅身边的人却提防他这一点。"经产省编排的对外方案是，总理大臣与知事古川会面，要求重启核电站。但如果采用这个方案的话，对市民派出身、重视弃核和可再生能源的菅来说，会被认为'到头来，菅也是核电推进派'而蒙受重创。尽管如此，要是推翻海江田的提议，又会遭到攻击说'菅真是岂有此理'。无论选择哪一个，首相都会受损。所以那时按照经产省的剧本发展下去了。"菅的亲信内阁审议官下村健一这样说道。*2

菅政府最终选择推翻海江田的提议，避免了菅与古川的会面，并在 11 日确定了将压力测试程序作为统一意见。意思就是预先准备两种对策，在实施"一次评价"即确认完成定期检查的核电站在遇到超出设计预想的海啸和地震时的耐受力之后，再判断是否应该重新启动。然后，对正在运行的所有核电站进行"二次评价"，再判断它们是应该继续运行还是中止运行。而且，电力公司做出的评价将由原子能安全保安院确认，之后再由原子能安全委员会确认其是否妥当，摆出了双重确认的姿态。

菅回顾当时的情况，这样说道：

"媒体的人那时说是'一时兴起'或是'事后拆台'，但我希望他们好好看看里面的东西。发生了这么大的事故，总不能保安院说‘行’我就说‘可以重启核电站’吧。因此，我才想要制定这样的规则。尽管大家嘴上说的都是党内政局或是政权续命之类的话，但事实并不是这样。希望大家看看我想要做的事情。”*3

在7月6日的预算委员会上，日本共产党众议院议员笠井亮曝光了九电邮件“造假”丑闻，社长真部利应在紧急新闻发布会上道歉。九电的自编自演被曝光，进而佐贺县的知事古川曾提出要“造假”的事情也被公之于众。尽管九电成立了第三方委员会，并由作为检察OB而闻名的知名律师乡原信郎担任委员长进行内部调查，但九电擅长的“造假”在第三方委员会那里行不通。结果是，曾委托第三方委员会进行调查的九电重要人物松尾新吾会长不满意调查内容和方向，公开对其进行批评，最终导致调查报告变为废纸。电力公司的这种陈腐的“村霸”特性，成为人尽皆知的“事件”，传遍了整个日本。

从后续发展来看，菅下令“暂停”的判断是正确的。如果在菅接受海江田的建议同意重启之后，“造假”被曝光，反而会遭到舆论的围攻。然而，菅与海江田的对立已经确立了。菅这个人，对海江田来说，是一个将选举区的老对手与谢野馨提拔为阁僚，并且夺走了要求停运滨冈核电站这种可以大显身手舞台的男人。菅还是在推动弃核和重视可再生能源的政策转换上，把自己排除在外的男人。最后，因在玄海核电站的重启问题上被拆台，实在是忍无可忍。

在菅的亲信内阁审议官下村看来，两人分歧的原因在于菅独特的性格。

“菅先生在人们眼中是一个什么事情都想亲力亲为的人，但令人出乎意料的是，他其实是个把事情交给他人去做的人。因此，在菅先生看来好的判断，他会期待别人积极主动来做。所以他会最大限度地交给别人来做。但是，如果接受委托的一方带来完全出乎意料的东西，菅先生就会推翻说‘不对吧’，这样就会激怒对方。生气离开的人，一般都是这种模式。” [*4]

下村这样揣度菅的心情。“海江田是停运浜冈的男人。所以，他能做到这一点。然而玄海就不同了。”

菅也这样回忆说：“浜冈是经产大臣提议要停运的。但同样是这个经产省，这次却提议说玄海要继续。我认为这不会得到国民的理解，所以这次我就阻止了这种做法。想必经产省也有他们自己的考虑吧。” [*5]

当时，对菅来说，参与官田坂广志的吸引力远远超过了经产省。对于当时的事情，田坂讽刺地说：“是经产省阻止了玄海核电站的重启。那些反对核电的人是这么说的。”

“保安院没意见，当地领导也没意见，正打算重启核电站，之后却露出破绽，出现了‘造假’等问题。试图用那种急于求成的方式来启动核电站，是阻止核电的最好的方法。发生那么严重的事故之后还立刻重启核电站，会被认为是不知道吸取教训。”

他还这样说：

“过去，只要有当地领导同意就行，但 3 · 11 以后，我们已经了解到核电损失波及范围很广。因此，我认为取得当地的同意是理所当然的，甚至要其周边市町村，或者全体国民达成一定共识，而我们必须要建立与此相关的机制。因为 3 · 11 以前的旧程序已经不再适用了。换句话说，核电站的重启与国民是否会接受确认安全的程序，与国民的意愿相关。”

“届时，是否仅靠推行核电的经产省下属保安院进行安全确认就行？将保安院从经产省分离出来，首先必须要让其成为一个国民可以信任的独立组织。在此基础上，要实施 IAEA 推荐的正规的压力测试，而不是保安院的安全标准，然后得到安全保证，获得国民的认可。我认为需要这样的程序。”*6

他曾解释说，和急中出错的经产省相反，欲速则不达，不如徐徐图之。

此后，确定了将备受指责的保安院从经产省分离出来，作为原子能安全厅（后来成为原子能规制厅）移交给环境省。菅已经不再相信经产省，而是从田坂和国家战略室得到第二意见后进行判断。在国家战略室里，B队的民间工作人员拥有更大的发言权，伊原的存在感逐渐增强。

这个时候，首相官邸的关注点在于，不启动核电的情况下能否满足夏季的用电需求。菅把经产省次官松永和能源厅厅长细野叫到首相官邸，询问此事。两人的回答是“会陷入电力不足的困境”。菅瞥了一眼他们带来的资料，然后问道：“为什么水力发电这么少？”他们回答说：“这是为了应对夏季缺水。”“可这个水力发电站是抽水发电，是把下面的水抽到上面的池子里一圈圈地转吧，这真的是为了应对缺水吗？”当菅就疑点进行追问时，经产省的官员们什么都没有回答。

“之后还把松永次官叫过来三次。每次提问得到的回答都不一样。数字也在不断变化。因为想早点让核电站运作起来，所以明显是只给我们对他们自己有利的数字，不给对他们不利的数字。我们对此已经习以为常了，这是霞关的惯用手段。但是，对总理大臣也这么做，真是太令人惊叹了！”

菅这样说道。*7 最后，为了让国家战略室检查他们的数据，向经产省能源厅下达了文书，命令其公开资料。首相官邸迫使经产省公开数据，包括企业自行发电能力怎样，节电效果如何，高峰期耗电是否过大，抽水发电效果如何。以文书的形式向部委下达命令，这是极其罕见的做法。

两部法律

随着松本龙的辞职，海江田也表明辞职之意，菅政府已经到了崩溃的边缘。

7 月 6 日的众议院预算委员会上，面对众人之党的代表渡边喜美的提问，菅回答说："我再一次下定决心，将尽我所能去做应该做的事情，直到遍体鳞伤、山穷水尽为止。"表达了想要竭尽全力的决心。

作为首相辞职目标被列出的有，通过第二次补正预算、《特例公债法案》《可再生能源特别措施法案》这三项。其中，《可再生能源法案》是菅政府最核心的法案。该法案旨在引入一种制度，让电力公司以固定价格收购太阳能、风能、水能、地热能、生物质能等自然能源，从而提高可再生能源在发电量中的比例。得益于这一制度的导入，欧洲各国的可再生能源比例提高了，2008 年可再生能源在德国发电量的占比高达 15%。不过，由于其成本相应地要高于核电或火力，因此电力公司从可再生能源发电商购买的电价会比较贵。而以这种高价购入的电，会向消费者收取所谓的"征收金"，也就是采取一种在电费上另加费用，让消费者负担的做法。

《可再生能源法案》看似是由于菅对弃核问题的觉醒而突然提出来的，但其根源在 2009 年政权交接时的民主党宣言。鸠山政府时期的 2009 年 11 月，在经产大臣直岛正行的领导下，资源能源厅开始讨论该法案。而经过一番波折，终于在一年半后的 2011 年 3 月 11 日早晨，也就是东日本大地震发生的当天，地震发生前仅 6 小时，内阁通过了该法案。尽管这是菅冒着政治生命危险一直在试图全力推进的法案，但它原本只不过是从鸠山政府时代接手的法案之一而已，而且是经产省相关的法案中低优先级法案之一，能否通过曾一度令人担忧。

菅夸张地将其作为辞职三条件之一的举动使其突然变成了“政治斗争法案”。

在菅政府逐渐走向倒台的处境下，当田坂问道“总理大臣，您最好考虑一下优先顺序吧。您最想要做的是哪一个？”的时候，菅刻不容缓地回答说“是《可再生能源法案》”。[*1]

该法案于7月14日在众议院会议上进入审议阶段后，由于除电熔炉制造商等电力大量消费型行业外，执政党和在野党之间并未产生大的对立，所以于8月26日得以通过。

与此形成鲜明对比的是，一度被嘲讽为“东电救济法案”的《原子能损害赔偿支援机构法案》由于朝野两党对立严重而被大幅修改。在该法案中，一份被认为是由行政方面的内阁官房经济损失对策室为朝野议员准备的“小抄”暴露了出来。由经产省北川慎介领导，财务省出身的高桥康文等人加入的经济损失对策室于5月创建了该法案的雏形，虽然5月13日在相关阁僚会议上通过了该法案的草案，但由于“救济东电倾向明显”的恶评，政权内没有政治家支持该法案，所以一直被搁置。在一个月左右时间内，由92项条款组成的法案得以完成，速度之快称得上是创纪录。法案于6月14日通过了内阁会议，然而8天后会期末临近，法案通过无望。

但是，菅的不信任案在6月2日被否决后，政府以要通过作为菅辞职目标的《可再生能源法案》等三个条件为借口，决定延长原定于6月22日结束的国会会期。大幅延长会期，为菅总理创造下台的通道——朝野两党为了把菅拉下来，必须要接受国会会期的延长。原本一直被怀疑是否能通过的《原子能损害赔偿支援机构法案》也因此突然复活了。对于无法独自支付数万亿日元巨额赔偿的东电来说，这是一种侥幸。

使东电救济合法化的逻辑是“如果该法案不通过，无法支付巨额赔偿债务的东电迟早会因走投无路而破产。如果出现这种情况，将无法顾及到给受害者的赔偿。为了加快赔偿，只能通过法案”。《原子能损害赔偿支援机构法案》的通过，对于一直庇护东电的经产省守旧派以及自民党电力族议员和支持民主党的电力总联而言，是求之不得的事情。

在众参两院的扭曲国会[①]这一背景下，经验不足的民主党政治家们在摸索着朝野两党该如何修改内阁建议的法案（阁法）。因此，在众议院经济产业委员会任第一理事的后藤斋（民主党）向经验丰富的官员们寻求帮助是很自然的事情。不久，他收到了两份小抄，一份是“法案修改的要点”，另一份是“不允许修改的要点”。制作者是内阁官房经济损失对策室。这是为缺乏议员修正法案经验的民主党政治家准备的资料。

总而言之，里面的内容是要引导官员双方各自让步，定下双方都能接受的条件。对东电的赔偿负担额设上限是“不允许修改的要点”，而将政府责任推到前面则被认为是“修改的要点”，最终，按照官员的指示修改了法案。即使在自民党内部，河野太郎等人也表达了不惜依法对东电进行清算的强硬意见，但甘利明和野田毅等人则呼吁大力强调政府责任。

既然要修改，就得给作为最大在野党的自民党一个面子。在这种局势下显示出存在感的是来自经产省的自民党众议院议员西村康稔。西村说：“为了赔偿能够一直持续下去，要以机构的名义创建一个组织。我能感受到他们在这方面下了功夫。”他一方面肯定后

① 扭曲国会：在实行两院制的日本，执政党和在野党分别控制参议院和众议院，导致执政党提出的法案只能在两院中的一个通过，无法在两院同时通过的状况。

辈们的能力，一方面又表示："但是使用了资金负担等过于复杂的结构，导致内容难以理解。而且，这个法案是按照财务省不想让政府出钱的意愿设计的。我想修改一下法案，把政府责任放在更前面。"*2 西村的话明确指出了一直在推进核电的政府方面的责任。这是西村以及自民党内许多人的意向。这对东电来说是一个值得庆幸的方向。

7 月 22 日，民主、自民、公明三党就明确政府责任、设立允许政府拨款的条款以弥补国债支付不足时资金短缺问题等方面达成协议，朝野达成一致意见。而对于这个方案，就连参与筹备工作的官员们都觉得"不统一"。还有年轻官员透露："原以为是经产省守旧派提出的缺乏条理的方案，却发现可以说比想象的还要差。"*3

在参议院进行反对该方案辩论的众人之党议员松田公太突然被能源厅电力市场整备科科长山下隆一拜访，对方是来"解释"方案的。"这样的方案不奇怪吗？本应进行依法清算的，却为了维护一些利害相关方的权益，弄出一个奇怪的方案。这样一来，东电不就成了僵尸企业吗？"——对于松田的这些质问，山下说了些出乎意料的话。他带着痛苦的表情说："我不能再多做解释了。"在松田看来，当时的山下是一副非常羞愧的表情。"因为山下后来得知我和古贺（茂明）先生关系亲近，就跟我说'如果你和古贺先生关系好的话，不妨去问问他'。我觉得，山下先生应该是带着怀疑态度推进那个方案的，他希望我们能够出来阻止。"*4

但是，由于民主党和自民、公明两党联手，该法案于 8 月 3 日以压倒性多数赞成通过了。

核电站事故已经过去近 5 个月了。媒体在 4 月、5 月的时候，根据超级银行和经产省泄露的信息，写了一连串关于救济方案的内容，已经把这个消息消耗殆尽，似乎对这个法案完全不感兴趣。报道方式很温和，篇幅很小。

这样空前的惨案逐渐成为“旧闻”。

这对于想要维持现状的势力来说是一件值得庆幸的事。

7 月 13 日，菅在首相官邸召开新闻发布会，并提出了强烈的弃核主张，他说：“我的最终想法是，日本的原子能政策应该以创建不依赖核电的社会为目标。有计划、分阶段地降低对核电的依赖程度，未来将实现一个没有核电也能很好运作的社会。我已经开始相信，这是这个国家应该追求的方向。”正好在当天的早报上，《朝日新闻》以“提议：无核电社会”为题，在横跨左右两页的双版面刊登了 4 篇社论。这些社论让人联想到这是菅与支持他的《朝日新闻》的合作，菅也提到“这是今天某家报纸上的一个大标题，和我的宗旨可能有很多共通之处”。

但是，就像此前菅多次举行的新闻发布会一样，菅只是单方面地说自己想说的话，不可否认其内容还不成熟。对于如何努力弃核，根本没有什么重要的方案。《朝日》好不容易备齐了 4 篇社论，做好了一切准备工作，说了句“请开始”并把话筒交给了菅，但菅的演唱还是乏善可陈。要是业余歌唱比赛的话，给菅的就是“当”的一声钟响了。[①]

消除对核电的依赖、输配电分离、保安院分离、阻止核电站重启等，菅所做的一切只是喊口号而已。他缺乏将这些口号落实到政策和制度的能力。法律和制度的建立，需要动员组织、驾驭作为专家的官员，但菅缺乏这样的才智。虽然有运动论，但也可以说只有运动论。说的就是菅。

---

① 此处指的是 NHK 自 1946 年开始播出的一档长寿节目“のど自慢”。“のど自慢”原意是炫耀自己的歌喉，作为节目名一般译为“业余歌唱比赛”。该节目对参赛者的评审结果有三种：三声钟响为合格，两声钟响为不合格，罕见的一声钟响给忘词、走音、跑调等有致命伤的参赛者。

经产省人事

7月中旬，下村秘密会见了经产官员古贺茂明，他的《日本中枢的崩溃》曾是畅销书。“经产省有什么样的人，是否有人支持可再生能源而不是核电站，想要找人……换句话说，我开始觉得，从某个阶段起，必须改变经产省的高层才行。”大约从这时起，下村开始与经产省的几位改革派官员进行秘密接触。他们大多是被排除在经产省内部中枢之外的人。“真是干得太漂亮了！全被赶出来了。”下村笑道。[*1]

其中一个人就是古贺，他一直被留在“大臣官房付”这一闲职上。

下村在与古贺的面谈中提出：“我们想换掉原子能安全保安院的院长寺坂信昭，有没有合适的人选可以接替他？”对此，古贺立刻回答说：“只换保安院的院长可不够。”“指挥政府机关的是次官。如果不换掉事务次官松永和夫的话，事情是不会有转变的。”[*2]

下村把这句话带回来告诉了菅。当下村建议说“必须换掉次官”时，菅应答道“嗯，我明白了”。他决定让一两个人发表意见。

菅对下村抱怨说：“经产省正派人到各处活动。”下村也认为有必要打入总拖菅政权后腿的经产省内部。无论是暂停注入海水的阴谋，还是玄海核电站风波，“每次都被经产省玩弄于股掌之间。总是巧妙地利用菅首相的性格。我们这边被逼到极限，已经被置于只能选择赢不了的那个选项的处境。在执政的最后日子里，在比赛结束前，我们想多做些事前准备。当时就是这么一种心境”。

此后，下村和古贺秘密接触过几次。如果换掉次官松永，谁能接替他的位置？内部没有合适的人选。与经产省OB东大研究生院特聘教授奥村裕一、新能源产业技术综合开发机构理事长村田成二等人的名字一起，浮现在脑海里的是这个古贺。下村把这些名字告诉菅。但是，菅和官房长官枝野幸男却在古贺的名字上犹豫了。“他们说基本想法是好的，但是由于古贺先生写了一本批判霞关和民主党政府的书而有意回避他。”下村坦言。

中曾根康弘在国铁改革时撤换了反对分开私有化的国铁干部，小泉纯一郎也在推行邮政改革时撤换了站在反动一边的两名干部官员。但是，菅没能下决心做到这种程度。“最终，菅还是没有像小泉那样的决心。在撤换经产省高层问题上，他很明显在克制。他说那是海江田的职权范围……在这些方面，他的决断……”即便想断然换掉海江田，“菅也会说，那样做的话，内阁会垮掉的”，下村这样说道。

菅周边的人想要介入经产省次官人事这个消息，不久便传到了经产省。松永急忙开始策划反攻，因为他想维持经产省内部的人事秩序。海江田也不答应让菅再次越级，且事关人事变更。8月2日，海江田到首相官邸拜访菅，想征得菅的同意，他说“希望把人事工作交给我办”，于是菅不得不全权委托给他。结果，最终，菅收到了一份关于拟任命经济产业政策局局长安达健祐接替松永担任下任次官的人事报告。这是一个理所当然的人事安排。由于拥有人事决定权的确实是海江田，所以对总理大臣只要汇报一下就可以了。

8月4日，《朝日新闻》在头版“独家报道”了经产省领导的人事任免新闻，标题为《三名核电相关领导将被更换》。该报道称，由于核电站事故应对问题和保安院的一系列“造假”事件，松永次官等人将引咎辞职。但这只是一篇流于表面采访报道。由安达接替松永，中小企业厅厅长高原一郎将成为资源能源厅厅长细野哲弘的后任，商务流通审议官深野弘行将被提拔，接替原子能安全保安院院长寺坂信昭。这完全是认真按照进入经产省的顺序来安排的人事任免。事实上，这是一场由松永等经产省主流官员上演的“人事调动”戏。

对松永等人来说，这是先发制人的做法，目的是避免像古贺这样“吃里爬外”的危险分子以及从外面提拔过来的人成为事务次官后在经产省内搞破坏。“让菅捧着使人精神面貌焕然一新的形式之花，他们自己却拿走了果实”——古贺观察到。

4 日，海江田说：“不言而喻，拥有人事决定权的人是我。一个月前我就在考虑必须要让我们的精神面貌焕然一新。人事安排方案已经确定下来了，8 月 2 日下午 2 点，我会去首相官邸向总理大臣汇报。”[*3]

菅的最后一战，就这样以不战而败告终。为什么菅当时没有像中曾根和小泉那样行使强制权力，插手经产省的人事安排？当被问及此事时，菅只是说：“我不会说这个事的，说了也没用。”[*4]

对经产省人事安排的介入以失败告终之后的 8 月 10 日，菅在众议院财务金融委员会会议上明确表示要辞职，他说：“迅速举行党首选举，待新的代表选出后，我将辞去首相职务，然后由大家再选举新的首相。”这一天之后，民主党深陷党首选举纷争之中。

本应让人精神面貌焕然一新的经产省新次官安达，曾在资源能源厅公益事业部担任业务科科长和开发科科长，也曾出任电力与燃气事业部部长，从一开始就是电力官员，而且他的女儿也因此被东电录用。安达远远够不上是能让人精神面貌焕然一新的人选，只能说就是个守旧的人。

《朝日新闻》报道称要“更换”的三位，即松永、细野、寺坂，加上 1 000 万日元左右的退休补贴，拿到了 6 000 万～7 500 万日元的退休金。当我问退休补贴是否考虑还回来时，寺坂用极其微弱的声音回答道：“制度……因为制度就是这么规定的。”[*5] 三人都认为，领取包括补贴金额在内的所有退休金是理所当然的，没有什么可羞愧的。之后，松永和细野分别“下凡”去了日本财产保险公司和瑞穗实业银行当顾问。

在造成与切尔诺贝利齐名的人类历史上最严重灾难的福岛第一核电站事故中，主管部门经产省里没有一个人被追究责任。除了确定把原子能安全保安院分离出来移交给环境省的方针以外，没有一个人被问责。大家都正常升迁，以一般的社会标准来看，拿着相当高的退休金，顺利地“下凡”。即使造成这么大的事故，霞关的 A 级省厅经产省也安然如故。菅政府太过于无能了。

身患食道癌的福岛第一核电站站长吉田昌郎一直在前线指挥，负责无底沼泽般的事故处理工作，而东电总公司却释放出安心的声音，因为《原子能损害赔偿支援机构法》通过了，将使用国家经费帮助东电进行赔偿。至少眼下，东电逃脱了“破产”的命运。

大家都觉得要大刀阔斧地改革，但谁也无法改革。经产省和电力行业所创建的秩序非常稳固。

8 月 30 日，菅内阁全体辞职。

第 4 部　静谧的反动

第 15 章　钵吕的挫败

社会党派系的经产大臣

钵吕吉雄想用政治主导的方式改变以经济产业省官员为基础推行的能源政策。他通过秘书与环境能源政策研究所所长饭田哲也取得联系。饭田当时因主张弃核而备受关注。

饭田来自山口县，从京都大学工学院核工程系毕业后，曾在电力中央研究所等人们通常说的“原子能村”工作。但由于惊讶于该研究所不允许任何不同意见的封闭特性，他去往瑞典留学，开始关注能源与民主主义的平衡问题。回国后，他与学生运动衍生的左翼反核运动划清界限，以实证的、开放的反核主张著称。作为软银公司社长孙正义的智囊，他还在孙创立的自然能源财团担任业务执行理事，赢得了孙正义的信任。

饭田收到了一份 Excel 名单，上面有 23 个人的名字。“希望在这份名单的人名上划○和×”，这是来自钵吕的委托。[*1] 名单是经产省资源能源厅计划作为经产大臣咨询机构设立的综合资源能源调查会基本问题委员会的委员候选人。

在民主党代表选举中胜出的野田佳彦8月30日在国会上被任命为第95任内阁总理大臣。自东京电力福岛第一核电站爆炸事故发生虽然已过去约6个月了，但是对于核电站如何处理、能源政策如何转换，或者东电的组织形态如何重新评估等问题，这个时候还没有做出决定。被称为“泥鳅”的野田把电力改革这个比中曾根的国铁改革、小泉的邮政改革更大的改革委托给了旧社会党出身的钵吕。

接替菅直人登上首相之座的野田，对弃核并没有那么强烈的想法。在代表选举的候选人当中，带有强烈“弃核”色彩的是马渊澄夫，而前原诚司则转向牵制弃核路线这一边，他提倡根据经产省资源能源厅次长今井尚哉的提案设立“电力临调”[①]。与此相比，野田较少提及核电和能源。倒不如说，从2009年政权更迭时就任财务副大臣的他，因为直到被指定为首相之前曾任财务大臣，所以一直把财政重建尤其是消费税的上调看作当务之急。

野田在任命后的9月2日举行的新闻发布会上，被英国《金融时报》记者问及“今后打算如何处理核电站？”时，回答说：“虽然计划新建设14座，但是我觉得新建核电站在现实中很难推行。”表达了他认为新增设是不可能的想法。此外，他还表示：“各个反应堆的使用寿命到来时，我们将不进行更新，而是选择废堆。”他的发言意味着，如不新增，且阶段性减少老旧核电站的话，最终核电站将消失。

野田并不是一个性急的反核倡导者。“我觉得应该可以想办法度过（2011年的）夏天和冬天，但对于明年我还是有些担心，因此，我认为有必要对能够重启的核电站进行安全检查，并在获得当地理解之后，再为重启做好环境准备。”这段话为重启留有了

① 临调：“临时行政调查会”的简称。

余地。[*2]

1948年，钵吕出生在北海道新十津川町的一户农家，是家中的次子。1971年从北海道大学农学院毕业后，被聘为今金町农业合作社的员工。1990年从社会党中当选众议院议员，之后7次当选，是一位资深议员。政权更迭后，他担任民主党国会对策委员长和副代表。

在组阁的前一天，钵吕接到了一个电话。

“说是要我当经产大臣。虽然没有特别指示要我做什么。说是让我不要把一切指定好了的事说出去。对方说，如果泄露出去的话就不能指定了。”

钵吕回忆起当时的情形。[*3] 这是他第一次进入内阁。也就是说，对在反小泽这一点上支持野田的旧社会党系团体，野田决定用适当的职位招待年龄适合入阁的钵吕。

钵吕虽说是社会党出身，但并没有参与对家乡北海道泊核电站的大型反对运动。“我虽然有过原子能是过渡性能源的想法，但并没有什么特别的问题意识。”

但是，他认为不能交给经产省的行政人员办。

钵吕就任经产大臣后，在对干部职员的首次致辞中表达了如下意思：“3月11日的大震灾以及由此引发的核电站事故彻底颠覆了过去的核电管理。我也曾多次进入福岛，看到了作为孩子父母的担忧和放射性去污的问题，我希望经产省也一定要意识到这次事故的严重性。”[*4]

9月2日晚，在经产省的新闻发布厅举行的新闻会上，钵吕说：“我对核燃料循环设施持否定态度。”在表明决心之后，对于计划9月成立的综合资源能源调查会的基本问题委员会，他进一步表示："包括负责委员人选工作在内，我都将亲自挂帅。我认为应该面向民众进行公开讨论，广泛听取大家的意见。"大臣亲口明确表达了要通过政治主导方式应对的想法。

此外，在9月6日的新闻发布会上，钵吕明确表示日本迟早会摆脱核电。他说，按照野田首相在新闻发布会上的讲话考虑的话，不新增核电站，让旧的废堆，那么"核电站数量将减至零"。钵吕还说："收到综合资源能源调查会的答复之后，作为内阁，将在能源与环境会议上做出决定。""希望能收到一份针对10年、20年后日本电力供应问题的长期计划草案，可以是多个提案。"[*5]他意识到，在转换能源政策的过程中，基本问题委员会将成为重要的舞台。

钵吕就任后不久，能源厅的干部来征求他的同意，说："我们很快将成立基本问题委员会。"据说委员长和16名委员已经内定，委员长已确定由新日本制铁的会长三村明夫担任。除三村外，还有16人，分别为产业界2人、学者9人、智囊团3人、劳工界1人、消费者代表1人。能源厅打算往里面再加入京大教授植田和弘等核电反对派3人左右，让其看起来有新意。[*6]钵吕记得名单上有能源贤人会议成员寺岛实郎的名字。

钵吕指示说："由于引发了这么大事故之后再来制定中长期能源政策，所以必须要加进差不多一半对经产省原子能政策持批判态度的人才行。"对此，能源厅的一位干部十分坦率地说："此前都是符合经产省意愿的人被选为委员，按照经产省的意愿进行讨论的。"

"结论可以不是单一的。因为最终要在由部长们组成的能源与环境会议上决定，所以基本问题委员会只要在会上出示多个方案就行。"钵吕这样命令道。

接下来，能源厅干部带来的是一份人选名单，里面有约三分之一的核电反对派。3 人变成了 7～8 人。对此，钵吕表示不同意。

“这个不行。我不是说过赞成和反对要一样多吗？”大臣亲自要求将能源厅行政人员准备的候选人表，按照对核电的立场分成了“推进”“中立”“反对”三类。

“剩下的人选由我来决定。”

钵吕这样命令道。[*7]

钵吕通过秘书询问饭田，应该是在这些对话之后。

经产省主流派并不喜欢饭田，认为他是妨碍核电推进路线的“麻烦人物”。当孙正义开始重用饭田时，经产省的局长级干部官员向旧友、软银公司的社长室长岛聪（原民主党众议员）投出牵制球说：“最好不要太受饭田意见影响。”8 月底，即将启动综合资源能源调查基本问题委员会的能源厅次长今井尚哉把饭田叫到厅里，并告诉他：“我们即将启动综合能源调查会，届时将进行大幅修改，会给你阐述意见的机会。”当时，今井打算在委员长下面，17 人组成的基本问题委员会当中，只加入 3 人左右的核电批判派，以此来蒙混过关。当然，他并没有让饭田成为委员的打算。

“说只是让我发表意见。用他一贯的居高临下的说话方式……”饭田这样苦笑着说起当时的事情。[*8]

受钵吕之托，饭田通过电子邮件回了一份补充委员名单。在 23 人的名字上标记了“◎”（必需）、“○”（可替换）、“×”（回避）这三个级别的评价。名单上划了“◎”的有后来实际上成为基本问题委员会委员的 7 人，包括立命馆大学教授大岛坚一，原子能资料情报室共同代表伴英幸，大阪大学聘请教授八田达夫，富士通总研主任研究员高桥洋等。饭田把自己也列入了这 7 个人里，他给自己划了“◎”。饭田给包括追加人员在内共计 11 名核电批判派划上“◎”，促使他们加入基本问题委员会。

饭田标记了“×”的是船桥洋一、小泽辽子、北冈伸一等人。

据说，给后来领导民间事故调查（福岛核电站事故独立核查委员会）的船桥打“×”是因为“觉得像寺岛实郎那种类型的‘不拘小节、通观全局且有美国关系的’人物很危险”。[*9]

钵吕想听从饭田的建议，重新考虑基本问题委员会的委员人选。由30人左右组成的委员会，在对待核电立场上，赞成和反对的人数应该是相同的。

“沾上辐射能了！”

或许也是因为首次入阁一直处于兴奋状态，钵吕的防守一点儿都不严。

9月9日星期五，在内阁会议结束后的上午10点开始的新闻发布会上，钵吕谈及前一天即8日星期四和野田一起视察福岛的印象。

“虽然情况很严峻，但福岛污染是经产省最初的基点，我们应该抓住这点，从这里出发。”在发表了有说服力的见解之后，他还说：“遗憾的是，周边市町村的城区连个人影也没有。的确是‘死城’的样子。”他用了“死城”一词。

钵吕的描述一点没有错。因为福岛第一核电站周边地区，核电站所在的大熊、双叶町就不用说了，连饭馆村、南相马市小高区等居民撤离的地区，都没有一个人影。除了“死城”没有别的词可以用来形容这种状况了。自从被迫撤离的那天起，就没有人住在这里。便利店和商店的商品都原封不动地留在那里，住家也还是那天的样子，连放下防雨门板和百叶窗的时间都没有。因此，钵吕的描述虽然“正确”，但不可否认他的不慎用词力量很大。

媒体纷纷报道了他的“死城”发言。当天，《读卖新闻》晚报头版用三段式标题报道了此事，文章写道：“在核电站事故及之后的应对方面，政府的责任受到质疑。而在这种情况下，相关负责阁僚将周边地区描述为‘死城’之举似乎会引起风波。”《朝日新闻》则进一步深入报道：“在不得不离开故乡的状况下，将核电站事故的受灾地描述为‘死城’，将来可能会引起问题。”写法就像是在预测事情的未来走向。总之，他是被媒体特有的“用语管制”揪住了。

钵吕被这件事出乎意料的巨大影响吓了一跳。当天下午 4 点左右，他在发表“死城”言论 6 小时后召开了当天的第二场新闻发布会。他在会上做出了深刻道歉：“在今天上午的新闻发布会上，我的发言和表述不够充分，在此我表示反省。”“我真诚地反省，认识到上午的表述容易给灾区的各位带来误解，我在此撤回相关表述，并向大家赔礼道歉。非常抱歉。”他自己也承认之前的发言有问题。

在对其就“死城”言论进行道歉的报道中，富士电视台于 9 日晚的新闻节目中，通过从第三方听来的消息，曝光了他的另一个“问题发言”。该节目报道称，面对在议员宿舍的记者们，“有目击者称，钵吕拿防灾服的袖子往采访记者身上擦蹭，并发表‘我来分发辐射能给你们’等言论”。

对于 9 月 8 日星期四那天晚上发生的事，钵吕也不清楚。对福岛的视察工作结束后的晚上 11 点左右，他穿着防灾服回到东京赤坂的众议员宿舍，被六七名记者团团围住。他记得自己提到累积辐射量是 85 微西弗。富士电视台里加入了经产省俱乐部的熟面孔女记者当时不在场。但是，他认识的《每日新闻》记者在场。[*1]

对于当时的情况，《每日新闻》的报道是，面对记者们关于“视察情况如何？”的提问，钵吕回答说“还是感觉很糟糕”，随后，他突然向那位《每日新闻》的熟人记者靠近，做了擦蹭防灾服的动作，并说道：“沾上辐射能了！”[*2] 对于此时的钵吕的说法，《每日新闻》报道称“沾上辐射能了！”，《朝日新闻》则称“我来让你沾上辐射能！”，《读卖新闻》说“你瞧，辐射能！”，共同通信社称“我把辐射能传给你！”等，媒体也不清楚准确的表达。[*3]

“关于我的发言内容，大概有五种不同的报道，而且都带上‘宗旨’一词，称‘发言的宗旨是……’我也不清楚自己说了什么。不过，不是诬陷吧，或许有那些动作。”

钵吕回忆起此事。

当时在场的六七名记者没有一个人责备钵吕的发言，也没有写报道，或许应该只是觉得有点“开玩笑”的意思。

而这一切突然改变是由于大臣的“死城”言论和他随后的致歉。因为大多数普通的新闻记者往往始终只抓住只言片语，而不是通过深入采访来揭开真相。钵吕就这样成了他们的活祭品。

对于觉得自己只是在非正式采访中和认识的记者开了个玩笑的钵吕来说，事态发展出乎意料。最先报道此事的富士电视台究竟为何要以“目击”这种第三方视角来报道？这一点让钵吕很在意。后来问富士台的部长，对方也说“我们的记者当时在场”，那么为什么要以第三方的目击信息来报道呢，依然没法解释这个疑惑。[*4]

在这个“沾上辐射能了！”的发言被大肆报道的情况下，钵吕决定辞去经产大臣一职。9 月 10 日晚 7 点，他在赤坂的议员宿舍与野田首相见面，并提出辞职。野田受理了。钵吕任职仅 9 天。

“当时辞了真好。”钵吕说道。10 月开始召开了临时国会。“我想如果继续任职的话，在国会上给野田总理大臣添麻烦就不好了，所以就请辞了。当时野田总理大臣的支持率又很高，我强烈地感觉到，如果自己把事情搞得一团糟，会对不起政权。”

钵吕想在能源政策上行使主导权。基本问题委员会曾考虑让核电推进派和反对派人数相同。虽然有过两次与野田讨论核电、能源政策的机会，但钵吕拒绝了经产省出身的首相秘书官和经产大臣秘书官坐在一起（结果由于对方再三坚持要坐在一起而同意）。

原来的想法是重启核电站之际，要请国际原子能机构（IAEA）确认压力测试已完成。在能源厅和保安院的行政方面，钵吕下达指示说："有必要在政治层面制定判断标准，包括 IAEA 的检查在内。"但是，即便下达了那样的指示之后，经产省的行政方面制定的资料里也没有把大臣的意向加进去。这样的事情在他短短 9 天的任期内发生了两次。"如果你们不好好按照指示做资料和大臣备忘录的话，我不就很为难吗？"钵吕这样表达自己的希望。[*5]

因此，对经产省和电力行业来说，钵吕应该是个麻烦的存在。所以，他因失言辞职后不久，就有预测认为，他是不是被原子能村和经产省拖了后腿，不过钵吕说："就算有人这么说，也没有确凿的证据。"钵吕自己也说，那不是诬陷，或许有那些动作，所以，"阴谋"这个词不能乱说。不如说，他只是成为媒体"用语管制"的牺牲品了吧。

怀着遗憾的心情，钵吕起草了一份核电推进派和反对派人数相同的基本问题委员会成员名单，并交给了他的继任者枝野幸男。他还附上了便条，上面带上了他的口信。

这是 9 月 12 日星期一发生的事情。

会议在跳舞

在民主党内部，钵吕被起用之前，就有推举在菅政府时期担任官房长官的枝野为经产大臣的动向。虽然枝野本人想在幕后支持野田政府，避免担任要职，希望安排充电时间，但在首相官邸度过“3 · 11”之后噩梦般一周的福山哲郎和寺田学，体验过被核电站爆炸事故所震撼的日子，他们希望像枝野这样熟悉东电企业特点和经产省癖性的政治家担任经产大臣。寺田说服野田的亲信手冢仁雄起用枝野为经产大臣，也向菅进言说：“最好由枝野先生担任经产大臣。”[*1]

这种努力没有起到作用。野田对平衡党内各势力费尽心思，因为他任命为经产大臣的是旧社会党派系的钵吕吉雄。

然而具有讽刺意味的是，接连的失言导致钵吕上任仅 9 天就草草辞职了。

对于党内基础薄弱、摇摇欲坠的野田政府来说，在临时国会召开之际，需要一位能立即披挂上阵的经产大臣。于是枝野被选中了。

关于接受经产大臣一职的条件，枝野这样对野田说：“我想尽快关闭核电站，这样也行吗？”当时野田的回答出乎意料：“我也是这么想的，希望你朝这个方向开展工作”。[*2]

任用枝野的消息传到了电力行业、经产省，甚至是东电的超级银行三井住友银行，让他们都大为震惊。资源能源厅科长助理说“非常震惊”，东电宣传部长铃木和史叹息道：“菅先生时代的那个说话严厉的人当选了。”超级银行则表示警惕：“他不会要求我们金融机构放弃债权吧？”（三井住友银行的宣传负责人）从这点来看，有迹象表明，事情似乎会按照福山和寺田的计划推进。

9 月 12 日枝野就职新闻发布会上的一连串发言让东电的利害关系者不寒而栗。在谈到经产省的责任时，枝野指出：“毋庸置疑，经产省迄今为止的各种行动都存在不少问题。有必要在民众面前弄清楚这些积弊，并将其彻底去除。”对于是否应该将核电站数量减至零，他说：“会尽可能快速推进节能工作，进一步推进新能源开发。我们有责任通过这些举措，尽快开创一个即便没有核电也能很好地生活生产的局面。”表明了弃核的想法。而对于上调电费问题，他指出：“企业切实做好重新评估成本方面的努力是重要前提。”明确表态不会轻易允许涨价。

对于东电救济方案，他解释说：“救济方案的目的有两个，其一是对受害者进行实实在在的救济（赔偿），其二是切实保证电力供应。利用税款给予支持只为这两个目的。”对于除此以外的问题，他含蓄地表示：“东电应该按照市场和市场原理来处理。希望他们能够承担相应的费用。”第二天，则更深入谈到核心问题，作为债权人的金融机构和股东表明了“在没有政府援助的情况下产生的负担当然由股东承担”的观点，枝野公然说金融机构不放弃债权的做法很奇怪，要让他们按照依法清算的标准来承担。

另一方面，枝野也兼具现实的一面。对于暂停运行的核电站的重启工作，他说：“我相信我们会重启需要运行的核电站。”对于经产省把古贺茂明晾在一旁的做法，他说：“这事将交给事务次官以下的行政人员。我认为大臣不应该对个别职员人事安排进行评价或判断。”明确表示无意任命古贺。[*3]

古贺在9月14日给枝野发了一封邮件说“如果不给我安排工作，我将别无选择，只能辞职。”结果官房长官立刻表示：“你可以辞职。”并在当天就进行了辞职指导。古贺非常清楚枝野没有想让自己好好发挥作用的打算。古贺说：“没有人有勇气起用我，与其说是告别经产省，不如说是告别民主党。”[*4]

野田政府上台后的一段时间里，各种各样的政府会议集合体胡乱成立，局面宛如“会议在跳舞”[①]。

菅政府末期，政府决定在由阁僚组成的“能源与环境会议”上花一年时间，于 2012 年夏天之前，制定未来的能源政策（创新能源与环境战略）。制定该战略时的争论点大致有三个：

① 如何定位产出占总电力三分之一的核电，如何思考未来能源的构成比例，包括降低对核电的依赖和扩大可再生能源。

② 如何推进处于电力公司区域性垄断状况下的电力事业的自由化，是否下决心进行输配电分离，即将发电和输配电分离开。

③ 是否应该照旧推进核燃料循环设施，如何应对乏燃料等被称为后端处理的善后问题。

大致划分的话，就是以上三点问题。其中，关于①的问题将在作为经产大臣咨询机构的综合资源能源调查会的“基本问题委员会”上进行审议。关于②的问题，将同样由作为经产大臣咨询机构的综合资源能源调查会在“电力系统改革专家委员会”上稍后给出成熟的方案。关于③的问题，将由内阁府原子能委员会在 2012 年夏天之前制定新的原子能政策大纲。为此，原子能委员会将设立“原子能发电与核燃料循环技术等讨论小组委员会”。

此外，为了向“基本问题委员会”和原子能委员会提供客观数据，设立了“成本等核查委员会”，由内阁国家战略室担任事务局，以明确核电相较于其他能源的实际成本。

除了这些能源政策以外，为促进东电的经营改革，由内阁副官房长官仙谷由人牵头，启动了在菅直人执政期间的 5 月 24 日经内

① 会议在跳舞：《会议在跳舞》是 1931 年由德国 UFA 公司（全球电影股份公司）制作的一部轻歌剧电影，背景是漫长的维也纳会议。从 1814 年 9 月 18 日的初步会议到 1815 年 6 月 9 日签订最后的议定书，该会议从来没有召开过全体会议，只是由大国代表组成的委员会制定具体事项。正如片名《会议在跳舞》所象征的那样，与会者埋头于无止尽的晚宴、舞会、音乐会中，并不进行正式的讨论，只是等待几个大国做出最终决定。

阁会议通过的“东京电力相关经营与财务调查委员会”。与此同时，为查明事故原因，召集了检察官们的“东京电力福岛核电站事故调查与核查委员会”(政府事故调查)也成立了。

从2011年的秋季到冬季，野田政府一味地重复着这样的会议，并未明确其政治意愿。讨论交由专家们进行，即使认真听了，也不清楚国家的发展方向。“大家的关注度降低了，政府和媒体也都处于冷清状态”——向东电融资的银行干部开始流露出这样的声音。[*5]

枝野决定10月3日召开综合资源能源调查会基本问题委员会第一次会议。委员长以下的25名委员并没有像钵吕期盼的那样核电推进派和反对派人数相当。决定人选时似乎根据钵吕的方案探询过，但由于被拒绝等缘故，没能如愿。[*6]在饭田哲也划了◎希望录用的11名候选人当中，最终只有6人被录用。加上能源厅的行政人员之前已开始接触的京都大学教授植田和弘和枝广淳子2人，核电反对派为8人，其势力仅占整个委员会的三分之一。尽管能够感受到尊重不同意见的意思，比如任命了从未参与过经产省审议会的原子能资料情报室共同代表伴英幸，但是最终还是没能达到目标。而且，委员长从一开始就被内定为新日铁会长三村明夫。

饭田在10月3日的基本问题委员会上点破了这一问题。他还指名坐在委员长席上的三村说：“如果负责经团联及个别企业（新日铁）的人担任委员长的话，那么在民众看来，就会对委员会运营的公正性产生质疑，这样岂不是会受到无端的猜疑？”此外，2010年政府决定积极建设更多核电站时，参与制订当时的能源基本计划的东工大研究生院教授柏木孝夫和崎田裕子、寺岛实郎等人，将再次在试图减少核电的委员会中担任委员，对此他也表示持怀疑态度。*7

在提交给枝野的两张 A4 纸中，饭田还建议“不要引向事先与特定利害相关者谋划好的让步条件”“不要引向以特定能源经济模式得出的一定方向的结论”“委员会组成要公正、中立（包括专职委员长）”等。据说，起用他作委员的经产省审议会上，行政人员在引导审议事项方面过于强硬，所以能感觉到他们这次似乎也有重蹈覆辙的迹象。这是由于光是委员长一职就已事先定下来是三村，核电反对派的委员任用又远远少于推进派。连公开场合以外，饭田都在私下对枝野做工作，说“应该换掉三村委员长”，但他没有成功。

枝野在当天的委员会上回答饭田，说：“我认为包括经验、年龄等因素在内，请三村先生担任委员长是最合适的。”此外，关于引导审议事项的事务局体制问题，他说：“有一个决定性的变化，那就是更换了大臣。我将给出明确的任务，请事务局据此开展工作。”*8

饭田听了之后觉得“枝野大臣有点太过自信了”。

作为行政方面的资源能源厅综合政策科拟定讨论的问题，引导讨论。

“这是歌舞伎啊”——饭田这么认为。“不沿用经产省以往的做法，而要采取另一种作战策略：起初表现温柔，然后逐渐清除外围障碍，让对方无法推翻。”*9

叛乱已经悄然开始。

由于当年夏天的人事变动，核电推进派垄断了经产省能源厅的要职。事务次官安达健祐在担任能源厅公共事业部业务科科长和开发科科长时，曾参与电力自由化，但在担任贸易经济合作局局长时，他参与了捍卫因英国基金 TCI 垄断收购股票而置身危境的电源开发（J－POWER）的工作，最终转向守护经产省重要“下凡”地电源开发的那一方。对于此时的事情，在经产省内网的博客里，安达写下了对事务次官北田隆生和资源能源厅厅长望月晴文等经产省实权者的奉承话："我感受到了经产省这一组织的威力和领导层的强大决断力。"[*10] 安达一百八十度大转弯，他的女儿也被东电聘用。

6 月 22 日，接替引发内幕交易事件的木村雅昭，被任命为能源厅次长的今井尚哉，出身名门，是曾担任新日铁社长和会长的今井敬的侄子。直到最近，他都作为贸易经济合作局负责海外战略的审议官，充当向越南出口核电站的旗手。之所以起用新日铁出身的三村担任基本问题委员会委员长，看得出今井的人脉也在背后起了作用，三村容易被请来。

此外，7 月 15 日发布的人事变动中，就任核电政策要职——原子能政策科科长——的吉野恭司（东大寺学园高中、京大经济），曾担任能源厅综合政策科的企划官和放射性废弃物等对策室室长，是一位推进核电的官员。接替小宫义则就任能源厅综合政策科科长的后藤收（横须贺高中、东大经济）也被借调去担任内阁府原子能担当企划官，他是致力于增建核电站工作的中心人物之一。还有，被任命为原子能国际合作推进室室长的香山弘文（桐荫学园高中、东大法学院），曾担任原子能政策科的企划官和原子能选址与核燃料循环产业科科长助理，是推进核电主张的坚定拥护者。

这是在经产省内被称为"为重启核电站而布好阵势"的人事变动。这些人选的确定受到了经产省内部核电推进势力的强烈影响，这股势力包括已退下的事务次官松永和夫、制订"原子能立国计划"时曾任原子能政策科科长的柳濑唯夫（从官房总务科科长升至审议官）和同样曾任原子能政策科科长的秘书科科长高桥泰三（麻布高中、东大法学院）等人。

与过于自信的大臣所设想的相反，经产省构筑了强大的核电推进体制。

第 16 章　消失的债权放弃

经营与财务调查委员会

这是在枝野幸男被任命为经产大臣之前，还是菅政府时代的事。6 月 16 日，“东京电力相关经营与财务调查委员会”召开第一次会议，首相菅直人出席。

被任命为经营与财务调查委员会委员长的是曾经担任产业再生机构社外董事的律师下河边和彦。他因曾任已破产的日本租赁公司和日本生命公司的财产管理人而以“破产律师”称号为人所知，是产业再生委员会委员长高木新二郎的门徒。其他委员有 JR 东海会长葛西敬之、DOWA 控股公司（原同和矿业）会长吉川广和、东大教授松村敏弘、大和综研执行董事引头麻实等 4 人。事务局有一个夸张的名字，叫“东京电力相关经营与财务调查特别工作组事务局”，担任事务局长的是经产官员西山圭太（荣光学园高中、东大法学院）。西山曾在内阁府产业再生机构设立筹备室工作，该筹备室在产业再生机构的成立工作中起到了帮扶作用。就任特别工作组事务局次长的是律师大西正一郎（顶拓投资咨询有限公司董事长），他是在下河边一再请求之下答应的。曾经和下河边一起参与办理日本租赁公司和日本生活公司重组手续的大西也曾在产业再生机构工作。

起用下河边等再生机构相关人员的是经产省资源能源厅电力市场整备科科长山下隆一。山下认为，要对在朝野两党和经济界都拥有广泛支持者的东电动刀，“要起用有胆量的人”。下河边是“有重组业绩且能承受各种压力的人”，选中他是为了让他把委员会和事务局打造成“重量级”体制，以对抗来自经产省内部保守派、电力行业以及民主和自民两党电力族议员的压力。*1

经营与财务相关调查委员会会议是讨论东电尽职调查（严格的资产核查），进行技术性经营分析的场合。而首相莅临按理说也应该起到“镇山石”的作用吧。菅在当天的会议上致辞时，指出“请你们对东京电力进行经营与财务调查，包括对东电进行严格的资产核查和彻底的经费重估，还有对其经营业务的重新评估”，并表示打算根据委员会的总结报告，在9月前决定政府对东电的资金援助事宜。此外，菅还指着一同出席的官房副长官仙谷由人介绍说：“这位将负责本次调查，可以说是以特别工作组领导的形式来支持大家的。”此时，“影子副总理”仙谷的存在感迅速提升。

为将委员会和事务局打造成重量级体制，安排的另一块“镇山石”是仙谷。仙谷作为东京电力相关经营与财务调查特别工作组的领导带头指挥，在辞去副长官一职失去政府职务后，仍以“前官房副长官”的头衔，几乎每次都出席经营与财务调查委员会会议。而且，他还邀请他非常赏识的智囊内阁官房参与（国际合作银行经营企划部长）前田匡史以自己顾问的名义一同出席委员会会议。

仙谷在制定东电救济方案的过程中，一方面借鉴古贺文件，向破产处理的想法倾斜，对东电提出严格要求，另一方面，他接受了前田、资源能源厅次长今井尚哉，以及曾任内阁官房参与的原经济产业事务次官望月晴文的建议，对菅主张的弃核态度冷淡。他把在一定程度上重启核电站当作一个现实的选项。

因此，6 月 16 日，仙谷在第一次东京电力相关经营与财务调查委员会的会议上说："我认为，对包括柏崎刈羽核电站在内的东电核电站该如何处理的讨论，将不得不出现在国会上。"以此暗示重启核电站的必要性。此外，他还谈到另一个难题，即"《朝日新闻》在社论中公然提出的，'为什么不适用《企业重组法》？'"*2

当时，古贺茂明的《日本中枢的崩溃》成为了畅销书，这同时也是一本检举仙谷的书。或许也因对古贺一跃成为红人感到反感，虽然没有指名道姓说是古贺，但仙谷说："我不知道他是不是想吸引人们的注意成为明星，但这种讨论可以在这个电视政治活动中进行。"他似乎想说夺人耳目、引人注意的依法清算理论是个庸俗的论调。在政权更迭前担任在野党议员时曾积极接受媒体采访的仙谷，此时，担心自己会受到批评，几乎拒绝了所有的采访要求。

继仙谷之后，海江田发表言论表示："依法清算是一个很大的、非实质性的讨论。"此外，他还提到一点担忧。"有争议表示，核电站事故不是在这个法律（《原子能损害赔偿支援机构法》）出台之前发生的事故吗？那么，向各电力公司筹集资金这种做法是否合适？"6 月 14 日，即第一次东京电力相关经营与财务调查委员会会议召开的两天前，内阁会议通过了《原子能损害赔偿支援机构法》。3 月 11 日发生的核电站事故，用 3 个月后的 6 月 14 日内阁会议通过的法案来救济，顺序确实有些奇怪。

律师出身的仙谷非常理解海江田的担忧。"如果是保险的话，对未来事故而言的是保险，而事故发生后到处筹集捐款，要用怎样的理由呢？"仙谷担心这违反宪法。"从法理上讲，在与宪法第 29 条也就是所有权的绝对性的关系上，一直都存在问题，甚至于就'这种做法违反宪法'的争论在霞关相当激烈。"这名曾经支持新左翼学生运动家，最后从护宪社会党成为政治家的官房副长官，一直担心被人说违宪。

内阁官房经济损失对策室室长北川慎介由于担心仙谷和海江田的忧虑会蔓延到委员会，于是急忙赶来“救火”。北川首先说：“正如副长官所指出的那样，争议最大的地方是，是否可以追溯适用，这在实质上可能是一个很大的争议。”接着，他继续说道，“（内阁）法制局对此也进行了大量的讨论”，并提起了该法律的附则第3条。附则第3条规定“也适用于本法实施前发生的核损害”。就连法制局也判断这点上没有问题，他这样解释道：“虽然这是关于资金援助的规定，但上面明确写明了，这也适用于在本法律实施前发生的核损害。”“该法律条文规定明确，对该条文是否可用于之前事故以及宪法上的争论，在法制局看来都不存在问题。”审查法案的内阁法制局也认识到会产生违宪性，据说因此才特意补充对过去也追溯适用的条文。

听到这些，律师出身的委员长下河边和彦似乎还是很惊讶。

下河边　也就是说，通过加入附则的方式，就法制局看来是安全通过了，是吧？

北川　因为该制度类似于存款保险，所以会出现要是保险的话，（加入保险之前）过去的情况该如何处理的讨论。但这不是保险，而是对过大的、不知何时发生的巨大问题的互相支援，互相扶助，所以，如此一来，这个制度就设置了对过去的事也予以承认的条文。

下河边　现行法律体系中，有和这个类似的情况吗？

北川　我觉得没有。因为毕竟这次的事故太大、太特殊了。[*3]

东京电力相关的经营与财务调查委员会自成立之初，围绕其合法性，就存在着两个问题。一个是“依法清算”论，即认为在对东电的赔偿债务提供资金援助之前，应该让处于破产状态的东电进行依法清算（破产），追究其债权人（金融机构）和股东的责任。另一个则是，认为事故发生后向各电力公司筹集的分担费用充当东电赔偿债务本金的做法违反了宪法。对此，政府试图用花言巧语蒙骗法制局，强行让其通过。

《原赔法》第 3 条第 1 款中的免责条款，本应在异常巨大的天灾地祸时启动，尽管东日本大震灾的能量是关东大震灾的 45 倍，可谓“太巨大、太特殊”的灾害，但最终没被启动。然而，这次事故“太巨大、太特殊”，以至于出现了日本法律体系中史无前例的做法，即在事故发生后向电力行业到处筹集捐款。

尽管这是一场异常巨大的天灾地祸，但政府却采取了规避动用国家财政，事后紧盯着业界不放的涉嫌违反宪法的做法。

解决这一问题的关键是经济损失对策室里的一名财务省官员——高桥康文。他在内阁法制局吃得开，被称为未来的法制局局长候选人。

写条文的人就是他。

重组要求

7 月 25 日，东京电力相关经营与财务调查委员会为了对东电进行法务、财务方面的尽职调查，以 4.4 亿日元的价格聘请西村朝日律师事务所、波士顿咨询公司、德勤会计师事务所三方。当天约有 150 名律师和会计师进入东电总公司，开始对合同和账本等进行仔细调查。对于这些盛气凌人的外来者的闯入，骄傲的东电人一副气愤难平的样子，不情愿地答应他们的要求。这些会计和法务专家们发现，东电有着非常离奇的经营惯例和马虎懒散的成本意识。从7月29日周五开始，每周一次，从周五下午5点开始，由律师和会计师等向特别工作组事务局进行汇报。

报告内容果然不出所料，充分显示了东电一直以来的管理是多么松懈。

东电浪费现象普遍，每年的修缮费高达4 000亿日元。东电下单修缮核电站和火力发电站等的时候，一些本应被视为不必要的代理商介入交易的情况不少。明明可以直接向日立制作所、东芝、三菱电机、富士电机等大厂商订购，但每年修缮费当中3成（约1 200亿日元）的交易有代理商的介入。而且，在代理商当中，制造商类和商社类的4家公司实际上占了其中8成的交易（约1 000亿日元）。

此外还了解到，东电有个惯例，在向日立、东芝等厂家订购发电工程时，东电集团旗下的公司会成为厂家的一级分包商，负责工程的施工管理。与东电集团旗下公司的交易大部分是没有招标或没有从其他公司获取报价的无投标合同。与集团公司签订的无投标合同每年高达1 720亿日元，比市场价还要高，如果改变订货方式，完全可以削减一成左右的成本。

换句话说，由于行业高成本的特质，东电形成了一种机制，在集团公司等自己人和代理商身上多花钱。

此外，电价定得虚高。东电在向资源能源厅提交修改电费报告时，申报的花费（成本）比实际高很多。在截至2010年的10年时间里，申报金额共计5 926亿日元，在实际花费的基础上虚报了不少成本，这种机制使东电最终因此获取了超额利润。虚报的（即实际完成费用比申报成本更低）大部分是修缮费。[*1] 东电“松散的经营特质”有两个方面，一个是源自其不努力经营，另一个是对规则满不在乎、滥用制度。

被计算在电费成本里的，还有每年高达 270 亿日元的广告费。与汽车制造商和电机制造商等不同，东电作为一个没有竞争对手的垄断企业，几乎没有必要在商品和服务宣传等方面投入资金。尽管如此，东电却与 KDDI① 和三菱汽车工业一样，在广告宣传费支出最多的大企业排名中居第 10 位。如此巨额的广告费，通俗地说就是拉拢大众媒体的费用。

东电让《朝日新闻》OB 原编辑江森阳弘担任主编发行了名为《SOLA》的宣传杂志，并在营业厅免费发放（固定撰稿人是原评论部主任田中丰藏和原评论员冈田干治等人）。此外，还发行了一本名为《ILLUME》的科学杂志，让《朝日新闻》的评论员们成为该杂志的固定撰稿人，并起用了多位科学部 OB 和现役记者。无论哪一本杂志，我认为都深受“朝日对策”的影响，企图封锁反核电论调。

另一方面，尽管不少大企业与黑记者②断绝了关系，但东电总务负责人依然与这些记者保持着密切联系，并在核电站事故后还向他们讨教如何应对媒体。

一位曾经出席经营与财务调查委员会会议的人这样说道：

“虽然打着广告的名义非常奇怪，但他们却用了很多资金。简

① KDDI：即 KDDI 株式会社（英：KDDI CORPORATION），是日本电信运营商，其前身“国际电信电话株式会社”（KDD）成立于 1953 年。经过多年来不断的兼并与重组，尤其是先后与 DDI、IDO 两家公司合并，KDD 不断成长壮大，2001 年 4 月正式改名并组建成为目前的 KDDI。

② 黑记者：用企业丑闻、内幕做金钱交易的记者。其中既有受雇于黑社会团体、右翼团体等反社会势力发行的机关报的记者，也有自由记者。但即便是独立活动的自由黑记者，大多与黑社会也有一定程度的联系。

直就像官房机密费①一样。为了不让流毒的那伙人做出什么奇怪的事，有人建议在新成立的原子能损害赔偿支援机构当中，‘最好让警察和公安加入进来’。”[*2]

由于东电的经营特点如此松懈，所以重组的“余地”非常大。

虽然在经营与财务调查委员会开进东电之前，东电曾表示决心要裁员，东电本身裁员 3 600 人，加上子公司和关联公司，共计要裁员 7 400 人，并开始施行员工人力成本削减 20%（基本工资减 5%，奖金减 50%以上）的做法。但是，经营与财务调查委员会认为，在此基础上有必要削减企业年金和退休金，预计削减效果最高可达 2 190 亿日元。同时，还要削减用于福利待遇的经费。

如果将退休金和固定收益计划型养老金加一起算的话，管理职位的退休发放费为 4 000 万日元，一般职位的为 3 000 万日元。管理职位 4 000 万日元这一标准，与日本民营电视广播行业第一高薪 TBS 的 4 300 万日元几乎不相上下，高于朝日啤酒的 3 566 万日元。[*3]

福利待遇丰厚也成为众矢之的。健康保险费由企业负担的部分平均为 50%～60%，在东电却高达 70%。在财产积累储蓄方面，东电为员工提供了超过银行利息 2.5%～3.5%的丰厚利息补助。在员工可自由选择福利制度的自助福利计划中，东电的补助金额为每名员工每年 9 万日元，远高于大企业 5.6 万日元的平均水平。[*4]

相比这些人力成本相关领域，看起来似乎更有重组余地的是东电多年来积累的大量资产。东电原本打算出售约 1 000 亿日元的不

---

① 官房机密费：正式名称为“内阁官房补偿费”。可以说是内阁官房长官室的秘密金库，其具体用途是不公开的。据日本政府官房长官判断，“为顺利处理国家事务或事业，应对眼下的任务或状况”恰当使用。

动产，但经营与财务调查委员会认为，东电可出售的不动产应是这个数的两倍，达 2 472 亿日元。委员会要求东电出售镰仓和热海等地的高级疗养所，滋贺的高级别墅，轻井泽的山庄别墅，世田谷、横滨以及川崎等地的员工宿舍，杉并区的运动场地，甚至还有在所泽等地逐步扩展开的养老院等 900 多处不动产。其中还有总公司的部分功能（集团事业部、营业部等）正在迁入的位于东京新桥的 9 层楼高的东新大厦。东电以“存在安全隐患”为由，抵制出售内幸町总公司主楼，并按一直以来的主张，以本公司持有为由坚持继续使用，而委员会则严格地指出，总公司主楼也“可以出售再回租”。此外，东电还被敦促出售 KDDI、朝日电视台、TBS 等公司价值 3 300 亿日元的有价证券。

在这种重组方案出台的过程中，东电所强烈抵制的情况是，由 166 家子公司、98 家关联公司组成的帝国版图将被缩小。

计划将公司业务分为核心业务和非核心业务，并对非核心业务进行出售或清算处理——经营与财务调查委员会内部很早就提出了这样的方针。委员会会议的与会者当中有人呼吁，要求经营首都圈内上门看护和集体康复之家等业务的东电 Partners 以及经营出租公寓和商务酒店的东电不动产等两家公司“包括持有资产在内，整体出售”。委员会会议与会者认为，对于东电和新日铁各出资一半建立的君津共同火力、和东北电力共同出资建立的相马共同火力及常磐共同火力，“东京电力应将所持股份全部卖给共同出资方。最好不要在核心业务上设置禁区”。[*5]

就这样，确定了出售 34 家公司、清算 20 家公司的方针（子公司欧洛斯能源控股旗下有 89 家下属子公司和 56 家关联公司，算作一家公司）。预计出售收益为 1 301 亿日元。

经营与财务调查委员会计算得出，通过这种节约和出售剩余资产的方式，可以在未来 10 年内削减成本 2.545 5 万亿日元。

不过，东电社长西泽俊夫一直考虑的是确保经营的自主性，也就是能独立自主经营，还有上调电费以及重启柏崎刈羽核电站。

9月20日，应邀出席经营与财务调查委员会第八次会议的西泽社长坦言东电的苦衷："如果继续这样停运核电站的话，我们将面临支出增加超过1万亿日元的局面，主要是燃料费方面的支出。即便我们努力削减成本，也无法避免收支经常性地处于大幅赤字的严峻形势。"接着，西泽提出了几点要求。

一是上调电费。西泽表示："为了最大限度地减少赤字，我们正在彻底地削减成本，但结果收取的电价还是低于我们削减后的成本。"以此告诉委员们，如果核电站继续停运，涨价是不可避免的。

另一个是通过涨价来改善财务状况，或者说是实现财务方面的独立。他提到，"为了尽早实现自主筹资——具体而言是发行公司债券——为了恢复发行公司债券，一定的留存收益是必不可少的"，并断言，通过这些举措尽早加强财务状况"最终能够最大限度地减少（来自原赔机构的）财政支持"。

他接着恭敬有礼地说，"我听说，各位委员一致意见，要让东电成为一个未来可期的充满希望的企业"，并表示，企业就是人。"我衷心希望各位能够帮我们制定出一条回归自主经营的路线，让员工们怀揣希望，拥有持续的动力。"也就是说，他在呼吁令东电尽快"独立"。虽然有人预测，东电最终将成为原赔机构的管辖地（殖民地），但这还是将来的事情。然而，尽管还没到那一步，他们却想尽快摆脱殖民状态，恢复成昔日那个繁荣独立王国。

一位委员揣测西泽的意图说："说到底，你想说涨价是必须的，如不尽早启动核电的话，未来可能很难提供高效、稳定、优质的电力，对吧？"[*6]

下河边委员长似乎也领会到了这层意思。当天，在委员会会议结束后的新闻发布会上，他表示："需要彻底地改变东电的企业风气和文化。"[*7] 尽管如此，下河边给人感觉是，他似乎认为上调电费早已不可避免。

这是因为，当时经营与财务调查委员会已经制定了一个将上调电费和重启核电站相结合的模拟方案。通过将核电站的三种情况（① 立即重启，② 一年后重启，③ 不重启）与电费的三种情况（① 上调 10%，② 上调 5%，③ 不上调）进行不同组合，共创建了 9 种模拟情况。当然，立即重启和上调 10%的组合方案对财务而言是最好的，这样的话，2020 年度的净资产将达到 5.598 2 万亿日元。然而，如果是不重启核电站且不上调电费的组合方案，2020 年度的净资产将为负 1.618 7 万亿日元，陷入资不抵债的状况。

如果不上调电费也不重启核电站的话，东电的经营将无法维持——委员会也得出了这一结论。

被改写的报告

从 9 月 20 日委员会第八次会议开始，经营与财务调查委员会进入向首相野田佳彦提交报告的内容讨论阶段。特别工作组事务局准备的草案已于一周前的 9 月 14 日分发给各委员。因此，对各委员来说，有充足的时间在周末仔细研读报告草案。

这份大部头报告仅正文就有 170 页，附属资料有 50 页。在草案题为《面向有关人士的合作请求和经营责任》的一章中，对金融机构和股东的合作请求写得非常迂回啰嗦。

对金融机构的要求一般来说包括放弃债权、债权转股权（Debt

Equity Swap, DES)、减免利率、维持余额或重新安排还款计划、追加贷款余额等方法（略），鉴于平成二十三年[①]3月末的实际综合净资产估计为1.2446万亿日元，东电将处于资可抵债状况，要求金融机构对其放弃债权或债权转股权是很困难的。但是，由于上述实际综合净资产估算以支援机构拨款支付损害赔偿债务为前提，所以是否应该在这样的前提下进行实际综合净资产的估算还有讨论的空间。视讨论结果，不排除要求放弃债权或债权转股权的可能性。

关于这一点，在东电（略）计划要求金融机构对3月11日以前发生的借款债务，采取10年长期维持余额等措施。对于这一要求是否充分，应由支援机构在今后制定特别事业计划的过程中进行讨论。*1

报告草案中用下划线标记出要求放弃债券或者债权转股权的可能性，暗示今后将重新评估东电要求金融机构在未来10年对其维持余额这一做法。

此外，还披露了东电在6月份发给所有金融机构的文件中的内容："特此补充，在与贵公司的交易中，东电不会要求减免利息或放弃债权之类的援助。"在制定设立原子能损害赔偿支援机构这一救济方案的过程中，尽管枝野和仙谷曾表示"应该让金融机构放弃债权"，但东电却向所有金融机构开"票据"，表示"自己不会要求放弃债权"。

9月28日，在委员会第九次会议上，上述要求金融机构提供支援的表述被列入议题。仙谷的顾问、国际合作银行的前田匡史提出质疑，应当向金融机构提出的要求是否该是维持紧急贷款部分的余额？在这种情况下，金融机构如果想收回借给东电的资金，东电瞬间就会资金短缺。他也不认为现在的客观形势可以提减免利息、放

① 平成二十三年，2011年。

弃债券、DES等强烈要求。因为东电是根据《原子能损害赔偿支援机构法》这一方案，人为地变成了资可抵债的状况。前田表示："维持余额和给予信用是一样的。现阶段不可能要求减免利息。"*2

事务局的西山圭太（经产官员）回答说："暂且不论好坏与否，因为只写了最终判断请由机构来做，所以在某种程度上，我们只是在理清逻辑。"前田不肯罢休，追问道："要求重新安排还款计划，包括减免利息，和要求维持余额的做法完全相反。"所谓维持余额，是指在还款期限过后再借钱还贷。也就是说，这意味着金融机关和作为债务人的东电将维持友好关系继续打交道下去。减免利息是指不按约定支付利息，放弃债权是指借出的钱不会回来。虽说都是对金融机关的要求，故而把这些措施列在了一起，但它们各自的含义却完全相反。这一点被前田戳中了。

前田　如果要采取依法清算那样的形式，当然要考虑减免利息什么的。但是，这看上去像是在说，请把这些一视同仁地放在一起考虑，并由机构来判断……

西山　就只是单纯的字面意思，请各位查证是否合适，除此之外没有其他意思。

另一位委员说："所有项目都是中立的，只是罗列各种选项，请机构进行判断。"西山说："正是如此。"*3

也就是说，姑且只是试着写出各种各样的菜单，并在其中试着加上了"放弃债权"这一强硬的词语而已。据说，似乎是由于上任不久的经产大臣枝野幸男在新闻发布会上多次提到向东电提供贷款的金融机构的债权放弃问题，所以借调到特别工作组事务局的经产官员考虑到这一点，于是把这些内容加进去的。*4

对于被认为是反映枝野强烈愿望的"不排除要求放弃债权或债

权转股权的可能性”这一表述，开始出现一些声音，如“一般来说，过去公款被投入时，银行也都帮着分担损失。这次也不可能保全全部债权吧”（三井住友）、“除震灾后的紧急贷款以外，对过去的贷款进行一定程度的债权放弃也是不得已之举”（三菱东京 UFJ）。他们害怕因强硬地主张保全债权，自己在民众眼中会成为“守财奴”。在金融机构当中，确实存在这种观察民众反应采取行动的氛围。

但是，经营与财务调查委员会并没有进一步深入下去。

下河边委员长回顾当时的情况说：“虽然或许有希望对方放弃债权的想法，但当时东电没有陷入资不抵债的状况，不能强烈要求放弃债权。”[*5] 如果东电陷入了即使卖掉全部资产也无法偿还债务的资不抵债状况，金融机构当然不得不答应放弃债权，接受借出的钱回不来的情况。如果采取申请适用《企业重组法》等依法清算的方式，情况也是如此。但是，在防止东电资不抵债（即不让其破产）的《原子能损害赔偿支援机构法》通过后，将以这一机制为前提，东电自然不会陷入资不抵债的状况。[*6]“以那个法律为前提的话，无论在法律上还是逻辑上，选择放弃债权这一措施都是不成立的。”（大西正一郎）所以，这似乎是条行不通的路。

如果写有“放弃债权”内容的报告问世的话，恐怕会在公众之中形成错误的认识并扩散开来。公众可能会认为政府可能在催促金融机构放弃债权，尽管在现实生活中要求放弃债权并不容易。如果在报纸上写“讨论要求放弃债权”之类的大标题，也会让人为难。

10 月 3 日，经营与财务调查委员会在首相官邸召开了第十次也是最后一次会议，并向野田首相提交了报告。该报告的最后写道：“鉴于平成二十三年 3 月末的实际综合净资产估计为 1.292 2 万亿日元，东电将处于资可抵债状况，要求金融机构对其放弃债权或债权转股权是很困难的。”从“但是”开始的放弃债券和不排除要求 DES 可能性的内容已完全被删除。

这段文字不仅被替换成了完全反方向的内容，末尾还被加上了以前没有的内容，即“对于东电是否有可能从日本政策投资银行及其他与东电有业务往来的主要金融机构获得更多贷款的问题，有必要一并讨论”。不是向银行提出放弃债权的严格要求，而是向银行提出追加贷款的要求，报告表述变成了与之前完全相反的内容。

枝野就任经产大臣之后，突然被重新提起的债权放弃论，随着调查报告的修改，完全从表面的讨论中消失了。

原赔机构的诞生

9 月 12 日注册为法人的原子能损害赔偿支援机构，原本指望丰田汽车原社长渡边捷昭担任理事长。但由于被他拒绝，人员选拔工作举步维艰。在已无计可施之时，答应接受这一职务的是一桥大学原校长杉山武彦。

杉山是交通经济学家，在自民党麻生执政期间，曾担任国土交通省为振兴日本航空（JAL）而设立的“日本航空经营改善专家会议”主席。国交省在这次专家会议上建议 JAL 在经营方面稍作改革，打算由政府金融机构日本政策投资银行向 JAL 注资。而这一计划被政权更迭后就任国交大臣的民主党前原诚司推翻。民主党政权解散了这个专家会议，并采取了让 JAL 申请适用《企业重组法》的强硬措施。

就在两年前，民主党政治家们还曾嘲笑杉山是“御用学者”，而如今民主党紧紧抱住的正是杉山。遭到原本指望的渡边拒绝，转而向杉山发出邀请，劝说其就任理事长的，是特别工作组领导、官房副长官仙谷。这是 8 月中旬，机构成立前一个月的事情。为创建机构而四处奔走的，不是负责此事的大臣枝野，而是仙谷。

由于与仙谷素不相识，杉山对此感到非常意外。曾任内阁府原子能损害赔偿支援机构担当室次长的经产官员岛田隆（开成中学、东大工）前去拜访杉山时表示："我正在广泛地听取各路专家对电力行业状况的意见。"随后在交流的过程中，岛田说："仙谷想和你（杉山）见一面。"于是之后便试探杉山是否愿意担任理事长。虽然多次遭到杉山拒绝，但仙谷并未放弃，他说："从与东电是中立关系、有组织负责人经验、对公共事务了解这三点来说，你（杉山）是最合适的人选。"表示不会做出让步。最终，杉山受不了仙谷的坚持，答应出任这个职位。[*1]

从说服杉山这件事上也可以看出，让原赔机构得以成形的是仙谷、岛田和山下隆一。与山下有关联的产业再生机构人脉在创建原子能损害赔偿支援机构上发挥了作用，以曾在经产省担任宣传室室长的成田达治（原产业再生机构执行董事）为首，樱花共同法律事务所及作为经营共创基盘公司一员的再生机构等的OB相继被起用。除此之外，"再生机构"还从德勤会计师事务所和野村证券召集人马，组成了律师、会计师、证券公司人员等共40人的团队。

曾经有方案提出，让和特别工作组事务局次长大西正一郎一起在顶拓投资咨询有限公司工作的奥总一郎（顶拓投资咨询有限公司专务执行董事）担任原子能损害赔偿支援机构的事务局局长，并由山下直接去劝说奥。奥的叔父是东电债权人三井住友金融集团会长奥正之。正之给总一郎打电话说："抱歉，可否请你不要接受这个职位？"因而最终，奥辞谢了邀请，由经产官员岛田出任该职位。[*2]

原子能损害赔偿支援机构做的第一件事是推进赔偿工作顺利进行。东电此前之所以不愿意赔偿，一方面是因为担心资金周转问题，另一方面是不想让赔偿债务在账务上被视为“负债”。如果算上巨额赔偿债务（保守估计 4.54 万亿日元），东电马上就会陷入资不抵债的状态，公司将破产。因此，他们想从原赔机构领取赔偿金，并把相应的钱款用于支付赔偿费用上。因为这样一来，负担就会被抵消。

自 11 月 15 日原赔机构向东电投入 5 587 亿日元开始，该机构将陆续向东电投入资金用于核事故受灾者的赔偿。由此，对灾民的赔偿工作首次真正启动。与此同时，为从根本上改革东电的经营管理，原赔机构决定以与东电的共同名义制订“特别事业计划”。入股东电，掌握东电的经营权，并在此基础上履行被纳入“特别事业计划”的重组方案和经营上的根本改革方案。

内阁官房国家战略室受东电改革派和电力自由化倡导者的影响较大，对原赔机构的改革意识寄予期望。“电力自由化和核电怎么办，这两个问题会以东电为契机发生改变。只要一个触发方式，之后的事情就会有所变化。”——当时国家战略室的一位工作人员透露说。[*3] 这意味着，原赔机构出资掌握东电经营权，从而使政府在电力改革中发挥主导权的体制得以完善。

机构肩负着这些过高的期望。原经产官员岛田并没有打算回避输配电分离等电力改革，但期待其成为“拉动”所有能源政策触发器的人，实在是个重担。[*4]

当时，能源改革被委托给了 1982 年进入经济省的三位官员。

其中一位是后来为延长核电站寿命和重启豁出性命的资源能源厅次长今井尚哉。另一位是以原赔机构事务局局长身份要求东电进行经营改革的岛田。岛田深受与谢野馨的喜爱，在与谢野就任经济财政担当大臣和官房长官期间，曾多次担任他的秘书官。

最后一位是国家战略室的审议官日下部聪，他曾参与电力自由化。

从另一方面来说，能源改革也反映出了三位经产省同期为晋升而竞争的过程。

原子能损害赔偿机构于 9 月 12 日登记为法人。同月 26 日，位于东京虎之门的共同通信会馆举行落成典礼，邀请了仙谷和枝野参加。

第 17 章　秘密会议

钱拿来！嘴闭上！

原子能损害赔偿支援机构运营委员长下河边和彦预感到，自己在不久的将来会与东京电力根深蒂固的唯我独尊的经营特质进行对决。2011 年 10 月 13 日星期四这一天，天气开始变冷，前几天的酷暑变得极不真实。下河边正准备前往位于东京虎之门共同通信会馆的原子能损害赔偿支援机构总部时，听到电视新闻报道称，东电公司制作了一份 4 页内容的简单指南，作为其饱受诟病的赔偿金申请指南（多达 150 多页的极其繁琐的文件）的摘要版。为了慎重起见，他打开电脑核对东电主页，发现的确是 4 页。由于第一页是封面，所以实质内容是 3 页。下河边感到非常惊讶，他觉得“这是一家完全不从用户友好度出发进行思考的公司”。

比原定时间提前了 1 分钟，原赔机构运营委员会第二次会议于下午 3 点 59 分开始。会议只在开头允许拍摄照片即所谓“头摄”。被允许参加“头摄”的各媒体记者撤走后，委员长下河边对大家说：“我再次强烈地感觉到，我们将与东电根深蒂固的那种特质发生冲突。”由于 10 月 3 日运营委员会第一次会议只是相互露个脸认识一下的形式上的会晤，所以这一天的第二次会议是决定机构方针的实质上的开始之日。

委员长下河边在制订要给东电看的特别事业计划时，提出“想交换意见”。于是，机构策划组组长开始解释私下保留的事务局方案。

“我们认为，最好是以预测政府能源政策的形式编入东电计划中。作为本机构来说，希望分两个阶段制订特别事业计划。”据他介绍，首先，第一阶段将制订“紧急特别事业计划”，但目前仅限于向东电提供必要的赔偿金，不会立即进行“预测政府能源政策”的彻底的东电改革，而是要推迟到明年春天（2012 年春）。东电的彻底经营改革——修改电费制度、负担废堆和除污的费用、重启已停运的柏崎刈羽核电站，以及下调养老金和出售剩余资产等重组问题——就像下河边所说的那样，由于“将与东电根深蒂固的那种特质发生冲突”，所以要留足时间来处理。

此外，规划组组长说：“今后还要探讨除污和废堆问题，将不排除机构出资的可能性。”他还明确表示：“到那个时候，经营责任和金融支援的理想模式、股东责任将成为大的争论点。”*1

原定的特别事业计划被分为“紧急特别事业计划”和“综合特别事业计划”两个并行的部分，而之所以必须先制订暂定版的“紧急特别事业计划”，是因为原赔机构急于加快对 16 万多名避难者的赔偿（制度规定在经产大臣枝野幸男批准特别事业计划之后，原赔机构才会发放赔偿金）。另一方面，增添了更为正式的经营改革菜单的“综合特别事业计划”将推迟到半年后实施，据说届时将吸收机构的出资，更新领导班子。看来是要迫使东电“全面投降”。也就是说，明年春天与东电发生激烈冲突将在所难免。

在 10 月 21 日召开的原赔机构运营委员会第三次会议上，报告了将成立由东电三四十岁骨干员工和年轻员工以及机构工作人员组成的改革推进小组，同时，将根据采购改革和削减人力成本等不同主题成立 6 至 7 个工作小组，并以这些小组为强有力的手段推进自下而上的经营改革。此外，会上还汇报了将考虑输配电分离，估算发电站和输电设备的售价，进行尽职调查（严格的资产核查）。这些都强烈地表现出试图以机构为主导对东电进行改革的意识。

在 10 月 24 日召开的运营委员会第四次会议上，眼见似乎有要推进以前产业再生机构的那种大刀阔斧型改革的迹象，制造障碍的反动势力浮出水面。一向同情东电管理层的葛西敬之委员（JR 东海会长）突然说："我能说几句吗？"然后开始插话。他提及在原赔机构的前身"东京电力相关经营与财务调查委员会"向野田首相提交的报告中提到要削减企业年金等退休补贴，并提出反对意见说："我觉得那样做不好。那种做法从道义上来说也有问题，不具有目的合理性。"他指出，民主党政权动不动对东电采取的平民主义抨击"不像一个国家应该采取的做法"，建立"舆论 vs. 东电""舆论 vs. 东电 OB"这样的关系图给东电以冲击的做法，"会损害东电在公众心目中的形象。如果往在职员工和 OB 之中吹邪风，让他们对公司始终抱有不满的话，将成为确保长期稳定电力供应的障碍"，规劝要避免过度重组。他认为，由于养老金是事先向员工承诺的收益率，所以不应该因为核电站爆炸事故就改为对员工和 OB 不利的条件。葛西还说："不要磨瑕毁瑜，只有长期保持士气，才能保证稳定的电力供应。"

对于葛西的一贯主张，其他委员立刻反驳说："我们不明白降低 OB 的养老金收益率会影响电力稳定供给这其中的逻辑。"葛西回应称："这有可能破坏员工内部的整体感和凝聚力。"接着，再一次有反驳的声音说："我不认为削减养老金会造成对员工的分裂。"还有人以日本航空公司（JAL）在破产前削减过高养老金的情况为例，极为自然地指出："JAL 削减了 OB 养老金，但士气并没有下降。”对此，葛西再次陈述自己的意见：“我只是在推测影响。”葛西 vs. 其他委员（以DOWA控股公司顾问吉川广为首）的这一模式在此后的运营委员会上也始终未变，对重组力度应该控制在对东电员工士气无损的程度以及核电必要性的问题，葛西一直强词夺理、毫不让步。最终，葛西被其他委员嘲讽道：“如果你要演讲，换个地方不是更有效果吗？”*2

虽说葛西这个可靠的管理者是运营委员会的一员，但是对东京电力会长胜俣恒久而言，原子能损害赔偿支援机构肯定是一个极其令人不快的存在吧。他无法忍受政府派来的“再生机构”驻扎在东电总公司，过度干涉公司的管理，连一点小事都不放过。原赔机构只要向东电支付给核电站事故受害者的赔偿金的本金就行。高傲的东电老板并不打算把“经营的自主性”转让给不知是哪儿跑来的再生机构。由于停运了核电站，依靠火力发电，所以燃料成本将是一笔巨款，为应对这一成本增加，他们必须接受我们提出的电费上调。胜俣是这么想的。

胜俣每天晚上7点会回到位于东京四谷的家中。一到傍晚，一二十名记者就会候着点聚集在胜俣家门口。在那里举行即席的围追采访记者会曾是一个惯例。

10月26日晚上7点多，胜俣坐着他那辆擦得发亮的黑色日产总统轿车回来了。小个子的他刚从后门下车，记者们就围拢过来。

——即使接受原子能损害赔偿支援机构发放的赔偿金，也不愿意接受资本注入？是讨厌被国有化，想继续做民营企业吗？

“那当然。”

——为什么呢？

“因为这是暂时性的。就算收了一两万亿日元，一年之后燃料成本就会上涨。政府不可能每年都给 1 万亿日元吧。”

——但是，如果把除污和废堆也考虑进去的话，就会资不抵债了吧，因此必须要增加资本。

“不对！你是白痴吗？学点经济方面的知识吧！只要不上调电费，现在的燃料成本就已经赤字了，所以和注资没什么关系。”*3

巨额赔偿费用会由原赔机构发给东电。之后想通过上调电费的方式把增加的燃料成本转嫁给消费者。胜俣的这种想法里明显没有考虑一个理所当然的事，那就是东电必须承担福岛第一核电站废堆的费用和被污染地的除污费用。

福岛第一核电站的废堆不同于一般经年老化核电站依照正常程序进行的解体（废堆），需要取出已熔化成黏稠状、与核反应堆融为一体的核燃料，这是人类尚未涉足的一项作业，估计需要 40 年才能完成。东京电力相关经营与财务调查委员会在报告中预估废堆费用为 1.15 万亿日元，但这远远不够。专家当中有人认为需要 2 万亿甚至 4 万亿日元，不管怎样这都将是一笔天文数字般的巨额费用。

清除放射污染也是如此，此后仅环境省和内阁府列入 2012 年预算的费用就达 1 万亿日元。真正的清除放射污染，特别是要把受污染地区的放射污染清除到年剂量在 1 毫西弗以下的作业，似乎还需要以万亿日元为单位的追加费用。财务省不愿意用国家经费来填补这笔费用，而负责清除放射污染的环境省则表示，计划向东电提出索赔。

如此庞大的费用，不可能指望转嫁到电费上。不仅如此，令人担忧的还有，这家民营企业是否真的能够继续承担这项人类未曾踏足的艰难作业。正因为如此，记者们才挑中这点提问，但与胜俣的对话却并不顺利。

社长西泽俊夫可以说是胜俣的得意门生，他也一直与把自己提拔上来的东电大领导胜俣保持步调一致。西泽自1975年进入东电公司以来，几乎一直在企划领域工作，历任企划科科长、企划部部长、执行董事等职务，还有过借调到电气事业联合会（电事联）工作的经历。与不被主管政府机关的经产省和业界所熟知的清水不同，西泽与政府机关及各个电力公司的交情很深。对同样一直从事企划领域工作的胜俣来说，他是直系下属。为协助不可靠的清水，他被提拔为政府和东电共同成立的联合对策总部事务局局长，这也是因为他深得胜俣信任。西泽乍看上去非常谦恭，说话语调极为客气，甚至可以说到了过于客气反倒让人怀疑其诚意的程度，但他却是个信念坚定的人。和他同一时期进入公司的东电原干部评价说："他非常顽强，很有谈判能力。在公司的这种危机时刻，他正是适合的人选。这个时候要是个卖乖取宠的人那可不行。"*4

西泽的确信念坚定。在10月21日电事联召开的新闻发布会上，记者问道："东电是否会请原子能损害赔偿支援机构出资？"西泽斩钉截铁地说："我们想贯彻经营管理合理化，避免出资，所以尽量不寻求出资。"无论被问多少次同样的问题，他都毫不让步地回答说："没有想过出资的事情，我们希望以民营公司的形式开展业务。""我们将彻底进行重组，以不向政府寻求出资为目标。"*5

在9月的中期结算中，股东资本一下子消失了6 000亿日元，资本大幅缩水。因为从这次结算开始，首次在账目上将核事故受灾者赔偿费认定为债务，而且，由于燃料成本负担增加等因素，半年亏损竟达6 273亿日元。西泽在这次公布结算的新闻发布会上也明确表示，向政府请求出资的事"不在我的考虑范围之内，对我而言没有这个选项"。*6

东电领导层固执地划上"捍卫主权"的防线，打算出资的原子能损害赔偿支援机构不知如何是好。一位工作人员一脸为难地说道："注资的事说得有点早，所以他们的防御体系似乎也变得更强硬了。"[*7] 甚至未必是"反东电"的原赔机构运营委员会在通过报道得知东电领导层脱离常识的发言之后，也表示："如此没有紧张感的公司也真少见。必须要换掉那帮人。"他们开始提到管理层的更新换代。[*8]

尽管人们注视着这两个人的目光越来越可怕，但胜俣和西泽在"不愿意交出经营权"的想法上始终不肯让步，也丝毫看不出他们有打算从防线上后退的态度。在公司内部，弥漫着对外人摆出占领军的嘴脸闯入东电的反感情绪。由于胜俣很好地掌握着公司内部，所以即使胜俣与公众为敌也要孤军奋斗，在总公司工作的员工们也还是更加信任他。很多东电员工认为核电站事故是天灾，他们无法忍受在"3·11"之后自己被视为坏人。

于是，原赔机构和东电突然陷入了相互瞪眼的胶着状态。特别事业计划之所以变为两个并行部分，最先开展眼下的赔偿金交付工作，也是因为东电态度顽固，且难以攻破这一局面的原赔机构一直犹豫不决。

在双方势均力敌的情况下，11 月 18 日，由原赔机构和东电双方领导层共同参加的经营改革委员会第一次会议在东电总公司召开。在允许记者参加的会议开头，委员长下河边和彦的致辞令人印象深刻，他说："我们今天要讨论的是 3 月 11 日福岛第一核电站事故之后的新生东电的理想模式，而不是如何让东京电力重新回到 3 月 11 日之前状态。希望通过认真讨论加深认识，努力恢复公众对电力行业的信任。"虽然这是事务局准备的稿子，但也是一份饱含了下河边万千感慨的致辞。下河边想传达的信息是，东电尽管引发了如此大的事故，但却误以为自己仍然是事故发生前赫赫有名的大企业。这份致辞是原赔机构策划的，目的是让围在一旁的做好精心准备工作的记者们用IC录音机录下来，换句话说，是为了能向公众传播。

原赔机构认为，胜俣和西泽对于东电“能够重新回到原有状态”的意识非常强烈。因此，他们两个人才会坦然地说：“想继续以民营企业的形式开展业务，不寻求政府出资。”

坐在下河边对面的胜俣露出一副极不痛快的表情，听着他的致辞。结束了“头摄”的记者们被送出会议室之后，下河边进一步说道：“如何创造一个开放的东电？或者说为开辟新的技术革新之路，东电的理想模式应该是什么样的？总之，不能是现在这个样子。”然后，他还叮嘱说：“希望让必须重获新生的年轻员工和骨干员工成为力量的源泉。”

西泽回答说：“我会铭记在心，努力去做的。”胜俣大概觉得自己被闯进东电的下河边全盘否定了吧。

会议结束后，下河边告诉在大厅等候的记者们：“胜俣会长和西泽社长向我表示了他们的决心，要重建新的东电公司，而不是回到3月11日之前的旧东电。”*9

保留核电和电力自由化

10月3日开始成立的综合资源能源调查会基本问题委员会展开了一场讨论，讨论的形式是，除新日铁会长三村明夫委员长以外，24名委员从各自的立场介绍自己的一贯主张，而持不同意见的委员则对此进行反驳。

例如，全国消费者团体联络委员会事务局局长阿南久表示：“应该尽早将旧核电站废堆，不允许新建核电站。”而拥核派的日本能源经济研究所理事长丰田正和则立刻反问道："能源成本上涨，日本经济将无法维持。对于这一举措将降低生活水平，您有何看法？"环境能源政策研究所所长饭田哲也以欧洲的先例为例，主张推动可再生能源的引进，丰田则说："有争论认为德国和西班牙都失败了。"然后举出否定事例。委员们的讨论大概就是这样的情况。作为来自经产省的"下凡"人员，领着估摸 2 500 万日元高薪的丰田，在反核人士发表观点时，一定会给出泼冷水般的评论，就好像这是自己的使命似的。

反之亦然，对于日本原子能学会会长东大教授田中知的解释，阿南批判道："你们造成这么严重的事故，难道一点都不反省吗？"在核电站相关问题上，拥核派和反核派的看法完全不一致，委员会一时成了各方自顾自说话的地方，争论没有平息的迹象。

直到在 12 月 6 日委员会第六次会议上，作为事务局的能源厅综合政策科科长后藤收提出《观点梳理（草案）》，才开始出现试图归拢观点的动向。后藤在会上用"最佳组合"这一术语，提出了应该如何设定 2030 年的能源结构，特别是应该如何定位核电站的问题。从这一天开始，基本问题委员会的讨论逐渐转移到能源结构上。

饭田这样描述当时的情况。[*1]

"起初，事务局很温和地说了句'我们试着整理了一下大家的意见'，所以我原以为是块可以改变形状的豆腐，没想到不知不觉中变成了硬邦邦的混凝土，没法再改变了。事务局决定论点，可以说是把脚本全部写好了，委员长三村按照脚本推进讨论事宜。大家都知道这是一场迟早会被经产省夺取主导权的会议……"

对于突然出现的观点梳理，原子能资料情报室的共同代表伴英幸也感到别扭。他回忆当时的情况说："那天之后，我们就开始讨论核电比例应该如何设定的问题。”[*2]

与饭田他们不同，东大教授松村敏弘一直期待事务局能发挥更强的领导能力。然而，他也渐渐对讨论的推进方式感到别扭。因为在大家被引向只讨论核电比率设定的情况下，他想在委员会上主张“不设定核电比例”的想法。

“让消费者通过市场机制做出选择，应该也是一种可行的想法。有些人可能愿意购买由可再生能源产生的电，即使电费上涨也能接受。或者，有些人可能不愿意接受电费上涨而想继续购买核能产生的电。而如何选择的问题，交由民众就行。对民众来说，也可以用自己的选择来负责任地表达自己的意愿。”[*3]

包括松村在内的几位委员都主张通过这种“民众投票”的方式进行电力选择。不过，与用具体数字表示的核电比例相比，这种想法更容易被以“难以理解”为由否决。

作为基本问题委员会事务局的能源厅战略企划室室长定光裕树（星光学院高中、东大法学院）虽然说：“我们是请大家进行零基础审议的，事务局不会诱导讨论。”但他又表示：“必须在明年（2012年）春天之前提出最佳组合方案。”在尽可能致力于推广可再生能源、节能和火力发电这一点上，各委员之间并没有太大的差距，但是“对核电的方向性问题上就完全不同了。这个又不能一个劲儿地造出来……”他表示对该如何梳理核电问题感到迷茫。

“我们决定在核电问题上给出几个选项，给民众一些选择的余地吧。”

定光这样说道。[*4]

1999年，时任原通商产业省新规产业科班长的他因喝醉酒与出租车司机发生争执，并突然用力打了居中调停的警察的脸，被当作妨碍执行公务的现行犯逮捕。[*5]之后，他被调往中小企业基础整备机构[1]和宫城县政府工作了 4 年。正因为如此对定光来说，基本问题委员会的事务局运营是不能失败的重要任务。

在基本问题委员会逐渐陷入核电比例这一“无果之争”的过程中，关于电力系统改革的讨论正在稳步推进。

因为枝野对此非常感兴趣。为了枝野，从 11 月 10 日开始成立名为“电力系统改革特别工作组”，开始了关于电力自由化的政策学习会。虽然名为“特别工作组”，但形式上并不是由若干成员组成的，而是想了解电力自由化的枝野的学习会。

11 月 10 日，第一场学习会邀请了大阪大学聘请教授八田达夫，同月 14 日第二场则邀请了东大教授松村敏弘，学者们就像家庭教师一样向枝野讲授电力自由化和输配电分离的知识。受邀的都是自由化支持派，包括站在倡导自由化一边的经济学家和 ENNET 之类的新兴企业。东电的御用学者没有受邀。枝野在排得满满的日程表中见缝插针，每次都要请教一小时。

资源能源厅的安永崇伸（和光高中、庆大综合政策学院）被指派负责这个为大臣举办的非公开学习研讨会的事务工作。在强大的电力行业里，因挑战自由化而遭到冷遇的川本明担任该厅电力市场整备科科长时，安永担任同属电力与燃气事业部的隔壁科室的科长助理，是经产省内屈指可数的电力自由化倡导者。在经产省内的自由化倡导者相继被肃清之后，安永也再没能使出全力达成愿望，一直阴郁度日，而如今他却一下子被委以重任。这一人事安排显现出自由化派的复权。松村等作为倡导自由化的经济学家，感受到了经产省内气氛的变化，对起用安永表示欢迎。

① 中小企业基础整备机构：日本中央政府管理中小企业的最高专门行政机构，负责制定面向全国的中小企业政策。

枝野的学习会举办了6次之后，在12月27日以电力系统改革特别工作组的名义对“观点梳理”进行了汇总。汇总内容是，一方面消极评价日本的现状，称“有意见指出自由化和竞争是极不足的”；另一方面，积极评价多数欧美发达国家对国营企业和垄断企业进行的制度改革，“通过有效利用竞争原理和价格机制促进效率”。报告探讨了“输配电分离”的可能性，认为输配电部门的中立态度是市场原则发挥作用的关键。

所谓输配电分离，是指将迄今为止的发电、输配电、零售电三者垂直整合的日式电力事业模式，通过开放介于发电和零售电之间的输配电网，促进公正公平竞争的想法。根据设想，这样一来将出现火力、核电、可再生能源等不同电力来源的竞争，以及现有电力企业和新加入的发电企业之间的平等竞争。尤其是希望能够杜绝对待太阳能、风力等新型可再生能源发电企业的不平等现象，为能使他们公平地加入进来开辟道路。

电力系统改革特别工作组的观点梳理中，列举了输配电分离的4种类型。

① “所有权分离”，即让输电部门完全独立，并解除资本关系。

② “依法分离”，即虽然将输配电部门拆分为子公司，但通过将其归入控股公司旗下等方式，维持资本关系。

③ “功能分离”，即不拆分为子公司，而由名为独立系统运行组织（ISO）的中立组织进入电力公司对定价等行为进行监视。

④ “核算分离”，即将输电部门的成本与发电成本进行分别核算。

类型①是电力公司无论如何也难以接受的残酷方法。姑且不论作为核电站爆炸事故战犯企业的东电，对于关西电力和中部电力等其他电力公司来说，这无疑将成为一个意料之外的严重拖累。类型②的话，虽说形式上是拆分为子公司，但会陷入集团一体化经营的弊端，这样的话就会鸡飞蛋打一无所得。类型④是对电力公司过于宽松的方案，似乎不会有什么改革成果。

也正因如此，此时此刻，事务局官员脑子里想到的是类型③。虽然要完全分离发电和输配电，但如果匹配失败，则有可能造成停电等混乱局面，因此，可采用不拆分组织形式，由中立的第三方介入并进行监视的方法。但是这对公众来说很难理解。

这个《观点梳理》只是把这些分类罗列了出来，并不是经产省确定的特定方针，可以说只是把枝野的学习成果罗列了一遍，并没有说什么新颖的内容。只不过收集了其他各国的先例，同时进行了介绍而已。然而，自由化进程一旦启动了就不可能停止。当年年初，作为经产大臣咨询机构的综合资源能源调查会内成立了电力系统改革专门委员会，将《电气事业法》的修订纳入考虑当中，并着手设计电力自由化的制度。关于核电政策，经产省虽然不能走到“弃核”的地步，但在电力自由化问题上却突然转变方向，采取对自由化表示理解的态度。那些在一旁观望的，怎么看都不像是自由化提倡者的官员们，好像在说“别错过公交车”似的，争先恐后地开始谈论自由化主张。他们倒向了强势的一方。这也成为了他们说“我们也在认真地推行改革，不是守旧派政府机关”的有利证明。[*6]

对于电力行业来说，这是无法接受的举动。12 月 28 日，也就是《观点梳理》公布出来的第二天，电力总联作为产别联合组织中的有力组织，带着资料到处宣扬，以此向以原民社党为主的民主党国会议员燃起反击的烽火。资料上写道：“令人极为遗憾的是，在一些封闭的会议集合体上，不依据电力相关产业劳动现场实际状况，就原封不动地把相关《观点梳理》展示出来。这是无论如何都无法原谅的。”当新闻报道披露这一做法时，电力总联事务局局长内田厚解释道：“此次活动并不是有组织地发起的，而是我们被国会人员问到电力总联的立场，觉得口头解释可能不合适，于是就递交了纸质版，仅此而已。”内田不愿意对外透露他们的秘密行动。

“因为在这个问题上我们一直处于被动地位。如果我们说要维持发电—输配电—售电的电力一贯制，就会被视为抵抗势力而受到批评……”*7

所以他们才会秘密地做工作。这也是电力行业和原子能村的特质。

“村子”的存在

就在原赔机构与东电对峙、经产省能源厅综合资源能源调查会基本问题委员会讨论核电利弊和电力自由化的时候，9月27日，原子能委员会委员长近藤骏介在原子能委员会内设立“原子能发电与核燃料循环技术等探讨小委员会”（以下简称“小委员会”）。此外，他还一直在考虑要召开自己主持的幕后秘密会议。

原子能委员会设在内阁府，由委员长近藤等5名委员组成，有整理《原子能政策大纲》的权限，该大纲制定了国家关于长期的核电研究、开发和实用化的方针。可以说，原子能委员肩负有着制定原子能政策根基的任务。

近藤之所以想要召开秘密会议，是因为经产省能源厅综合能源调查会基本问题委员会一直在推进锁定未来核电比率及能源配比最佳组合的工作，而他想设计几个方案来探讨与之相适应的核燃料循环事业的理想状态。作为其公开活动舞台的“小委员会”由原子能委员会代理委员长铃木达治郎会议主席（原电力中央研究所研究参事）等7人组成，一直推进反核电运动的原子能资料情报室共同代表伴英幸和电力自由化提倡者东大教授松村敏弘也是该委员会的委员。

近藤的人生本身就是原子能村的写照。他于1965年从东大工学院核工程系毕业，一直是东大原子能方面的教授，向电力公司和核反应堆制造商输送了大批学生。最后他辞去东大原子能研究综合中心主任一职，从2004年开始担任原子能委员会委员长，至今已有8年。他和反核派从根本上就合不来。因此，当近藤想聚集相关人员召开由自己主持的秘密学习会时，必须要完全排除不是原子能村居民的伴和松村等小委员会的成员。[*1] 因为伴和松村并不是“村里的居民”。

11月14日下午1时52分，内阁府原子能政策担当室的职员向电事联、电中研①、管理快中子增殖反应堆“文殊”的日本原子能研究开发机构（JAEA）等发送了一封题为《关于原子能发电与核燃料循环学习会（暂称）（草案）》的电子邮件。里面写着“本学习会将讨论方向问题，按照这个方向，酌情”在小委员会上审议。学习会频率高达每周一次，参与成员有原子能委员、原子能委员会事务局、文部科学省、经产省、JAEA、电事联、电中研、关西电力等。[*2] 东电受挫后，就像阪神老虎队控制读卖巨人队缺阵后的中央联盟一样②，关西电力成为了电力行业和原子能村的盟主，摆着一

① 电中研：“电力中央研究所”的简称。

② 阪神老虎队和读卖巨人队都是隶属日本职业棒球中央联盟的顶尖棒球队。读卖巨人队来自关东，是中央联盟的常胜将军，阪神老虎队来自关西，是前者的宿敌。两队分处东西日本又是劲敌，恰如东京电力与关西电力的关系。

副盟主的架子。就这样，只有原子能村的成员聚集的秘密会议得以召开，在会上大家对各项问题彻底讨论，秘密地引导小委员会——原子能村的阴谋已经开始。

11月17日下午6点，也就是邮件发出仅3天后，第一次秘密会议在政府联合办公大楼4号楼1202室召开。在委员长近藤的带领下，原子能村的元老们聚集在了一起。包括委员长近藤在内的原子能委员会5名委员全部参加。他们委任的小委员会成员中，只有作为原子能村核心人物的东大教授田中知受到秘密邀请。来自经产省的能源厅原子能政策科科长吉野恭司、原子能国际合作推进室室长香山弘文、原子能选址与核燃料循环产业科科长森本英雄等省内首屈一指的拥核派官员汇聚一堂。此外，来自电事联、关西电力、JAEA、电中研、文科省等处，从事核电相关的干部们也应邀出席，秘密会议的成员多达约30人。

电事联在"会后回收"的前提下，向与会者分发了拟定绝密方案的模拟资料。关于核燃料循环写有5种方案，除了之前的"全部后处理"以外，还有"部分后处理""直接处理"等。JAEA也分发了资料，上面写有关闭青森县六所村后处理工厂的弊端和废止核电的弊端。

对此，电中研的高级研究员长野浩司提问说："如果关闭六所的后处理工厂，最大的问题不就是（管理该厂的）日本原燃的破产吗？如果破产，政府会想办法解决吗？"田中问道："在减少核电的进程中，你要怎么解释启动六所后处理工厂的目的？"关西电力的原子能事业总部副总部长高杉政博表示："如果关闭六所，我们过去花了约20年积累起来的经验知识将付诸东流。鉴于日本资源匮乏，保持多种能源选择是很重要的，快中子增殖反应堆（文殊）就是其中之一。"如何延长青森县六所村的后处理工厂和快中子增殖反应堆（文殊）的寿命，对这些参会的原子能村相关人员来说是重要的课题。

据能源厅的吉野介绍，最佳组合选项要到明年（2012 年）3 月才能提交给综合资源能源调查会基本问题委员会。因此，他想牵制住秘密会议上的先行讨论。“如果抢在基本问题委员会之前讨论核电方案和循环方案，就会给反对派提供素材以判断什么情况下可以停止核燃料循环。由于这将起到负面杠杆的作用，所以应慎重考虑。”这似乎是在说，能源厅握有主导权。

领队近藤接过话茬说：“我希望原子能委员会和综合资源能源调查会的讨论能以相互依存的关系进行下去，但为了原子能委员会和综合资源能源调查会今后的议题，我想学习一下应提前讨论什么。”他还说：“如果有必须坚守的防线的话，我很感兴趣。”也就是说，他认为有必须要坚守的防线。原子能委员会的基本方针在这里确定了下来，而没有咨询“小委员会”的意见。

能源厅的香山说：“目前政治家们的争论主要集中在 40 年废堆还是 50 年废堆的问题上，在收缩的进程中，能够在某个地方画出水平线就好了。在特别注意信息管理的基础上，最好也要考虑 2030 年核电将不复存在的情况。”香山担心飞散的火星会溅到“文殊”上，提醒大家注意：“我们极有可能因分类等问题受到严厉批评，因此有必要提前讨论快中子增殖反应堆‘文殊’的政策意义。”这里所说的“分类”是指民主党政权的“卖点”行政刷新会议①。行政刷新会议打算于 11 月 11 日成立工作小组重新评估“文殊”的研

① 行政刷新会议：是从 2009 年到 2012 年在日本内阁府设立的机构。从民众的观点出发，在改革国家预算、制度等行政整体形式的同时，为了重新审视国家、地方公共团体、民间的作用，在以民主党为中心的政权下新设了这一制度。根据事业分类，调查在国家、独立行政法人、政府下属公益法人等事业中预算的使用是否合理，从而判断该事业是否有必要。随着 2012 年民主党下台而被废止。

究开发预算，并整理政策建议，对于考虑将以重新进行输出测试为前提的22万亿日元列入2012年的年度预算一事，工作小组认为应暂时搁置。香山认为，最好提前考虑如何应对这种“反文殊”的动向。吉野也对香山的看法表示同意，他说：“由于缺乏了解，存在争论朝着不好的方向发展的情况。”对他们来说，不好的方向是指朝着废除核电站、核燃料循环、“文殊”的方向。他们将其起因归结为“缺乏了解”。

第一次秘密会议持续了大约一个半小时。对于在核电站接连爆炸、民主党政权要求弃核的情况下召开这样的秘密会议，当时为做记录而参加的一位能源厅年轻官员表示，其实内心非常惊讶。他在经产省内供传阅的电子邮件中写下了自己真实的感想：“我觉得自己被人秀了一把‘村子’的存在。（电力那边毫无疑问肯定是陷入其中的，可原子能委员会这边也自认为是村里人）”这位年轻官员还强烈地感受到，1995年进入经产省、在省内还很年轻的香山，在这些大人物面前巧妙地引导着讨论的方向。邮件中记录着：“由于香山室长的引导，讨论看似最终会朝好的方向发展”“由于与公众之间在感受上会存在偏差，所以有必要继续观察，防止开始跑向奇怪的方向。（这次也采取了由科长吉野和室长香山对讨论的方向进行修正的形式）”*3

确实，年轻官员对此感到惊讶也是理所当然的。之后，吉野和香山说是让他作为随行人员，带上他一起拜访了主持秘密会议的原子能委员会委员长近藤，并递交了一份名为《关于核燃料循环的定量分析》的提案给他。提案中写着，由于能源厅设立的综合资源能源调查会基本问题委员会正在就包括“弃核”在内的问题进行广泛讨论，所以特地嘱咐，希望“原子能委员会的秘密会议”不要抢先讨论这些问题。上面还写道，他们抢先讨论弃核方案的举措，“即使会成为鼓励慎重派的内容，但不会成为维护核电的材料”，内容就是要强烈牵制以避免讨论脱离经产省能源厅的统一管理。*4 秘密会议的确是近藤主持的，但是作为经产省拥核派的吉野和香山想将其控制住。这招奏效了，原子能委员会没有先于基本问题委员会进行讨论。

此后，直到第二年2012年4月24日为止，显摆村子存在的秘密会议一共召开了23次。没过多久，发给作为公开舞台的小委员会的资料就开始在幕后的这个秘密会议上分发。这时的程序已经变成，提前在幕后秘密会议上进行实质审议，然后将推敲出来的东西提供给小委员会。

经产省能源厅原子能政策科企划调整二系的系长齐藤宽子（来自文部科学省的借调人员）几乎每次都会整理秘密会议的详细笔记，通过电子邮件联系原子能政策科、原子能选址与核燃料循环产业科、放射性废弃物等对策室的数十人，经常进行信息共享，让对方了解会议内容。她在邮件中写道："请各科室负责人为会上遗留事项做准备工作"，敦促大家继续思考如何回复尚未解决的争论。还有部分内容是"我觉得也可以和电事联、电工会（日本电机工业协会）、原产协会（日本原子能产业协会）共享信息"，也就是建议在整个村子范围内进行信息共享。同伴之间广泛共享秘密，也每次都会采取相应对策。

日本原燃公司非常担心秘密会议的讨论动向，因为如果停止核燃料的后处理，公司的业务将无法维持。日本原燃由各大电力公司出资建立，拥有2 500名员工（其中一半是青森县人），在青森县六所村经营核燃料循环三组合，即铀浓缩工厂、低放射性废物储存设施、后处理工厂。显然，如果核心事业后处理业务不得不中止，公司的未来将变得岌岌可危。

从11月24日召开的第二次秘密会议开始，日本原燃的常务田中治邦也出席了会议。田中在现场积极发言，比如，他表示“应该好好地解释一下放弃核电是多么大的损失，我们是否可以剥夺子孙后代选择核电的权利”“为了不让后处理这一选项断绝，坚持维护技术和人力资源才是我们的使命”。他还说，“未来既有可能进行后处理，也有可能进行直接处理”，早在这个阶段，他就说出了原子能委员会在此后最终提出的政策选项。[*5]

尽管今后能源政策有可能发生变化，但把作为当事人的电事联、关西电力、日本原燃、JAEA 等运营商叫来组织秘密会议而且主导讨论的是身为运营方的与会者——这情景就像砧板上的鲤鱼拿着菜刀一样。

就这样，2012 年 3 月 8 日，一直在幕后举行的秘密会议将核燃料循环计划的政策选项分为了 4 类。

方案 1. 继续保留六所村的后处理。继续推进快中子增殖反应堆实用化。

方案 2. 继续保留后处理，但将超出后处理能力的乏燃料贮存。

方案 3. 继续保留后处理，但对超出后处理能力的乏燃料进行“直接处理”，即不经过后处理便埋入地层。中止推进快中子增殖反应堆实用化。

方案 4. 中止后处理，对所有乏燃料进行直接处理。中止推进快中子增殖反应堆实用化。

秘密会议的与会者对于将“方案 1”和“方案 4”设为选项没有异议。倒不如说，他们认为如何处理这两者之间的中间选项才是应该探讨的课题。经产省能源厅的与会者表示：“小委员会的争论会集中到中间的方案 2 或方案 3，而不会是方案 1 或方案 4。”也就是说，他的解读是两个极端的意见将被取消，中庸之道将成为选项。

对此，管理“文殊”的 JAEA 与会者表示，“如果有方案 3，肯定会有人选”，“这才是决定成败的关键。方案 2 是理想的，而方案 3 应去除”。于是，会议决定“将方案 3 以包含在方案 2 中的形式予以删除”。*6

3 月 28 日，也就是这次会议的 20 天之后，作为公开活动舞台的小委员会召开会议，内阁府原子能政策担当室的事务局不慌不忙地向委员分发了题为《第 3 步　关于评定条件》的资料。资料以秘密会议的讨论为基础，列出了 3 个备选方案：一个是全部后处理，另一个是后处理与直接处理并存，还有一个是全部直接处理。与秘密会议时相比，选项内容得以简化，而且还减掉了一个。也就是说，秘密会议的方案 3“后处理和直接处理并存且中止推进快中子增殖反应堆实用化”的选项被故意拿掉了，原因是不希望这个方案被选中。

作为小委员会委员的原子能资料情报室的共同代表伴英幸自然不知道这一情况，而后来得知这一切阴谋都是在幕后进行的他表示愕然。“我非常生气。一般来说，看到分发的资料，就会以此为基础，而不会考虑到‘还有其他的选项吧’。没能想到这一点上，我也很自责，但当我得知秘密会议上那样诱导讨论，真是大吃一惊。”伴得知被删除的选项“方案 3”之后，想起了会议主席铃木达治郎在小委员会上特别注意，避免谈及“文殊”。

“诚然，这是故意的。这不是会议应有的状态。”

2012 年 5 月 24 日，这个秘密会议被《每日新闻》的独家报道曝光后，震惊了全国。通过一系列的报道和内阁府的内部调查，详细的经过终于浮出水面，但吉野却含糊其词。他说：“关于秘密会议的情况，我不接受任何采访。我这边无可奉告。”*7 因为事情败露后，吉野受到经产大臣枝野的严厉口头警告。

令人吃惊的是，即使在阴谋完全败露后，近藤仍留在了委员长的位置上。伴愕然地说道：

“近藤先生不认为秘密会议是彻头彻尾的坏事，只是觉得电事联和日本原燃等运营商不太适合出席会议而已。近藤先生深得细野（豪志）先生的信任。估计这应该就是他不辞职的理由吧。”*8

正如伴所指出的那样，近藤对自己主持秘密会议的行为没有任何罪恶感。“为了收集制作资料的数据，需要召集运营商开会，这是绝对必要的。”近藤用“绝对”这种强硬的词语来证明自己立场的合理性。对于日本原燃和JAEA等组上鱼肉主导了讨论的看法，他断言：“我不认为自己被诱导了。”*9

核电担当大臣细野豪志一直在袒护近藤。细野是民主党政权的希望，曾在首相官邸经历了那个噩梦般的一周，但他已经完全被原子能村里的人笼络了。经常向枝野和细野两位大臣作情况说明的经产省官员将两人进行比较后评价说：“枝野先生有自己的思考能力，而细野先生却没有这种能力。他对原子能村的解释照单全收。”*10 另一位学者观察到两人与经产省官员接触的情况，指出：“细野先生会观察经产省的脸色，不会做对方无法接受的事情，而枝野先生却说‘命令对方要听自己的话不就好了吗’。二人对待官僚机构的方式截然不同。”*11

4次当选议员、年仅40岁的细野，在论资排辈的国会里，按道理应该可以说只不过“还是个无足轻重的家伙”。作为首相助理、政府和东电的联合总部事务局局长、核电担当大臣首次进入内阁，甚至还兼任环境大臣，如此接连破格提拔，有人评价说他感觉“心情舒畅”。*12

在电力行业与原子能村展现出“静谧的反动”的这个时候，名门企业爆出一系列不合时宜的丑闻，奥林巴斯的账外化假账和大王制纸公子哥儿的不端行为[①]等荒唐事接连不断，不久之后，欧洲的金融危机更加严重。记者们纷纷紧追报道这些新消息，“福岛核泄漏事故”迅速淡出了他们的视线。

在福岛渐渐被人们遗忘的时候，12 月 16 日，首相野田佳彦宣布核电站事故结束。这个宣言是为了将当年 3 月刚发生的福岛第一核电站爆炸事故封印在“过去”，向国际社会宣传日本已经从灾难中恢复过来了。

① 大王制纸公子哥儿的不端行为：日本著名造纸公司前会长井川意高（大王制纸创始人伊势吉的长孙）2010 年 4 月至 2011 年 9 月从所属子公司以及关联公司借用巨款用于澳门豪赌的行为。

第 5 部　零方案攻防

第 18 章　东电陷落

“涨价是权利”

2011 年 12 月 22 日星期四，距离政府机关年末停止办公还有不到一周的时间。这一天，原子能损害赔偿支援机构的一名工作人员的手机响了起来，当时是早上 6 点过后，他还在家中。电话那头是东京电力公司的员工。对方在电话里说：“关于今天早上《日经新闻》刊登的那篇报道，想跟您沟通一下。”不巧的是，这名工作人员并没有订阅《日经新闻》。他询问后才知道，当天早上《日经新闻》刊登了一篇有关电费涨价的文章，因此接下来公司社长要召开新闻发布会，就此事进行说明。

他当时心想，真是安排得够妥当的啊。

上班途中，他在车站小卖部买了一份《日经新闻》，当天早报的头版头条大标题《东电将提高企业电费》立刻跃入眼帘。《日经新闻》在这篇“独家爆料”里披露：东京电力从 2012 年 4 月起将把工厂以及办公楼等用电大户的电费提高 20％左右。

正如电话里通知的那样，东电社长西泽俊夫当天特意召开新闻发布会，宣布要上调电费，并表示“希望受益者也分担一些压力”，承认了《日经新闻》的报道内容，让《日经新闻》长了脸。此次上调电费的对象是所谓的“特高压”以及“高压”的用电大户型企业客户。经济产业省资源能源厅有权审查和批准电力公司提交的针对小规模家庭用户的费率方案，但针对用电大户的管制则比较宽松，允许电力公司自由制定费率，以换取新企业的市场进驻。因此，面向用电大户型企业客户时，会将其称为“自由化部门”；而面向家庭客户时依然会受到管制的约束，便将其称为“管制部门”。

在西泽看来，尽管一般家庭客户被称为“管制部门”，但最终他们还是会面对电费涨价的命运，无非是时间早晚的区别而已。停运核电以后对火电的依赖导致燃料成本剧增，如果不上调电费，赤字就会像雪球一样越滚越大。随着赤字的扩大将产生资本的损失，而这会给原赔机构以可乘之机，东电就有可能被政府注资，走上实质国有化的道路。长久以来，西泽都与会长胜俣恒久一同秉持独立自主的经营理念。对于他来说，国有化是无论如何都要避免的最坏结果。因此，管制部门即一般家庭客户的电费也必须上调，从而让赤字减少。要把国有资本的注入控制在最小限度，确保经营的主体地位。为此，必须把上调电费的主导权掌握在自己手中。

公众对于电费涨价表现出了强烈的抵触情绪，因此记者们也在这次的新闻发布会上抛出了一系列针对涨价的负面性提问。当记者不停地询问西泽对家庭用户是否也要实施涨价时，他不小心失言了。而他的这次失言把东电拖入了痛苦的泥沼，在此后的很长一段时间内都不得翻身。

他肯定地说：“涨价是企业的权利，也是义务。如果我们在已经预见到经营危机的情况下却什么都不做，就会被股东代表起诉，因此我们必须采取行动。”

虽说是发了急，但他当着在场所有人的面，以东电社长的身份说出了“涨价是权利”这种话。这句话让东电唯我独尊的公司作风体现得淋漓尽致，堪称“名言”。前所未有的核事故让许多人都被迫过上了避难生活，而东电却试图通过上调电费来将自己的失误所酿成的恶果转嫁给一般消费者，甚至称其为一种权利。民众心中郁积的对东电的不满犹如干柴一般，西泽好比是在干柴上放了一把大火。而且，西泽一时间还完全没有意识到这一点。

西泽的这番发言让本就对东电不抱好感的经产大臣枝野幸男眉头紧锁。在当天下午 3 点多召开的新闻发布会上，他一方面承认东电有着在自由化部门涨价的自主处理权，但另一方面又做出了制约：“预期将于明年春天前制订的综合特别事业计划中，将包含彻底的经营合理化措施。而只有在这些内容得到充分的研究和探讨之后，才能轮到管制部门的涨价问题。”并且他还额外强调，面向一般家庭客户的涨价“必须得到经产大臣的批准才能实行”。

东电既排斥国家注资所带来的实质国有化，又在赔偿资金上依赖原赔机构，还声称自己有着涨价的权利。如此行为做派让枝野难以忍受。

在“涨价是权利”被广泛报道之后的 12 月 27 日，枝野把西泽叫到了经产省，要求他“慎重考虑一下包括政府临时介入管理在内的多种可能性”。这被认为是一项逼迫东电接受国有化的表态。枝野还更进一步表示：“如果你认为涨价是电力公司的权利，那我希望你能重新考虑一下。”

在原赔机构担任运营委员的 DOWA 控股公司顾问吉川广和也和枝野一样，对东电如此贸然地宣布上调电费感到奇怪。作为一名企业家，他知道核电向火电的切换所带来的燃料成本上升迟早会不可避免地导致涨价。但当原赔机构还在谋划东电的重组时，东电就先发制人似的宣布涨价，这就令人感到有些不寻常。“当务之急是改革东电的高成本运行体制。在目前的状态下，讨论涨价还为时尚早。”[*1] 吉川在接受《日经新闻》的采访时如此说道。如果在重组前就实行涨价，那么东电可能会失去重组的动力。东电的突然袭击让吉川加强了警惕，他此时深切地意识到，面对东电，原赔机构和枝野必须同心协力。[*2]

新年假期之后的2012年1月17日星期二，《日经新闻》的早报在头版用三段的大标题《面向企业用户的电费涨幅：东电15%至20%之间，今日发表》刊登了一篇报道。《日经新闻》又玩了一次拿手的“独家爆料”，把东电打算公布的内容在稍早的时候报道了出来。

而作为东电和经产省能源厅之间的联络窗口，电力市场整备科接到相关的通知时是16日的中午左右，仅仅早了一天。虽然电力市场整备科在前年年末就已经知道东电有意涨价，但几乎没有就涨幅相关问题做过事前交涉。原因在于这次东电宣布的涨价针对的是用电大户，属于允许电力公司自由调整费率的“自由化部门”。“我们被告知明天就会发布（涨价的信息），但因为对象是自由化部门，所以我们并没有权限去阻止。”能源厅电力市场整备科的一位负责官员如此说道。[*3]

西泽在当天东电总公司召开的新闻发布会上宣布，从4月1日起，特高压和高压的电费的价格将分别上涨2.58日元/千瓦时和2.61日元/千瓦时。从东电提供的样板案例来看，特高压（百货公司和大型写字楼）的电费涨幅将达到18.1%，高压（中小型超市和普通写字楼）的涨幅则会达到13.4%。尽管涨幅很大，但东电似乎无法仅靠这次涨价就冲抵燃料成本的上升。西泽当时表示，“仅靠这次涨价很难摆脱亏损”，暗示东电有意推进针对小规模家庭用户的涨价。

无论是被枝野传召，还是被舆论抨击，西泽似乎都毫无畏惧。

枝野和东电的战争由此开始。

vs. 枝野

不管是有着深谋远虑而故意行之，还是单纯因过于傲慢以致看不清周围形势，总之就连一些以前对东电态度友好的霞关官员，如今也对东电管理层这些日子以来的举动嗤之以鼻。让胜俣从东电会长一职上退下来已是板上钉钉，但身为胜俣亲信的社长西泽的辞职也应一并纳入考虑——这种气氛正在能源政策领域的政治家和官员群体中兴起。然而，日本民主党政权与商界的关系并不融洽，他们的手中并没有能够接替胜俣和西泽的候补企业家人选。胜俣和西泽早就看穿了这一点，这也是他们有底气保持强硬的根本原因。

枝野手里的王牌是原赔机构打给东电的赔偿资金。东电向原赔机构申请了 6 900 亿日元赔偿资金的追加支援，但枝野却在审批上借力打力，似乎是在故意使坏。一般来说，东电和原赔机构会事先磋商，再由原赔机构向经产大臣提出申请，大臣也会直接批准，一切都只是走个流程而已，但枝野故意打破了这个惯例，突然拉高了审批的门槛。他在新闻发布会上称："将根据东京电力对赔偿的态度和举措、整体经营的改善情况、重组为新生东电的态度等各方面因素进行综合评价"，且只有"以上情况都得到确认之后"才会给予批准。[*1]

涨价遭到了广泛的抵制。商业电视台热衷于做专题节目，报道东京都内中小企业和个体户的反对呼声；东京都副知事井上直树呼吁，当务之急是对东电旗下的公司进行清算以减少无益的开支。对东电的反对声浪如野火燎原一般蔓延开来。

处于舆论风口浪尖的西泽本人则于2月3日被原赔机构的运营委员会传唤，被迫鞠躬道歉说：“对于涨价所造成的各方顾虑和不快，在此表示诚挚的歉意。”而且同月9日他还被资源能源厅厅长高原一郎叫去，被迫在媒体和大庭广众面前致歉。高原向他抛出了一连串毫不留情的质问和斥责：“对于那些成为涨价对象的客户和自治体，你不觉得你的说明还很不完善吗？”“合理化的进程到底推进到哪里了？”“今天了解到的事情我会全都马上报告给枝野大臣。”对此西泽只能一个劲地道歉，场面看上去就像是一场霸凌。

在与高原会谈的第二天，也就是10日召开的新闻发布会上，枝野也没有放过东电。尽管他表示已经收到了高原与西泽会谈的相关报告，但他仍称“批准的前提条件是东电要明确展现出重组成为新生东电的决心”，并拒绝批准交付6 900亿日元追加赔偿资金。东电第三季度财报的发布已近在眼前，但赔偿资金以“并不是财务审计所需要的资金”为由被驳回。

历经波折之后，13日，即东电财报发布当天，枝野把西泽和原赔机构的下河边等人叫到一起，最终批准了6 900亿日元的追加资金。由此，算上追加资金6 900亿日元，东电把共计15 803亿日元的原赔机构支援资金以特别利益的名目计入了财报。

在与西泽的会谈中，枝野告诉他，接下来要制订的东电重组计划“综合特别事业计划”，在此计划中“如果打算在不给予足够的表决权的情况下寻求政府的注资，那就不可能获得批准”。西泽说：“我们希望全方位地讨论包括资本政策在内的各种事项。”*2 尽管看上去态度相比于之前有所软化，但他依旧希望能把国家（原赔机构）的出资比例控制在最低限度。让国家拿到多数股权从而夺走对东电的控制权，这种事对东电而言是绝对不能接受的。

枝野对这种不上不下的注资完全不屑一顾。如果不能获得管理权，那国家的出资就成了“白送”，只是白白便宜了东电的管理层。所以必须确保足够的表决权（掌握控制权），这一点不能让步。如果向市值 6 000 亿日元左右的东电注资 1 万亿日本国有资本以换取股权的话，应该就能获得 60%以上的表决权。然而已是俎上鱼肉的东电却说："我想请你们放弃表决权。"枝野被这种态度激怒了，他对西泽说："如果不能获得足够的表决权，就不会批准综合特别事业计划。"并在新闻发布会上公之于众。

枝野在 2 月 14 日的新闻发布会上继续穷追猛打，突然提起了理索纳银行的事例，他说："比如，我相信大家都清楚理索纳银行就是通过政府的注资而让运营状况恢复了健康。""理索纳银行接受注资时的处置方式，应是国有资本注入企业时的标准做法。"枝野就此将理索纳银行定义为一个范本，而在理索纳银行倒闭并被收归国有时，国有资本的出资比率是 72%。枝野向东电宣战，要求远远超过半数的三分之二以上的表决权，这将使他有权启动特别决议程序，单方面决定包括拆分和合并公司在内的所有重要事项。无论其余股东有多少反对意见，在股东大会上都无济于事。也就是说，他将获得对公司的绝对控制权。

而在前一日即 13 日这天，日本经团联会长米仓弘昌在新闻发布会上公开为胜俣说话，称"至今为止从未见过有企业在被国有化以后还能顺利经营"，"即便国家进行注资，（所享有的表决权）也不应超过三分之一"。米仓的这番言论毫无疑问引发了枝野内心的反感。

"涨价也好，赔偿也罢，东电完全没有展现出一点'东电已经做出了改变，已经与以往不同了'的样子来。明明东电依旧没有做出改变，却还要拿纳税人的钱去补贴他们，这种做法是不可能得到民众的认可的。"

枝野满腔的愤怒都随着这番话爆发了出来。

针对米仓"东电不应被国有化"的非难，枝野驳斥道："对所谓的民营企业而言，参与市场竞争，失败了就倒闭是理所当然的，如果没有了这两项就无法称得上是民营企业。从经济现实的角度来说，我不认为东电是纯粹的民营企业。”并且还表示“如果如此执着于民营化的话，那不如就让会长米仓从民间筹集钱款好了，如果能这样补上资金的缺口可真是帮大忙了”，以此嘲讽为胜俣站台的米仓。

新闻发布会结束后，枝野在能源厅的一位心腹官员显得非常惊讶：“包括理索纳银行的例子在内，有关部门完全没有做过任何相关的事前编排，全都是大臣自己的临场发挥。”“大臣究竟为什么如此地厌恶东电……果然是因为在核事故初期，他还在首相官邸工作的时候就已经对东电的应对措施失望至极了嘛。”[*3] 从部下的角度来看，枝野对东电已是厌恶至极。

枝野过去曾经以惩恶扬善的姿态战胜过被曝出“造假邮件”丑闻的九州电力。当时九电正因“造假邮件”而受到舆论批判，所以委托了以“前检察官律师”身份知名的名城大学教授乡原信郎，请他任委员长组织第三方委员会进行调查。但当该委员会整理出一份报告，指出佐贺县知事古川康与“造假邮件”事件有关时，社长真部利应却称“我们有自己的看法”，将报告作废了，因为他们担心这份报告会波及对己方友好的知事，让他背负相应的政治责任。不但如此，曾经因为“造假邮件”而提出要辞职的社长真部也态度一转，宣布要继续任职。这次事件所展现出来的电力公司的“村霸”式作风引发了全国上下的关注。

枝野于 2011 年 9 月就任经产大臣，他对社长真部的敌意表现得很明显。他认为九电的管理体制存在问题，并批判道：“因为自己的调查结果无法得到社会的信任，所以才委托了第三方委员会进行调查。但是却因为最终调查的结果与公司内部自行调查的结果有出入而拒绝接受，这就完全失去了委托第三方进行调查的意义。”

他说：“这次问题从整体上来看完全没有得到重视。”“如果不能通过自身的努力来清除掉组织内部的顽疾，就无法在核电站运营方面令人放心。”[*4] 枝野的言辞尖锐而锋利。

信任的崩塌只在一瞬之间，而要重拾失去的信任并不容易，枝野用这样的措辞指责九电的管理层[*5]。最终，九电陷入了四面楚歌的绝境，会长松尾新吾和社长真部利应都被迫辞职。长久以来统治九电的松尾王朝，其“村霸”式的作风已然不合时宜，只能向背负着平民主义的大臣低头。

至此，枝野在与电力公司的对立中取得了压倒性胜利，把电力公司打成恶人形象，将其逼入绝境并镇压。在经产省内部，从这次经历中所尝到的快感在之后面对东京电力时也造成了很大的影响。

“与东京电力这样的对手战斗，对于一个政治家来说简直就是求之不得。施展起手段甚至比起菅直人都更胜一筹。”——经产省内部的骨干官员如此评价枝野。

“九州电力那时候也让人觉得‘只是大臣的作秀而已吧’，结果还不是彻底击垮了对方。能源厅的相关部门本来是打算稳妥地处理九电的事情的，但是大臣并不这么想。”这位从事能源政策工作的骨干官员如此说道。[*6]

因此在经产省内的干部和官员们看来，把理索纳式的国有化拿出来说事也是“大臣计划的一部分”。

也就是说，枝野的真意在于牵制在东电背后的财务省。

胜胜联合

东电的胜俣和西泽之所以能始终保持强硬，是因为担心政府的出头会扩大财政支出的财务省在背地里给了他们支持。胜俣与财务省的实力派次长胜荣二郎是老相识。财务省一直保持着鲜明的警戒态度，担心政府插手东电的经营会招来无止境的财政刺激。因为他们认为一旦政府（原赔机构）掌握50%以上的表决权就要担责，尤其是要背负用于福岛第一核电站善后工作的数万亿日元的巨额费用。

年关刚过，财务省的真沙靖主计局局长就打电话给能源厅厅长高原一郎，下令说“不要去拿超过50%的表决权”。这件事马上就在省内传开了。

财务省主计局是国库的大管家，任何向东电注入国家资金的行为都必须得到他们的许可。能源厅的负责人每次去财务省主计局做“说明”时，都会被质问为什么一定要获得50%以上的表决权。一位经产省能源厅的负责人记得，当时有一位财务官员说“如果获得的表决权超过50%，公司就会成为政府的联结对象”。[*1] 虽然“联结对象”这个词用得很怪，但核心意思就是：超过了50%就有可能会成为政府的负担。财务省的担心在于，虽然迄今为止政府一直都站在批判东电过失的那一方，但如果获得了过半数的表决权，就会与东电一同成为被批判的那一方，在废堆和清除放射污染方面的财政支出也可能由此一发不可收拾。

仅在半年之前，也就是去年的5月，胜俣和胜两人还因《原子能损害赔偿法》第3条第1款“但书”中的免责规定而针锋相对。胜俣想援引第3条第1款的内容，将支付赔偿金的责任转嫁给国家，但主管财务省的胜则想要令该条款不适用，让东电来支付赔偿金。尽管两人过去有这样的纠葛，但在反对政府持有50%以上的表决权，也就是在反对实质国有化方面还是达成了一致意见。财政支出保守的财务省的胜和想确保公司独立性的胜俣就此“吴越同舟”。

然而枝野用“理索纳式国有化”的发言，反击了“胜胜联合”的企图。财务省似乎没有想到枝野会在公开的新闻发布会上做出如此大胆的发言。“想在背地里偷偷摸摸干的事情被曝光，我认为财务省彻底误判了形势。”一位能源厅的骨干官员如此解读道。*2

在“理索纳式国有化”发言的三天后，枝野对东电的唇枪舌剑的凶猛程度又提升了一个等级。

“他说，涨价是权利。一开始以为只是用错了词，但现在看来并非如此。如今的情况已经不得不让人怀疑，他本质上是不是真的有这种想法（认为涨价是权利）。”

“自由化部门涨价的计算依据，也是需要有足够详细的解释说明作为支撑的。但是一点都看不到他们在做相关的工作和努力。”

“对有关赔偿的 ADR（诉讼外纠纷解决程序）的应对，也让人难以相信他们从受害者的角度出发考虑过问题。作为经产大臣，或者说赔偿机构的负责大臣，包含行政指导在内，我给他们提出了严格的指导意见。（东电）虽然表面上接受了，但实际上并没有在公司内部彻底地贯彻，公司的性质还是一如既往。必须改变这一点。”

用诉讼的方式解决赔偿纠纷需要花费的时间太久，并且东电很容易就能请到手段高超的律师，情况会有利于他们。原子能损害赔偿纠纷解决中心（核电 ADR）的设立就是为了消除这种弊端，致力于在法庭之外迅速解决纠纷。但遇上东电公司的不合作拖延战术，核电 ADR 完全没有达成从受害者角度出发，迅速解决纠纷的预期目标。这是曾以律师身份参与解决药害艾滋事件的枝野所不能接受的。

“我认为最理想的方式是东电自己主动以负责任的姿态做出改变。然而，由于现在没有足够的迹象表明事态在朝这个方向发展，我们就只能最大限度地行使各项法律所赋予我们的权力，去引导事态的前进了。”

枝野终于还是走到了这一步。*3

胜俣对枝野的这番言论不以为然。2 月 20 日，他在自己家门口面对等着他的记者开口的第一句话便是：

“我们这边也是很认真地在做的，并不觉得有什么问题。”

——但大臣说要尊重 ADR 的结果。

“枝野大臣说的是‘无论怎样都要无条件地全部满足（受灾者的要求）吧。这可已经超出‘尊重’的范畴了。我们当然会尊重受灾者，但提出的要求也分能接受的和不能接受的。如果连那些强人所难的要求都要全部满足的话，可是会吃到股东代表诉讼的官司的。”

比起急待救济的受害者，胜俣更在乎他和东电的管理层会不会被股东起诉。围在这名东电之主身边的 12 名记者中，有几人只是在一味阿谀奉承，并没有去问那些该问的事情。

当我提问：“会长，您对改变公司运转模式，比如输配电分离等做法有什么看法？”胜俣却回道：“你偶尔才来一次，问问题不要那么夸张。这个人每天都来的。”然后优先回答眼前的年轻女记者的问题。“嗯，就是你，请吧”。然后，等到机会的她所问的问题是：“会长，您身体还好吗？”围拢的记者们都不禁失笑了，胜俣也显得挺尴尬：“呃，嗯，算是还好吧……”

四谷的宅子里好像有他的孙辈们在，能听得到他们在用可爱的声音叫“爷爷”。“今天您的孙辈们来看您吗？”一位资深记者讨好般地问道。胜俣“嗯”了一声然后就进了屋。*4

第二天 2 月 21 日晚上，我在胜俣回家的时候截住了他，问他：“您不希望被国家夺走过半数的表决权吗？”胜俣答道：“我只是想做对天下国家而言有利的事情罢了。”

——像理索纳银行那样把三分之二以上的表决权让给国家如何？

“把三分之二让出去一点好处都没有。”

最终话题还是转到了电费上涨这边。“涨价究竟有没有得到消费者的谅解呢？”面对这个问题，胜俣回道：“与其说是寻求谅解，不如说是别无选择只能这么做。买不起燃料的话，那就得全部停电，就是这么回事。”电费涨不上去的话就停电，东电之主如此威胁道。

今天也有来自《读卖新闻》《朝日新闻》《时事通信》等媒体的12名记者围着他。但是谁也没有再行追问。当天的最后一个问题是：“会长，您今天感觉状态如何？”[*5]

原子能损害赔偿支援机构中的一名运营委员是一位对东电、电力行业以及核能的必要性都有所了解的人物。但当他得知每天晚上胜俣住所前开的“妄言会”时，也不禁一愣：“他们还在把自己当成受害者啊。会长胜俣刚愎自用的霸道作风也在一定程度上助长了东电的企业文化。”在东电没有人会跟胜俣提严厉的意见或进忠言。也许是怕受到批判，胜俣并没有去过福岛灾区。比起在新闻发布会上被媒体指责，还被传唤去向枝野和高原长官道歉的西泽，东电之主幸运多了，没有被世人冷眼相待。在家门口的围追采访中也有不少奉承讨好性质的提问，所以他可以一直保持国王的心态。于是他就更加地与世隔绝，并且对此还毫无自觉。

这位原赔机构的运营委员还提到，不仅仅是会长，包括社长西泽俊夫在内，东电的董事会有必要进行一次大换血。但同时也透露说“人选是个难题啊，一个个都回绝了”。作为胜俣的盟友，经团联的会长米仓也不可能向与之不共戴天的民主党政权伸出援手。

这期间，一系列形形色色的商界人士被提名为东电下一任会长的候选人。其中任新日本制铁公司会长兼能源厅综合资源能源调查会基本问题委员会委员长的三村明夫被认为是最有力的竞争者。除此之外，因推动电力自由化而与东电敌对的原事务次官村田成二（独立行政法人新能源与产业技术综合开发机构的理事长）等人也被提及。但是，东电会长是一个必然会遭到受灾者和消费者非难的位置，一名功成名就的商人或者资深高级官员OB是不可能接过这么一个烫手山芋的。候选人遴选陷入了僵局，找不到继任者。

“继任者的人事难题是目前胜俣唯一的心灵支柱了。”

一位原赔机构的运营委员说道。

“如果能从这里打开缺口，那估计其他问题都能迎刃而解了。”[*6]

葛西·吉川论战

原子能损害赔偿机构自2月29日召开第十次运营委员会会议以来，便开始正式地起草“综合特别事业计划”——也就是东电的重建计划。在下午3点开始的运营委员会会议上，每位委员都在承诺“会议后回收”之后，领取了综合特别事业计划的要点和提纲。事务局的工作人员对该计划的展望进行了说明。该计划要求在3月底前将会长的人事任命、表决权的比例、董事会的构成、内部升任的董事人事、管理责任的公示方式打包成一个整体计划，而不以个别项目的形式，来与各位委员进行磋商——在确定了未来的展望之后就进入问询阶段。按照这个时间表的话，一切事务都要在一个月内做出决定。

在当天的运营委员会会议上，就进一步“深挖”东电重组问题展开了讨论。被称为原赔机构前身的“东京电力相关管理及财务调查委员会”在其报告中提到，要在10年内对2.54万亿日元资产实施合理化措施的基础上，处理规模再提升数千亿日元；并要求加速不动产的出售，目标是在2012年内将80%的待售不动产处理完毕。由40岁以下的东电骨干职员和青年职员组成的工作小组已经开始行动，并收到了一线工作人员的管理改革建议。对于这些出身于曾经的产业再生机构类部门、经验丰富的企业重组专家们来说，制订公司重组计划可以说是轻车熟路。但是仍有一个难以规划的难题，那就是福岛第一核电站的废堆问题。

事务局的工作人员指出废堆相关成本是一个重大的问题，需要有比管理及财务调查委员会在其报告中计算出的1.15万亿日元废堆费用更加详细的估算。在这种情况下，他说：“问题的一大焦点是我们要如何建立一个能够抵御未来成本上升风险的法律机制。”他认为废堆工作不是东电能够凭一己之力负担的，必须得到政府的特别支援。

东电为废堆准备了合计9 000亿日元的专项资金，但也有说法称，据估算今后每年都将花费400亿～500亿日元在事故善后和废堆工作上。特别是取出、分解和进一步封存“核燃料残渣”——核燃料熔化后附着在燃料包壳管和核反应堆上的残渣——将耗费巨额的资金和时间成本。而具体的施工方式和成本要到什么时候才能敲定都还不清楚。

所以，委员中也有人提出，“我们不能觉得等到10年以后再去想办法解决就行了”。以美国的三里岛核电站事故为例，在事故发生14年后才把熔化的核燃料取出，并用列车运到爱达荷州的国家实验室储存。但是，委员们又指出：“日本只有茨城县才有专门的核研究设施，想要运到那里的话有太多的问题需要解决，其可行性存疑。这样一看，真的不知道能送到哪里去才好了。”“与乏燃料不同，几乎不可能对核燃料残渣进行再加工，只能将其长期储存在日本国内的某处。具体怎么做还没有决定。”换句话说，废堆实际上也是一个如何储存高放射性废弃物的问题。

想要实现这一点的话，需要耗费大量的资金，并要在政治上达成协同一致。“我认为如果没有高度的政治判断力的话，是无法就核燃料残渣的处理做出决定的。”听了这话，委员长下河边也表示赞同：“即使让个外行来看也会有同样的想法。”除了对核事故受灾者的赔偿和对受污染的土地的净化作业以外，核电站的废堆显然也需要巨额的资金。然而，日本民主党政权对此却毫无准备。

据称，在财务方面，原赔机构计划在 2013 年财年中出资 1 万亿日元，这将有助于使东电自有资本比率回到 10％左右，此后再通过每个财年的利润积累来增加资本，计划 2017 年财年让自有资本比率回升到 15％～16％左右。届时就可以发行公司债券来自行募集资金了。在那之前，都需要通过向银行借贷来筹措资金。事务局正在向银行申请追加融资，并报告说目前大概能获得 6 700 亿日元左右的融资。*1

原赔机构事务局是以来自企业重建机构和经产省的借调人员为基础组建的，他们主持进行了东电重组计划的起草工作，却在半途被 JR 东海的会长葛西敬之喊停。葛西是日本国铁改革派的领袖，曾为旧国铁的分割民营化立下过汗马功劳，还是一个献身公益、从事公共基础设施行业的企业家。他认为民主党政权把一切责任都推给东电的做法是不公平的。在 3 月 6 日召开的第十一次运营委员会会议上，葛西刚一读完事务局拟定的《综合特别事业计划（草案）》就直接说道：“我粗略地看了一下，大概谈谈感想吧。”然后提出了以下意见。

“整体的基调就是：全都是东电的责任，负责人是东电，然后政府只是相关者。让人感觉从始至终都在推脱责任，或者说就是以此为前提做成的稿子。”[*2]

在葛西看来，政府把一切责任都归咎于东电，显得太没担当了。他指出：“应该要让人感觉到国家整体的责任，得这么去写。”他批评该计划试图把赔偿、废堆以及稳定供电等责任全部甩给东电的写法。虽然重建专家们对细枝末节的公司管理改革侃侃而谈，但看上去他们似乎在回避电力用户将不得不为更高的成本买单这一本质问题。

葛西与胜俣是东京大学同学年的校友，但他们在学生时代并不认识。“我对东电并没有特别的同情，但还是从国家利益的角度考虑了一下。在现在这个强烈要求彻底打倒东电的舆论环境下，东电没法为自己发声，”他说，“所以我可能也是替胜俣说了很多他想说的话。”葛西认为，东电这家公司与国家利益相互捆绑的程度甚至在旧国铁之上。因此，“我只是作为一个有常识的人，就如何保护民众的经济和生活，如何维持东电的机能发表了意见”。他解释道。[*3]

这一指摘也有其道理。不可否认的是，综合特别事业计划主要还是围绕一些比较容易写的点所编写的。它并没有涉及像废堆这样“没有高度的政治判断力就无法决定”的事项，而是用了一套霞关的典型语句：“将会向政府申请考虑是否要从制度层面上采取更多的追加措施。”简而言之就是将其推后。财务省不愿扩大财政支出，经产省则担心高放射性废弃物的长期储存这一延后处理的课题会提前暴露问题。“只要在自己的两三年任期内平安无事就好”的官僚主义作风导致了这一结果。虽然民主党的政治家们打着政治主导的旗号，然而实际上已经失去了对这些官僚机构的控制力。

在 3 月 14 日召开的第十二次运营委员会会议上，葛西还谈到了他一贯强调的员工士气问题。“东京电力的业务至关重要，事关日本的国家命运，我们绝对不能让它劣化。”“人才这种东西一旦劣化，就再也无法恢复原样了。”葛西如此强调维护士气、纪律，还有确保技术水平和维持服务的重要性。从稳定的电力供给到赔偿、废堆、清除放射污染等等，东电不可能面面俱到。换句话说，为了保持东电员工的士气，必须给他们制定“可实现的目标”，“确保他们能在预期时间内达成这个目标”。

中国和韩国的电力公司正在尝试从东电挖走技术人员，实际上已经有一些高端技术人员投向了韩国。士气如果下滑的话，会对稳定反应堆和废堆作业的进展产生负面影响。

对此，DOWA控股公司的顾问吉川广和表示：“关于刚才的意见有一些不敢苟同的地方，请允许我说一下我的看法。”他如此断言：“所谓的合理化本就是理所当然的事情。无论短期、中期还是长期，我们总是要通过大胆的合理化来改造自己，以应对世界的变化。东电要做的事也并没有什么不同或特别之处。”

经营锌、铜等矿山起家的同和矿业在战后遭遇了一系列矿山关闭之后，其经营模式发生了巨大的变化，经营范围广泛，从废弃物的回收提炼到电子元件材料制造等均有涉足。与旧国铁精英出身、达成从上而下改革的葛西相比，吉川有种将衰落企业重振起来的“一路摸爬滚打”的感觉。虽然他们都是企业家，但他们的性情却截然不同。所以每当葛西有所指摘时，吉川就会进行反驳。这一天也是如此。“关于人才的劣化，我认为选择一条严格的合理化道路从而防止人才的劣化是经营者的基本工作。我认为这是理所当然的事情，没有在这里专门讨论的必要。”

葛西也不罢休：“现在说的不是管理水平的问题，而是已经到了单靠经营者自身无能为力的地步。”“把所有的责任都推到东电身上，进行没完没了的降薪只会导致人才的劣化。”吉川也坐不住了，“我再说一遍，”他反驳道，“要如何控制人才的进出流动是一个经营手段的问题，无论是现在的东电管理层还是之后的新管理团队，在这方面的能力都是完全足够的。”

两人的争执逐渐变成了情绪化的对峙，但每当争执达到白热化时，委员长下河边就会说“非常感谢两位的宝贵意见”来结束争论，从而防止对峙进一步升级。[*4] 他是个费了力气却毫无成效的会议主持人。

下河边根本是在自说自话。

悔恨至极

3 月 29 日下午 2 点 30 分，原赔机构召开第十四次运营委员会会议，最终决定推迟发布综合特别事业计划。尽管经产大臣枝野要求于 3 月底前让综合特别事业计划通过，并以此为目标推动计划的制订，但关键的东电领导层人事还是迟迟定不下来。

在委员会会议结束后的下午 5 点，下河边在接受记者们的围追采访时说：“我明白，如果人事一直定不下来的话，枝野大臣也无法给予批准。”他估计会长的人事任命将在 4 月内定下来，并表示“不仅仅是会长，还要加上新董事会的成员名单一起发布”。[*1] 最迟也要在 4 月下旬拟定好人事任命的草案，然后才能提交给东电的股东大会。为此，综合特别事业计划发布的时限相应地也被推后了 1 个月，从 3 月底推到了 4 月底。

至此，综合特别事业计划的制订已经完成了大半。此时的草案要求在 10 年内削减成本 3.365 万亿日元，比东京电力相关管理及财务调查委员会的报告还要多削减 6 600 多亿日元，并全面削减东电给自治体和业界团体的捐款和广告费。还将采用公司内分公司制，分出燃料火力、输配电、零售3个分公司。另外还将改制为设置委员会的公司，将在董事会内设监督、薪酬和提名3个委员会。

但是即便制订了这些纸面上的计划，也还是没选出能将其实现的新生东电管理团队。原先指望的新日铁会长三村明夫拒绝了提议。而同样被认为是有力人选的经团联原会长奥田硕（丰田汽车公司的原会长）则表示，丰田汽车的创始人丰田家族并不支持他去东电，跟他说“一个来自向大众销售产品的公司的人参与到持有核电站的东电的管理中是不合适的”。奥田最终放弃了就职的想法。*2 也有人与原伊藤忠商事会长、驻中国大使丹羽宇一郎进行了接触，但他因为不信任民主党政权，也不打算接受。枝野曾向其好友福山哲郎透露说“在民间人士中有心仪的人选”，但没有任何迹象表明在商界缺乏人脉的枝野曾主动去当说客。反而是仙谷，其实一直在四处寻找合适人选。但因为实在是无人可用，枝野有一段时间还考虑过起用原首相菅直人，甚至还煞有其事地说要让胜俣继续当会长。

下午2点，就在运营委员会会议召开之前，东电向原赔机构申请增资8 500亿日元用于赔偿（这使赔偿费用的总额进一步膨胀到2.546万亿日元）。与此同时，还向原赔机构申请增资1万亿日元，以确保有足够的资金去进行包括废堆在内的核电事故稳定化工作。尽管东电强烈抵制原赔机构（国家）的注资，但政府也并没有提供废堆所需资金的打算。胜俣等东电管理层也试着向民主党的电力族议员提案，要将福岛第一核电站从东电分离出来，用政府的资金来进行废堆，但即使是对东电持理解立场的他们来说，胜俣的主张也实在是“想得太美了”，并没有直接点头支持。

枝野曾通过几个中间人向胜俣和西泽传话，“出资比率不由东电说了算”。“如果不愿意，政府就不会负相关的责任。要不要考虑一下依法清算?”[*3] 这是逼迫之意十足的最后通牒。终于，胜俣被枝野的强硬姿态折服了，开始希求政府出资。然而他并不打算交出表决权。

原赔机构本打算在注资 1 万亿日元的时候获取过半的表决权。届时再取得附带转换权的类别股，再行使转换权来获取追加表决权的话，就能掌握三分之二以上的表决权。这样一来，就能实现对潜在的三分之二以上表决权的控制，即枝野所说的“理索纳式国有化”。此时东电的市值约为 6 000 亿日元，因此如果投入 1 万亿日元的资金，那所获得的表决权理所当然地就会超过六成，也就是超过三分之二的表决权。枝野执着于三分之二以上也是合情合理的。

与此相对的，胜俣希望将政府（机构）的表决权限制在三分之一以下的想法依旧不变。经团联会长米仓弘昌也支持胜俣的想法，表示：“即使要注入国家资金，也应该控制在三分之一以内，而不能超过半数。”即使是在原赔机构内部，也有葛西敬之这样对东电的国有化持消极态度的运营委员。此时东电及胜俣的底线是，即便接受国家的注资也要把表决权控制在三分之一以内；即便自己不再担任会长，也要保证社长西泽俊夫能够留任。也就是说，他最重要的任务就是保证东电经营的主体性和独立性。

面对每天晚上都会蜂拥而至的记者们，胜俣信口开河：“我想说的是，即便是三分之一也足以参与表决了吧。”“比起国有化，还是照原本的样子独立重建的方式更能减轻民众的负担，电力供应也能稳定下来。”“我听说，财务省的胜事务次官通过估算得出的结论是，国有化所带来的税金投入有着更高的风险。”[*4] 当以上这些随意的言论被周刊《FRIDAY》和《AERA》报道后，胜俣少见地带着东电的宣传负责人一起回家，说：“这些文章写的不是我的本意。”并通知将取消家门口每晚例行的围追采访。

进入 4 月以后，由于接替胜俣的东电会长候补职位的请求遭到商界人士的一致拒绝，在原赔机构扮演裁判角色的下河边就成为了最后的选择。一位原赔机构的运营委员坦率地告诉我说："因为实在没有其他人选，所以只能请下河边先生来接手了。仙谷先生最终也是这么想的。"[*5] 在请求下河边担任会长的同时，原赔机构也正在考虑罢免社长西泽，并从东电内部提拔人手来接替他。西泽在核电事故发生前就一直是公司的核心，如果让他留下估计会难以服众，所以原赔机构决定对包括社长在内的整个人事都进行一次"洗牌"。

原赔机构打算让首相野田佳彦亲自邀请下河边出任东电会长，在准备相应的"舞台"的同时，还计划届时让下河边当场宣布要更换东电的社长。他们打算从东电内部提拔新社长取代西泽，于是便想到了常务董事广濑直己。广濑当时作为东电福岛核事故受灾者支援对策总部副总部长，一直参与面向受灾者的赔偿业务以及地方协调工作。胜俣推举的西泽直到最后都从未踏足福岛灾区，毫无顾忌地将核电站爆炸事故归咎于天灾和日本民主党政权。而广濑则实际接触过被迫过着避难生活的受灾者。原赔机构希望通过罢免前者、起用后者来给"新生东电"做一次推广。下河边非常认可广濑，评价他："一直在做赔偿工作，也了解福岛的实际情况，看起来也很诚实，不会说推卸责任的话。"极力推举广濑出任社长的也正是下河边本人。[*6] 按照计划野田会在 4 月 19 日把下河边叫到首相官邸请他就职，届时也会一并公布社长更替的事项，本应该是这样的。

胜俣得知了这些动向后，做出了极为激烈的反扑。胜俣为了保住西泽，在政客中，乃至在超级银行和劳工界，都展开了广泛的游说。一位了解内情的经产省职业公务官透露："我们本打算在野田首相委任新会长的同时公布社长的更替，但由于胜俣从包括后方在内的多方角度展开的反击，所以并没能实现。”[*7] 执政党和在野党的政客、以三井住友为核心的超级银行、工会联合会等多方势力一致发声，质疑下河边作为外行是否有经营公司的能力，要求知根知底的西泽继续任职。

下河边察觉到胜俣的抵抗，他在被野田叫到首相官邸时，对身边的一圈记者说道：“为了新生东电的起步，我打算将社长也换了。”公开展现了其打算换掉西泽的决心。下河边等于是在朝全日本喊话：“西泽不堪重用。”受此影响，各大报社和电视新闻节目都一齐报道了东电社长西泽将下台的消息。未来的走向似乎就这么定下来了。下河边利用媒体向胜俣施压，逼迫他放弃让西泽留任。这让胜俣极其抵触，据说当晚直接气急败坏地发泄了一通。

回忆起当时的情景，下河边后来坦言，“胜俣相当执着于西泽”，并简单描述了幕后工作的激烈程度：“我不能告诉你，但真的发生了很多很多。”他还说，他只打算当一年的会长，然后会把这个职位交给商界人士。[*8] 在5月8日的东电董事会上，正式确定了对下河边的会长任命和对广濑的社长任命，并决定同时解除胜俣和西泽的职务。第二天，也就是5月9日，东电与原赔机构发布了综合特别事业计划，原赔机构（国家）取得的表决权当前超过了半数，算上潜在的将超过三分之二。表决权和西泽留任，这两者胜俣都没能保住。

这对胜俣而言，可谓是悔恨至极。

当初没能依据《原赔法》第3条第1款的“但书”申请让企业方东电免责，现在回想起来实在是后悔至极。虽然现在再来说免责，在法律上已经很难行得通，但如果当时就强势要求免责的话，也不会引来原赔机构的介入，就不会被夺走表决权，西泽作为自己的直系后辈也可以继续君临东电，经营上的独立性也能得以维持。

胜俣最终还是拒绝承认自己负有责任。5 月 14 日，在他最看重的心腹西泽被正式决定撤换的 5 天后，他作为重要参考人，接受了东京电力福岛核电站事故调查委员会（国会事故调查委员会）的问询。当他被问到事故到底几成是天灾、几成是人祸时，他说“算不算（人祸）要看具体怎么定义，所以很难下一个具体的判断”，还解释说在 3 月 11 日（福岛核事故发生当天）之前没有人能够预测得到，轻描淡写地就抹掉了自己一方的罪责。另一方面，他还直白地表示，原首相菅直人在事故发生时视察福岛第一核电站的举动，对吉田站长等人的事故处理工作造成了阻碍。对菅和助理细野豪志直接联络吉田的举动，他评价说，“坦率地说并不好”，“要是当初（我们这边对吉田的）保护能做得更彻底就好了”。胜俣巧舌如簧地对菅直人政府进行非难。对胜俣来说，这一切都是地震这一自然灾害和民主党菅直人政府的错，到最后他都不承认自己有丝毫的罪责。

盟主更迭后的 6 月 28 日，东电在股东大会结束后的董事会上，根据外部董事的紧急动议，决定不再给退休高管提供公务车和内部福利。今后社友[①]的资格审查也将交由董事会负责。另外，负责管理资金的常务董事高津浩明逃到了集团下属的东光电气当社长，为此会上还专门设立了新的制度：当东电的干部 OB“下凡”至集团下属公司时，将由新成立的经营改革总部和监察委员会来对当事人与相关下属公司的交易联系进行审查。

在这天的董事会结束后，新任会长下河边在新闻发布会上说，“今天，外部董事就如何加强公司治理提出了宝贵的意见”，并宣布公司已经就退休高管的身份待遇和“下凡”至集团下属公司的人事

① 社友：与公司有着特别紧密的关系，享受公司提供的特别优厚待遇的特殊人士。

调动制定了基本方针。

这打碎了胜俣最后的一点希望。在 5 月 14 日的决算新闻发布会上，当被问及今后的计划时，西泽说："我和胜俣退休后，都会成为公司的社友。今后作为 OB 继续支持公司。"东电的秘书部也为如此计划的胜俣和西泽提供了公务车、秘书以及办公室，胜俣也本打算借此每天都去公司。这也许是他表达自己认真负责的态度的方式，但对于打算推行新的广濑体制的原赔机构和新生东电来说却是添了大麻烦，因为这可能会在公司内部形成两套权力体系。当得知秘书部给胜俣和西泽准备了车辆和办公室时，原赔机构的干部们立即向外部董事做了直接汇报，并让他们向董事会提出紧急动议。由于新生东电的董事会由 6 名外部董事（加上原赔机构出身的岛田隆为 7 人）和 4 名东电系董事组成，外部董事占了多数，因此尽管一部分东电系董事在胜俣的问题上有所顾虑、犹豫不决，但最终董事会还是一致表决通过了停发 OB 企业福利的决定。

下河边和广濑一上任，就亲自访问了福岛，花了 5 天时间走访了各个受灾自治体并致歉。而胜俣直到最后，都没有向福岛致歉过哪怕一次。

在新生东电的综合特别事业计划中，把公司的首要任务定为"履行责任"。之所以如此是因为胜俣的强势个性导致东电内部也普遍形成了一种"我们没有责任"的压倒性气氛。不仅是高管，就连员工也有着过强的受害者意识。在这种环境下，赔偿和废堆都不可能顺利进行。

对于下河边而言，首要问题就是如何抹去胜俣留下的负面遗产。下河边和原赔机构认为，直面事故是东电的责任所在。

第 19 章　重启核电

福井的陷阱

经产大臣枝野幸男现在需要就已经拖延了许久的核电站重启问题做出决断。是否重启核电这一问题在舆论范围内和民主党党内都产生了严重的意见分歧，执政的民主党野田政府长期举棋不定。首相野田佳彦在 2009 年日本政权更替时就任财政副大臣一职，自那以后就一直为已成悬案的消费税上调法案疲于奔命，对核电不甚关心，未能发挥其领导作用。在政权的施政方向悬而未决的期间，事态仍在不断发展，造成一个又一个既成事实。

2012 年 2 月 13 日，对于因定期检查而暂时停止运行的关西电力所属大饭核电站的 3 号和 4 号机组，经产省原子能安全保安院给出了“可以安全重启”的认证。核电重启的问题一下又回到了聚光灯下。2011 年秋天，关电[①]向保安院提交了自我评估，认为即使遭遇与福岛第一核电站事故时相同强度的地震和海啸也能保证“足够安全”。经过 4 个月的审查，保安院对关电的“自我诊断”（综合安全评估）下达了“判决”：基本认可关电的自我评估。虽然在保安院所主持的专家意见交流会上也有东京大学名誉教授井野博满以及芝浦工业大学兼职讲师后藤政志这样对核电持怀疑态度的有识之士，但这两位专家“想要展开更加深入的探讨”的意见并没有得到重视，保安院最终还是拍板给了关电重启核电的许可。

由于菅直人政府末期的玄海核电站骚动，安全审查设立了双重检查制度，由经产省旗下的保安院，以及内阁府原子能安全委员会（由班目春树担任委员长）共同进行。因此，保安院的审查结果会被立即送去原子能安全委员会，交由他们进行审查。如果一切顺利，原子能安全委员会的审查将在1个月左右完成，一旦通过，大饭核电站就可以着手重启。

明明接下来就只要机械性按照日程表的安排走就好了，但即使到了这个阶段，作为统管核电的负责人，枝野依然还是没有找准自己的重心。尽管作为大臣的他以前对东电和九电作了咬牙切齿的批判，但在重启核电的问题上，他却始终在说一些官方性质的套话。在保安院进行审查时，枝野总会说“请去问保安院”“保安院正在进行科学探讨”，用“审查中”当挡箭牌而不直接表达自己的观点。*1 好不容易保安院审查结束了，他又说：“安全委员会正在核查保安院的审查结果，等到结果出来之后再回答相关的问题。”这次是拿安全委员会正在审查作借口，依旧没有发表自己的看法。*2

原子能安全委员会预计将于3月底完成审查工作，4月份大饭核电站的重启显然已经在经产省、电力行业和地方自治体等核电相关人士之间成为了焦点。各大报社相继登载文章，预测为了应对夏季的电力不足，政府会决定在今年春天重启核电。然而枝野并没有给出任何明确的信息。

大饭核电站的所在地福井县的知事西川一诚对于政府这一优柔寡断的举动感到十分失望且恼怒。福井县除了美浜、大饭、高浜等

① 关电：前文提到的关西电力的简称，下同。

共 11 座关电反应堆外，还有日本原电①的敦贺核电站、快中子增殖反应堆“文殊”、新型转换反应堆“普贤”（将报废拆除），是日本最大的核电中心。西川 1968 年从京都大学毕业后进入原自治省工作，历任自治省企划科科长、福井县副知事等多项职务后于 2003 年出任知事。在地震刚过的 2011 年 4 月举行的知事选举中，他以加强核电站安全措施为竞选承诺，第三次当选为知事。在福井，当地的就业和自治体的财政收入都依赖于核电，知事也理所当然不可能是反核派。

西川向民主党政权提了两项诉求。他明确表示“仅有压力测试是不够的”，并要求政府公布福岛核事故的调查结论，哪怕是阶段性的。另外还敦促政府制定比压力测试的要求更严格的“临时安全标准”。同时声称“包括首相在内，政府的各位负责人都有必要说出自己的判断和看法”，“因为还有专门的主管的大臣”，要求首相野田和经产大臣枝野亲口宣布重启核电。[*3] 虽然西川知事本人是拥核派，但如果主动为重启核电摇旗呐喊，就有可能引发反对者的强烈反弹。所以他希望政府能在制定更严格的安全标准的前提下，让首相和主管内阁成员亲口给予大饭核电站安全认证，然后在政府的要求下，知事再勉勉强强批准重启核电。这是霞关精英官僚出身的知事的典型做法，以保全自己为优先，把己方的风险降到最低。

此时，福井县政府已经与保安院展开了幕后谈判。保安院的原子能安全技术基础科科长市村知也（多摩高中、早稻田大学理工学院土木专业）和原子能发电检查科科长大村哲臣（小野高中、京都大学工学院原子核专业）已经开始考虑着手研究福井县要求的临时安全标准。起初认为，要想设立福井县所说的那种追加安全标准需要对法律进行修订。然而，由于执政党和在野党之间的对立所造成

① 日本原电：日本原子能公司。

的冲击，计划中用来强化和替代保安院机能的新机构“原子能规制厅”的成立时间被推迟。因此无论如何努力，设立涉及法律修订的安全标准也要被推迟到4月以后。

与容易陷入这种技术性讨论的保安院不同，能源厅首屈一指的实力派、拥核派的代表人物今井尚哉次长会优先作政治性的考虑，而不是先考虑事态发展，从而在综合民主党党内和地方实际情况的基础上为重启核电铺平道路。他任命了他的两位亲信——原子能政策科科长吉野恭司和原子能国际合作推进室室长香山弘文——作为大饭核电站重启的总指挥。

就在2月23日，为了确认福井县的具体意向，并且给知事一个面子，经产副大臣牧野圣修被派到了福井县。他被西川知事召见，带回了知事的几项要求：“明确国家对核电意义以及重启核电必要性的立场”和“制定一个能够反映福岛事故调查结论和教训的临时安全标准草案，以及明确工作时间表”。能源厅里的一些人担心，在既有的压力测试之上制定新的安全标准，似乎是在“屋上架屋，徒劳重复”。还有人担心，一直满足某一特定的地方自治体无休止的要求，可能会给其他地方自治体一种不公平感。了解到福井县的意向之后，能源厅几乎每天都要展开集体头脑风暴来想对策。关键是怎样才能重启大饭核电站，以及什么标准能让当地政府接受。

这段期间，一位枝野侧近的官员感受到“大臣为此十分苦恼”。[*4] 在2月28日的新闻发布会上，枝野说：“目前，我们的主要方针是在中长期内降低对核电的依赖。反过来说，如果能够确定核电在短期内是有安全保障的，我们就会使用核电。”然而在周围的人看来，这似乎反映了枝野实际上并没有拿定主意是要“放弃核电”还是“重启核电”。从理念上来说，在首相官邸见证了福岛核电站爆炸事故的枝野应该是一个反核派。但考虑到高度依赖核电的关电在夏季用电高峰期的停电风险，让他也难以轻易站到重启核电的对立面上。

说到底，枝野在法律上其实也没有能够停运核电站的权力，菅直人之前关闭浜冈核电站其实是靠的“行政指导”。因行政指导意见而被关闭的核电站要重启的话需要进行压力测试，这一规则也是在菅直人执政期间匆匆制定的，而其中也有枝野的深入参与。决定了如果反应堆通过了压力测试就可以重新启动的正是枝野本人，作为制订重启规则的当事人实在是没法说“NO”。“到底有没有什么理由能够阻止核电站的重启呢？”这一念头在枝野的脑海中盘旋了许久。[*5]

在大臣拿不定主意的期间，原子能安全委员会的审查也在一步步切实地进行着，最终于 3 月 23 日宣布总体上认可保安院所下达的大饭核电站 3、4 号机组审查合格的结果。事到如今已经不能再把责任丢给专家或者其他人了，政府的意志将直接决定一切。最重要的是，福井县所想要的比压力测试要求更严格的安全标准的制定与西川知事所渴望的政府出面的重启核电宣言要怎么处理。

在野田政府束手无策的时候，反对重启核电的浪潮也在关西地区蔓延。2 月 27 日，大阪市长桥下彻成立了大阪府市能源战略会议，其成员囊括了京都大学教授植田和弘以及古贺茂明、饭田哲也等人，桥下要求他们想出一个能够利用大阪市作为关西电力第一大股东的地位来强行改变关电经营模式的股东提案。滋贺县知事嘉田由纪子和京都府知事山田启二也对草草上马的大饭核电站重启面露难色。面对关西地区犹如野火燎原一般的反对浪潮，野田政府以及枝野都退缩了。在 4 月 2 日的众议院预算委员会会议上，枝野一边细读保安院的审查报告以及原子能安全委员会总结的确认结果，一边说“我还没彻底了解”，之后表示“我也反对重启核电”。

第二天，即4月3日周二的晚上7点，在首相官邸的四层大会议室召开了“核电相关四大臣会议”。自野田首相以下，经产大臣枝野、核电担当大臣（兼环境大臣）细野豪志、官房长官藤村修这四位大臣均出席了会议。另外民主党政调会代理会长仙谷由人、官房副长官斋藤劲作为观察员，能源厅次长今井和保安院院长深野弘行作为负责说明的事务方代表也一同列席。

深野在会上讲解了基于福岛第一核电站爆炸事件的教训而设计的30项安全措施（外部供电的长时间中断和冷却水注水机能失效的防范对策等），并报告说电源车和消防泵的配置工作已经在近日开始。据深野介绍，大饭3、4号机组可以抵御11.4米高的海啸（超过了原设想高度9.5米）和1 260伽的地震波（为原设想的1.8倍）并保证核燃料不会受损。

能源厅的今井报告了关西的电力供需预测和去年的供需实绩，以及压缩电力需求的可能性。他表示，如果不重启核电，关西地区将会陷入电力不足的困境，会对经济活动和市民生活造成严重影响。

在场的政治家们听到报告以后依旧摇摆不定。尽管深野所说的以福岛为教训而设计的30项安全措施中有一部分已经部署，但其中也有像外部供电的复线化以及输电铁塔的防倒杆等需要较长时间才能完工的内容。也有人提出要“以世界第一为目标进一步强化安全措施”。野田命令枝野，要他把重启核电所必要的安全策略以更加简单易懂的形式概括整理好，下次四大臣会议上要由他来提供是否安全的判断标准。*6

此时，按照今井等能源厅拥核派官员们的设想，四大臣会议总共要开3次。第一次由野田首相下达指示；第二次枝野依据其指示制作和提交安全标准；第三次让关西电力提交已通过安全标准的报告。按照他们的步骤设计，通过至少3次四大臣会议后，让大饭核电站的重启获得批准。

但是，事情的发展并没有拥核派官员们所构想的那么顺利。4月5日（周四）下午6点10分，在首相官邸四楼的大会议室里，再次召开了第二次四大臣会议。虽然枝野递交了一份相当于福井县所要求的临时安全标准的《安全性相关判断基准（草案）》，但其中并没有什么新意，只是列举了核电爆炸事故后的一年中所做的工作，并要求在今后改进30项措施中还未完成的项目。按照能源厅的构想，计划该草案会在会议上当场获批。但最终当天会议的结果却是在整理标准项目和修改文章语句表达后再召开一次四大臣会议重新讨论。

但是在次日召开的第三次四大臣会议上，也还是没有敲定与重启核电密切相关的“安全性相关判断基准”的修正案。第二周4月9日（周一）晚召开的四大臣会议也没有得出结论，4月12日的第五次会议也没有结果。能源厅配发了一份预测报告，指出在关电辖下所有核电站都停运的情况下，如果夏季气温维持历年平均水平的话，会有15%的电力供给不足，如果是2010年那样的高温夏季的话，电力不足的程度会进一步提升到20%。这引发了内阁成员们的危机感。

直到4月13日星期五第六次四大臣会议的时候，四位大臣才终于做出判断，确定大饭核电站的3、4号机组符合他们下令制定的“安全性相关判断基准”，可以重新启动。本来最少只用开三次的四大臣会议最后却整整开了六次。[*7] 可以看出他们在批准重启核电时是有多么犹豫不决。

在四大臣会议上，曾数次让身为事务方的能源厅和保安院的官员中途退场，留下政治家们进行内部讨论。被恶评为“摇摆政治”的日本民主党政客们，对关西地区日益扩大的核电重启反对运动感到十分焦虑。枝野尤其苦恼，而细野立场坚定——能源局的拥核派官员们是如此认为的。他们的上司本应是枝野，但就进言对象来说，比起优柔寡断的枝野，他们更加重视亲核电的细野以及政调会代理会长仙谷由人。

拿到四大臣会议决定的枝野前往福井县见了西川知事并请他重启核电。知事当场给了枝野一个让政府深入地参与进来的“任务”——“向民众展示政府毫不动摇的决心”。

阻止的理由

福井县知事西川敦促重启核电，而反对重启核电的大阪市市长桥下和滋贺县知事嘉田又坐拥民意，应对起来极为棘手。这几个人对于野田政府来说都是无法忽视的存在。特别是身为全新政治势力“大阪维新会”领袖的桥下市长已经迅速成长为一个目标直指最高权力的政治家，这对逐渐倾向于重启核电的政府来说是个大麻烦。大阪维新会在智囊方面有不少像是古贺茂明、饭田哲也，以及嘉悦大学教授高桥洋一这样有影响力的有识之士，且能痛击对官僚言听计从、投向既得利益者一方的民主党政权的弱点。作为这样一股批判势力的领袖，桥下让民主党政权很是忌惮。

大阪府市能源战略会议[①]于 4 月 10 日，在饭田哲也的草稿的基础上整理出了《重启核电 8 项条件》这一文件。“8 项条件”以“再发生一次福岛级的核事故就会导致日本灭亡”为前提，指责不应由保安院和原子能安全委员会这两大“甲级战犯”来负责重启核电的

① 大阪府市即大阪府与大阪市。该会议由致力于推动大阪“府市一体化”的大阪府市统合总部组织召开。

安全审查，并设计了① 设立值得民众信赖的管理机构；② 在新体制下设立全新的安全标准；③ 征得核电站方圆 100 公里内的居民同意并缔结安全协定；④ 对电力供给问题进行彻底的核查等 8 项重启核电时需要满足的前提条件。战略会议上古贺指出“大饭核电站一旦启动，就很难再停下来”，并提出“要满足什么样的条件才能重启核电，不如展现给政府和关电看看”。以此为契机，古贺和饭田拟出了一个草案。在此之前，核电的重启都只需当地自治体同意即可，但“8 项条件”则给予了距离大饭约 100 公里的大阪府市对重启核电的否决权。

在 4 月 13 日第六次四大臣会议决定了重启大饭核电站的方针之后，桥下在当天的围追采访上非常激动，一口气说道：“只能打倒日本民主党政权了，在下次的众议院选举时推翻这届政府。我真的生气了。”他将民主党看作拥核派的势力，打算站在反核的立场上攻击国政。新闻媒体一齐报道了桥下的挑战言论，保守派民主党对阵革新派桥下维新党的形势越来越明朗，野田政府陷入了被动。

就在桥下明确走到了民主党的对立面的同时，官房长官藤村修在 4 月 17 日的新闻发布会上宣布，将成立一个委员会，从第三方的视角来核查电力的供需问题。打算从第三方视角出发，对夏季用电高峰期的电力供需紧张的程度进行核查，并以此作为今夏节电目标的依据。不过，藤村在新闻发布会上表示，“重启核电与供需核查之间并不存在必然联系”，坚定地认为两者是相互独立的。如果不重启核电的话，电力真的不够用吗？除了安全问题，供需问题也成为了争论的焦点，拥核派说不够，反核派说够。4 月 2 日，枝野在众议院预算委员会会议上在回答民主党议员金子洋一的提问时说：“不仅是经济产业省，还要通过第三方专家的核查，来判断电力公司是否存在瞒报供电能力的情况。”借这一回答明示了在重启大饭核电站之前，将对电力供需的情况进行核查。对此藤村宣称，会抛开拥护核电的经产省能源厅，另外进行核查。

4 月 23 日，在官房长官发布公告后的第 6 天，供需核查委员会召开了第一次会议。事务局主席由内阁官房国家战略室的企划调整官伊原智人担任主席，并由他来挑选委员会的成员。然而，由于事发突然，事先拟定的成本及其他核查委员会的名单里，除了拥核派的京都大学核反应堆实验所教授山名元以外，其他人都被安排了平级调动。其中有电力自由化的倡导者、东京大学教授松村敏弘，大阪府市能源战略会议主席、京都大学教授植田和弘，以及同样是战略会议成员的立命馆大学教授大岛坚一。仅从名单来看，这种人员安排与官房长官所说的“重启核电与供需核查之间并不存在必然联系”就不相符。

在供需核查委员会会议上第一个发言的有识之士是饭田哲也。饭田上来就提出“重启核电是不是重要的安全性问题，这一点还没有在程序上弄清楚”，并把官房长官藤村之前声称“两者之间没有联系”的大饭核电站重启与电力供需问题直接联系到了一起。由于东日本大地震导致东京电力公司和东北电力公司管辖下的众多核电站和火力发电站停运，经产省为了降低夏季的电力需求发布了电力限制令，要求对所有用电方一律减少 15％的供电，但饭田对这种一刀切的方案表现得极为冷淡。他先表示：“在我们来看，电力限制令的节电模式难度过高，对于生产方来说太过苛刻了。”然后又列举了很多欧美的过往案例，说“更加聪明、灵活的节电方式要多少有多少”，并提出了他的新节电方法，即围绕用电大户展开节电工作，对用电需要进行管理，发挥市场功能，就能渡过电力不足的难关。[*1]

会议开头的饭田提案鲜明地展现了供需核查委员会的思维方

式。内阁官房国家战略室作为供需核查委员会的事务局，与有着不少拥核派官员的经产省不同，有一股意气，想要提出一个新方案来取代拥核派经产省的方案。国家战略室事务方的领头羊日下部聪审议官（经产省出身）尽管没有站到反核派那一方去，但也支持电力自由化。其手下负责实务的伊原则比他更进一步，展现出了其弃核的立场。而植田、大岛的想法原本就与伊原类似。饭田充当先锋，直接就把问题摆上台面，既是供需核查委员会与国家战略室两者配合默契，也是事先计划好的。[*2]

饭田也直言："不在经产省，而是在国家战略室讨论电力供需的问题，这一点意义重大。大阪府市能源战略会议和国家战略室正在通力合作。"[*3] 作为战略会议成员之一的村上宪郎卸任谷歌日本分公司社长职务之后，一直在考虑引进智能电网和智能电表等新型电力风险投资的可能性。他与在被国家战略室聘用之前曾跳槽到瑞可利的伊原，从一年前就开始讨论新型电力业务相关的话题。5月7日，大阪府市能源战略会议向供需审核委员会提交了三点建议：不仅是关西电力，包括中部电力在内的中西日本各大电力公司要一起实施电力互联的节电方案；收购民间发电；建立用电高峰期上调电费的"需求响应"市场机制。这恰恰与伊原的问题意识不谋而合。

就这样，"桥下集团"向核查委员会提出的建议是，让电力公司启动负瓦特交易——购买节电节省下来的电力，以及采用需求响应机制。5月12日委员会第六次会议上敲定的报告指出，将纳入促进节能的新电力调峰措施。就连国家战略室事务局主任日下部审议官都给予了高度评价，他说："在这次供需核查委员会的讨论中增加了全新的方案，我认为这是一个很大的进步。"[*4]

饭田认为，大阪方面要求的中部地区以及西日本的各大电力公司的电力互联，是"将来实行输配电分离时创建中西日本发送电公司的基石”。负瓦特交易、需求响应机制再加上基于未来输配电分离的广域输电服务的确立，电力业界刚一展开自由化的论议，映入眼帘的就是一张网罗了无数创新性和革命性内容的宏伟蓝图。国家战略室的工作人员说着“负瓦特、电力互联，感觉一个无需重启核电也能发展下去的美好未来已经近在眼前”，兴奋的情绪藏都藏不住。

尽管关电解释说，如果不重启大饭核电站就会产生20%的电力短缺，但如果中西日本的各大电力公司（中部电力、北陆电力、中国电力）能各自节电省下5%的富余电力并调度给关西，关电的电力不足就能降低到15%。也就是说，未来关电只要在其服务范围内节省15%的电力就可以了。[*5] 任大阪府市能源战略会议主席兼供需核查委员会委员的植田自我评价道：“我们在需求响应机制以及日本中西部电力互联等方面取得了很大的进展，这在3月11日（福岛事故）之前是难以想象的。”[*6]

但即便采取各种措施，如果不重启大饭核电站的话，关电还是会有15%的电力缺口。这对经产省能源厅的拥核派人士来说也是意料之中。经产省负责能源政策的官员认为：“我们不认为供需数据会有很大的变化。电力公司提交的数据由能源厅审查过，因为有人说‘不值得信赖’，所以又进一步交由供需核查委员会审查了一遍，但他们也不觉得在数据上会有很大的出入。”“伊原和饭田再怎么翻来覆去地推敲数字，也找不出什么隐藏的电力产能。虽然放眼两三年后，负瓦特和需求响应机制的确很有价值，但是远水救不了近火，解决不了眼下的电力不足问题。”[*7]

北海道电力的泊核电站3号机组在5月5日因例行检查而停运，至此日本所有核电站全部停运，时隔42年日本首次迎来“零核电”。

但即便如此，日本列岛也无一处停电。

桥下的转向

经产省能源厅的拥核派并不是太关心供需核查委员会的动向。对他们而言真正重要的是与大饭核电站所在地福井县的沟通，以及说服反对重启核电的关西地区的领导人们——尤其是影响力巨大的桥下彻市长。

桥下的势力还在不断壮大。能源领域方面有着饭田、古贺、植田、大岛这样的智囊，而在能源领域之外，还聚集了像是主张公务员制度改革的政策工房社长原英史（原经产省官员）、主张社会保障政策的学习院大学教授铃木亘、原财务官员高桥洋一等著名学者和有识之士，桥下身边猛将如云，就像是政界的梁山泊。古贺、原、高桥同时也是众人之党的智囊，人们普遍认为这个由渡边喜美领导的政党有可能通过和桥下携手合作，壮大成为民主党和自民党之外的日本政坛第三极势力。羽翼丰满的桥下于 4 月 24 日，以一介市长的身份在首相官邸与内阁官房长官藤村进行直接谈判，重新要求将“重启核电 8 项条件”正式列为大饭核电站重启的条件。

5 月 18 日，由枝野、细野、国家战略担当大臣古川元久等内阁阁僚组成的能源与环境会议在供需核查委员会讨论结果的基础上，出台了《今夏电力供需对策》。要求中部、北陆、中国地区的各大电力公司实行合作节电和广域电网互联，把富余的电力调度给关电；同时让关电也实行节电来解决 15％的电力缺口。虽然这次不会在关电辖区内实施上一年在东京电力辖区内推行过的强制性用电限制令，但是在电力紧张时会发出警报进行紧急节电，并让关电和九州电力做好错峰停电的准备以防万一。

饭田依然打算在不重启大饭核电站的情况下撑过这个夏天。他向桥下和嘉田喊话："负瓦特交易、需求响应以及广域电力互联会让电力的供需情况发生变化。而且关电提交的电力需求一开始就明显过高。"[*1]

与此相对，以关西地方商业团体"关西经济联合会（关经联）"为首的本地商圈则强烈要求核电站重启。关经联的副会长（松下电器副会长）松下正幸称："核电站已经依照政府的方针通过了安全审查，因此希望赶快重启。"京都商工会议所会长（欧姆龙名誉会长）立石义雄说："现在已经别无选择，只能请野田首相尽快作出决定，让大饭核电站暂时性重启。"神户商工会议所会长大桥忠晴（川崎重工会长）则评论说："大饭核电站的重启已经刻不容缓。"今井等能源厅的拥核派官员敏锐地察觉到了商界的意图。眼下批判核电站重启的电视节目正在商业电视台连播，今井和香山等人对下属说着："如果失去商界的支持就真的什么都完了。"随即把目光投向了商界。

5月19日，在能环会议决定了《今夏电力供需对策》的第二天，在大阪府立国际会议场举行了关西地区联盟委员会会议，关西地区的主要地方领导人悉数到场，核电担当大臣细野和官房副长官斋藤劲到会负责进行政府方面的说明。作为事务方一同前来的还有能源厅的电力与燃气事业部长糟谷敏秀、国家战略室企划调整官伊原等人。本来负责重启核电相关事务的应该是经产大臣枝野，但能源厅拥核派官员对细野的评价很高，认为他"毫不动摇"，而且考虑到如果为了攻克桥下就派出枝野的话，之后就只剩下作为王牌的野田首相了，所以让细野作为政府方的代言人出席。

在斋藤就大饭核电站重启谋求支持、细野介绍四大臣会议上总结的安全措施之后，桥下市长立即发难说，“日本的安全标准与国际标准相比就是一堆垃圾”，“我认为现在安全漏洞还没有补完，民众不会给予信赖”。但随后，桥下却突然松口表示可以接受限制期限的核电站重启：“临时重启一下，或者只运营 1 个月、2 个月、3 个月这种做法也可以考虑。”就在一个月前，他还在喊着“我真的生气了”，呼吁推翻民主党政权，如今却突然变得通情达理了起来。似乎是为了不错过桥下的变化，和歌山县知事仁坂吉伸立刻抓住机会表示赞同道“大体上赞成桥下知事的意见”，并站到了重启核电的一方：“既然专家已经说了核电站在安全限度内运行是没有问题的，那作为政治家难道不应该尊重他们的意见吗？”在桥下之后接任大阪府知事的松井一郎则先是慰问了作为总理大臣代理来关西地区联盟进行说明的斋藤，随后发言表示“我们并没有权力重启核电”。

桥下最终表示：“在设立新的原子能规制厅和出台新安全标准之前，临时重启两三个月左右核电站以撑过用电旺季也是可行的。虽然如果发生了事故的话就得大家一起背负责任，但是这世界上任何事情都是伴随着风险的，这也是迫不得已。”同意了在夏季重启核电。尽管用桥下自己的话来说是“认为不会让核电站全功率运行”，到底只是在夏季用电高峰期临时运行，并不是政府和关电所期望的全功率运行，但是归根结底他对重启核电表示了同意这一本质并没有变。桥下展现出了“转向”的征兆，对细野来说可以说是非常幸运了。

细野和斋藤也参加了 5 月 30 日在鸟取县伯耆町召开的第二次关西地区联盟委员会会议。细野承认，大饭的安全标准只是在新的监管机构（原子能安全厅）成立之前用于应急的临时产物，并解释说，将建立包括向福井县派驻副大臣在内的特别监督制度，以此谋求各方对重启核电的理解与支持。此次桥下并没有去鸟取，而是通过网络远程参加了会议并表示接受："既然判断本身是过渡性质的，那重启反应堆本身也可以采取过渡性的、暂时性的方式。"随后桥下等9位地方领导人发表联合声明称"我们强烈要求政府就大饭核电站的重启做出一个以临时性、限定性为前提的安全判断"，表示同意重启大饭核电站的决定。至此，大饭核电站的重启已成定局。两天后，桥下在新闻发布会上说，"如果大家认为是我输了那也无话可说"，"没有坚定地反对到最后是我的责任"。当初那位反对重启核电的急先锋已然不见踪影。

细野认为，单纯地依靠保安院和原子能安全委员会并不合适，所以他请大前研一①也去对大饭的3号机组和4号机组的安全性进行核查。*2 大前与桥下相识，因此还被派去做桥下的思想工作。据说大前曾提醒过桥下："今年夏天，如果大饭核电站不发电的话，关西恐怕会全面停电吧，还会被叫做'桥下大停电'。如果有人因此死在医院里，那你的政治生命也会随之终结。这真的没关系吗？" *3

收到桥下转向的消息之后，野田首相在6月8日的新闻发布会上宣布将重启大饭核电站："随着夏季用电高峰期的临近，我们也到了不得不做决断的时候了。全国上下对这个问题都显现出了明显的意见分歧，但对此我的判断依据是唯一且绝对的，那就是保障民生。""如果节电的需求百分比在个位数以内的话，还能通过大家的努力想想办法。但是关西的供需缺口高达15%，甚至超越了去年的东日本，从实际的角度来说难度实在太高了。"所以"为了保障民生"只能重启核电。总理大臣宣读了能源厅起草的讲话稿，这是曾有着强烈的弃核倾向的民主党政权改旗易帜的标志性瞬间。

---

① 大前研一（1943— ）：日本著名经济顾问、创业家。本科毕业于早稻田大学应用化学系，毕业后攻读核工程专业，为东京工业大学核工程硕士、麻省理工学院核工程博士。

尽管桥下转向了，古贺茂明依然对他表示拥护："关于电力不足将高达15%的宣传铺天盖地，无论是中小企业还是普通市民都对此感到十分担忧。商界也积极地在幕后发起活动，以求推动核电重启。维新的大阪府议会和市议会都被各个击破，桥下先生只能尊重这些意见。"桥下维新的根本——大阪府议会以及大阪市议会——都无法忽略在选举上给予他们支持的当地商界的意向。滋贺县知事嘉田也被县内的大牌高新技术制造商威胁"如果不批准重启核电，就把工厂从滋贺县搬走"。可以说，正是商界的这种策动导致了禁核的失败。[*4]

饭田哲也和古贺一样，对桥下所处的立场表示理解，但脸色依旧很难看："商界自下而上地施压，侧翼又有来自其他知事的压力，要求桥下与他们步调一致。"饭田还苦笑道："一半一半吧，也有种被人算计了的感觉。如果发现桥下先生也不是真的（要禁核）的话，那我就要留下这些麻烦然后跑路了。"[*5] 最终，饭田的预感还是成真了。

由于大饭核电站的重启，关西电力的供电能力达到了3 029万千瓦，但是由于节电意识的普及，当年夏季用电高峰期的用电需求最高日8月3日的用电量也不过2 682万千瓦。哪怕去掉大饭核电站的发电量（237万千瓦），电力也还是够的。[*6]

第 20 章　零方案攻防

15%方案

当大饭核电站开始向重启迈进的时候，经济产业省资源能源厅做出大的方向调整，转向了维护核电的方向，并开始对作为经产大臣咨询机构的综合资源能源调查会基本问题委员会的意见进行汇总。

在大阪市市长桥下彻转向同意态度后不久的 5 月 21 日，召开了第 23 次委员会会议。在会上，能源厅综合政策科科长后藤收以“这只是我们做的一个准备提交讨论的草案”作为开场白，随后向委员们展示了一份名为《讨论草案》的长达 36 页的草案。基本问题委员会的成员范围广，既有拥核派也有反核派，所以正如事先所预料的那样，会上一直是一方陈述问题另一方进行反驳的模式，争议丝毫没有要平息的迹象。因此，行政这边的后藤才站出来总结说“总而言之，这只是一个草案”。

在后藤提出的《讨论草案》中，2030 年的核电构成比的选项有“0”“20%～25%”“35%”，以及此前讨论中没有的新加上的“15%”。“0”很容易理解，就是废除核电的想法；“20%～25%”

则是维持现状；“35％”反映了试图扩大核电的想法。与此相对，“15％”则是为了切合首相野田佳彦的想法而定的。野田在2011年9月2日首相任命后立即表示“不增设核电站”“反应堆使用寿命到了的话就废堆”。假设将运转40年后废堆的标准应用于现有核电站的话，那么2030年的核电构成比正好是15％左右。据此提出了15％的方案。

其实，这种想法似乎很早就在能源厅内部浮现出来了。在基本问题委员会开始讨论后不久的2011年11月，能源厅原子能国际合作推进室室长香山弘文在原子能委员会委员长近藤骏介主持的“秘密会议”上披露了“目前政治家们的争论主要集中在40年废堆还是50年废堆的问题上，在收缩的进程中，能够在某个地方画出水平线就好了”的想法。可以认为这一想法的最终结果就是这个15％方案。不过，香山本人的想法是在现有基础上增加核电，而能源厅内部主流想法是想要维持现状的25％，而不是意味着要减少核电的15％。

后藤突然提出15％方案时，有数名委员表示赞同。看到这一情况，弃核派的原子能资料情报室共同代表伴英幸提出质疑：“能源厅是否提前与支持核电的委员暗地里通过气？”“0”（废除核电）之后的选项“20％～25％”（维持现有核电状况）过于偏离普通民众的想法。因此，伴英幸认为“所以需要在这两者之间设一个中间选项，而这个中间选项就是15％吧”。[*1]

尽管伴、饭田哲也等人提出反对意见，但委员长三村明夫冷漠无情地否决了。饭田原本以为这是事务局低姿态提出的草案，自然是能够在委员会会议上修改的“可以改变形状的豆腐”，但他却感叹“没想到不知不觉中变成了硬邦邦的混凝土，没法再改变了”。[*2] 伴的心情与他是一样的。

当天首次公开的核电15％方案，就好像是事先商定好了的一样，在政府内部瞬间得到广泛共享。核电担当大臣（兼环境大臣）细野豪志在4天后即5月25日的新闻发布会上提及“我认为2030年15%方案可以成为一个基准”。虽然还没有在基本问题委员会上看到结论，只是作为选项被提出而已，但主管核电的大臣却提前暗示了结论。细野对15%的同意意见是一个很有分量的发言。

与优柔寡断的经产大臣枝野幸男不同，果断挥舞重启大饭核电站旗帜的细野已经开始立足于应该继续进行核燃料循环并推进核电输出的观点上思考了。在委托记者鸟越俊太郎记录、细野口述的书里，披露了他的想法，他认为协助亚洲各国等新兴国家推进未来核电站导入的计划是日本应该选择的一条路。他甚至断言：“我认为我们应该保留核燃料循环技术，探索为世界做贡献的道路。”[*3]“青森的核燃料循环也一样，如果不保留技术，那么既无法废堆，也无法解决福岛核电站的问题。我真切地感受到了这一点。如果没有人把这些话大声说出来，日本的核电就将面临完全失去技术人员的局面，恐怕都等不了10年、20年，技术人员就会灭绝吧。”细野如此解释自己的想法。[*4]他已经成为推进核电一派官员的发言人了。

突然出现的15%方案，成为了政府推荐的最有希望的方案。在基本问题委员会讨论的基础上，政府于6月29日召开了由内阁成员组成的能源与环境会议，将2030年核电站比率的选项锁定为三个：“0”“15%”“20%～25%”。而关于乏燃料，同时记载了两种意见：一种是一如既往推进核燃料循环（全部后处理），另一种是不经过后处理而“直接处置”。能环会议的安排是在民众讨论的基础上，于8月内决定新能源政策“创新能源与环境战略”的计划。

反核派败局已然明了。细野和政调会长代理仙谷由人等拥有权势的人都支持15%方案。对在党内拥有一定势力的原民社党的议员们（由联合和电力总联等工会提供财政支持的政治家）来说，15%

方案也容易接受。能源厅的一位骨干官员表示："2030 年零核电站是不可能的。如果选择'0'的话，由于能源价格的高涨和化石燃料紧缺，那么每隔 2 年至 3 年必须要提高 5%～10%的电费。这必定会导致产业空心化。"他从现实主义的角度出发，冷眼看待"0"这一观点。就连能源厅主管可再生能源的节能与新能源部也清楚地知道，2030 年零核电情况下对可再生能源比率的预期是达到 35%，这个目标"无论如何也不可能达成"。目前以水力发电为主的可再生能源比例是 11%，在此基础上能增加的估计最多也就 10%的样子，换句话说，到 2030 年充其量总共能达到约 20%，这是清醒的认识。[*5]

从挂念产业界的经产官员的责任感和现实主义的角度来看，反核派所倡导的零核电是怎么也不可能达成的提议。

电力方造的舆论

对于按照经产省步调推进的恢复核电方案，可能多少可以起到一点制动作用的，是菅直人政府期间成立的由相关阁僚组成的能源与环境会议（能环会议）和作为该会议事务局的内阁官房国家战略室。能环会议在 2011 年 7 月 29 日菅执政时期整理的《为制定"创新能源与环境战略"的中期梳理》里，提出要在降低核电依存度和开发新能源的同时，把"建立全民共识"作为基本理念。克服"反核电"和"拥核电"的二元对立，展开全民讨论，一边听取各阶层民众的意见一边决定政策——这一点也被加入其中，表述啰嗦得几乎令人感到腻烦。

按照霞关政府一贯的做法，这应该是为了优先制造"听取了民意"的有利证明而采取的形式主义吧。通过经产省网站开展"公众评论"以征求"大家的意见"，还有委托电通和博报堂等大型广告公司举办相关活动。这样一来就算是已经听取了民众的意见，然后再引导得出他们事先准备好的结论。

这时应该也是这样的情况。

国家战略室作为能环会议的事务局，决定从 7 月 14 日开始，在埼玉市等全国 11 个城市召开"意见听取会"。听取会安排如下：战略室的行政人员对政府讨论的三个方案进行说明，并从提交申请的人当中抽选出代表进行意见陈述，在会场请听众回答问卷调查。资源能源厅 6 月 25 日进行招标，电通和博报堂参加。电通的投标价高达 1.2 亿日元，博报堂以只有电通六成的低价 7 840 万日元中标。意见听取会的实际工作就这样全部委托给了博报堂。

第二次意见听取会在仙台的"TKP 花园城市仙台"举行，该会场距离东北电力总公司仅 650 米。国家战略室分发的一份 19 页的资料中，给出了"0""15%""20%～25%"三种方案，但在"0"方案旁附上了发电成本的上涨和电费的上调等"可能会对经济造成大的影响"的否定性提示。与此相对，"15%"方案旁写有"灵活应对各种各样的环境变化，包括与地球环境相关的国际形势和技术创新的变化等"肯定性评价。有三种选择的话，多数人会排除"0"和"20%～25%"两个极端选项，选择中庸的那个 15%吧。这种写法让人觉得是在故意引导。的确，在这个时候，参与意见听取会的审议官级别的干部职员毫不掩饰地说出了真实想法："零核电什么的不可能做到。15%是比较合适的让步条件。"[*1]

在对挤满仙台会场的 103 人进行的调查中，支持"0"的有 25 人，而支持"15%"的只有 2 人，支持"20%～25%"也只有 11 人。虽说回答"不知道""其他"的人最多，但三个选项中"0"是最多的。

当天，在会场发生了一个异常情况，第三位发表意见的男性突然开口道："我在东北电力的企划部工作。请允许我在此跟大家谈谈公司的想法。"他就是东北电力执行董事兼企划部部长冈信慎一。接着，冈信谈到让他很骄傲的事情：尽管自己公司的女川核电站离震源区域很近，但和东京电力的福岛第一核电站不同，已安全停运。他详细公布了东北电力的观点并表示："如果必须从三个选项中选一个的话，20%～25%的方案跟我们公司最接近"。

第六位发表意见的人也是东北电力 OB（原执行董事待遇），此人名叫关口哲雄，现为东北能源恳谈会的专务理事，是电力相关人员。"东北能源恳谈会"旧称"东北原子能恳谈会"，是东北地区推进核电的组织。关口大胆地说道："以'3·11'为契机，核电站的安全性有了显著提高。考虑到这一点，选择 20%～25%的方案，客观地、综合地、从中长期角度来看，我觉得是妥当的"。意思是说，核电担当大臣细野豪志和能源厅次长今井尚哉等人私下想引导的让步条件 15%不够，"20%～25%"才行，即核电站不减少，而是要维持现状。

拥到会场的人们大吃一惊。"这是请来的托儿吗？"场内一片哗然。出席会议的细野站起来，开始安抚现场："请肃静。"负责警卫的安保警察也慌慌张张地站了起来。"肯定是做秀！"怒吼声四起。"请肃静！"细野试图平息骚乱，但却没能成功。反核派认为"没见过这样的""果然如此"，全民讨论一时间被"视为作假"。细野在结束后的新闻发布会上辩解说："因为是抽签选出的，所以有各种各样意见的人入选也是没有办法的事。"

在会场上陈述意见的 9 人是从想在会场上发表意见的人当中选出来的，挑选方式是从赞同"0""15%""20%～25%"方案的人中无差别地各选出 3 位。当天会场有 71 人想就"0"发表意见，只有 14 人想就"20%～25%"发表意见，但由于博报堂试图取得三种选项的平衡，却不考虑想发表意见的人数这一参数中的比率问题，而是机械地将发言的权利均等地分配为每个选项三个人发言。并非如细野所说的“因为是抽签选出的，所以有各种各样意见的人入选”，而是会议的设置有意识地让赞成三种方案的意见均等地依次被提出。即便不能说这是“做秀”，但可以说是打着听取民众意见的旗号，却采用了一种有失公允的操作方法。

第二天，第三次意见听取会在名古屋市召开，毫不意外，发生了和仙台会场一样的事情。第三位出场的意见陈述人开口道：“我是中部电力公司的职员。今天请允许我提出个人意见。”接着表达了支持20%～25%方案的立场。此外，他还说：“在福岛核事故中，没有一个人是因核辐射的直接影响而死亡的。”“反核论调正在席卷全国。但是被报道的内容没有偏差吗？”然后表示自己的真实想法是连25%都不够，并说出令人瞠目结舌的豪言：“要是我的话，如果有35%的方案就选35%，有45%的方案就选45%。因为那样更安全。”

他是中部电力核能部门的科长。

接连发生的两件事被民间广播新闻节目和以“反核电”为卖点的东京新闻当作“做秀”大肆进行批判性地报道。民主党政治家们注意到了舆论风向，害怕被当成合谋做秀而胆战心惊。虽然他们急忙赶走了电力公司的员工，但接下来电力行业开始极力反击。电事联的会长八木诚（关西电力社长）在7月20日的例行发布会上批评说：“员工作为国民的一员自愿发表意见，我不认为这有什么问题。”中部电力公司的会长三田敏雄也在自己担任会长的中部经济联合会的新闻发布会上说：“一边总结不同立场者的意见一边决定方案，这点很重要。”

能源厅里弥漫着一种迷茫的氛围。在以“听取普通民众意见”为目的的意见听取会上，本应是俎上鱼肉的电力公司恬不知耻地跑出来，大言不惭地说“25％好”。看到他们明知自己会遭到围攻却还猛冲上去的样子，也有官员觉得“电力公司的那帮人是傻子吧”。这样一来，好不容易制造有利证明的“全民讨论”就会被怀疑是电力方造的舆论了。

在首相官邸门口每周五举行的反对重启核电的游行示威等反核电的舆论已急速扩大，经产省的拥核派官员作为妥协点制定的15％方案的走向开始变得可疑起来。与工会和左翼团体的动员无关的普通人聚集在首相官邸门口，人数逐渐增加。起初决定无视他们动向的《朝日新闻》和《读卖新闻》等大报纸也不得不逐步开始报道示威游行的动向，看到这些报道之后，参加者越来越多。古贺茂明夫妇和田原总一朗①前来观望，最终原首相鸠山由纪夫也突然加入。这个夏天的周五傍晚，“反对重启！”的呼声响彻首相官邸门口，前来采访的年轻记者们也看似很开心地一起跟着附和道“反对！”。

试图将结论引导向15％方案的政权开始动摇。以名古屋的爱知二区为选举区的国家战略担当大臣古川元久出席了名古屋的意见听取会，他对中部电力公司职员的惊人发言和将其视为“做秀”的报道感到很头痛。

古川虽然是主管大臣，但对核电和能源政策并不是很了解。东大法学院毕业后，他进入当时的大藏省，可谓精英官员出身，1996年加入民主党结党后改行当了政治家。政权更迭后历任内阁府副大臣和官房副长官等职务，走的一直都是得天独厚的仕途。从经历和人脉来看，并不让人觉得他是反核电的。

由市民运动家变成政治家的民主党众议院议员辻元清美是由党内反核派议员们成立的“弃核路线图思考会”的重要成员。不出所

① 田原总一朗（1934— ）：日本著名记者、评论家、资深电视人。毕业于早稻田大学第一文学部。著有反核小说《原子力战争》（1976，筑摩书房），该作品后被改编为同名电影。

料，她和路线图思考会的近藤昭一和平冈秀夫商量后，决定直接去找古川谈判。辻元感觉到继续以目前的方式推进意见听取会将很糟糕。

7 月 20 日，辻元与近藤等人一同去找古川，并建议说："古川先生，交给广告代理商来做是不行的。我觉得还是要改变做法才行。"古川似乎明白了，点了点头说："我会考虑的。"

几天后，古川打来电话。"我决定要交给下村先生（健一内阁审议官）了。"辻元等路线图思考会在这之后向古川提议应该起用舆论调查专家。几天后古川打来了电话。

"是否有合适的舆论调查专家推荐？"*2

经产省能源厅不是要制造有利证明，而是要在这个时候，开始利用能环会议"展开全民讨论一边听取各阶层民众的意见一边决定政策"这一方针，试图将计就计地把结果带向反核电方向。

总理大臣的指示

下村健一接到古川的命令，从 7 月 22 日大阪的意见听取会开始，参与意见听取会。"既然要做，就不能按照政府官员制定的剧本去做。我可不会在预先设计好的活动上做会议主持，比如要按照规划好的时间走流程、事先就确定了妥协点之类的。"下村提前这样提醒古川，在征得同意后，下村于当天出席了意见听取会。话虽如此，但果不其然，国家战略室的职员准备好了脚本，交给下村。下村当然不理会。不仅如此，会场蹦出提问时，他说："如果大臣能回答的话，我想对今日莅临的各位而言也会很有收获的。"就这样突然把问题抛给了在场的古川。

下村知道行政那边的国家战略室和能源厅的职员对此惊讶不已。但他觉得这也没关系。“因为这是包括‘0’方案支持者在内的全民讨论的地方，不是政府将结果向设计好的方向诱导的地方吧。”

8月1日在受灾地福岛举行的第九次意见听取会于下午2点半开始，结束时间是晚上7点，会议长度大幅超过了原定的大约3小时。尽管如此，由于还是有不少人觉得没说完，所以把会场移到附近的咖啡店接着办了第二场，全部结束时已经过了晚上9点。

从接下这个工作开始，下村就认为：“反正估计这也就是制造有利证明、缓解紧张情绪而已。”所以他故意想要摆脱已事先确定输赢的比赛。在返回东京的新干线上，下村对经产省出身的审议官日下部聪说：“要处理好这件事可难咯。”[*1] 由于日下部原本考虑将15%定为妥协点，所以对事态的发展感到为难。

在总共11场意见听取会上希望表明意见者当中，68%支持“0”，支持15%的只有11%。对与会者进行的问卷调查显示，有356人选择了“0”，选择了15%的有29人。

能源厅的原子能官员们担心事态越来越远离自己的掌控。在他们当中的很多人看来，民主党政权的决定方式过于平民主义。“这样决定像能源政策这么重要的事情真的好吗？”——他们开始感到了危险。

民主、自民、公明三个党派就社会保障和税收制度综合改革相关法案的修订问题达成一致，6月26日该法案在众议院通过。对此，7月2日，曾经造反的民主党小泽集团52人提交了离党申请，民主党就此分裂。此后也零星地出现离党者，民主党向着崩溃疾驰。除了提高消费税明显违反党内宣言以外，党内分裂也暴露出其执政能力不足的问题，民主党的支持率持续下滑。

围绕民主党代表选举的策略也在秘密展开。支持率持续下跌的野田，看起来怎么也不可能参选。对于在核电问题上持观望态度的野田，弃核路线图思考会的成员中也有人表示：“最好让明确表示要反核电的候选人迎战”，如果拿不出有实力的竞争对手，举行缺乏紧张感的代表选举，反倒会削弱民主党传达信息的能力，如果下定决心进行解散总选举①，那么必然会埋没于桥下彻市长率领的维新会和自民党之下。

处于如此穷途末路境地的民主党，试图振兴政权的王牌是反核电。

就在被视为“做秀事件”的意见听取会骚动开始显露出要平息的征兆时，枝野召集关系亲密的原官房副长官福山哲郎、从枝野的政策秘书转行为政治家的首相助理本多平直以及辻元，于 7 月 25 日晚召开会议分析形势。会上，枝野透露道：“我总觉得总理大臣好像是站在反核电的一边的。”

第二天即 7 月 26 日，原首相菅直人和首相野田及其助理本多等人在六本木的一家隐秘小店“朔丹冬至”会餐，待了大约 2 小时。菅一方面称赞野田首相在提高消费税方面做得很好，另一方面，在提到大饭核电站的重启问题时，把已经在反核电的市民团体中传开了的观点告诉首相野田：“总理大臣您被当作是阻碍反核电的罪魁祸首了啊！”对于菅的说法，野田表示：“不不不，没那回事儿。”他否认了自己在“阻碍”反核电这一说法。

8 月 3 日深夜，枝野再次召集福山、本多、辻元以及寺田学首相助理召开形势分析会。枝野在会议一开始说，野田首相将出席 8 月 6 日在广岛市举行的“原子弹爆炸死难者慰灵式暨和平祈祷仪式”，并提出“届时让总理大臣呼吁实行零核电政策吧”。那似乎

---

① 解散总选举：日本国会解散众议院和举行众议院议员总选举的总称。众议院的解散总选举是基于日本宪法的规定：包括内阁总辞职在内的一系列动作，于国政而言是一项大事件。

原本是古川的想法。辻元虽然认为广岛仪式的这个时机很好，但她一副诧异的表情说："总理大臣真的会说这样的话吗？"如果不对资历尚浅的新议员说反核电，就无法在选举中获胜——这种悲痛的呼声已经传开来了。如果到这个时候总理大臣还不说反核电的话，"枝野先生，您和古川先生一起把辞呈扔过去辞职怎么样？"辻元甚至反过来挑动枝野。枝野苦笑着说："我会尝试直接跟总理大臣说。"

野田出席了8月6日在广岛举行的仪式，但在仪式上，他完全没有谈及核电站的事情，当天早上仪式开始之前，在当地酒店召开的新闻发布会上，他表示："我打算好好地向相关阁僚做出指示，了解今后如果把对核电的依赖度降到零的话，会出现什么样的课题。我认为从中长期来看，我们应该朝着降低对核电依赖度的方向努力。"返回东京后的傍晚，野田在首相官邸召见了枝野、古川、细野、官房长官藤村修，指示他们讨论核电站归零时的课题以及应对措施。就像福井县知事等拥核派让总理大臣宣告要重启大饭核电站一样，枝野等人这次想借同一总理大臣之口让核电站归零。

寺田认为，最理想的是就这样一鼓作气地朝着"零核电"进发，然后通过众议院解散总选举询问本党的信用状况。反正，与电力行业和经团联关系太过紧密的自民党是无法决定核电政策的。他们只能提出要花上几年时间讨论的推迟计划。如果是这样的话，那么对民主党而言，核电政策可能成为有力的对抗点。同僚议员们都说，古川提防着减税日本①的名古屋市长河村隆会在同一选区参加竞选以求转战全国政坛。辻元也因桥下彻的维新旋风而畏怯退缩。提出反核电主张的民主党政治家们认为，明确主张"零核电"对选举战将更加有利。*2

① 减税日本：是日本的一个地区性政党，由名古屋市长河村隆领导。

对于总理大臣突如其来的指示，能源厅的拥核派官员非常惊讶。这是情理之中的反应，因为这意味着要把快要完成的15%方案作废。枝野声称受总理大臣指示，命令审议官后藤收（7月12日从综合政策科科长之位升任上来）起草《零核电课题和应对措施》。然而，后藤给枝野带去的文件内容非常粗糙，枝野向周围抱怨说“能源厅在偷懒”。枝野命令后藤：“你拿去给福山先生，取得他的同意之后再重新交给我。”虽然福山既不是副大臣也不是政务官，没有参与经产省行政决策的资格，但是枝野却如此吩咐后藤。后藤不情愿地去找福山，可文件内容却很难让福山认同。于是福山列举了很多关于核电站不能归零的借口。“即便是草案也行，再多动点脑子吧。”福山这样对后藤说道。然而，到最后也没有得到“零核电有望实现”的回答。[*3]

能源厅的电力与燃气事业部、资源与燃料部、节能与新能源部是三个独立性很强的部门，其权力集中在各部门部长身上。在电气部，核能政策是一个特别的世界，独立性更强。其总管是原子能政策科。原子能政策科在能源厅内是像“关东军”①一样的存在，同时也有着追查悬案的“搜查总部”那样的秘密主义。该科室前贴有禁止进入的警示条，这在中央省厅中是非常罕见的。此外，科长座位后面挂着拥核标语的横幅。他们把以拥护核电为方针的《读卖新闻》《日经新闻》《产经新闻》等三家报纸当作友好媒体给予优待，另一方面，把《朝日新闻》《每日新闻》《东京新闻》等三家报纸当

① 关东军：旧日本帝国陆军的重要组成部分。1905年日俄战争后，日本侵占辽东半岛并将其改名“关东州”，关东军因驻军此地而得名。1919年，日本撤销关东都督府，设置关东军司令部，实行军政分治制，使关东军获得极高的独立性，甚至到了无视日本政府和军队上级的地步。九一八事变之后，关东军司令官兼任大使和关东州长官，实际享有独裁权限。

作敌对媒体进行防范。这是一个绝对不允许有不同意见的、实行思想管制的部门。这也是原子能村的一个特质。

既然如此，即使枝野下令，他们也不可能给出令人满意的回复。枝野是大臣，所以他可以换掉不服从指示的官员，只要换成愿意听他差遣为他办事的人（充满热情的骨干和年轻人不在少数）就行，可他并没有这样做。他肯定是担心一旦介入人事问题会引起风波。他曾多次被人看到在大臣室里拜托次长今井尚哉说："今井先生，想请你……"因此，大臣渐渐地被看不起。

取代僵直的能源厅，被委以能源政策制定任务的是国家战略室。其中，有一人深得古川信任，他就是企划调整官伊原智人。

对核电站看似不感兴趣的古川进入 8 月后突然发生了变化，开始表现出反核电的意向。他任命富士通总研的主任研究员高桥洋从 15 日起就任内阁府参与，并起用他作为自己制定能源政策的智囊。高桥是知名的电力自由化和反核电的倡导者。

第二天，古川来到福岛县磐城市的临时住宅视察，他在媒体记者面前说："我们绝不能再制造出因核电站事故而备受痛苦的人。我们要以没有核电的未来社会为目标，切实降低对核电的依赖。"在结束与疏散至郡山市的居民们的意见交换会之后，他更进一步表示："我听取了大家的意见之后，更加确信要迈向'没有核电的社会'。"

古川以伊原、高桥、下村 3 人为核心智囊，开始向零核电的目标迈进。

党内论战

在能环会议事务局古川和国家战略室的主导下，政府看似要朝反核电方向迈进，但这也只是一瞬间的想法。此前一直显得无动于衷的民主党政务调查会突然介入了决策过程。盂兰盆节假期结束后，于8月21日召开了民主党政调干事会。政调会长前原诚司在会上突然提出“想在党内成立能源与环境调查会”。之前大家一直认为会在政府能环会议上决定能源政策的最终方针——将核电比率降至0或是15%——但是政调会突然插手此事，让不少人感到不适，觉得“这不会是拥核派的反攻吧”。(辻元）此时，原首相菅直人认为“如果不将核电归零，则无法迎战下一届众议院选举”，于是向干事长舆石东提出要成立由自己主持的能源调查会。前原似乎接受了这个意见，应该是考虑到如果让菅抢在前头的话，反对意见反而有可能在党内蔓延。[*1]

两天后即23日，政调干事会再次召开，确定了民主党能源与环境调查会的干部名单。前原任会长，仙谷由人任事务总长，近藤昭一任事务局长。此外，由作为反核派象征的菅和原民社党系泰斗田中庆秋出任顾问。一方面，副会长由反核派的辻元、福山哲郎、田岛要担任，另一方面，代理会长由联合系的直岛正行、大畠章宏担任，核燃料循环设施所在地青森县的当地人田名部匡代担任副会长。辻元认为这“可能是要反扑”，但福山看到成员名单后觉得“这应该不是提前设计好的”。

24日即人事安排确定后的第二天，民主党能源与环境调查会正式开始运作，但是完全看不到他们要进行意见汇总的迹象。他们接连就核电的三种方案（0、15%、20%～25%）(27日）、乏燃料后处理等后端问题（28日）和可再生能源（29日）举行了听证会，但一直不进入真正的辩论。本应在8月内汇总意见并召开的能环会议已确定要推迟至9月。

电事联似乎瞄准了这个间隙，突然开始行动了。他们在议员会馆附近转悠，向与当权者有着深厚联系的联合系议员分发写有反对意见的资料，试图阻止核电归零。他们在 8 月 28 日分发的资料中，针对核电归零的情况，列出了 9 个“问题点”，其中包括：① 因乏燃料不经过后处理而被当作“废弃物”直接处置，青森县提出抗议，乏燃料重返各核电站站点；② 在非核国家中，如果只有日本放弃已获批准的后处理，那么有可能再也无法获得后处理的权利；③ 将导致电费大幅上涨。

另一方面，8 月 22 日，樱花共同法律事务所律师河合弘之以及饭田哲也、伴英幸等人作为发起人代表，成立了汇集反核电市民团体和活动家的“反核电法制定全国联络网”，要求制定反核电法，并开始游说国会议员。菅对此举表示欢迎，称这是“心想事成”。他本就幻想着能有更多的议员支持制定反核电法并向国会提交议案。菅期待着反核电运动迎来高潮。这是企图将核电作为预期中的解散总选举的争论焦点，目的是使观点对立更加鲜明。[*2]

正如福山所预料的那样，党内的能源与环境调查会将引发一场几乎不可收拾的严重对立。在 8 月 30 日和 31 日断断续续召开的干事会和大会上，拥核派和反核派双方互不相让，各持己见。直岛正行（汽车产业工会总联合会）和轰木利治（基础产业工会联合会）阐明了核电的重要性，田名部则代表她的家乡青森进行了发言。对此，福山、辻元、田岛进行了反驳。长妻昭提交了他自己制作的备忘录，并提出：“如果我们严格遵守 40 年废堆规则，不再增设新核电站的话，最终将达到无核电状态。这样的理解是否达成了共识？”菅开始发表他的一贯主张：“我们必须从现实出发，那就是福岛第一核电站最糟糕的情况下，曾有 3 000 万人可能被疏散。”菅一开始说话，仙谷便无视他，开始玩起了手机。“这话我已经听过三遍了。”他摆出一脸厌烦的表情向周围人透露。[*3]

在 31 日召开的党内能源与环境调查会的干事会上，仙谷和事务局长近藤昭一决定要制定汇总意见草案。草案的执笔工作委托给了党内政策调查会职员胜浦博之。胜浦暗中拜托身为古川亲信的国家战略室工作人员说“希望能给我起草一份底稿”，第二天国家战略室工作人员回复说可以私下答应，但电话那头的胜浦却意外地拒绝了，说：“还是我这边来做吧。”胜浦决定与经产省能源厅商量后再写，其理由是“因为我们是执政党”。[*4]

9 月 1 日，近藤昭一收到了胜浦提交的草案。邮件的附件是一份用 word 编写的 7 页文档，标题是《迈向零核电社会～推进向新经济结构的转型～》。近藤看到文件的内容，感到非常惊讶。因为这份文件上只写道，未来将在推动可再生能源引进的基础上，“在 2015 年之前，对成果进行检验，并制定包括立法等在内的实现无核电社会的路线和期限”。换句话说，草案暂时避免对核电利弊进行判断，而推迟到 2015 年再做决定。其他内容还有：① 以负责任的态度致力于核电技术的维护和人才的传承；② 由于签署了《日美核能协定》，在核燃料循环设施的建设方面已达成一致，如果日本擅自放弃，则有可能引起国外的反感；③ 在政策发生转变时，要对核电站所在地的自治体给予照顾——等等，列出的内容就像是能源厅原子能政策科编写的。“这实在是太消极了。”近藤已无话可说。[*5]

如果适用 40 年废堆规则，那么到 2030 年，日本的核电站将只剩下 18 座反应堆。2040 年以后还能运行的核电站将变得屈指可数，只有东通核电站 1 号机组和泊核电站 3 号机组等。到 2030 年代，大部分的核电站都将完成任务。带着这样的考虑，近藤修改了胜浦送来的草案。

“将如果采用 40 年废堆规则，到 2039 年核电站则只剩 6 座（除浜冈、女川以外为 4 座）这一现实也纳入考虑当中（略）截至 2030 年实现零核电社会。”

明确地写着截至 2030 年为零。近藤认为，应该基于要疏散首都圈3 000万人这一最糟糕情况的设想，以2030年核电归零为前提来试着汇集意见。他将这一想法整理成纸质的“观点梳理”，并提交给党内的能源与环境调查会。

9月3日，党内的能源与环境调查会举行了非正式会议，4日召开了总会和干事会，着手进行意见汇总。前原首先提出将胜浦草案中的“2015年那句删除吧”。在分发的草案中，近藤的修正案并没有被加入其中，而是写着“争取在20○○年代，实现零核电的目标”(圆圈为空白栏)。

这时，直岛面露难色。他担心核燃料循环所在设施地青森可能会抗拒，放弃《日美核能协定》中批准的后处理将导致日本失信于国际社会。他还说：“我担心和美国的关系。”这是一个与电事联文件相似的观点。轰木也发言说，“40年废堆、不再增设新核电站、只重启经新成立的原子能规制委员会确认安全的核电站”这三项原则是“我们的底线”。从青森选拔出来的田名部也表示：“我反对2030年实现零核电。”

事实上，反核派的呼声更大。菅认为“在放弃核电一事上，都是些可以解决的问题”“3·11和停战纪念日是一样的”，福山主张“有必要明确规定零核电的年限”，辻元也指出实现零核电的目标并不难。总的来说，向反核派靠拢的主张居多，为争口气说想要推动核电的则主要是原民社党系议员，人数有限。大家都下意识地想着总选举的事。

但即使在这一天，他们也没能达成共识。仙谷站在现实主义的立场上表示：“我们至少要用一至两年的时间来讨论这个问题。这不是一个可以立即得出结论的课题。”就这样，最终结果是推迟到9月6日的下一次会议上再做决定。*6

此后，近藤收到了党内政调职员胜浦的邮件，称“我们根据今天干事会的讨论，对草案文本进行如下修改”。修改内容有“截至2030年核电归零的表述不加入现阶段草案”“删除电力改革一词”等。*7

9月6日，民主党能源与环境调查会召开了第八次大会。前原已于前一天即5日下午5点提前把事务局拟定的草案给相关议员看了。他打算在当天的大会上完成修正之后，全权委托干事会对草案的词句进行最后推敲。前原计划在6日做出决定。

前原于5日傍晚提前给出的草案中写道：“还应充分考虑‘零核电社会’对民众生活、经济活动造成的影响，以及核电相关技术与人才的维护情况，向青森县及其他相关地方自治体取得谅解。”这在方向上与近藤等人的修正案截然相反。其文字内容与胜浦9月1日附在邮件中的版本接近，估计是与经产省能源厅的官员商量后重新修改的。看到这个之后，福山发怒了。“小胜（胜浦），这上面对党内调查会的讨论内容竟然只字未提！这也太奇怪了吧？”近藤非常绝望地说：“这样一来，核电归零可就相当困难了。”*8

第二天即6日早上，前原把近藤叫过来，对他说：“小近，我觉得2030年降为零或是2030年代降为零都很难，只能用15%或15%以下的数字来概括了。”近藤不知所措，只好回答：“对此我有不同意见。”近藤与菅、辻元、福山、平冈秀夫等反核派议员们聚在一起认真地讨论，一致认为对于“2030年降至15%”这一让步条件“无法接受”。他们达成的共识是“没法用这种半吊子的东西来迎战总选举”。

就这样迎来了6日的大会，果不其然现场一片混乱。本应2小时就结束的大会却历时3小时也没有结束。直岛一说话，辻元便反驳，双方各执己见。

前原接过话头，宣布休息。前原、仙谷、近藤被参议院议员松井孝治招呼过去，于是进入到另一个房间里。松井是经产省官员出身的议员，因了解霞关政界而受器重，曾在鸠山政府中担任内阁官房副长官。

同样以京都为势力范围的前原招呼松井过来，让他帮忙起草方案的最终文本。前原不愿意明确写出 2030 年归零，想把时间向后挪到“21 世纪中叶”。但这样的表述，似乎无法让不惜退党的反核派达成统一意见。“既然如此，那就改成：以 2030 年代归零为目标……投入政策资源。您看怎么样？”松井此时想到了这样的表述。对此，前原一边做笔记一边说道“的确如此”。松井想：“虽然会受到电事联和反核派的批判，但以民主党目前的实力来看，大概也只能这样了。”

于是，民主党的方针确定为：“将投入所有政策资源，以实现 2030 年代核电归零的目标。”[*9]

野田虽然在 8 月 6 日下达了总理大臣指示，但在此期间并未见其有过施展领导能力的迹象。说什么政治家主导型政治，真是可笑，倒不如说是能源厅想要控制党内方针。因此，“零”这个词的出现，对能源厅来说是一个极其不愉快的结果。

一退再退

在民主党内反核派与拥核派之间展开激烈争斗的过程中，主管决定政府方针的能环会议的国家战略担当大臣古川元久想要彻底地朝“核电归零”的方向转舵。8 月 22 日，突然偏向反核电一方的古川开始拟定“创新能源与环境战略”草案，而最终方案将在能环会议上制定。

当天晚上7点，古川召集后来被称为“六人组”的人在东京赤坂的全日空洲际酒店共进晚餐。这6人分别是伊原、下村、高桥，以及BNP法国巴黎证券首席经济学家河野龙太郎、东大教授松村敏弘、国家战略室小田正规。这6人由古川和枝野商量决定，并事先征得了细野和仙谷的同意。国家战略室的行政最高领导虽然是经产省派去的审议官日下部聪，但他被排除在决策过程之外，似乎是为了防止他向原单位经产省泄露情报。

伊原曾为经产省官员，并在2004年和5名同事一起开始参与阻止核燃料循环计划的工作。在核电政策转换失败之后，他辞去工作，转而去了民营企业瑞可利。而在核电站事故发生后的2011年7月，伊原应民主党政府的请求，赴国家战略室就任规定任期的企划调整官。当然，由于他有着这样的履历，老东家经产省对他心存戒备，能源厅原子能推进部门也没有把敏感信息告诉他。

下村受古川之托担任意见听取会的主持人，以此为契机，他开始参与国家战略室负责的“全民讨论”汇总工作。正好在古川召集“六人组”的那天，下村刚结束自己主持的第一次“关于全民讨论的核查会”。据会上汇报，在全国召开的意见听取会上表明意见者当中，表示希望零核电的占68%，而在公众评论中，表示希望“立即实现零核电”和“阶段性实现零核电”的加起来占89.6%，表明支持零核电的意见处于压倒性优势。会上还汇报了在一项新的讨论型民调中，讨论结束后零核电支持率由34%增至47%的情况。正因为是在感受到这种热情之后，下村为自己被列入起草委员名单而感到高兴。

高桥在富士通总研起初研究通信自由化，然后作为研究的延伸，他将包括输配电分离等在内的电力自由化问题作为研究对象。碰巧他和古川一起录制了7月14日播放的NHK特别节目《激辩！

日本的能源》，好像是因为这层关系而被古川招致麾下的。他于 8 月初受邀，15 日就任内阁参与，次周被提拔为起草委员会成员。

小田是民主党创建的智库“公共政策平台”（通称：平台）的职员，在民主党执政后，从国家战略室成立时起便是“政治任命”[①]的公职人员。

古川向 6 人出示了一张纸。上面写着 3 个要点：零核电、可再生能源和节能的大力推广、化石燃料的高效化。此外，还包括核电政策相关内容：① 40 年废堆；② 不再增设新核电站；③ 只重启已确认安全的核电站；④ 中止核燃料循环计划；⑤ 报废“文殊”；⑥ 建立新的补助金制度以取代“电源三法”[②]补助金；⑦ 政府集中管理核电站。

古川要求 6 人拟定一份“创新能源与环境战略”草案，由能环会议整理，他说：“我希望你们起草一份‘创新能源与环境战略’草案，并将这些要点纳入其中。”看到递来的纸，“六人组”心想：“这其中有田坂先生的建议。”今年夏天，作为菅政府智囊的多摩大学研究生院教授田坂广志向枝野、细野、古川等关系密切的民主党政治家递交了一份名为《为“消除对核电依赖”政府发布“12 政策包”宣言》的建议书。这是田坂整理的材料，希望有助于创新能源与环境战略的制定。其中，除古川给“六人组”看的所有内容以外，还包括制定《弃核电基本法》、进行弃核电全民公决、创办国营公司由政府收购核电站等内容。“六人组”认为，古川应该是根据田坂的建议整理出这张纸的。

晚上 9 时 15 分，枝野、细野、仙谷来与他们汇合。古川把那张

---

① 政治任用：由首相根据自己的判断亲自任命官僚或民间人士任政府机关要职。

② 电源三法：日本于 1974 年推出“电源三法”，即《电源开发促进税法》《发电用设施周边地域整备法》《特别会计相关法律》（旧《电源开发促进对策特别会计法》）的总称。

纸递给新加入的这3位，仙谷瞥了一眼古川起草的那张纸，便立刻发出怒吼："我们是政府，是执政党。如果想做和在野党时期市民运动一样的事，那就去和菅一起做！""因为我们是政府，是执政党，所以要认真根据积累的数据来做！"一时间整个房间的人都愣住了。细野担心这张带有挑衅性词句的纸被泄露出去，下令将其从除今后起草文件的6人以外的3名政治家手中收回。

枝野建议"由内阁审议决定接下来要制定的'创新能源与环境战略'"，而针对内阁审议决定的方式，他表示"有一种方法可以让正文内容本身不由内阁审议决定"。由于他曾担任过官房长官，所以非常了解内阁审议决定形式。内阁审议决定的内容通常会写在一至两页纸上。比如，为推进规制改革的第3次答辩由于涉及340项，所以内阁审议决定的文稿并不是全文，只是以"将最大限度地尊重答辩"为宗旨。由于原子能委员会的原子能政策大纲也是长达56页的大部头，所以内阁审议决定的文本本身只写道"将其作为原子能政策相关基本方针予以尊重"。创新能源与环境战略的内容似乎直到最后一刻都有可能进行一次又一次的修改，因此大家一致同意并顺利接受了枝野建议的内阁审议决定方式。枝野担心如果将全文原封不动地带到内阁审议会上，将不得不接受各省厅大臣对词句进行修改和更正的要求。这样一来，光是调整就得花上近一个月的时间，还有可能会被改头换面。他认为，如果让写有主旨的封面在内阁审议会上被决议，而将全文另外附上，就可以避免这种情况的发生。

据判断，古川和"六人组"的绝对机密行动此时已经被泄露，让拥核派知道了。因为当天晚上11点多，伊原一回到漆黑一片的国家战略室，就接到了他认识的《读卖新闻》记者打来电话试探情况。理应没有泄露的信息却不知在哪儿泄露了出去。在官员当中，只有古川的秘书官（经产省出身）一同出席了那次聚餐。

而且，在前一周即8月中旬，政治家们进行了“3 + 2”非正式协商（枝野、细野、古川3位负责官员，加上政调会长代理仙谷和官房副长官齐藤劲2人），当时也有经产省官员列席，现场还披露了将参与起草工作的6人的姓名。

原经产官员伊原非常了解能源厅官员的特点。他们决不允许在没有他们参与的情况下做出有关自己地盘的决定。*1

对于古川提出的最初方案，不仅仙谷认为内容太过激进，连枝野也认为“有点离谱”。所以在“六人组”不断推敲的过程中，逐渐转向了温和版。从9月4日开始，以温和版草案为基础，国家战略室与经产、环境、国土交通、农林水产、文部科学等各省针对文稿调整问题进行了协商，结果却遭到了各省的猛烈反击——虽说这也在预料之中。由于“创新能源与环境战略”不仅要在能环会议上，而且要在内阁审议会上决定，所以事先需要经过各省的协商和内阁总务官室的检查，必须要在某个阶段给他们看。于是，对文稿进行修改的要求不断涌入，说“希望修改这里”“希望这样加进去”。稿子每天都在变。

文部科学省大幅修改了草案中报废“文殊”的方针。直至9月4日，文稿中还写着“关于‘文殊’将考虑改变政策（略）终止研究”，但后来改成了“关于‘文殊’（略）决定进行研究”这一截然相反的方向。虽然枝野想最起码明确提出要报废“文殊”，但由于他又不让文部科学省大臣等人参加“四大臣会议”①和“3＋2”部长级会议，所以遭到了强烈的反对。另外，能源厅成功地设法在核电站问题上加入了一句话：“将把安全性得到确认的核电站作为重

① 四大臣会议：该会议由日本首相、外务大臣、防卫大臣和内阁官房长官参加。作为“国家安全保障会议”的核心，负责制定日本的外交、安全保障和危机管理政策。

要电源加以利用。”“重要电源”是福井县知事西川在重启大饭核电站时再三要求政府给予核电站评价的关键词，也是枝野一直不愿意使用的词。关于中止核燃料循环的部分，也以青森县的意愿作为挡箭牌，换成了“将毫不动摇地在中长期内推进核燃料循环”这一完全相反的内容。

原子能委员会将“以废止为前提进行重新审视”改成了和软一些的表述，即“彻底进行重新审视，包括废止和重组组织”。由于政府会向报废的核电站支付补助金，所以对“制定替代电源选址补助金的措施”这一段进行了全文删除。即便如此，为了让内阁审议决定的内容更加明确，可称为弃核电基本法的《创新能源与环境战略推进法案（暂称）》“要尽快提交给国会”这一表述被坚决保留了下来。由于仅靠内阁审议决定是没有效力的，所以希望通过立法来明确国家和地方责任以及执行体系，并确保其有效性，以实现2030年代零核电目标。

直至能环会议召开当天9月14日上午8点的版本，虽说使用了“将探讨”这一更为和软的措辞，但还保留着《创新能源与环境战略推进法案（暂称）》这一条。但是，从上午10点36分开始，野田、枝野、细野、古川与副总理大臣冈田克也、资源能源厅厅长高原一郎等人的会谈一结束，这一条就被断然删除。虽然枝野说“在当时的政治形势下，没有让法律得以通过的政治现实”，但起草该法案的国家战略室工作人员坦言：“由于收到美国的建议，我们开始犹豫是否要深入下去。”据说，内阁府政务官大串博志和首相助理长岛昭久访美并向美方介绍“创新能源与环境战略”的制定情况，对此，美方指出了该项工作进程和具体可行性的问题。经产省能源厅和外务省似乎通过美国原子能产业界施加了“外部压力”。虽然政府内部也似乎察觉到了这种“暗箱操作”，但最终政府还是决定采取安全稳妥的方式。

于是，当天的“创新能源与环境战略”会议是在一味地在意各省以及选址自治体、经济团体等利害关系方意见，迟迟无法做出判断的情况下最终完成的。为此，其内容甚至被起草委员会的成员严厉批评说“难以理解，是霞关文学的典型”（高桥洋）。单从数字上解读，就会发现截至 2030 年的节能目标和可再生能源的普及目标，援引了“核电 15％方案”设定的目标值。也就是说，内容是按照“15％方案”制定的，只是表面上说“零”而已。为实现零核电而推动核燃料循环，这是一项无法成立的政策，因为未来将没有核电站使用经后处理出来的回收燃料。但这种明显的自相矛盾的方针就摆在眼前。40 年废堆的话，到 2030 年核电将剩下 15％，这和 2030 年代的零核电目标也是矛盾的。

尽管如此，民主党能源与环境调查会汇总的那句“将投入所有政策资源，以实现 2030 年代核电归零的目标”保留了下来。还可以坚持三项原则，即“严格执行核电站运行 40 年的限制”“只重启（新成立的）原子能规制委员会确认安全的核电站”“不新建或扩建核电站”。从下村的角度来看，法案的内容就像是在最后关头卡进了一根手指似的。

矛盾在第二天便浮出了水面。枝野在拜访青森县知事三村申吾时表现出将允许正在建设的电源开发的大间核电站和中国电力的岛根核电站 3 号机组继续施工。当被问及其真正意图时，枝野解释说：“根据现行法令，没有任何制度可以取消或停止已经批准的建设项目。”也就是说，由于没有权限，所以一旦开工就无法叫停。这简直就是朝令夕改。“不再增设新核电站”的方针仅一天就被推翻了。

在以零核电为目标的《创新能源与环境战略》制定后的 9 月 18 日，召开了综合资源能源调查会基本问题委员会。会上，委员长三村明夫借个人意见之名说“不应该选择放弃核电”，表示反对零核电。比能环会议级别低的基本问题委员会委员长公然反驳上级会议集合体做出的决定，这是一个奇怪的场面。在整理出“0”“15%”“20%～25%”三个选项的委员会当中，本应保持中立的委员长本人突然表明了反对“零核电”的立场。而且是在枝野也在场的情况下。

19日，野田内阁在内阁审议会上通过了“关于未来的能源与环境政策”计划。如同枝野事先建议的那样，内阁审议通过的不是22页的《创新能源与环境战略》全文，而是一份相当于封皮的封面文件。内容是：“关于未来的能源与环境政策问题，将根据《创新能源与环境战略》（略）本着灵活处理的态度，一边进行不断的检验和审视一边贯彻实施。”尽管通常来说，确实有这种内阁审议决定方式，但在内阁审议会当天，《产经新闻》在头版报道称“放弃内阁审议”，《读卖新闻》也报道说“能源战略没进行内阁审议”，《朝日新闻》也写道“不通过内阁审议”。尽管在上午9点22分开始的内阁审议会上，已经审议通过了《创新能源与环境战略》，然而，就在几个小时前，写有“没进行内阁审议”的早报被送了过来，弄得部长们张皇失措。

明明是误报，但其他报纸和民间广播的新闻节目也纷纷效仿报道，结果“没有进行内阁审议”这一说法成了定论。一定是有人故意泄露，记者们才大书特书的。

这对枝野来说是一个“让人很不舒服”的报道。他解释说：“事先有人告诉我，内阁审议有多种形式，也包括这种做法。”古川也解释说：“由于此前也曾有过对正文本身不进行内阁审议的做法，所以这次我们也决定这样做。”[*2] 有人让经验不足的记者深信“这个人说的肯定对”，然后以不公开自己姓名为条件，向记者泄露虚假信息。《朝日新闻》《日经新闻》《读卖新闻》经常上这样的当。枝野觉得自己被谣言打败了。天真的民主党政治家们可能已经落入了两面派的经产省能源厅官员们的陷阱。

至少福山是这么认为的："由于内阁审议一旦通过就很难推翻，所以被没有进行内阁审议的谣言打败了。我们已经被刻上了连内阁审议都做不了的无能政权的印象。"他表示非常遗憾。

为了解散总选举而有意识地忽然被提出来的民主党的"零核电"主张，就这样失去了光辉。

笑得合不拢嘴的是能源厅。在"创新能源与环境战略"中，核电站是"重要电源"，会"在中长期内推进"核燃料，这些他们不能让步的地方都牢牢地抓住了。剩下的就是在民主党那些人下台之后，着手增设新的核电站就行。

10 月 19 日，原子能政策科科长吉野恭司和室长香山弘文等拥护核电的官员们举行了兼有犒劳之意的喝酒聚会。

聚会取名为"忘能环之会"。

尾声

12 月 16 日，在《创新能源与环境战略》决策 3 个月后，众议院第 46 届总选举进行投、开票，民主党遭受毁灭性失败，仅获得 57 个席位①，约为公投前的四分之一。

尽管“零核电”政策是为了议会选举而努力制定的，但在选举战中，民主党的执政能力成为了最大的争论点，而不是核电站的是非问题。民主党本可以在 9 月的能环会议上提出的零核电方案使其成为争论点，那个时候应该有办法在解散总选举上出击的，但野田首相却没有采取这种积极措施。而在往后拖了 3 个月的过程中，他也失去了干劲，零核电方案也失去了效力。尽管包括原财务大臣藤井裕久在内，党内不少议员建议野田将解散时间拖延到任期结束，但野田却不这么做，执意要挑战解散总选举。*1

执政党的候选人就像是在没有武器的情况下被送上战场。野田并不清楚有多大胜算就做出了解散之举。由于他的这种不可思议的政治判断，民主党出色地完成了“集体自杀”。即使包括民主党前身之一的旧社会党时代在内，第二党（第一在野党）只能控制 57 个席位的情况是史无前例的。零核电派的菅直人和过元清美等人在比例选区中“复活”当选的情况下，经济产业省资源能源厅次长今

① 日本众议院共有 465 个席位。

井尚哉等拥护核电官员重用的党内现实主义者仙谷由人落选。从拥核官员的角度来看，仙谷终究是用完就要扔掉的。

与此相对，自民党吸收了对民主党政权表示不满的议员，获得了 294 个议席，政权再次更迭。投、开票的第二天，电事联会长八木诚（关西电力社长）就民主党制定的《创新能源与环境战略》，明确表示“该课题过大，为将其变为可行政策，希望请新政权重新评估”。仿佛是对这种期待的回应一样，在总选举后的 12 月 21 日，安倍在山口县政府召开新闻发布会，并在会上说：“我想把民主党政权决定的事当作已做出的决定，重新进行评估。”尽管他的表述小心谨慎，但却暗示着将重新评估零核电的政策。

自民党在总选举政权公约（宣言）《J-File 2012》中，提出了推迟判断的方针，也就是说，在 3 年内决定可否重启所有核电站，并在 10 年内决定能源结构最佳组合。也许是还没有在参议院控制半数以上席位的缘故，安倍的发言让我们看到了，他对核电问题表现警惕，避免显现出过于露骨的支持姿态。尽管取得了压倒性的胜利，但提出反核电主张的政党（民主、共产、社民、众人、未来）的得票总数超过了自民党。自民党似乎认识到自己取得压倒性胜利得益于 59%的战后最低投票率，以及被称为“第三极”势力的新党林立及其分裂。

自民党的《J-File 2012》是霞关各省厅察觉到民主党的下台迫在眉睫，于是通过提出各类政策的方式制定出来的。特别是经济产业省，提出了省内一直在秘密酝酿的多数政策，包括《产业竞争力强化法案》的制定、国家尖端技术项目的推进、生物和电子工学等重点产业的保护和扶植等，并成功地将其融入自民党的政权公约（宣言）。经产省认为自民党必将重新执政，于是举全省之力参与了当时还在野的自民党政权公约（宣言）的制定工作。因核电站事故而被迫一直处于守势的经产省，正试图通过参与自民党安倍政府提出的经济振兴三箭之一“增长战略”的方案制定工作，来恢复其在政府内部的权力。

经产省参与自民党公约“填弹”工作的是能源厅次长今井和曾参与“原子能立国计划”制定工作的审议官柳濑唯夫。安倍政府上台后，两人分别以政务秘书官、事务秘书官的身份进入首相官邸，在安倍左右任职。这是今井第二次担任安倍的秘书官。作为“在民主党政权下捍卫核电的男人”，他在霞关获得了很高的声誉。

位于首相官邸对面的内阁官房二楼的国家战略办公室已被解散，取而代之的是为实施安倍政府经济增长战略而成立的日本经济再生总部事务局。事务局的工作人员约 50 人，是从各部委召集过来的，而其中势力最强大的是派出了 14 人的经产省。经济再生担当大臣由曾任通产政务次官、经产大臣，对电力公司持拥护态度的甘利明出任。经产省还派出了被誉为该省俊秀的甘利明的秘书官野原谕。

起草《创新能源与环境战略》的国家战略室的伊原智人在任期结束前辞职，从 2013 年 1 月 15 日起在东京大学办的风险企业 Green Earth Institute（绿色地球研究所）工作。据说工作内容是从水稻秸秆、甘蔗渣、玉米秸秆等非食用农产品废弃物中提取生物乙醇。尽管在放松管制的通信领域的软银、航空领域的 Skymark（天马航空）和廉价航空公司纷纷向现有企业发起了挑战，但在能源领域却没有这样的新兴势力，所以一直让电力公司占据垄断地位。

“我们必须要培养可再生能源的生力军。”

伊原这样说道。[*2] 他想在现实世界中实现自己提出的绿色增长战略——带着这样的心情他再次离开了霞关。

理应已通过内阁审议的《创新能源与环境战略》因政权更迭而失效。新上任的经产大臣茂木敏充在 12 月 28 日召开的新闻发布会上，否定了民主党在《创新能源与环境战略》中制定的“2030 年代实现零核电”这一大方针，他说“不会擅自决定将核电归零”，表现出要将其作废的态度。对此，其前任经产大臣枝野幸男的看法是“因为政权交替了所以也没办法”。[*3]

在福岛，仍然有16万多人被迫过着流离失所的生活，重建工作远未完成。人类史上未曾涉足的、已熔化成黏稠状的核反应堆的报废工作也进展迟缓。虽说政权已经更迭，但这并不意味着情况已经好转。

2013年1月1日，引发核电站事故的企业东京电力在福岛J村开设了3 500人规模的重建总部，明确展现出准备赔偿和废堆的态度，但没有挡住员工外流，昔日的繁荣景象早已不复存在。然而，和东电一样属于战犯的经产省，除了把原子能安全保安院剥离出去改为原子能规制厅以外，免于承担其他任何责任。不仅如此，在向自民党进行政权交接的过程中，经产省得以占据权力中心，能够对安倍政府发挥强大的影响力。经产省官员们的心中已经没有丝毫的愧疚了，想必他们不久就会操纵自民党政权。就像他们过去一直所做的那样。然后，一切都将像奥赛罗棋①那样被大翻转。

尽管核电站接连爆炸，污染国土，扰乱了许多人的生活，但经产省却依然无动于衷。

他们才是日本的堆芯。

---

① 奥赛罗棋：《奥赛罗》(*OTHELLO*)是任天堂游戏公司出版发行的黑白棋类游戏。棋子有黑白两面，一方的棋子在直线上包围另一方时，就将对方的棋子翻转，变为己方棋子。棋盘被填满时，棋子多的一方获胜。

初版后记

3 月 11 日以来，我们遭遇了第二次世界大战战败后“最大级别”的灾难。特别是从 12 日到 15 日，在电视上看到福岛第一核电站接连发生爆炸的场景，包括我在内的几乎所有国民——甚至是全世界的人们——都止不住地颤抖。与此同时，大家应该还感到非常惊愕，因为面对核电站接连爆炸却束手无策，这是何等的窝囊。此外，作为当事人的东京电力和经济产业省原子能安全保安院，在新闻发布会上事不关己的说话方式，以及优先考虑逃避责任的小官员式的问答，想必都让我们目瞪口呆了吧。

这恰恰就是本书的出发点。发生堆芯熔毁的并不仅仅是核电站反应堆的堆芯，还有问题企业东电的管理层、责任部门经产省的官员们、原子能安全委员会及保安院等部门的核电专家们、贷款 2 万亿日元给核事故企业东电却在其经营陷入危机时只顾拼命保全自己债权的愚蠢的银行家们、不顾空前的国难仍埋头于疯狂政治斗争的政治家们。他们全都陷入了“堆芯熔毁”的状况。我要尽可能地记录下这些所谓的精英、高管和杰出人士的无能与保身、推诿责任，以及精神萎靡。这就是我的出发点。因此，除了事先答应以“匿名”为条件进行的采访和不顾危险为我提供信息的内部人士以外，我尽量使用实名记录。

从 3 月到 12 月的 9 个月里，我接触过的人达到 125 名。其中，有的人一边出示笔记、备忘录，甚至有时拿出未公开材料，一边接受我的长时间采访；有的则边吃饭边向我吐露知心话。有人只能在自家门前站着跟我说几分钟话，也有人对我提出的任何问题都只回复“无可奉告”。而对于凭借一己之力无法涵盖的事情，我则以其他优秀媒体人的一些光辉业绩为依据。

每个人都有不接受采访的自由。不少重要的采访对象对我一再提出的采访请求，以“置之不理”的态度来回应。因此，本书不能说是对核电站事故的完整记录。关于事故的初期应对，政府和国会的事故调查委员会今后很有可能会发掘新事实。关于经产省内部的政策形成过程，被掩盖的事情太多，而东电管理层的决策过程和政治操纵方面则有更多让人不解之处。本书没能弄清楚的事情未来可能会明朗起来吧。本书完全是根据校对完毕之前我所掌握的信息所写的。

另外，关于核电站的构造和技术术语的用法，听取了社会技术系统安全研究所田边文也所长的建议。对此，再次表示感谢！

2012 年 1 月

文库版后记

本书是《堆芯熔毁：福岛第一核电站事故实录》的增补修订版，原书于2012年1月出版。虽然我曾决定要在大概2年之后出版增补修订版，但如今不得不在仅1年多的时候就出版，这是因为出版商讲谈社的强烈要求，再加上事态发展变化过大，我觉得有必要在当事人记忆尚且清晰之际重新进行采访。

修订版与原硬壳精装版的不同，大致分为三大块。

如“初版后记”所述，本书第1版是在东京电力福岛核电站事故调查与核查委员会（政府事故调查）的最终报告（2012年7月）和东京电力福岛核电站事故调查委员会（国会事故调查）的最终报告（时间同上）完成之前出版的，因而自然没有反映报告中的调查结果。为此，本书在汲取两份报告精华的同时，加入了极其宝贵的一手资料，即东京电力电视电话会议（2012年8月公开）的对话，主要针对第1部“噩梦般的一周”进行了大幅修改。

第二大改动是，这次将第1版发行时因“过长”而割爱的部分（第4部“静谧的反动”的主要部分等）几乎全部收录了进来。

最后的大改动是，这次新写的部分（主要是第5部“零方案攻防”）。这样一来，无意中连民主党政权的崩溃也都放了进来。

自2011年3月核电站事故发生以来，我接触过的人达到了195名。通过采访，我切身体会到，当时的报道是多么地肤浅。不仅如此，甚至有不少与事实大相径庭的类似谣言的报道。而这些报道在未经修正的情况下留存在人们的记忆当中。尽管这是战后最严重的一场灾难，但除去少数例外，报道的质量绝对算不上让人满意。而且，无能与保身、推诿责任，甚至是丧失斗志，相比于现场的记者们，这些现象在大型新闻报道机构的干部们身上更加明显地表露了出来。陷入“堆芯熔毁”的状况列表中，还必须加上大型新闻报道机构。

非常遗憾的是，我的工作单位也不例外。

2013 年 1 月　一边听着大石学的《安魂曲》

大鹿靖明

注释和信息来源

《国会事故调查报告》的参考页码出自公布时的资料页码。可能出现与市面上销售的报告不一致的情况。

第 1 部　噩梦般的一周

东京电力福岛第一核电站事故相关经过，主要基于以下资料：

● 东京电力的《关于福岛第一核电站及福岛第二核电站的对应情况》(2011 年 6 月 18 日、8 月 10 日)

● 东京电力的《关于福岛第一核电站运行记录及事故记录的分析与影响评价》(2011 年 5 月 23 日)

● 原子能灾害对策总部的《日本政府对原子能安全相关 IAEA 阁僚会议的报告》(2011 年 6 月)

● 来自福岛第一核电站站长吉田昌郎的各种报告

● 东京电力的《福岛核事故调查报告（中期报告）》(2011 年 12 月 2 日)

● 东京电力福岛核电站事故调查与核查委员会（政府事故调查）的《中期报告》(2011 年 12 月 26 日）及《最终报告》(2012 年

7月23日）

● 东京电力福岛核电站事故调查委员会（国会事故调查委员会）的《报告》(2012年7月5日）

第1章　3月11日下午2点46分

里氏9.0级

*1 对分包商雇员的采访。2012年7月29日。

*2 《AERA》，2011年4月10日紧急增刊《东日本大地震100人的证言》，第74页概要。

*3 《周刊朝日》，2011年4月1日，《现场工作人员口述“那个破旧的核电站……”》，第26页概要。

*4 《周刊朝日》，2011年7月22日，《福岛第一核电站最高干部最终说出的福岛核事故真相 前篇》（本刊报道组），第139～140页。

*5 电力设备的损坏情况基于东京电力于2011年5月16日公布的《关于基于电气事业法第106条第3款规定的报告征收情况的报告》。

*6 国会事故调查委员会《报告》，第234～235页。

*7 国会事故调查委员会《报告》，第26～27页。

*8 《每日新闻》，2011年8月2日，《打给母亲的最后一通电话“我这边没事”》(浅野翔太郎等)。

*9 据福岛核电站事故调查与核查委员会委员长畑村洋太郎2011年6月22日新闻发布会。

*10 据FNN新闻影像。

*11 对原大熊町町议会议员木幡仁的采访。2012年8月4日。

身在中国的会长

＊1 上丸洋一，《〈诸君！〉〈正论〉研究》（岩波书店），第40～61页。

＊2 从“据说访华团的开展也有赖于”开始的爱华访华团成立过程出自对石原萠记的采访。2011年7月25日。

＊3 对石原萠记的采访。2011年7月25日。

＊4 《周刊文春》，2011年3月31日，第141页。

＊5 对花田纪凯的电话采访。2011年4月4日。

＊6 《AERA》，2011年5月2日～9日刊，《让东京电力破产的男人》，第10页。

＊7 对元木昌彦的电话采访。2011年4月4日。

＊8 在中国外交部会谈的情况，出自对石原萠记的采访。2011年7月25日。

＊9 回国后胜俣的行踪来自国会事故调查对胜俣的听证（2012年5月14日）。

身在奈良的社长

＊1 对日本经团联总务总部职员的电话采访。2011年5月6日。

＊2 对四国电力、关西电力各自宣传负责人的电话采访。2011年5月6日。

＊3 《每日新闻》，2011年5月28日，《东电社长“3·11”在奈良观光》。

＊4 对东京电力原领导人的匿名采访。2011年7月5日。

＊5 东京电力社长清水正孝的新闻发布会。2011年5月20日。

＊6 从“清水等三人10日下午4点多乘车抵达奈良宾馆”开始

的清水等人的情况出自《周刊文春》，2011年6月9日，《国宾级宾馆住宿 考察地为平城京 清水社长“3·11”与夫人在奈良观光出差全部日程曝光!》，第28～29页，以及国会事故调查对清水的听证（2012年6月8日）。

千“菅”一发

＊1 参议院结算委员会的如下对话出自会议记录和NHK的国会转播。

＊2 《朝日新闻》，2011年3月11日，《首相涉嫌收受非法捐款》。

＊3 对内阁审议官下村健一的采访。2011年8月31日。

＊4 《周刊朝日》的情况基于《周刊朝日》，2011年3月18日，《菅首相也收受“在日捐款”》，《周刊朝日》，2011年6月17日，《独家报道“在日捐款”的本刊揭露菅首相的关键性“谎言”》，以及6月28日对铃木毅的采访和7月4日对社会组记者的采访。

＊5 参议院结算委员会会议记录。2011年3月11日。

第2章　电力供给尽失

无“主”的总公司

＊1 东京电力副社长藤本孝2011年3月24日的新闻发布会。

＊2 东京电力副社长藤本孝2011年5月26日的新闻发布会。

＊3 海啸灾害的记述出自东京电力的《海啸调查结果相关报告（其二）概要版》。2011年7月8日。

＊4 对东电干部匿名上门采访。2011年3月20日。

原子能村的不作为

＊1 对东京电力骨干职员匿名采访。2011 年 3 月 27 日。

＊2 东京电力拟定的《关于福岛第一与第二核电站的海啸评估》。2011 年 3 月 7 日。

＊3 对原子能安全保安院抗震安全审查室室长小林胜的电话采访。2011 年 8 月 30 日。

＊4 国会事故调查《报告》，第 87～88 页。

＊5 《朝日新闻》，2011 年 3 月 25 日，《巨大海啸 东电的天真设想》（木村俊介等）。

＊6 东京电力原子能与选址总部长代理松本纯一 2011 年 8 月 25 日的新闻发布会。

＊7 同＊6。

＊8 综合资源能源调查会原子能安全保安部会 抗震构造设计小委员会“地震及海啸、地质及地基合同 WG”（第三十二次）会议记录。2009 年 6 月 24 日。

＊9 对保安院干部匿名采访。2011 年 8 月 30 日。

＊10 东京电力副社长武藤荣的新闻发布会。2011 年 5 月 26 日。

＊11 《朝日新闻》，2011 年 5 月 13 日，《“注水最优先”“泄放！”东电资料记述》（板桥洋佳等）。

原子能紧急事态

＊1 从“原子能安全保安院审议官中村幸一郎接到紧急通知”开始的这部分出自《每日新闻》，2011 年 4 月 4 日，《查证大震灾》，以及《日经新闻》，2011 年 4 月 8 日，《震灾紧急 48 小时》。

＊2 此处开始的描写大多基于经产大臣海江田万里和首相助理细野豪志 2011 年 5 月 11 日的共同新闻发布会、细野同年 6 月 20 日

的新闻发布会以及对寺田学原首相助理6月29日和7月12日的采访。

＊3 国会事故调查，对原经产大臣海江田万里的听证。2012年5月17日。

＊4 同＊3。

＊5 对原首相菅直人的采访。2011年12月22日。

＊6 对菅亲信的采访。2011年9月1日。

＊7 国会事故调查，对原子能安全保安院原院长寺坂信昭的听证。2012年2月15日。

＊8 众议院东日本大震灾复兴特别委员会会议记录。2009年6月24日。

＊9 同＊5。

＊10 出自TBS《报道日2011》(2011年12月25日播送)。

＊11 首相助理细野豪志的新闻发布会。2011年6月20日。

＊12 原子能安全保安院2011年6月6日公布的1号机组堆芯状态的解析结果。

保安院的失败

＊1 对原子能安全保安院企划调整科科长片山启的采访。2012年6月26日。

＊2 同＊1。

＊3 同＊1。

＊4 对曾在保安院工作过的某官员的采访。2012年2月11日。

速调电源车

＊1 众议院经济产业委员会会议记录。2011年5月26日。

＊2 参议院预算委员会会议记录。2011 年 3 月 22 日。

＊3 《东京新闻》，2011 年 7 月 13 日，《18 年前，探讨失去所有电力供给》（核电站事故采访组）。

＊4 对菅直人原首相的采访。2011 年 10 月 25 日。

＊5 首相官邸的情况出自对原首相助理寺田学 2011 年 6 月 29 日的采访和对原官房副长官福山哲郎 2011 年 9 月 22 日的采访。

＊6 对菅亲信的采访。2011 年 9 月 1 日。

＊7 对原官房副长官福山哲郎的采访。2011 年 9 月 22 日。

＊8 对原子能安全保安院企划调整科科长片山启的采访。2012 年 6 月 26 日。

＊9 同＊7。

＊10 从“东北电力的两辆车是第一批电源车”开始的这部分基本上出自东京电力 2011 年 6 月 18 日公布的《关于福岛第一核电站的应对情况》，根据对东电总公司内部信息提供者和菅亲信的采访内容加以补充。

＊11 对原首相菅直人的采访。2011 年 10 月 25 日。

＊12 《每日新闻》，2011 年 4 月 4 日，《验证 大震灾》，《日经新闻》，2011 年 4 月 8 日，《震灾紧迫的 48 小时》。

虚幻的美军救援

＊1 路透社，2011 年 3 月 12 日凌晨 3 点 08 分，《美国向受东北地震影响的核电站运送冷却材料》。

＊2 《时事通信》，2011 年 3 月 12 日上午 9 点 02 分，《未运送核电站冷却材料》。

＊3 首相助理细野豪志的共同新闻发布会。2011 年 5 月 11 日。

＊4 对原官房副长官福山哲郎的采访。2011 年 9 月 22 日。

U 形掉头命令

＊1 对防卫省事态应对科科员的电话采访。2011 年 4 月 19 日。

＊2 如下井上的记述出自对井上 2011 年 4 月 21 日的两次电话采访。

＊3 我所写的《AERA》2011 年 5 月 2 日～9 日刊《清水社长"空白的 10 小时"》，首次对防卫大臣北泽俊美下令让东电社长清水掉头一事进行了报道。刊载前也向北泽发送了询问信，但他未作回复。刊出后，他则表示："据奉大臣指令的事态应对科科长联络部队，得知当时载有东京电力社长的飞机刚从名古屋机场飞出，于是事态应对科科长立刻联络说让该飞机折回名古屋机场，故而安排该飞机折回。"将一切都归咎于事态应对科科长井上。

第 3 章　释放放射性物质

泄放

＊1 《周刊朝日》，2011 年 4 月 22 日，《写有"堆芯熔毁"的保安院便条》（记者形山昌由），第 23 页。

＊2 对记者形山昌由的电话采访。2011 年 5 月 16 日。

＊3 出自东京电力 2011 年 5 月 15 日公布的《关于福岛第一核电站 1 号机组堆芯状况》，以及原子能安全保安院同年 6 月 6 日公布的《关于东京电力福岛第一核电站事故相关 1 号机组、2 号机组及 3 号机组的堆芯状况相关评价》。

＊4 出自东京电力公开的《1 号机组 事故时运行操作指南（重大突发）》。

＊5 福岛第一核电站着手泄放作业的这部分出自东京电力 2011

年 6 月 18 日公布的《关于福岛第一核电站的应对状况》。

*6 15 条报告的第 10 条。2011 年 3 月 12 日凌晨 0 点 56 分。

*7 福岛第一核电站工厂设备相关参数。2011 年 3 月 12 日凌晨 0 点 56 分。

*8 海江田万里经产大臣的共同新闻发布会。2011 年 5 月 11 日。

*9 对原官房副长官福山哲郎的采访。2011 年 9 月 22 日。

*10 对内阁审议官下村健一的采访。2011 年 9 月 1 日。

是 1 号机组，还是 2 号机组？

*1 《朝日新闻》，2011 年 5 月 13 日，《“注水最优先”“泄放！”东电资料记述》。

*2 奥山俊宏，《报道 东京电力 核电站危机 1 个月》（朝日新书），第 53～55 页。

SPEEDI

*1 原子能安全保安院原子能灾害应对监察森山善范的新闻发布会。2011 年 9 月 8 日。

*2 对经产省大臣官房审议官贞森惠祐的采访。2011 年 9 月 13 日。

*3 对原首相菅直人的采访。2011 年 10 月 25 日。

*4 对原子能安全保安院企划调整科科长片山启的采访。2011 年 9 月 12 日。

*5 原子能安全保安院原子能灾害应对监察森山善范的新闻发布会。2011 年 9 月 2 日。

首相视察

*1 对原官房副长官福山哲郎的采访。2011 年 9 月 22 日。

*2 同*1。

*3 《每日新闻》，2011 年 6 月 10 日，《查证大震灾福岛核电站事故 3 个月》(杉本修作、山本将克等)。

*4 对原首相助理寺田学的采访。2011 年 6 月 29 日。

*5 对原首相菅直人的采访。2011 年 12 月 22 日。

*6 国会事故调查，对原官房长官枝野幸男的听证。2012 年 5 月 27 日。

*7 对内阁审议官下村健一的采访。2011 年 8 月 31 日。

*8 同*4。

*9 对原首相菅直人的采访。2011 年 10 月 25 日。

*10 对原经产大臣海江田万里的采访。2012 年 9 月 27 日。

*11 同*1。

*12 《NHK 特别系列 核电站危机第一次事故何故愈发严重?》。2011 年 6 月 5 日播放。

*13 《朝日新闻》，2011 年 5 月 13 日，《"注水最优先""泄放!"东电资料记述》。

*14 《周刊朝日》，2011 年 7 月 29 日，《福岛第一核电站"最高干部"讲述福岛的真相　下篇》，第 31 页。

*15 菅与吉田的对话出自对原首相助理寺田学的采访(2011 年 6 月 29 日)和对下村建议内阁审议官的采访(2011 年 8 月 31 日)。

第 4 章　核电站爆炸

敢死队

*1 第 14 报。3 月 12 日凌晨 4 点 55 分。

*2 出自 1 号机组的运行日志。

＊3 原子能安全保安院制定的《关于福岛第一核电站 1 号机组无法进行耐压泄放情况下设想的各种情况》。2011 年 3 月 12 日。

＊4 出自东京电力制定的未公开的《福岛第一核电站宫城县海域地震发生后的时间数列》。

＊5 原子能安全保安院的地震受害信息（第 15 报）。2011 年 3 月 12 日。

＊6 《朝日新闻》，2011 年 5 月 13 日，《“注水最优先”“泄放！”东电资料记述》。

＊7 东京电力 2011 年 11 月 30 日公布的“关于福岛第一核电站 1～3 号机组的堆芯状况”。

1 号机组爆炸

＊1 《周刊朝日》，2011 年 7 月 29 日，《福岛第一核电站“最高干部”讲述福岛的真相　下篇》，第 31 页。

＊2 《朝日新闻》，2011 年 8 月 2 日，《外部管道超 10 西弗》（坪谷英纪）等。

＊3 同＊1。

＊4 对日本电视台报道部门的现役干部的采访。

＊5 秘书官室的这部分出自对寺田学首相助理的采访。2011 年 7 月 12 日。

＊6 《NHK 特别系列 核电站危机第一次事故何故愈发严重？》。2011 年 6 月 5 日播放。

＊7 原子能安全委员会委员长班目春树的新闻发布会。2011 年 11 月 28 日。

＊8 以上总理办公室里的这部分出自对内阁审议官下村健一的 2011 年 8 月 31 日和 9 月 14 日的采访以及他留下的记录笔记。

＊9 对原首相菅直人的采访。2011 年 12 月 22 日。

＊10 经产省事务次官室的这部分出自对官房总务科长柳濑唯夫的采访。2011 年 7 月 20 日。

海水注入

＊1 原子能安全委员会委员长班目春树的新闻发布会。2011 年 11 月 28 日。

＊2 以上关于首相官邸的情况，大多出自对经产省官房总务科科长柳濑唯夫的采访（2011 年 6 月 30 日）和原官房副长官福山哲郎的采访（2011 年 9 月 22 日）。

＊3 国会事故调查《报告》，第 325 页。

＊4 对原首相菅直人的采访。2011 年 10 月 25 日。

＊5 对原官房副长官福山哲郎的采访。2011 年 9 月 22 日。

＊6 出自留在内阁审议官下村健一笔记中的班目发言记录。

＊7 出自内阁审议官下村健一的笔记。

＊8 出自东京电力职员暗中整理的首相官邸及媒体等的批评文件。

“撤换”中村审议官

＊1 以上记述出自政府事故调查最终报告，第 276～280 页。

＊2 对原官房副长官福山哲郎的采访。2011 年 9 月 22 日。

＊3 以上东电总公司内的记述出自东电向记者队伍公开的影像资料。

3 号机组的危机

＊1 原子能安全保安院的《福岛第一核电站事故相关保安调查结果》（2011 年 9 月 16 日）。

＊2 以上超级救援队的动向出自对原子能安全保安院原子能防

灾科科长松冈建志的采访（2011 年 9 月 28 日）和消防厅特殊灾害室负责人的电话采访（2011 年 12 月 5 日）。

＊3 再次要求出动消防车的这部分出自对原子能安全保安院原子能防灾科科长松冈建志的采访。2011 年 9 月 28 日。

＊4 国会事故调查《报告》，第 262 页。

＊5 3 号机组堆芯的情况出自原子能安全保安院的《关于 1 号机组、2 号机组以及 3 号机组的堆芯状况相关评价》（2011 年 6 月 6 日）。

＊6 出自东京电力 2011 年 11 月 30 日发表的《关于福岛第一核电站 1～3 号机组的堆芯状况》。

＊7 以上吉田等人的谈话出自东京电力向记者队伍公开的影像资料。

第 5 章　濒临崩溃的日本

蘑菇云的爆炸

＊1 紧急灾害对策总部和原子能灾害对策总部的情况出自对内阁审议官下村健一的采访（2011 年 9 月 14 日）以及他的笔记。

＊2 对原官房副长官福山哲郎的采访。2012 年 8 月 16 日。

＊3 以上记述出自福山哲郎《核电站危机 来自首相官邸的证言》（筑摩新书），第 96～99 页，以及东电职员暗中整理的首相官邸及媒体等的批评文件。

＊4 至此为止的藤本的谈话出自东京电力向记者队伍公开的影像资料。

＊5 对政府高官匿名采访。

＊6 对原首相助理寺田学的采访。2011 年 7 月 12 日。

＊7 出自东电向记者队伍公开的影像资料。

＊8 同＊7。

＊9 同＊7。

＊10 同＊1。

＊11 《朝日新闻》，2011 年 4 月 25 日，《1、3 号机组周边 高污染》(香取启介、坪谷英纪)。

2 号机组也岌岌可危

＊1 出自东电向记者队伍公开的影像资料。

＊2 同＊1。

＊3 同＊1。

＊4 同＊1。

＊5 对原首相助理寺田学的采访。2011 年 6 月 29 日。

＊6 对原官房副长官福山哲郎的采访。2011 年 11 月 14 日。

＊7 同＊1。

＊8 同＊5。

“东电撤退”

＊1 至此为止的记述出自东电向记者队伍公开的影像资料。

＊2 对原首相助理寺田学的采访。2011 年 6 月 29 日。

＊3 经产大臣海江田万里的共同新闻发布会。2011 年 5 月 11 日。

＊4 国会事故调查，对原官房长官枝野幸男的听证。2012 年 5 月 27 日。

＊5 官房长官室的对话出自对原首相助理寺田学的采访。2011 年 6 月 29 日。

＊6 首相官邸重要会议的对话出自对原首相助理寺田学的采访（2011 年 6 月 29 日）、原官房副长官福山哲郎的采访（2011 年 11

月 14 日)、原首相菅直人的采访（2011 年 10 月 25 日）。

＊7 传唤社长清水正孝时的对话出自对原首相助理寺田学的采访（2011 年 6 月 29 日）、原官房副长官福山哲郎的采访（2011 年 11 月 14 日)、原首相菅直人的采访（2011 年 10 月 25 日）以及细野豪志和鸟越俊太郎的《证言 细野豪志》(讲谈社)。

联合总部

＊1 菅首相进入后的情况出自对东京电力科长级职员 2011 年 3 月 27 日的采访和他的笔记，以及东电公开的影像资料。

＊2 对官房副长官福山哲郎的采访。2011 年 11 月 14 日。

＊3 禀议书的这部分出自对寺田学原首相助理 2011 年 6 月 29 日的采访。

＊4 至此为止在东电总公司内菅与胜俣的对话出自对内阁审议官下村健一 2011 年 9 月 14 日采访和他所作的会议记录笔记。

＊5 官房副长官福山哲郎面向记者的恳谈会发言。2011 年 3 月 18 日。

＊6 《读卖新闻》，2011 年 9 月 8 日，《“东电提出撤退请求”枝野原官房长官》。

＊7 对原首相菅直人的采访。2011 年 10 月 25 日。

＊8 首相助理细野豪志的发言出自其新闻发布会。2011 年 4 月 25 日、5 月 11 日。

＊9 对原首相助理寺田学的采访。2011 年 6 月 29 日。

3 000 万人撤离计划

＊1 对原首相菅直人的采访。2011 年 10 月 25 日。

＊2 出自近藤骏介的《福岛第一核电站不测事态情景素描》。2011 年 3 月 25 日。

*3 对原首相菅直人的采访。2012 年 8 月 22 日。

*4 原内阁官房参与田坂广志的新闻发布会。2011 年 10 月 14 日。

*5 联合应对室新闻发布会上东京电力原子能选址总部长代理松本纯一的说明。2011 年 7 月 3 日。

*6 同 *4。

*7 出自三井住友银行提供的信息。

第 6 章　尚存的危机

自卫队注水

*1 概括 NHK News Watch 9《自卫队注水作战》(2011 年 5 月 20 日播放) 的内容。

*2 出自《朝日新闻》，2011 年 3 月 17 日晚报，《3 号机组注水作战》。

*3 出自 NHK News Watch 9《自卫队注水作战》。

*4 《读卖新闻》，2011 年 3 月 20 日，《靠近厂房 拼死注水》(胜股秀通编委)。

*5 如下内容出自首相助理细野豪志的共同新闻发布会。2011 年 5 月 11 日。

美国的焦躁

*1 凯文 · 马厄，《无法做决断的日本》(文春新书)，第 29～34 页。

*2 出自首相助理细野豪志的共同新闻发布会。2011 年 5 月 11 日。

*3 对原首相菅直人的采访。2011 年 10 月 25 日。

＊4 出自对东京电力科长级职员的匿名采访。2011 年 4 月 2 日。

＊5 出自原子能安全委员会委员长班目春树的新闻发布会。2011 年 11 月 21 日。

电源恢复

＊1 对原官房副长官福山哲郎的采访。2011 年 11 月 14 日。

第 2 部　霸主的救济

第 7 章　紧急贷款

行长和次官的会谈

＊1 《日本经济新闻》，2011 年 5 月 29 日，《核查 薄冰东电的公共管理》。

＊2 对政府下属金融机关部长的匿名采访。2011 年 4 月 27 日。

＊3 对向东电融资的银行常务的电话采访。2011 年 9 月 26 日。

＊4 国会事故调查对松永和夫的听证。2012 年 5 月 16 日。

＊5 全国银行协会会长奥正之的新闻发布会。2011 年 5 月 19 日。

＊6 众议院科学技术振兴对策特别委员会的会议记录。1960 年 5 月 17 日及 18 日。

*7 对事务次官松永和夫的采访。2011 年 4 月 13 日。

*8 对三井住友银行负责人的电话采访。2011 年 4 月 11 日。

*9 对主银行董事的采访。2011 年 10 月 6 日。

*10 高盛集团，企业更新/东京电力。2011 年 3 月 26 日。

《原赔法》

*1 众议院科学技术振兴对策特别委员会的会议记录。1961 年 4 月 12 日。

*2 众议院科学技术振兴对策特别委员会的会议记录。1960 年 5 月 18 日。

三井住友的意图

*1 对西川亲信匿名采访。2007 年 10 月 25 日。

*2 对合并谈判相关人物的采访。2011 年 5 月 12 日。

*3 对理索纳银行原董事匿名电话采访。2011 年 10 月 17 日。

第 8 章　救济方案

出谋划策

*1 出自金指寿对其他经产官员讲述的内容。2011 年 4 月 1 日。

*2 对资源能源厅官员的采访。2011 年 10 月 4 日。

*3 如下各种方案均出自对资源能源厅官员的采访。2011 年 3 月 31 日。

*4 同 *3。

*5 参议院议员藤原正司的主页。2011 年 3 月 31 日。“这次灾害最大的原因是”。

*6 同*3。

古贺文件

*1 对古贺茂明的电话采访。2011 年 3 月 31 日。

*2 对古贺茂明的电话采访。2011 年 4 月 11 日。

*3 《每日新闻》，2011 年 4 月 4 日晚报，《东电：发电·输电分离方案》（三泽耕平）。

三井住友方案

*1 《读卖新闻》，2011 年 3 月 29 日，《东电国有化提案浮出》。

*2 国家战略担当大臣玄叶光一郎的新闻发布会。2011 年 3 月 29 日。

*3 车谷畅昭和森信亲的会谈情况出自对森的采访。2011 年 6 月 3 日。

*4 山下隆一给出的文件回复。2011 年 11 月 25 日。

*5 对山下隆一的采访。2011 年 4 月 15 日。

*6 《AERA》，2011 年 5 月 16 日，《东京电力将获得救济》。

*7 《朝日新闻》，2011 年 7 月 12 日，《东电赔偿的走向（上）东电不倒》（上栗崇、福田直之、编辑委员织田一）。

*8 《每日新闻》，2011 年 8 月 1 日，《不会倒闭的东电》（田畑悦郎、谷川贵史等）。

*9 《日本经济新闻》，2011 年 5 月 29 日，《薄冰东电的公共管理》。

*10 对森信亲的采访，2011 年 6 月 3 日。

政策制定能力的退化

*1 对据说走上次官之路的精英官员的电话采访。2011 年 4 月

22 日。

＊2 对经济损失对策室室长北川慎介的采访。2011 年 5 月 16 日。

＊3 野村证券，Japan · Phoenix · Plan。2011 年 4 月 4 日。

＊4 对外资证券公司证券分析家的采访。2011 年 3 月 24 日。

＊5 对瑞信干部的匿名采访。2011 年 4 月 22 日。

财务省的技术官员

＊1 对经济损失对策室职员的采访。2011 年 8 月 2 日。

＊2 对参事官高桥康文的电话采访。2011 年 5 月 1 日。

＊3 对参事官高桥康文的电话采访。2011 年 5 月 6 日。

＊4 JAL 合规调查委员会成员律师以匿名为前提的信息提供。

＊5 对经济损失对策室职员的采访。2011 年 5 月 17 日。

＊6 同 5。

第 9 章　被摧毁的自由化

胜俣三兄弟

＊1 东京电力会长胜俣恒久的新闻发布会。2011 年 3 月 30 日。

＊2 《朝日新闻》，2006 年 4 月 30 日，《父亲的脊背／胜俣宣夫》(原光俊)。

＊3 吉行淳之介，《对谈集 罗锅文学散步》(潮出版社) 收录的“火焰中的青春”，第 183～184 页。

＊4 出自对胜俣镇夫的电话采访。2011 年 4 月 18 日。

＊5 同 2。

＊6 出自《代代木研讨班新闻》，1962 年 4 月 15 日，《实现目

标的五戒律》(胜俣久作)，以及 1964 年 4 月 15 日，《通往大学之路》（同上）。

*7 对新宿高中同窗会名单上的 8 位同学的电话采访。2011 年 7 月 15 日。

*8 关于乒乓球的内容参见《THE21》，2007 年 4 月刊，《胜俣恒久“意志的哲学”[下]人才观》(记者片山修)，第 49～50 页。

*9 《我的履历 昭和经营者群像 2》(日本经济新闻社)，第 156～157 页。

*10 仙贝这一部分参见《THE21》，2007 年 4 月刊，《胜俣恒久“意志的哲学”[下]人才观》，第 49～50 页。

特殊性质

*1 对东京电力原副社长丰田正敏的采访。2011 年 7 月 4 日。

*2 丰田正敏，《核电站的历史与展望》(东京图书出版会)，第 29 页。

*3 同 *1。

外部压力这一良机

*1 对东京电力池龟亮顾问（原副社长）的采访。1988 年 2 月 5 日。

*2 东京电力常务胜俣恒久的学习会。1998 年 7 月 9 日。

*3 古贺茂明，《日本中枢的崩溃》(讲谈社)，第 261 页。

输配电分离

*1 对当时资源能源厅公共事业部干部的匿名采访。2011 年 4 月 14 日。

*2 对资源能源厅电力市场整备科科长川本明元的采访。2011

年 10 月 13 日。

＊3 对东京电力原社长南直哉的采访。2011 年 4 月 4 日。

捍卫国家体制

＊1 奥山俊宏，《内部举报的力量》（现代人文社），第 58 页。

＊2 对东京电力原宣传负责干部的采访。2011 年 10 月 11 日。

＊3 对东京电力原宣传负责干部的采访。2011 年 4 月 10 日。

＊4 同＊3。

＊5 对资源能源厅原电力市场整备科科长川本明的采访。2011 年 10 月 13 日。

＊6 综合资源能源调查会电力行业分科会报告“关于未来理想的电力行业制度框架”，2003 年 2 月。

＊7 对资源能源厅原科长的采访。2011 年 4 月 8 日、4 月 27 日。

＊8 对东京电力原副社长丰田正敏的采访。2011 年 7 月 4 日。

＊9 来自村田成二的信。2011 年 9 月 29 日。

第 10 章　内部会议的攻防

“不可能无限度”

＊1 东京电力会长胜俣恒久的新闻发布会。2011 年 4 月 17 日。

＊2 同＊1。

＊3 在东京电力原社长南直哉家门前对其进行的采访。2011 年 3 月 20 日。

＊4 对东京电力原社长南直哉的采访。2011 年 4 月 4 日。

＊5 《朝日新闻》，2011 年 4 月 27 日，《东电赔偿上限论》。

＊6 官房长官枝野幸男的新闻发布会。2011 年 4 月 28 日。

＊7 众议院经济产业委员会的会议记录。2011 年 4 月 27 日。

＊8 对东京电力会长胜俣恒久的采访。2011 年 4 月 28 日。

＊9 对东京电力会长胜俣恒久的采访。2011 年 4 月 29 日。

＊10 自民党能源政策联合会议上分发的非公开发表笔记。2011 年 4 月 12 日。

＊11 参议院议员藤原正司的主页。2011 年 3 月 31 日。《此次灾害的最大原因》。

＊12 对经产省官房总务科科长柳濑唯夫的采访。2011 年 6 月 30 日。

＊13 出自曾与内阁官房经济损失对策室的骨干交谈的匿名经产官员发给我的邮件。2011 年 5 月 18 日。

内裤论战

＊1 对内阁官房参与的匿名采访。2011 年 5 月 24 日。

＊2 董事薪酬减半的部分来自对原官房副长官福山哲郎的采访。2011 年 11 月 14 日。

＊3 以下部分主要来自对原经济财政担当大臣与谢野馨的采访。2011 年 10 月 6 日。

＊4 内裤论战的部分来自对一同参会的经济损失对策室职员的采访。2011 年 8 月 2 日。

夜郎自大

＊1 对官房副长官福山哲郎的采访。2011 年 11 月 14 日。

＊2 《朝日新闻》，2011 年 5 月 3 日，《核电赔偿 4 万亿日元方案》（神谷毅、中野和郎）。

＊3 对内阁官房参与的匿名采访。2011 年 5 月 10 日。

＊4 对原经济财政担当大臣与谢野馨的采访。2011 年 10 月 6 日。

＊5 自见庄三郎金融担当大臣的新闻发布会。2011 年 5 月 17 日。

东电“投降”

＊1 对参议院议员藤原正司的采访。2011 年 9 月 28 日。

＊2 对原首相菅直人的采访。2011 年 10 月 25 日。

＊3 《朝日新闻》，2011 年 5 月 14 日，社论《股东和债主也应负起责任》。

第 3 部　电力斗争

第 11 章　计谋下的核电停运

一声令下

＊1 出自福岛核电站事故联合对策总部的资料。2011 年 5 月 10 日。

＊2 对原首相助理寺田学的采访。2011 年 7 月 15 日。

＊3 对内阁审议官下村健一的采访。2011 年 10 月 19 日。

海江田的判断

＊1 经产大臣海江田万里的共同新闻发布会。2011 年 5 月 11 日。

＊2 同＊1。

＊3 对原首相菅直人的采访。2011 年 10 月 25 日。

＊4 对原经产大臣海江田万里的采访。2012 年 9 月 27 日。

＊5 对原子能安全保安院企划调整科科长片山启的采访。2012 年 6 月 26 日。

＊6 同＊4。

＊7 同＊3。

＊8 同＊1。

＊9 同＊4。

＊10 在首相官邸召开的会议情况由对原首相助理寺田学（2011 年 6 月 29 日、7 月 15 日、9 月 20 日）、内阁审议官下村健一（10 月 19 日）、原首相菅直人（10 月 25 日）的采访内容为基础写成。后来事务次官松永和夫在国会事故调查委员会的听证会上表示，他这天去了首相官邸，但没有见首相。对此，寺田说“这是谎言。他的确在场”。我向松永请求确认，但他拒绝了采访。

＊11 同＊3。

＊12 对原官房副长官福山哲郎的采访。2011 年 11 月 14 日。

＊13 对内阁审议官下村健一的采访。2011 年 10 月 19 日。

经产省的圈套

＊1 出自国内外信息研究会与会者记下的资源能源厅综合政策科科长小宫义则演讲的绝密笔记。

绝密资料

＊1 对经产省骨干官员的匿名采访。2011 年 4 月 25 日。

＊2 出自经产省骨干官员发来的电子邮件。2011 年 4 月 22 日。

*3 出自经产省骨干官员口头宣读的内部资料的语句。

*4 对木村雅昭原部下的经产省退休官员的采访。2011 年 10 月 31 日。

*5 出自资源能源厅综合政策科科长小宫义则演讲的绝密备忘录。

*6 同 *5。

*7 出自资源能源厅骨干官员发来的电子邮件。2011 年 5 月 27 日。

第 12 章　峰会：深夜的激辩

能源基本计划白纸宣言

*1 出自软银以 *Renewables 2010 Global Status Report*（《2010 年全球可再生能源现状报告》）为依据整理的资料。

*2 新闻发布会前的会议情况出自对内阁审议官下村健一的采访和他的笔记。2011 年 11 月 28 日。

*3 对内阁审议官下村健一的采访。2011 年 10 月 19 日。

智囊团

*1 《周刊新潮》，2011 年 7 月 28 日刊。

*2 对内阁审议官下村健一的采访。2011 年 10 月 19 日。

*3 对内阁官房参与田坂广志的采访。2011 年 7 月 20 日。

*4 出自资源能源厅综合政策科科长小宫义则演讲的绝密备忘录。

*5 对环境能源政策研究所所长饭田哲也的采访。2011 年 5 月 16 日。

*6 对软银社长办公室主任岛聪的采访。2011 年 5 月 16 日。

*7 软银社长孙正义的新闻发布会。2011 年 5 月 9 日。

*8 对软银干部的“匿名消息来源采访”。2011 年 8 月 26 日。

*9 环境省次官南川秀树等人与菅首相之间的对话全部出自环境省的总理大臣讲课记录。2011 年 5 月 9 日。

*10 对友人夷隅铁道社长鸟冢亮的电话采访。2011 年 9 月 15 日。

*11 出自经产省官房总务科科长柳濑唯夫的号召书。2011 年 5 月 10 日。

套住理科首相

*1 经产省局长菅原郁郎和菅首相之间的对话全部出自经产省的总理大臣讲课记录。2011 年 5 月 12 日。

*2 对经产省骨干官员的匿名采访。

*3 环境省局长铃木正规等人与菅首相的对话全部出自环境省的总理大臣讲课记录。2011 年 5 月 17 日。

*4 对环境省地球环境局长铃木正规的采访。2011 年 5 月 27 日。

*5 对资源能源厅干部的匿名采访。

*6 对资源能源厅出身的官员的匿名采访。

*7 对原官房副长官福山哲郎的采访。2012 年 8 月 17 日。

保安院分离

*1 对自民党众议院议员中川秀直的采访。2011 年 6 月 9 日。

*2 对内阁官房参与望月晴文的采访。2011 年 8 月 2 日。

*3 望月晴文辞退参与职务后的新闻发布会。2011 年 9 月 9 日。

*4 以上望月的发言内容出自他的新闻发布会。2011 年 9 月

9日。

＊5 比如，出自《朝日新闻》，2011年5月19日，《探讨输配电分离》。

深夜的激辩

＊1 以上深夜激辩的情况出自对内阁审议官下村健一的采访。2011年10月19日。

＊2 对内阁官房参与田坂广志的采访。2011年7月20日。

＊3 经产大臣海江田万里的新闻发布会。2011年5月27日。

＊4 对内阁审议官下村健一的采访。2011年10月19日。

＊5 对原官房副长官福山哲郎的采访。2011年11月14日。

＊6 对原首相菅直人的采访。2011年10月25日。

＊7 同＊5。

＊8 同＊6。

＊9 对原首相助理寺田学的采访。2011年6月29日。

＊10 出自《读卖新闻》，2011年7月6日，《核燃料最终处理方面的支持》(山本正实）等。

＊11 同＊5。

＊12 同＊6。

＊13 出自资源能源厅整理的《关于重新评估能源政策》(对外保密)。2011年4月7日。

疑似内幕交易

＊1 出自《朝日新闻》，2011年10月29日晚报，《NEC电子公司也交易》等。

＊2 《AERA》，2011年5月30日刊，《“死守核电”的方案》(大鹿靖明)。

＊3 对木村雅昭方面的发言人的采访。2011 年 11 月 24 日。

＊4 对证券交易等监视委员会干部的采访。2011 年 11 月 17 日。

第 13 章　逼菅下台

海水注入暂停

＊1 对出席会议的超级银行宣传部长的电话采访。2011 年 7 月 21 日。

＊2 以下出自 ZAKZAK（《富士晚报》官方网站），2011 年 6 月 1 日，《安倍晋三吼叫！菅政府是“国之耻，罪该万死”》。

阴谋诡计

＊1 以上原首相助理寺田学的发言出自 2011 年 6 月 29 日对他的采访。

＊2 对当时政府高官的采访。2011 年 9 月。

＊3 同＊2。

＊4 出自对知道其中情况的原官房副长官福山哲郎（2012 年 9 月 13 日）、经产省干部（同年 10 月 2 日）的“匿名消息来源采访”以及原经产大臣枝野幸男的采访（同年 12 月 27 日）。我通过书信、电子邮件、电话的方式一再向小佐古敏庄发出采访请求，但他拒绝一切问询。

＊5 对内阁审议官下村健一的采访。2011 年 10 月 19 日。

＊6 对内阁审议官下村健一的采访。2011 年 11 月 28 日。

＊7 出自 TBS 对福岛第一核电站站长吉田昌郎的采访。2011 年 6 月 6 日。

＊8 对原首相菅直人的采访。2011 年 10 月 25 日。

＊9 同＊6。

被怀疑的男人

＊1 对经产省官房总务科科长柳濑唯夫的采访。2011 年 6 月 30 日。

＊2 对经产省官房总务科科长柳濑唯夫的采访。2011 年 7 月 20 日。

＊3 对东京电力部长级职员的采访。2011 年 10 月 11 日。

百人“下凡”

＊1 对日本原子能文化振兴财团专务理事横手光洋的采访。2011 年 7 月 29 日。

＊2 对经产省原局长的采访。2011 年 4 月 13 日。

＊3 对资源能源厅原科长的采访。2011 年 8 月 8 日。

能环会议

＊1 以上秘密会议的对话出自被视为“绝密”的“为制定‘创新能源与环境战略’的筹备会议”的结果概要。2011 年 6 月 3 日。

＊2 菅的来电情况出自对内阁审议官下村健一的采访和他的笔记。2011 年 11 月 28 日。

＊3 经产省编写的能源与环境会议第一次会议记录。2011 年 6 月 22 日。

＊4 对京大教授植田和弘的采访。2011 年 6 月 28 日。

＊5 出自资源能源厅综合政策科科长小宫义则发给委员候补的电子邮件。

＊6 以上记述出自笔者取得的资源能源厅编写的《综合资源能源调查会“关于基本问题委员会”》。2011 年 6 月。

第14章　政权垮台

玄海风波

*1 出自资源能源厅综合政策科科长小宫义则演讲的绝密备忘录。

*2 《文艺春秋》，2011年9月刊，《精神准备札记》（海江田万里），第113页。

*3 同*2。

*4 菅与海江田万里的对话出自对原首相菅的采访（2011年10月25日）和《文艺春秋》刊载的海江田《精神准备札记》（2011年9月刊）。

*5 对原首相菅直人的采访。2011年10月25日。

*6 对原首相菅直人的采访。2011年12月22日。

造假邮件

*1 与佐贺县知事古川康在知事宿舍发生的对话出自向九州电力第三者委员会提交的律师赤松幸夫等人的调查报告（2011年9月18日）当中添付的分行行长大坪的备忘录。

*2 5月17日原子能安全保安院的说明中关于九电应对的内容出自九州电力第三方委员会的中期报告（2011年9月8日）。

*3 经产省主办的说明会的“造假”行为出自第三方调查委员会关于核电相关研讨会等的最终报告（2011年9月30日）。

压力测试

*1 《文艺春秋》，2011年9月刊，《精神准备札记》（海江田万里），第114页。

*2 对内阁审议官下村健一的采访。2011年11月28日。

*3 对原首相菅直人的采访。2011 年 10 月 25 日。

*4 同 *2。

*5 同 *3。

*6 对内阁官房参与田坂广志的采访。2011 年 7 月 20 日。

*7 对原首相菅直人的采访。2011 年 12 月 22 日。

两部法律

*1 对内阁审议官下村健一的采访。2011 年 11 月 28 日。

*2 对自民党众议院议员西村康稔的采访。2011 年 6 月 22 日。

*3 出自年轻官员的匿名事件背景访谈。2011 年 8 月 2 日。

*4 对参议院议员的众人之党松田公太的采访。2011 年 10 月 19 日。

经产省人事

*1 下村健一的以下发言出自对他的采访。2011 年 11 月 28 日。

*2 古贺与下村的会谈出自对下村健一的采访（2011 年 11 月 28 日）和对古贺茂明的电话采访（2011 年 8 月 4 日）。

*3 经产大臣海江田万里的新闻发布会。2011 年 8 月 4 日。

*4 对原首相菅直人的采访。2011 年 10 月 25 日。

*5 对原子能安全保安院院长寺坂信昭的电话采访。2011 年 9 月 14 日。

第 4 部　静谧的反动

第 15 章　钵吕的挫败

社会党派系的经产大臣

*1 对饭田哲也的采访。2012 年 5 月 14 日。

*2 引号内的引用全部来自首相官邸召开的首相野田佳彦的新闻发布会。2011 年 9 月 2 日。

*3 对原经产大臣钵吕吉雄的采访。2012 年 8 月 24 日。

*4 对经产省干部职员的致辞内容来自对原经产大臣钵吕吉雄的采访。2012 年 8 月 24 日。

*5 全部来自钵吕的新闻发布会。2011 年 9 月 2 日、6 日。

*6 出自笔者取得的综合资源能源调查会基本问题委员会的委员计划。

*7 以上钵吕和能源厅干部的对话出自对原经产大臣钵吕吉雄的采访。2012 年 8 月 24 日。

*8 对饭田哲也的采访。2012 年 5 月 14 日。

*9 饭田哲也发给我的电子邮件。2011 年 5 月 25 日。

“沾上辐射能了!”

*1 对原经产大臣钵吕吉雄的采访。2012 年 8 月 24 日。

*2 《每日新闻》，2011 年 9 月 10 日，《8 日晚与媒体记者们的对话》。

*3 《朝日新闻》，2011 年 9 月 13 日，《钵吕氏辐射能发言的

来龙去脉》。

＊4 对原经产大臣钵吕吉雄的采访。2012 年 8 月 24 日。

＊5 同＊4。

会议在跳舞

＊1 对首相助理寺田学的采访。寺田成为菅、野田两任首相助理。2012 年 8 月 24 日。

＊2 对原经产大臣枝野幸男的采访。2012 年 12 月 27 日。

＊3 经产大臣枝野幸男的新闻发布会。2012 年 9 月 12 日、13 日、16 日。

＊4 对古贺茂明的采访。2011 年 9 月 19 日。

＊5 对银行常务的电话采访。2011 年 9 月 21 日。

＊6 同＊2。

＊7 基本问题委员会第一次会议记录。2011 年 10 月 3 日。

＊8 同＊7。

＊9 对饭田哲也的采访。2012 年 5 月 14 日。

＊10 摘自刊载于经产省内网的安达博客。

第 16 章　消失的债权放弃

经营与财务调查委员会

＊1 对曾接受山下隆一咨询的古贺茂明的电话采访。2011 年 5 月 24 日。

＊2 《朝日新闻》社论，《东电的依法清算之路》，2011 年 6 月 14 日。

＊3 各委员和与会者发言内容出自笔者取得的《东京电力相关经营与财务调查委员会》会议记录。

重组要求

＊1 以上记述出自东京电力相关经营与财务调查委员会的《委员会报告》(2011 年 10 月 3 日)。

＊2 对东京电力相关经营与财务调查委员会与会者的匿名采访。2011 年 9 月 14 日。

＊3 出自笔者取得的“东京电力相关经营与财务调查委员会”第五次会议记录。

＊4 同＊3。

＊5 同＊2。

＊6 出自笔者取得的“东京电力相关经营与财务调查委员会”第八次会议记录。

＊7 东京电力相关经营与财务调查委员会的新闻发布会。2011 年 9 月 20 日。

被改写的报告

＊1 出自笔者取得的报告草稿。

＊2 各委员和与会者的发言内容出自笔者取得的“东京电力相关经营与财务调查委员会”第八次和第九次会议记录，以及对前田匡史的采访（2011 年 10 月 11 日）、对西山圭太的采访（2012 年 10 月 16 日）。

＊3 各委员和与会者的发言内容出自笔者取得的“东京电力相关经营与财务调查委员会”第九次会议记录。

＊4 对特别工作组原事务局次长大西正一郎的采访。2012 年 9 月 21 日。

＊5 委员长下河边和彦的新闻发布会。2011 年 10 月 3 日。

＊6 同＊4。

原赔机构的诞生

*1 原子能损害赔偿支援机构理事长杉山武彦的新闻发布会。2011 年 9 月 26 日。

*2 对顶拓投资咨询有限公司专务执行董事奥总一郎的采访。2012 年 4 月 13 日。

*3 对内阁官房国家战略室职员的匿名采访。2011 年 10 月 20 日。

*4 对知情的岛田亲信的“匿名消息来源采访”。2011 年 9 月 13 日。

第 17 章　秘密会议

钱拿来！嘴闭上！

*1 以上内容出自原子能损害赔偿支援机构运营委员会第二次会议的记述出自该委员会的会议记录。

*2 JR 东海会长葛西敬等人的发言内容出自笔者取得的原子能损害赔偿支援机构运营委员会的会议记录。

*3 东京电力会长胜俣恒久的围追采访记者会。2011 年 10 月 26 日。

*4 对与西泽同一时期入职的东电集团公司干部的采访。2011 年 5 月 31 日。

*5 东京电力社长西泽俊夫的新闻发布会。2011 年 10 月 21 日。

*6 社长西泽在东京电力 9 月中期结算新闻发布会上的发言。2011 年 11 月 4 日。

*7 对工作人员的“匿名消息来源采访”。2011 年 11 月 10 日。

*8 对原赔机构运营委员的匿名采访。2011 年 11 月 22 日。

＊9 委员长下河边和彦的围追采访记者会。2011 年 11 月 18 日。

保留核电和电力自由化

＊1 对饭田哲也的采访。2012 年 5 月 14 日。

＊2 对原子能资料情报室共同代表伴英幸的采访。2012 年 8 月 29 日。

＊3 对东大教授松村敏弘的采访。2012 年 9 月 14 日。

＊4 对资源能源厅战略企划室室长定光裕树的采访。2011 年 11 月 21 日。

＊5 《朝日新闻》，1999 年 4 月 18 日，《醉酒殴打警察的通产省系长①获捕》等。

＊6 以上电力系统改革相关记述大多出自 2011 年 11 月 21 日、2012 年 1 月 24 日对资源能源厅官员进行的事件背景访谈。

＊7 对电力总联事务局长内田厚的电话采访。2012 年 2 月 20 日。

"村子"的存在

＊1 核查小组对原子能委员会委员长近藤骏介的听证。2012 年 7 月 12 日。

＊2 出自内阁府原子能政策担当室职员发来的电子邮件。2011 年 11 月 14 日。

＊3 以上第一次秘密会议的情况出自《原子能委员会 原子能发电与核燃料循环学习会第二次结果概要》，与会者手写备忘录，以及能源厅与会者电子邮件这三份资料。

＊4 出自经产大臣枝野幸男的新闻发布会。2012 年 8 月 3 日。

＊5 日本原燃常务田中治邦的发言内容出自《原子能委员会 原

---

① 原文如此。

子能发电与核燃料循环学习会第二次结果概要》，以及与会者手写备忘录。

＊6 删除了一个方案的 3 月 8 日的秘密会议的情况出自《原子能委员会 原子能发电与核燃料循环技术等探讨小委员会上关于探讨的核查报告》(2012 年 8 月)，以及 3 月 8 日的学习会备忘录。

＊7 对资源能源厅原子能政策科科长吉野恭司的电话采访。2012 年 10 月 10 日。

＊8 对原子能资料情报室共同代表伴英幸的采访。2012 年 8 月 29 日。

＊9 对原子能委员会委员长近藤骏介的围追采访。2012 年 10 月 2 日。

＊10 对精通能源、原子能政策的经产省官员的“匿名消息来源采访”。2012 年 2 月 16 日。

＊11 对菅政府有影响力的学者的“匿名消息来源采访”。2012 年 10 月 12 日。

＊12 “心情舒畅”出自细野亲信在接受我的采访时曾说“细野先生对现在的职位感到舒适”。

第 5 部　零方案攻防

第 18 章　东电陷落

“涨价是权利”

＊1 《日本经济新闻》，2012 年 1 月 11 日，《明确东电的经营

责任 应实行成本改革而非涨价》。

*2 对 DOWA 控股公司顾问吉川广和的采访。2012 年 10 月 29 日。

*3 对资源能源厅电力市场整备科负责人的电话采访。2012 年 10 月 17 日。

vs. 枝野

*1 经产大臣枝野幸男的新闻发布会。2012 年 2 月 7 日。

*2 笔者取得的原子能损害赔偿支援机构运营委员会第九次会议记录。2012 年 2 月 3 日。

*3 对资源能源厅电力与燃气事业部骨干官员的匿名采访。2012 年 2 月 23 日。

*4 经产大臣枝野幸男的新闻发布会。2011 年 11 月 22 日。

*5 经产大臣枝野幸男的新闻发布会。2011 年 12 月 22 日。

*6 对资源能源厅骨干官员的匿名采访。2012 年 2 月 21 日。

胜胜联合

*1 对资源能源厅骨干官员的匿名采访。2012 年 2 月 21 日。

*2 同 *1。

*3 以上经产大臣枝野的发言内容均出自其新闻发布会。2012 年 2 月 17 日。

*4 东京电力会长胜俣恒久的围追采访记者会。2012 年 2 月 20 日。

*5 胜俣的围追采访记者会。2012 年 2 月 21 日。

*6 对原子能损害赔偿支援机构运营委员的匿名采访。2012 年 2 月 21 日。

葛西·吉川论战

*1 以上记述均出自笔者取得的原子能损害赔偿支援机构运营委员会第十次会议记录。2012 年 2 月 29 日。

*2 出自笔者取得的原赔机构运营委员会第十一次会议记录。2012 年 3 月 6 日。

*3 对 JR 东海会长葛西敬之的采访。2012 年 10 月 22 日。

*4 以上记述均出自笔者取得的原子能损害赔偿支援机构运营委员会第十二次会议记录。2012 年 3 月 14 日。

悔恨至极

*1 原赔机构委员长下河边和彦的围追采访记者会。2012 年 3 月 29 日。

*2 出自对原赔机构两位运营委员的采访。2012 年 10 月 24 日、29 日。

*3 对原经产大臣枝野幸男的采访。2012 年 12 月 27 日。

*4 出自《FRIDAY》，2012 年 3 月 16 日刊，《到手！禁止记者记录的东电会长胜俣恒久傲慢言论》。

*5 对原赔机构运营委员的匿名采访。2012 年 5 月 8 日。

*6 对原赔机构委员长下河边和彦的采访。2012 年 5 月 12 日。

*7 对与东电经营问题相关的经产省职业公务官的匿名采访。2012 年 5 月 11 日。

*8 对原赔机构委员长下河边和彦的采访。2012 年 5 月 12 日。

第 19 章　重启核电

福井的陷阱

*1 经产大臣枝野幸男的新闻发布会。2012 年 2 月 7 日、

10 日。

*2 经产大臣枝野幸男的新闻发布会。2012 年 2 月 21 日。

*3 福井县知事西川一诚的新闻发布会。2012 年 2 月 22 日。

*4 出自对了解详情的官员的事件背景访谈。本章的大部分内容出自他所提供的信息。

*5 对原经产大臣枝野幸男的采访。2012 年 12 月 27 日。

*6 资源能源厅整理的核电站相关的四大臣会议概要。2012 年 4 月 3 日。

*7 四大臣会议的内容出自各次会议的概要以及分发的会议材料。

阻止的理由

*1 供需核查委员会第一次会议记录。2012 年 4 月 23 日。

*2 对京大教授植田和弘的采访。2012 年 12 月 4 日。

*3 对饭田哲也的采访。2012 年 5 月 14 日。

*4 供需核查委员会第六次会议记录。2012 年 5 月 12 日。

*5 对国家战略室成员的事件背景访谈。2012 年 5 月 16 日。

*6 同 *2。

*7 对资源能源厅相关负责干部的事件背景访谈。

桥下的转向

*1 对饭田哲也的采访。2012 年 10 月 11 日。

*2 细野豪志、鸟越俊太郎，《细野豪志的证言》(讲谈社)，第 243 页。

*3 《读卖新闻》，2012 年 7 月 10 日，《[口述]大前研一先生桥下 Babys 真麻烦》(整理者：清永庆宏)。

*4 对古贺茂明的电话采访。2012 年 6 月 15 日。

*5 同*1。

*6 对关西电力宣传负责人的电话采访。2012 年 12 月 11 日。

第 20 章　零方案攻防

15%方案

*1 对原子能资料情报室共同代表伴英幸的采访。2012 年 8 月 29 日。

*2 对环境能源政策研究所所长饭田哲也的采访。2012 年 5 月 14 日。

*3 细野豪志、鸟越俊太郎,《证言 细野豪志》(讲谈社),第 256 页等。

*4 核电站担当大臣细野豪志的新闻发布会。2012 年 9 月 11 日。

*5 对资源能源厅骨干官员的匿名采访。2012 年 8 月 29 日。

电力方造的舆论

*1 对审议官级别干部公务员的匿名采访。2012 年 8 月 1 日。

*2 以上对话出自对众议院议员辻元清美的采访。2012 年 10 月 4 日。

总理大臣的指示

*1 以上记述出自对内阁审议官下村健一的采访。2012 年 10 月 5 日。

*2 以上记述出自对辻元(2012 年 10 月 4 日)、原官房副长官福山哲郎(同年 12 月 20 日)、首相助理寺田学(同年 8 月 23 日)、原经产大臣枝野幸男(同年 12 月 27 日)的采访。

＊3 以上记述来自对福山的采访。2012 年 12 月 20 日。

党内论战

＊1 以上记述基于对众议员议员辻元清美（2012 年 10 月 4 日）、原官房副长官福山哲郎（同年 9 月 13 日）的采访。

＊2 对原首相菅直人的采访。2012 年 8 月 22 日。

＊3 对众议员议员辻元清美的采访。2012 年 10 月 4 日。

＊4 出自对国家战略室工作人员的采访（2012 年 12 月 19 日）和对民主党职员胜浦博之的电话采访（同年 12 月 25 日）。

＊5 对众议员议员近藤昭一的采访。2012 年 11 月 7 日。

＊6 出自民主党能源与环境调查会干部会议的发言要旨和当天分发的资料。

＊7 同＊5。

＊8 对众议员议员近藤昭一（2012 年 11 月 7 日）、原官房副长官福山哲郎（同年 12 月 20 日）的采访。

＊9 9 月 6 日的情况出自对众议员议员近藤昭一（2011 年 11 月 7 日）、众议员议员辻元清美（同年 10 月 4 日）的采访，对参议院议员松井孝治的电话采访（同年 11 月 1 日），以及笔者取得的资料。

一退再退

＊1 以上起草委员会的情况出自对 4 名成员进行的多次采访，以及对众议员议员辻元清美（2012 年 10 月 4 日）、原经产大臣枝野幸男（同年 12 月 27 日）的采访，对田坂广志的电话采访（2012 年 12 月 19 日）。

＊2 经产大臣枝野幸男和内阁府特命担当大臣古川元久的发言均来自新闻发布会。2012 年 9 月 19 日。

尾声

＊1 对原财务大臣藤井裕久的采访。2012 年 12 月 21 日。

＊2 对伊原智人的采访。2012 年 12 月 28 日。

＊3 对原经产大臣枝野幸男的采访。2012 年 12 月 27 日。

参考文献

上丸洋一，《〈诸君！〉〈正论〉研究 保守言论是如何转变的？》（岩波书店，2011 年）。

奥山俊宏，《报道 东京电力 核电站陷入危机的 1 个月》（朝日新书，2011 年）。

新潟日报社特别报道组，《核电站与地震 柏崎刈羽“震度 7”的警告》（讲谈社，2009 年）。

朝日新闻报道组，《未被吸取的教训 巨大地震袭击核电站》（朝日文库，2011 年）。

《我的履历 昭和经营者群像 2》（日本经济新闻社，1992 年）。

东京电力社史编辑委员会，《东京电力三十年史》（东京电力，1983 年）。

日刊工业新闻报道组编，《革新 东京电力 21 世纪战略的全部》（日刊工业新闻社，1998 年）。

川本明，《规制改革 竞争与协调》（中公新书，1998 年）。

志村嘉一郎，《东电帝国之失败本质》（文春新书，2011 年）。

古贺茂明，《日本中枢的崩溃》（讲谈社，2011 年）。

吉行淳之介，《罗锅的文学散步》（潮出版社，1974 年）。

奥山俊宏，《内部举报的力量 内部告发者保护法保护什么？》（现代人文社，2004 年）。

丰田正敏，《修订版 核电的历史与展望》（东京图书出版会，2010年）。
西川善文，《The Last Banker 西川善文回忆录》（讲谈社，2011年）。
大鹿靖明，《坠落的羽翼 JAL破产实录》（朝日新闻出版，2010年）。
凯文·马厄，《无法做决断的日本》（文春新书，2011年）。
田坂广志编，《总理，让我们共创新能源社会吧！总理大臣与有识之士的自然能源相关公开座谈会》（武田 Random House Japan，2011年）。
读卖新闻政治部，《亡国的宰相 首相官邸机能停止的180日》（新潮社，2011年）。
NHK“东海村临界事故”报道组，《走向腐烂的生命 核辐射治疗83天的记录》（新潮文库，2006年）。
今西宪之＋《周刊朝日》报道组，《福岛核电站的真相 最高干部的独白》（朝日新闻出版，2012年）。
福山哲郎，《核电站危机 来自首相官邸的证言》（筑摩新书，2012年）。
细野豪志、鸟越俊太郎，《证言 鸟越俊太郎逼近细野豪志“核电站危机500天”的真相》（讲谈社，2012年）。
《读卖新闻》大阪总公司社会部，《桥下剧场》（中央公论新社，2012年）。
海江田万里，《“海江田笔记”与核电站斗争的176天记录》（讲谈社，2012年）。
《朝日新闻》《每日新闻》《读卖新闻》《东京新闻》《日本经济新闻》《AERA》《周刊朝日》《周刊文春》《周刊DIAMOND》等。

图字:09-2019-1036号

图书在版编目(CIP)数据

堆芯熔毁 /(日)大鹿靖明著;熊芳译. —上海:上海译文出版社,2022.4(2023.10重印)
(译文纪实)
ISBN 978-7-5327-8874-3

Ⅰ.①堆… Ⅱ.①大… ②熊… Ⅲ.①纪实文学—日本—现代 Ⅳ.①I313.55

中国版本图书馆CIP数据核字(2022)第035863号

堆芯熔毁:福岛第一核电站事故实录
[日]大鹿靖明/著 熊 芳/译
责任编辑/常剑心 装帧设计/邵 旻 观止堂_未氓

上海译文出版社有限公司出版、发行
网址:www.yiwen.com.cn
201101 上海市闵行区号景路159弄B座
昆山市亭林印刷有限责任公司印刷

开本 890×1240 1/32 印张 15.75 插页 2 字数 297,000
2022年5月第1版 2023年10月第2次印刷
印数:10,001—12,000册

ISBN 978-7-5327-8874-3/I・5490
定价:65.00元